헬프

헬프

헬프 1

캐스린 스토킷 장편소설 | 정연희 옮김

문학동네

누구보다 뛰어난 이야기꾼이었던 내 할아버지에게 바칩니다

THE HELP

차례

1장

1962년 8월

메이 모블리는 1960년 8월 어느 일요일 새벽에 태어났다. 천사 같은 아기, 우리는 이렇게 즐겨 부른다. 백인 아기 돌보기. 이것이 요리, 청소와 더불어 내가 하는 일이다. 살면서 지금까지 백인 아기 열일곱을 키웠다. 어떻게 재울지, 울음은 어떻게 그치게 할지, 아침에 아기 엄마가 일어나기도 전에 아이를 쉬하게 하려면 어떻게 해야 하는지 다 안다.

하지만 메이 모블리 리폴트처럼 우는 아기는 살다 살다 처음 본다. 첫날 내가 문을 열고 들어섰을 때 아기는 배앓이를 하는지 얼굴이 불덩이처럼 빨개서 소리를 지르며, 우유병이 썩은 순무라도 되는 양 밀어내고 있었다. 미스 리폴트는 자기 자식인데도 쩔쩔맨다. "내가 뭘 잘못한 거야? 이게 왜 안 그쳐?"

이게? 그것이 내가 처음 얻은 단서였다. 이건 뭔가 잘못됐다.

나는 얼굴이 벌게서 자지러지게 우는 아기를 보듬어 안았다. 아기를 허리께에 걸치고 까불러서 트림을 시키자 꼬마 아가씨는 이 분도 안 되어 울음을 뚝 그치며 언제 그랬느냐는 듯 나를 쳐다보며 방싯거렸다. 미스 리폴트는 그날 제 자식을 거들떠보지도 않았다. 나는 아기를 낳고 우울증에 걸린 여자들을 많이 봤다. 그날은 그래서 그런가보다 했다.

미스 리폴트는 이런 여자다. 늘 얼굴을 찡그리는 데다 비쩍 마르기까지 했다. 다리는 또 어찌나 가느다란지 지난주에 심은 풀포기 같다. 나이는 스물셋, 하지만 열네 살 소년처럼 호리호리하다. 머리는 갈색인데 숱이 없어서 머리 속이 훤히 들여다보인다. 이리저리 매만져봐도 숱은 더 없어 보일 뿐이다. 뾰족한 턱도 그렇고 꼭 레드핫 캔디 상자에 그려진 붉은 악마처럼 생겼다. 몸에 뼈밖에 없으니 어떻게 보면 아기를 어르지 못하는 것도 당연해 보인다. 아기는 푹신푹신한 것을 좋아한다. 얼굴을 겨드랑이에 묻고 자는 것을 좋아한다. 다리도 투실투실해야 좋아한다. 나는 그렇게 알고 있다.

첫돌이 되자 메이 모블리는 내가 어디를 가든 졸졸 따라다녔다. 다섯시가 되면 내 닥터숄 구두에 매달려 바닥을 질질 끌며 내가 다시는 오지 않을 사람이라도 되는 듯 서럽게 울곤 했다. 미스 리폴트는 내가 무슨 잘못이라도 한 것처럼 눈살을 찌푸리며 엉엉 우는 아기를 억지로 떼어냈다. 바로 그런 것이 제 자식을 다른 사람에게 맡길 때 감수해야 하는 위험이다.

이제 메이 모블리는 두 살이다. 커다란 갈색 눈에, 곱슬곱슬한 머리는 꿀색이다. 뒤통수에 빠끔하게 숱이 없는 부위가 있는데,

그 부분의 머리칼이 자꾸 빠지는 것 같다. 걱정거리가 있으면 양 미간에 주름이 잡히는 것도 제 엄마를 쏙 빼닮았다. 아기가 많이 포동포동한 것만 빼면 둘은 판박이다. 앞으로 미의 여왕은 꿈도 못 꿀 것이다. 미스 리폴트는 그 사실이 못마땅하겠지만, 그래도 메이 모블리는 내게 특별한 아기다.

미스 리폴트 집에서 일을 시작하기 바로 전에 나는 사랑하는 아들 트리로어를 잃었다. 그애 나이 스물넷이었다. 인생에서 가장 아름다운 시절이다. 이 세상에 태어나 살다 가기에는 턱없이 부족한 시간이다.

그애는 폴리 가에 작은 아파트를 얻어 살았다. 프랜시스라는 정말 참한 여자애와 사귀었는데, 나는 둘이 머지않아 결혼할 거라고 생각했다. 하지만 트리로어는 그런 일에는 좀 둔했다. 더 좋은 상대를 기다려서가 아니라 생각이 많은 아이였기 때문이다. 트리로어는 큼직한 안경을 썼고 책을 끼고 살았다. 심지어 책을 쓰기도 했다. 미시시피에서 유색인 남자로 살면서 일하는 것에 관한 내용이었다. 아아, 나는 그애가 자랑스러웠다. 하지만 그애가 스캔런 테일러 제재소에서 늦게까지 일하던 어느 밤이었다. 장갑 속으로 가시가 파고 들었지만 그애는 트럭에 목재를 날랐다. 그런 일을 하기에는 작고 야윈 체구였지만 일이 필요했다. 몸은 고단했고, 비는 추적추적 내렸다. 그러다 발을 헛디뎌 트럭 짐칸에서 차도로 나동그라졌고, 미처 몸을 피하기도 전에 달려오던 트랙터 트레일러가 그애 허파를 깔아뭉갰다. 내가 그 사실을 알았을 때는 이미 그애가 숨진 뒤였다.

그날 내 세상은 온통 암흑으로 변했다. 공기도 검고 태양도 검었다. 나는 침대에 누워 검은 벽만 뚫어져라 쳐다봤다. 미니는 날마다 먹을 것을 들고 찾아와서 내가 숨 쉬는지 살피고 내 목숨을 부지시켰다. 세 달이 지나서야 나는 간신히 창밖을 내다보았고, 세상은 그대로라는 걸 깨달았다. 내 아들의 숨이 멎었는데 세상은 그렇지 않다는 것이 어리둥절했다.

나는 장례식을 마치고 다섯 달이 지난 다음에야 자리를 털고 일어났다. 흰 제복을 입고 조그마한 황금색 십자가 목걸이를 걸고 갓난아기가 있다는 미스 리폴트의 집으로 갔다. 내 속의 뭔가가 바뀌었다는 것을 깨닫는 데는 그리 오래 걸리지 않았다. 내 속에 쓰디쓴 씨앗이 심어졌다. 이대로 가만히 있을 수만은 없을 것 같았다.

"먼저 집을 치우고 얼른 치킨샐러드를 준비해줘." 미스 리폴트가 말한다.

브리지 모임이 있는 날이다. 모임은 매달 넷째 수요일에 있다. 물론 준비는 모두 끝났다. 치킨샐러드는 아침에 만들었고 식탁보는 어제 다려놓았다. 미스 리폴트도 내가 준비하는 것을 다 봤다. 스물셋밖에 되지 않았는데 이래라저래라 부리는 걸 좋아한다.

미스 리폴트는 내가 아침에 다린 푸른색 드레스를 어느새 입고 있다. 그 드레스는 허리에 주름이 촘촘하게 예순다섯 개나 잡혀 있어 다리려면 돋보기를 끼고 눈을 잔뜩 찡그려야 한다. 살면서 미워한 것이 많지 않은데, 이 드레스와는 사이가 정말 좋지 않다.

"그리고 메이 모블리는 우리 쪽으로 오지 않게 해줘. 내가 아끼는 편지지를 그애가 갈기갈기 찢은 걸 생각하면 속상해 죽겠어. 주니어 연맹 일로 감사 편지도 열다섯 통 보내야 하고……"

나는 그녀가 친구들을 맞느라 시킨 일을 이것저것 한다. 고급 크리스털 식기를 내고 은제 포크 등속을 준비한다. 미스 리폴트는 친구들과 달리 자그마한 카드놀이용 탁자를 쓰지 않는다. 대신 식사실 식탁을 쓴다. L자 모양의 큼지막한 홈집은 식탁보로 가리고, 식탁 가운데 놓는 붉은 꽃장식은 긁힌 자국이 많은 목재 식기장 위로 옮긴다. 미스 리폴트는 오찬을 성대하게 하고 싶어한다. 아마 집이 아담해서 그럴 것이다. 내가 보기에 이들은 부자가 아니다. 부자는 그렇게 애쓰지 않는다.

더러 젊은 부부의 집에서 일했지만 이 집은 여태 있어본 집 중에서도 가장 작다. 리폴트 부부가 쓰는 안쪽 방은 제법 널찍하지만 꼬마 아가씨의 방은 정말 작다. 식사실과 거실은 거의 붙어 있는 거나 다름없다. 욕실이 고작 두 개라 그나마 마음이 놓였다. 이전에는 욕실만 대여섯 개 되는 집에서 일한 적도 있었기 때문이다. 그런 집은 욕실 청소만 꼬박 하루가 걸린다. 미스 리폴트는 시간당 95센트를 쳐주는데, 근년에 내가 받은 액수에 비하면 적은 편이다. 하지만 트리로어가 세상을 뜬 마당에 이 일이라도 해야 했다. 더욱이 집주인도 형편을 더 봐줄 것 같지 않았다. 집은 작지만 미스 리폴트는 관리를 썩 잘했다. 미스 리폴트는 재봉틀도 제법 다루었다. 새것을 사지 못하면 푸른색 천을 구해서 덮개를 만들었다.

초인종이 울리고 나는 문을 연다.

"안녕하세요, 아이빌린." 미스 스키터가 말한다. 그녀는 가정부에게 말을 거는 부류다. "잘 지내죠?"

"어서 오세요, 미스 스키터. 저야 잘 지내지요. 맙소사, 날이 무척 덥네요."

미스 스키터는 키가 껑충하니 크고 말랐다. 사시사철 곱슬거리는 노란 머리는 어깨 길이로 잘랐다. 나이는 스물셋쯤으로 미스 리폴트나 다른 친구들과 같은 나이다. 그녀가 의자에 손가방을 놓고 잠시 목을 긁는다. 레이스가 달린 흰 블라우스는 수녀처럼 단추를 목까지 채웠고, 더 커 보이지 않으려고 그랬는지 굽이 낮은 구두를 신었다. 푸른색 스커트는 허리가 약간 헐렁하다. 미스 스키터는 늘 누가 시킨 대로 입은 것 같다.

미스 힐리와 그녀의 엄마 미스 월터가 왔나보다. 진입로에 차를 세우면서 경적을 울린다. 미스 힐리는 고작 몇 발짝 떨어진 곳에 살면서 늘 차를 몰고 온다. 내가 문을 열어주자 미스 힐리는 내 옆을 홱 지나 안으로 들어간다. 메이 모블리를 낮잠에서 깨우기에는 지금이 딱 적당한 순간 같다.

내가 아기 방으로 들어가자 메이 모블리는 방싯거리며 그 앙증맞고 포동포동한 팔을 뻗는다.

"벌써 일어났어요, 꼬마 아가씨? 저를 부르지 그랬어요?"

아기는 해죽이 웃고, 내가 안아 올리자 춤을 추듯 즐겁게 움찔 움찔한다. 나는 아기를 꼭 끌어안는다. 내가 가고 나면 이 아이를 이렇게 많이 안아주는 사람이 없을 것이다. 아침에 이곳에 오면 아기는 자기 침대에서 요란하게 울어대고 미스 리폴트는 방충문 앞에 쭈그려 앉은 길고양이처럼 눈빛을 반짝이며 재봉질에 열심인 경우가 다반사다. 미스 리폴트는 매일 단정하게 차려입고 항상 화장한다. 그녀의 집에는 간이차고와 냉동실이 있는 프리지데어 더블도어 냉장고가 있다. 누구라도 '지트니 정글' 식품점에서 그녀와 마주치면, 그녀가 침대에서 우는 제 아이를 그냥 내팽개쳐둘 사람이라고는 생각 못할 것이다. 하지만 가정부는 안다.

오늘은 운이 좋은 날이다. 아기가 방싯거린다.

내가 "아이빌린" 하면,

아기는 "아이비" 한다.

내가 "사랑해요" 하면,

아기도 "사랑해요" 한다.

내가 "메이 모블리" 하면,

아기는 "아이비" 한다. 그리고 까르르 웃어댄다. 아기는 신이 나서 계속 지절거리지만 나는 이제 그만, 하고 끝내야 한다. 트리로어도 두 살 때까지 말을 잘 못했다. 하지만 3학년이 되자 미국 대통령보다 말을 더 잘해서 집에 돌아오면 **결합**이나 **의회** 같은 단어를 썼다. 아이가 중학생이 되었을 때 우리는 이런 놀이를 했다. 내가 정말 쉬운 단어를 말하면 트리로어가 뜻이 비슷한 어려운 단어를 대는 거다. 내가 **집고양이**, 하면 그애는 **가묘**, 하고 말하고, 내가 믹서, 하면 그애는 **동력 로툰다**, 하고 말하는 식이다. 어느 날 내가 **크리스코**[*], 하자 그애가 머리를 긁적였다. 크리스코처럼 쉬운 단어로 자기가 졌다는 사실을 믿을 수 없었던 것이다. 이 일은 우리만의 비밀 농담이 되었고, 아무리 그럴싸하게 꾸미려 해도 안 되는 것이 있다는 의미로 썼다. 우리는 그애 아빠를 크리스코라고 불렀다. 가족을 버리고 달아난 사내는 아무리 괜찮게 봐주려고 해도 그럴 수 없기 때문이다. 게다가 그는 세상에서 가장 믿을 수 없는 인간이다.

나는 메이 모블리를 부엌으로 데려가 높다란 아기의자에 앉히고, 미스 리폴트가 한바탕 퍼붓기 전에 해치워야 할 일 두 가지를 생각해낸다. 해진 냅킨을 골라내고 서랍장의 은식기를 정리해야 한다. 어쩐다, 그 여자들이 있을 때 해야 할 것 같다.

나는 데블에그[**]를 식사실로 가져간다. 미스 리폴트가 식탁 머리에 앉았고, 그 왼쪽에 미스 힐리 홀브룩과 미스 힐리가 버릇없이 대하는 그녀의 엄마 미스 월터가 앉았다. 미스 리폴트의 오른쪽은 미스 스키터의 자리다.

나는 달걀을 들고 연장자인 미스 월터부터 돈다. 실내가 훈훈한데도 그녀는 어깨에 두툼한 갈색 스웨터를 걸쳤다. 그녀가 달걀 한 쪽을 덜어 가다 마비가 오는지 하마터면 떨어뜨릴 뻔한다. 다음 차례는 미스 힐리인데, 웃으며 두 쪽을 가져간다. 미스 힐리는

---

[*] 야채 기름으로 만든 쇼트닝 제품.
[**] 삶은 달걀을 반으로 잘라 노른자와 다른 식재료로 속을 채운 음식.

얼굴이 둥글고 짙은 갈색 머리는 벌집 모양으로 틀어 올렸다. 피부는 올리브색이고 점이랑 주근깨가 까뭇까뭇 박혔다. 빨간색 격자무늬 옷을 즐겨 입는다. 엉덩이에 점점 살이 붙는다. 오늘은 날씨가 더워서 허리 부분이 헐렁한 빨간 민소매 드레스를 입었다. 나이가 있는데도 커다란 리본이 달린 드레스와 그것에 맞춘 모자 따위로 꾸민다. 결코 내가 좋아하는 유형은 아니다.

미스 스키터 차례다. 그녀는 콧잔등에 주름을 잡고 "됐어요" 한다. 그녀는 달걀은 먹지 않는다. 브리지 모임이 있을 때마다 미스 리폴트에게 그 말을 하지만 그녀는 변함없이 이 달걀 요리를 만들라고 한다. 미스 힐리를 실망시킬까 두려워서다.

마침내 미스 리폴트의 차례다. 그녀의 집이니까 달걀을 더는 순서도 마지막이다. 내가 한 바퀴 다 돌자 미스 힐리가 "더 먹어도 된다면" 하고 냉큼 두 쪽을 덜어 간다. 놀랄 일도 아니다.

"내가 미용실에서 누구를 만났는지 알아?" 미스 힐리가 여자들에게 말한다.

"누군데?" 미스 리폴트가 묻는다.

"셀리아 푸트. 그 여자가 뭐라고 했는지 알아? 올해 자선행사에서 자기도 돕고 싶다는 거야."

"잘됐네." 미스 스키터가 말한다. "도움이 필요하잖아."

"나쁠 건 없지만, 우리는 도움이 필요 없어. 아무튼 내가 말했지. '셀리아, 자선행사에 참가하려면 연맹의 회원이 되거나 후원자가 돼야 해요.' 도대체 그 여자는 잭슨 연맹이 뭐라고 생각하는 거야? 아무나 다 받아주는 줄 아나봐?"

"올해는 회원이 아니어도 받기로 하지 않았어? 자선행사의 규모가 많이 커져서?" 미스 스키터가 묻는다.

"물론 그랬지." 미스 힐리가 대답한다. "하지만 그 여자한테 그렇게 말해줄 생각은 눈곱만큼도 없었어."

"조니가 그렇게 천박한 여자랑 결혼했다는 게 믿기지 않아." 미스 리폴트가 말하자 미스 힐리가 고개를 끄덕인다. 그리고 카드를 돌리기 시작한다.

뻑뻑한 샐러드와 햄 샌드위치를 스푼으로 덜어 주다보니 그들의 수다를 듣지 않으려야 않을 수 없다. 이 여자들은 딱 세 가지만 말한다. 자식, 옷 그리고 친구. 케네디라는 이름이 들려도 정치 이야기가 아니다. 텔레비전에 미스 재키가 어떤 옷을 입고 나왔는지에 대한 이야기다.

내가 미스 월터의 옆으로 가자 그녀는 반으로 자른 작은 샌드위치를 딱 한 쪽만 가져간다.

"엄마." 미스 힐리가 미스 월터에게 윽박지르듯 말한다. "한 쪽 더 가져가세요. 전봇대같이 말랐잖아요." 그리고 식탁에 앉은 나머지 사람들을 쳐다본다.

"엄마한테 입이 닳도록 말했거든. 미니가 음식을 제대로 못하면 내쫓으라고."

나는 귀가 쫑긋 선다. 그들이 가정부 이야기를 한다. 게다가 미니는 나와 가장 친한 사람이다.

"미니는 음식 솜씨가 좋아." 미스 월터가 말한다. "내 식욕이 예전만 못한 거지."

미니는 하인즈 카운티에서, 아니 미시시피 주를 통틀어도 음식 솜씨가 가장 좋을 것이다. 주니어 연맹은 매년 가을 자선행사를 여는데, 미니에게 경매에 붙일 캐러멜 케이크 열 개를 만들라고 할 정도다. 그러니 이 지역에서 가정부를 구한다면 가장 먼저 미니를 찾아야 한다. 다만 문제는 미니가 입바른 소리를 잘한다는 것이다. 항상 말을 되받는다. 어느 날은 그 대상이 지트니 정글 식품점의 백인 지배인이고 다음 날은 남편이다. 일하는 집의 안주인에게는 하루가 멀다 하고 말대답을 한다. 지금까지 미스 월터의 집에서 쫓겨나지 않은 것은 미스 월터가 문손잡이처럼 귀먹어서다.

"엄마는 영양결핍인 것 같아요." 미스 힐리가 목청을 높인다. "미니는 마지막 가보까지 다 훔쳐가려고 엄마를 굶기는 거라니까요." 미스 힐리가 의자를 뒤로 휙 민다. "욕실 좀 쓸게. 엄마가 허기져서 쓰러져 죽을지도 모르니까 모두 잘 지켜봐."

미스 힐리가 욕실로 가자 미스 월터가 속닥거린다. "아닌 게 아니라 너희도 아주 좋아할걸." 다들 못 들은 척한다. 오늘밤 미니에게 전화해서 미스 힐리의 말을 전해야 할 것 같다.

부엌에 가니 꼬마 아가씨가 높다란 아기의자에 앉아 자줏빛 주스를 얼굴에 잔뜩 묻히고 있다. 내가 들어가자 아기는 금세 방싯거린다. 여기서 혼자 놀면서도 투정 부리지 않지만 오래 혼자 두는 건 내가 싫다. 내가 돌아올 때까지 아기는 아주 조용히 저 문만 바라봤을 것이다.

나는 아기의 작고 보드라운 머리를 쓰다듬고 다시 아이스티를 따르러 나간다. 미스 힐리가 돌아와 있고 이제는 모두 다른 문제에 열을 올린다.

"오, 힐리, 손님 욕실을 써줄래?" 미스 리폴트가 패를 고쳐 쥐며 말한다. "안쪽 욕실은 아이빌린이 점심때가 지나서야 치우거든."

힐리가 턱을 쳐든다. 그러고는 버릇처럼 또 '큼큼' 한다. 그녀가 목청 가다듬는 소리는 아주 묘한 데가 있어서 모두 무의식적으로 그쪽으로 고개를 돌린다.

"하지만 손님 욕실은 가정부가 쓰잖아." 미스 힐리가 말한다.

잠시 모두 잠잠하다. 이윽고 미스 월터가 고개를 주억거리며 이유를 댄다. "검둥이가 집 안에 있는 욕실을 쓰는데 우리도 같은 욕실을 쓰니 못마땅한 게지."

맙소사, 이런 얄궂은 일이 또 일어나서는 안 되는데. 그들의 시선이 일제히, 식기장 서랍에 은식기를 정리하던 내게로 쏠린다. 비켜달라는 뜻이다. 내가 하나 남은 스푼을 미처 내려놓기도 전에 미스 리폴트가 같은 표정으로 말한다. "아이빌린, 차를 좀더 내와."

차는 흘러넘칠 만큼 가득 담겨 있지만 나는 고분고분 식사실에서 나간다.

잠시 부엌 근처에서 서성이지만 더 할 일은 없다. 얼른 돌아가 하던 일을 마저 끝내고 싶다. 해진 냅킨도 골라내야 하는데 냅킨장은 그들이 앉은 자리 바깥쪽 복도에 있다. 미스 리폴트가 카드놀이를 한다고 내가 늦게까지 남아 있어야 할 까닭은 없다.

나는 잠시 시간을 끌며 조리대를 닦는다. 햄을 집어주자 꼬마 아가씨가 오물거리며 먹는다. 이윽고 나는 아무도 보지 않기를 기도하면서 살그머니 복도로 나간다.

네 사람 모두 한 손에는 담배를, 다른 손에는 카드를 들었다.

"엘리자베스, 만약에 말이야." 미스 힐리다. "선택의 여지가 있다면 저치들은 바깥에서 볼일을 보게 하지 않겠어?"

나는 살며시 냅킨 서랍을 연다. 그들이 하는 이야기보다 미스 리폴트가 나를 볼까 그게 더 걱정이다. 새삼스럽지도 않다. 타운의 어디를 가든 유색인 전용 화장실이 있고 가정집도 대체로 마찬가지다. 슬쩍 고개를 드니 미스 스키터가 나를 쳐다보고 있다. 나는 또 무슨 소리를 듣겠구나 싶어 몸이 얼어붙는다.

"하트 한 장." 미스 월터가 말한다.

"모르겠어." 미스 리폴트가 대답한 다음 카드를 보며 얼굴을 찡그린다. "롤리가 사업을 시작했지만 앞으로 여섯 달은 세금 신고 기간이 아니라서…… 당장은 형편이 정말 어려워."

미스 힐리는 케이크에 아이싱을 펴 바르듯 천천히 말한다. "롤리에게 그 욕실에 들인 돈은 집을 팔 때 한 푼도 빼놓지 않고 다 돌려받을 수 있을 거라고 해." 그녀는 자기 말이 천만 번 옳다는 듯 고개를 끄덕인다. "가정부가 쓸 화장실도 없이 집을 짓는다고? 너무 위험한 발상이야. 저치들이 옮기는 질병이 다르다는 건 누구나 다 아는 사실이잖아. 나는 두 장."

나는 냅킨을 한 묶음 집는다. 왠지 모르겠지만 미스 리폴트가 어떤 대답을 할지 문득 궁금해진다. 어쨌거나 그녀는 내 주인이다. 주인이 자기를 어떻게 생각하는지 누구라도 알고 싶을 것이다.

"그러면 좋지." 미스 리폴트가 담배를 한 모금 빨며 말한다. "가정부가 집 안의 욕실을 쓰지 않는다면. 나는 스페이드 석 장."

"그래서 내가 '가정부 위생 발의안'을 구상한 거야." 미스 힐리가 말한다. "이를테면 질병 예방책이지."

나는 깜짝 놀라 숨통이 조이는 것 같다. 오래전에 참는 방법을 배워버린 것이 못내 한스럽다.

미스 스키터는 어리둥절한 것 같다. "가정부…… 뭐?"

"백인이면 누구나 자기 집에 유색인 가정부가 쓰는 화장실을 따로 만들어야 한다는 법안. 미시시피 주의 공중위생국장에게 알려주기까지 했어. 그가 이 생각을 지지하는지 어쩌는지 보려고. 나는 패스."

미스 스키터가 미스 힐리를 보며 얼굴을 찡그린다. 그리고 자기 카드를 패가 보이게 내려놓으며 담담하게 말한다. "네가 쓸 화장실을 바깥에 지어줘야 할지도 모르겠구나, 힐리."

맙소사, 일순간 싸늘한 침묵이 흐른다.

미스 힐리가 말한다. "유색인의 처지에 대해 농담하는 건 곤란해. 연맹 편집자로 계속 일하고 싶다면 말이야, 스키터 펠런."

미스 스키터는 웃지만 그 말을 재미있어하는 것 같지는 않다. "뭐, 나를…… 쫓아내겠다고? 너랑 의견이 달라서?"

미스 힐리가 눈썹을 치킨다. "우리 타운을 지킬 수 있다면 나는 뭐든 할 거야. 엄마, 엄마가 선이에요."

나는 부엌으로 들어가서, 미스 힐리가 나가고 문이 닫히는 소리가 들릴 때까지 두 번 다시 나가지 않는다.

미스 힐리가 나간 것을 확인한 뒤 나는 메이 모블리를 놀이장에 둔 채 쓰레기통을 끌고 밖으로 나간다. 오늘은 쓰레기차가 오는 날이다. 진입로 끝에서 미스 힐리와 그녀의 괴짜 엄마가 차를 빼다 하마터면 나를 칠 뻔한다. 그들은 미안하다며 퍽이나 다정하게 소리친다. 나는 집 안으로 들어가면서 두 다리가 부러지지 않아 천만다행이라고 생각한다.

부엌으로 가니 미스 스키터가 있다. 그녀는 심각한 표정으로 조리대에 기대어 섰는데, 평소보다 더 심각해 보인다. "미스 스키터, 뭘 좀 드릴까요?"

그녀는 진입로를 바라보고 있다. 거기서 미스 리폴트가 열린 차창을 통해 미스 힐리와 대화를 나누고 있다. "아니요, 그냥…… 기다릴게요."

나는 행주로 쟁반을 닦는다. 슬쩍 고개를 들어보니 미스 스키터는 여전히 수심 어린 눈빛으로 창밖을 내다보고 있다. 유난히 큰 키 때문에 그녀는 다른 여자들과는 달라 보인다. 광대뼈도 툭 불거졌다. 눈초리가 처진 푸른 눈동자 때문에 수줍어 보인다. 조리대에 놓인 작은 라디오에서 흘러나오는 복음 방송만 빼면 더없이 고요하다. 그녀가 얼른 나가주면 좋겠다.

"지금 라디오에서 나오는 게 그린 목사의 설교죠?" 미스 스키터가 묻는다.

"네, 아가씨. 그렇지요."

미스 스키터가 가만히 웃는다. "이걸 들으니까 내가 자랄 때 우리 집에서 일한 가정부가 생각나요."

"아, 콘스탄틴은 저도 알아요." 내가 말한다.

미스 스키터가 유리창에서 시선을 돌려 나를 본다. "나를 키웠는데, 그것도 알아요?"

나는 말하지 말걸, 생각하면서 고개를 끄덕인다. 아무렴, 그때 일은 아주 잘 안다.

"시카고에 있다는 콘스탄틴의 가족 주소를 알고 싶은데, 아무도 말해주는 사람이 없어요." 그녀가 말한다.

"그건 저도 몰라요."

미스 스키터는 다시 유리창으로 시선을 돌려 미스 힐리의 뷰익을 바라본다. 미스 스키터가 살짝 고개를 흔든다. "아이빌린, 아까 여기서 한 말은…… 힐리가 말한 것 말예요, 나는 그저……"

나는 커피잔을 들고 행주로 박박 닦기 시작한다.

"현실을 바꾸고 싶다는…… 생각 해본 적 있어요?" 그녀가 묻는다.

어떻게 대답해야 할지 모르겠다. 나는 미스 스키터의 얼굴을 물끄러미 쳐다본다. 여태껏 그렇게 바보 같은 질문은 처음이다. 커피에 설탕 대신 소금을 넣은 사람처럼 그녀의 얼굴에 혼란과 혐오감이 어린다.

나는 눈이 휘둥그레진 것을 들키지 않으려고 얼른 다시 설거지를 한다. "아니, 아니요, 아가씨. 다 좋아요."

"하지만 아까 여기서 한 말은, 욕실에 대해서……" 그녀가 그 말을 꺼내기 무섭게 미스 리폴트가 부엌으로 들어온다.

"아, 여기 있었구나, 스키터." 미스 리폴트가 우리를 수상쩍게 쳐다본다. "미안. 내가…… 방해한 거야?" 우리는 그녀가 어디까지 들었는지 궁금해하면서 가만히 서 있는다.

"나도 서둘러야겠어. 내일 보자, 엘리자베스." 미스 스키터가 뒷문을 열면서 말한다. "점심 고마워요, 아이빌린." 그러고는 가 버린다.

나는 식사실로 가서 브리지 탁자를 치운다. 아니나 다를까 미스 리폴트가 억지웃음을 지으며 나를 따라온다. 뭐가 알고 싶은지 목을 꼿꼿이 쳐들었다. 그녀는 자기가 없는 자리에서 내가 자기 친구들과 이야기 나누는 걸 끔찍이 싫어한다. 무슨 말을 주고받았는지 늘 캐묻는다. 나는 그녀의 옆을 지나쳐 부엌으로 간다. 꼬마 아가씨를 높다란 아기의자에 앉히고 오븐을 치우기 시작한다.

미스 리폴트는 거기까지 따라와서는 눈을 동그랗게 뜨고 크리스코 한 통을 들고 쳐다보다가 다시 내려놓는다. 꼬마 아가씨가 팔을 뻗어 안아달라고 조르지만 미스 리폴트는 본체만체하며 서랍 하나를 연다. 그러더니 쾅 닫고 다른 서랍을 연다. 이윽고 그냥 서 있다. 나는 손과 무릎을 바닥에 대고 엎드린다. 오븐 안 깊숙이 머리를 처박으니 가스 자살을 하려는 사람 같다.

"미스 스키터와 굉장히 진지한 대화를 나눈 것 같았는데."

"아니에요, 아씨. 그냥…… 헌 옷이 필요하냐고요." 내 목소리가 깊은 우물 속에서 울리는 것 같다. 벌써 팔뚝 여기저기에 기름 때가 묻었다. 오븐 안에서는 암내 같은 게 난다. 대번에 콧잔등에 땀방울이 맺힌다. 땀을 닦으면 검댕이 묻는다. 이 안은 세상에서 가장 고약한 곳이다. 여기서는 청소를 하거나 구이가 되거나 둘

중 하나다. 오늘밤 꿈속에서는 분명 오븐에 갇힌 채 가스 불이 붙을 것이다. 하지만 미스 스키터와 무슨 말을 했는지 캐묻는 미스 리폴트의 질문에 답하느니 차라리 그러는 편이 낫겠다 싶어, 나는 이 끔찍한 공간에 머리를 처박은 채 버틴다. 현실을 바꾸고 싶은지 묻더라고 어떻게 말하겠나.

잠시 뒤 미스 리폴트는 발끈해서 차고로 가버린다. 내가 쓸 유색인 화장실을 어디에 만들지 살피러 나가는 것일 게다.

2장

이 지역에서 산다고 여기 사람들을 다 알 수는 없지만 미시시피 주 잭슨에는 이십만 명의 사람이 산단다. 신문에서 그 숫자를 보고 갸우뚱했다. 그 사람들은 다 어디에 산다지? 지하 세계에? 다리 건너 우리 구역 사람들은 내가 다 알고 백인 가정도 많이 아는데, 전부 합해도 이십만은 턱도 없다.

일주일에 엿새, 나는 버스를 타고 우드로 윌슨 다리를 건너 미스 리폴트와 그녀의 백인 친구들이 사는 벨헤이븐 동네로 간다. 벨헤이븐 바로 옆은 주도(州都) 잭슨의 중심지다. 주 의회 의사당은 엄청 크고 외관이 아름답지만 나는 한 번도 가보지 못했다. 그곳을 청소하는 데 돈을 얼마나 쓰는지 궁금하다.

벨헤이븐에서 더 내려가면 백인들이 사는 우드랜드 힐스가 나오고 그다음이 셔우드 포리스트인데, 이곳은 이끼가 늘어진 커다란 오크나무들이 까마득히 멀리까지 펼쳐진 곳이다. 아직은 사람이 살지 않지만 백인들이 옮길 장소를 새로 찾아야 한다면 거기가 될 것이다. 이어서 미스 스키터가 사는 교외가 나오는데, 그녀의 가족은 거기서 롱리프 목화 농장을 한다. 미스 스키터는 모르겠지만 1931년 대공황 시절에, 그러니까 먹을 거라곤 스테이트 치즈[*] 밖에 없던 그 시절에 나도 거기서 목화를 땄다.

그러니 이곳은 잭슨에서 좀더 번성한 저 아랫동네 다음으로 백인들이 많이 사는 또하나의 백인 구역일 뿐이다. 하지만 우리가 사는 유색인 구역은 매매가 허용되지 않는 주 소유의 땅에 둘러싸여 커다란 개미탑을 이룬다. 머릿수가 많아져도 퍼져나갈 수 없다. 우리 구역은 점점 밀도만 높아질 뿐이다.

그날 오후 나는 벨헤이븐에서 패리시 가로 가는 6번 버스를 탄다. 버스에는 흰 제복을 입고 귀가하는 가정부들뿐이다. 우리는 버스를 전세라도 낸 것처럼 조잘거리고 깔깔거린다. 이 버스에 백인이 탔어도 미스 파크스[**] 덕분에 얼마든지 우리가 앉고 싶은 자리에 앉을 수 있다는 것을 의식해서가 아니다. 그저 친근한 분위기가 감돌아서다.

맨 뒷자리 한가운데에 앉아 있는 미니가 보인다. 미니는 키가 작고 뚱뚱하며, 검고 곱슬곱슬한 머리는 윤기가 흐른다. 다리는 벌리고 통통한 두 팔은 팔짱을 끼고 있다. 그녀는 나보다 열일곱 살 어리다. 마음만 먹으면 미니는 이 버스를 통째로 번쩍 들어 올

---

[*] 미시시피주립대학에서 1938년부터 만들기 시작한 치즈.
[**] 1955년 앨라배마 주 몽고메리에서 일어난 흑인 버스 승차 거부 사건의 시발점이 된 로사 파크스를 말한다.

릴 수도 있을 것 같다. 나같이 나이 든 여자가 그녀를 친구로 둔 것은 행운이다.

나는 미니의 앞자리에 앉아 몸을 뒤로 돌리고 이야기를 듣는다. 모두 미니의 이야기를 좋아한다.

"……그래서 내가 말했지요. 미스 월터, 세상은 내 검은 궁둥짝을 보고 싶어하지 않는 만큼 당신의 벗은 궁둥짝도 보고 싶어하지 않는다니까요. 얼른 들어가서 속옷을 입고 겉옷 나부랭이를 걸치세요."

"앞쪽 포치에서? 홀랑 벗었어?" 키키 브라운이 묻는다.

"궁둥짝이 무릎까지 닿겠더라."

버스에 탄 모두가 폭소를 터뜨리고 머리를 흔들며 깔깔거린다.

"맙소사, 그 여자가 미쳤구먼." 키키가 말한다. "너는 만날 미친 여자만 걸리나봐, 미니."

"하, 네 주인 미스 패터슨은 어떻고?" 미니가 대꾸한다. "쳇, 그 여자는 미친 여자 모임에서 출석이라도 부르겠더라." 또 한바탕 웃음이 터진다. 미니는 자기 말고 다른 사람이 자기 주인을 험담하는 것을 싫어한다. 그녀가 일하는 곳이니 험담할 권리도 그녀의 것이다.

버스는 다리를 건너 유색인 구역의 첫번째 정류장에 선다. 가정부 열두어 명이 내린다. 나는 미니 옆으로 자리를 옮긴다. 그녀가 씩 웃더니 팔꿈치로 툭 치며 인사한다. 그러고는 등을 기대고 편히 앉는다. 내 앞에서는 겉치레할 필요가 없다.

"오늘은 어땠어요? 아침에 그 주름치마는 잘 다렸어요?"

나는 웃으며 고개를 끄덕인다. "한 시간 반이나 걸렸지."

"오늘 브리지 모임에서 미스 월터에게 뭘 먹였어요? 그 멍청이한테 오전 내내 캐러멜 케이크를 만들어줬는데 부스러기 하나 안 집어 먹지 뭐예요."

그러자 미스 힐리가 아까 모임에서 한 말이 떠오른다. 백인 여자에게든 누구에게든 관심 밖의 일이겠지만 미스 힐리가 우리를 노리는 건 아닌지 궁금하다. 하지만 그 말을 어떻게 꺼내야 할지 모르겠다.

차창 밖으로 유색인 전용 병원과 과일 가판대가 스쳐 지나간다. "미스 힐리가 그 문제에 대해 뭐라고 하는 걸 들었어. 자기 엄마가 점점 마른다고." 나는 최대한 조심스럽게 말을 꺼낸다. "영양실조에 걸릴 거라면서."

미니가 나를 쳐다본다. "그런 말을 했어요?" 미니는 그 이름이 나오자 단박에 눈살을 찌푸린다. "미스 힐리가 또 뭐랬어요?"

나는 그냥 이렇게 말한다. "그 여자가 자네를 주시하는 것 같아, 미니. 그러니까…… 그 옆에서는 각별히 조심하는 게 좋겠어."

"미스 힐리가 내 옆에서 각별히 조심해야죠. 뭐래요, 내가 음식을 못 만든대요? 내가 굶겨서 그 쭈그렁 할망구가 안 먹는 거래요?" 미니가 일어서며 손가방을 팔에 걸친다.

"미안해, 미니. 그 여자를 멀리하라고 한 말인데."

"나한테 항상 하는 말인걸요, 뭘. 점심으로 내 몸뚱이를 뜯어 먹을 여자예요." 미니는 그 말을 내뱉고 씩씩거리며 계단을 내려간다.

나는 차창으로 미니가 자기 집 쪽으로 쿵쿵거리며 걸어가는 모습을 본다. 미스 힐리와는 얽혀서 좋을 게 하나 없다. 어쩐다, 그냥 혼자만 알고 있을걸.

며칠이 지난 어느 아침, 나는 버스에서 내려 한 블록 걸어 미스 리폴트 집에 이른다. 집 앞에 목재를 실은 낡은 트럭이 서 있다. 안에 유색인 둘이 탔는데, 한 명은 커피를 마시고 다른 한 명은 앉은 채로 자고 있다. 나는 트럭 옆을 지나 부엌으로 들어간다.

오늘 아침에는 미스터 롤리 리폴트가 아직 출근 전이다. 좀처럼 없는 일이다. 그는 집에 있을 때면 언제나 회계사 사무실로 돌아갈 때까지 일 분, 이 분 헤아리는 것처럼 보인다. 심지어 토요일에도 그런다. 하지만 오늘은 뭔가 심사가 뒤틀린 모양이다.

"여기는 내 집이야. 제길, 여기에 드는 돈은 내가 낸다고!" 미스터 리폴트가 고함을 지른다.

미스 리폴트는 언짢은 기색으로 예의 그 미소를 지으며 그를 뒤따라간다. 나는 세탁실에 숨는다. 욕실 이야기가 나온 지, 그래서 그들의 실랑이가 끝나기를 기다린 지 이틀째다. 미스터 리폴트는 뒷문을 열고 트럭이 있는지 확인한 뒤 다시 문을 쾅 닫는다.

"당신이 옷을 새로 사도 참았고, 빌어먹을, 그 잘난 여학생 사교 모임 친구들과 뉴올리언스로 여행을 다녀와도 참았어. 하지만 이건 해도 해도 너무하잖아!"

"집값이 오른다잖아요. 힐리가 그랬어요!" 나는 세탁실에 있지만 미스 리폴트의 예의 그 미소가 목소리로도 다 느껴진다.

"우리 형편으로는 못해! 게다가 홀브룩 집안이 시켜서라니, 말이 되는 소리야!"

잠시 싸늘한 정적이 흐른다. 바로 그때 잠옷이 앙증맞게 사각거리는 소리가 들린다.

"아빠?"

메이 모블리는 내 소관이라 나는 얼른 세탁실에서 나와 부엌으로 간다.

미스터 리폴트가 어느새 아기 앞에 무릎을 꿇고 앉았다. 그가 웃는데, 웃음이 꼭 고무로 만든 것 같다. "무슨 일인지 알아맞혀볼까, 아가야?"

아기도 따라 웃는다. 그리고 신나는 깜짝 선물을 기다린다.

"엄마 친구들이 가정부와 욕실을 같이 쓸 수 없어서 너는 대학에 갈 수 없단다."

그가 쿵쿵거리며 문을 힘껏 닫고 나가자 꼬마 아가씨는 겁을 먹고 눈을 깜작인다.

미스 리폴트가 아기를 내려다보며 손가락을 까딱거린다. "메이 모블리, 침대에서 내려오면 안 된다고 했잖아!"

꼬마 아가씨는 아빠가 쾅 닫고 나간 문을 쳐다보고, 다시 꾸중하는 엄마의 얼굴을 쳐다본다. 내 아기 메이 모블리는 안간힘을 쓰며 울음을 삼키는 것 같다.

나는 미스 리폴트 옆을 지나 잽싸게 달려가서 꼬마 아가씨를 보듬어 올린다. 그리고 속삭인다. "거실로 가서 말하는 장난감이랑 놀까요? 당나귀는 어떻게 말하지요?"

"애가 자꾸 깨잖아. 오늘 아침에도 세 번이나 다시 재웠어." 미스 리폴트가 말한다.

"기저귀를 갈아달라고 그런 거예요. 이제 시원하지요."

미스 리폴트가 쳇, 한다. "나는 몰랐어……" 그녀는 어느새 창밖의 트럭을 보고 있다.

나는 안쪽 방으로 가면서 속으로는 열불이 나서 쿵쿵거린다. 꼬마 아가씨가 저 침대에 누운 것이 어젯밤 여덟시부터니까 당연히 기저귀를 갈아줘야 한다! 미스 리폴트, 당신도 엉망진창으로 지저분한 화장실에 열두 시간 앉아 있어봐!

나는 꼬마 아가씨를 기저귀 가는 탁자에 눕히고 화를 삭인다. 내가 기저귀를 가는 동안 꼬마 아가씨가 나를 말뚱히 올려다본다. 그러더니 그 앙증맞은 손을 뻗는다. 그 보들보들한 손가락으로 내 입술을 어루만진다.

"메이 모는 나쁜 아기." 아기가 말한다.

"아니에요. 꼬마 아가씨는 나쁜 아기 아니에요." 나는 아기의 머리를 살며시 쓸어 넘긴다. "꼬마 아가씨는 착해요. 참 착하지요."

내가 게섬 애비뉴에서 세 들어 산 건 1942년부터다. 게섬은 개성이 넘치는 곳이다. 집은 하나같이 작지만 앞뜰은 제각각이다. 어떤 집은 볼품없이 시든 풀뿐이거나 대머리 영감처럼 풀 한 포기 없고, 또 어떤 집은 진달래와 장미가 무성하고 푸른 잔디로 뒤덮였다. 내 집은 그 중간쯤이다.

내 집 뜰에는 붉은 동백나무가 몇 그루 서 있다. 잔디는 군데군데 푸르고, 그 사고가 있고 세 달 동안 트리로어의 소형트럭이 서 있던 자리에는 싯누런 자국이 큼지막하게 남아 있다. 큰 나무는 한 그루도 없다. 하지만 지금 뒤뜰은 에덴동산이 따로 없다. 옆집에 사는 아이다 피크가 거기에 텃밭을 일구었기 때문이다.

아이다네 집은 집 뒤쪽에 아이다의 남편이 자동차 엔진, 고물 냉장고, 타이어 등 온갖 잡동사니를 쌓아놓아서 뒤뜰이라 부를 만한 게 없다. 그녀의 남편은 고친다는 말만 하지 고친 적은 없다. 그래서 내가 아이다더러 내 집 뒤뜰에 심어도 좋다고 했다. 나는 잔디를 깎지 않아서 좋고, 게다가 나더러 필요한 건 뭐든 다 따 먹으라고 하니 일주일에 2, 3달러가 절약된다. 그녀는 우리가 먹지 않은 것을 그러모아 겨울에 먹으라며 몇 단지 챙겨준다. 파릇파릇한 순무 잎, 가지, 오크라 한 단, 갖가지 종류의 호리병박 따위다. 어떻게 하면 토마토에 벌레가 생기지 않는지 모르겠지만 그녀는 재주도 좋다. 토마토는 싱싱하다.

그날 저녁 비가 세차게 내린다. 나는 아이다 피크가 준 단지에서 양배추와 토마토를 꺼내 한 장 남은 옥수수 식빵과 함께 먹는다. 두 가지 변동 사항이 생겨 나는 자리를 잡고 재정 상태를 점검한다. 버스 요금이 15센트로, 월세가 29달러로 올랐다. 나는 미스 리폴트의 집에서 토요일만 빼고 매주 엿새, 여덟시에서 네시까지 일한다. 금요일마다 43달러를 받으니까 한 달로 치면 172달러다. 전기, 수도, 가스, 전화 요금을 내면 일주일에 쓸 수 있는 돈이 13달러 50센트가 남는데, 그 돈으로 식료품과 옷가지를 사고 머리를 손질하고 교회에 십일조를 해야 한다. 이 요금들을 우편으로 보내는 비용이 5센트로 오른 것은 말할 것도 없다. 게다가 작업화는 또 어찌나 야위었는지 당장이라도 굶어죽을 것 같다. 새로 장만하려면 7달러가 드는데, 그건 내가 브레어 토끼*로 변할 때까지 양배추와 토마토만 줄기차게 먹어야 한다는 이야기다. 그런 푸성귀마저 없었다면 아예 먹지도 못했을 텐데, 아이다 피크가 있어서 얼마나 다행인지.

전화벨이 울리자 나는 벌떡 일어난다. 내가 여보세요, 하기도 전에 미니가 대뜸 말한다. 오늘은 저녁 늦게까지 일했단다.

"미스 힐리가 미스 월터를 여성 노인 요양원에 보낼 거래요. 새 일자리를 구해야 해요. 게다가 언제인 줄 알아요? 다음주요!"

"맙소사, 미니."

"오늘 백인 여자 열 명한테 전화했는데 눈곱만큼도 관심을 안 보이네요."

나는 놀라지 않는데 그게 되레 미안하다. "내일 아침에 미스 리폴트의 집에 가면 제일 먼저 누구 가정부가 필요한 사람이 없는지 물어볼게."

"끊지 마요." 미니가 말한다. 나는 그 할망구 미스 월터가 무슨 말을 했고 미니가 뭐라고 대꾸했는지 듣는다. "나를 뭐 하는 사람으로 생각하는 걸까요? 운전사? 비가 억수같이 퍼붓는데 자기를

---

* 미국 남부에 널리 알려진 엉클 레머스의 모험 이야기에 나오는 주인공.

컨트리클럽까지 데려다달라니요."

도둑질을 빼면, 가정부를 해서 먹고살 때 가장 안 좋은 것이 바로 입바른 소리를 하는 것이다. 그래도 미니는 음식 솜씨가 좋아서 그것이 종종 그 결점을 덮어준다.

"미니, 걱정하지 마. 문손잡이같이 귀먹은 사람을 찾을 수 있을 거야. 미스 월터처럼."

"미스 힐리가 자꾸 자기 집에 오라는 언질을 줘요."

"뭐?" 나는 되도록 냉정하게 말한다. "잘 생각해야 해, 미니. 자네를 그 사악한 여자한테 보내느니 차라리 내가 먹여 살리겠어."

"내가 누군지 몰라요, 아이빌린? 내가 원숭이도 아니고. 거기로 가느니 차라리 KKK단에서 일하는 게 낫겠어요. 게다가 율 메이의 일을 어떻게 뺏어요?"

"미안해, 나도 참." 나는 미스 힐리 이야기만 나오면 바짝 긴장한다. "허니서클에 사는 미스 캐럴라인에게 전화해서 혹시 가정부가 필요한 사람이 있는지 물어볼게. 미스 루스에게도 물어보고. 정말 착한 사람이라 자네라도 감동할 거야. 아침마다 청소하러 갔지만 말동무를 해주는 것 말고는 할 일이 없었거든. 남편은 성홍열로 죽었고, 흠흠."

"고마워요, 아이빌린. 아무튼 미스 월터도 이제 콩은 조금 먹네요." 미니는 잘 자라며 전화를 끊는다.

다음 날 아침 목재를 실은 낡은 녹색 트럭이 또 왔다. 벌써부터 탕탕거리기 시작했지만 미스터 리폴트는 오늘은 쿵쿵거리며 돌아다니지 않는다. 공사가 시작되기도 전에 이번 일은 자기가 졌다는 걸 그도 아는 것 같다.

미스 리폴트는 푸른색 퀼트 목욕가운 차림으로 전화기를 붙잡고 식탁에 앉아 있다. 꼬마 아가씨는 얼굴 여기저기에 끈적이는 붉은 뭔가를 묻힌 채 엄마의 무릎을 붙잡고 시선을 끌려고 애쓴다.

"좋은 아침이지요, 꼬마 아가씨." 내가 말한다.

"엄마! 엄마아!" 아기는 미스 리폴트의 무릎 위로 기어오른다.

"그만, 메이 모블리." 미스 리폴트는 아기를 밀어낸다. "지금 통화하고 있잖아. 엄마 좀 가만 놔둬."

"엄마, 안아줘." 메이 모블리는 제 엄마에게 팔을 뻗으며 조른다. "메이 모 안아주세요."

"쉿, 조용." 미스 리폴트가 나직이 말한다.

나는 꼬마 아가씨를 덥석 안아 올려 조리대로 데려가지만, 아이는 여전히 목을 빼고 "엄마, 엄마" 칭얼거리며 관심을 끌려고 애쓴다.

"네가 시킨 대로 했어." 미스 리폴트가 송수화기를 들고 고개를 주억거린다. "언젠가 이사하게 되면 집값이 오를 거라고 말이야."

"이렇게 해봐요, 꼬마 아가씨. 여기, 물속에 손을 넣어보세요."

하지만 꼬마 아가씨는 안간힘을 쓰며 바동거린다. 손에 비누칠을 하자 아이는 몸을 뒤틀어 내 팔을 풀고 뱀처럼 스르륵 빠져나간다. 그러고는 엄마에게 쪼르르 달려가 턱을 쑥 내밀더니 힘껏 전화선을 당긴다. 송수화기가 미스 리폴트의 손에서 빠져나와 바닥에 뒹군다.

"메이 모블리!" 내가 외친다.

내가 허겁지겁 아기를 데리러 가는데 미스 리폴트가 더 빠르다. 그녀는 입술을 삐죽거리며 싸느란 미소를 짓는다. 미스 리폴트가 아기의 맨종아리를 어찌나 세게 때리는지 내 몸이 다 움찔한다.

미스 리폴트는 메이 모블리의 팔을 꽉 붙잡고 한 단어 한 단어 뱉을 때마다 힘껏 꼬집는다. "다시는 전화기에 손대지 마, 메이 모블리!" 그리고 말한다. "아이빌린, 내가 통화할 때 이애가 얼씬 거리지 않게 하라고 몇 번이나 말했어!"

"죄송해요." 내가 메이 모블리를 보듬어 올리지만, 아기는 벌게 진 얼굴로 엉엉 울면서 바득바득 나를 밀어낸다.

"자자, 꼬마 아가씨, 괜찮아요. 다……"

메이 모블리가 얼굴을 심술궂게 찡그리고 내게 엉덩이를 돌리 더니 방귀를 뿡 뀐다. 그리고 내 귀를 툭 때린다.

미스 리폴트가 문을 가리키며 소리친다. "아이빌린, 아이를 데 리고 나가."

나는 아기를 부엌으로 데려간다. 미스 리폴트를 생각하면 부아 가 치밀지만 혀를 깨물고 참는다. 저 바보 천치가 제 자식에게 조 금이라도 관심을 보이면 이런 일이 없을 텐데! 우리는 메이 모블 리의 방으로 간다. 나는 흔들의자에 앉고, 아기는 내 어깨에 얼굴 을 묻은 채 훌쩍훌쩍 운다. 나는 아이의 등을 쓸어준다. 내 얼굴에 서린 분노를 아이가 보지 않아서 다행이다. 아기가 자기에게 화가 났다고 생각하면 곤란하니까.

“괜찮아요, 꼬마 아가씨?” 나는 가만가만 속삭인다. 아기의 작은 주먹에 맞은 귀가 얼얼하다. 아기가 때린 게 제 엄마가 아니라 나여서 천만다행이다. 그 여자가 맞았다면 아기한테 무슨 짓을 했을지 모른다. 아기의 종아리를 내려다보니 손가락 자국이 벌겋게 남았다.

“꼬마 아가씨, 제가 여기 있잖아요. 아이비가 있잖아요.” 나는 의자를 흔들며 아기를 어르고, 또다시 흔들며 어른다.

하지만 꼬마 아가씨는 하염없이 운다.

점심 무렵, 텔레비전에서 내가 챙겨 보는 연속극이 나올 시간이 되자 차고 안이 잠잠해진다. 메이 모블리는 내 무릎에 앉아 푸르대콩 까는 것을 도와준다. 아기는 아침부터 줄곧 뾰로통하다. 나도 마찬가지 심정이지만 폭발할까 염려하지 않아도 될 만큼은 화를 누른 것 같다.

부엌으로 가서 나는 아기에게 볼로냐 샌드위치를 만들어준다. 인부들은 진입로에 세워둔 트럭 안에서 점심을 먹는다. 이 평화가 고맙다. 나는 꼬마 아가씨를 보며 웃고, 딸기를 집어주면서 제 엄마에게 말썽을 부릴 때 내가 있어서 천만다행이라고 생각한다. 내가 없었으면 어땠을지 상상조차 하기 싫다. 아기는 딸기를 입속에 넣고 우물거리면서 나를 보고 웃는다. 아기도 아마 같은 기분일 거야, 나는 생각한다.

미스 리폴트가 집을 비운 터라 나는 미스 월터의 집에 전화해서 미니에게 일자리를 찾았는지 물어볼까 싶다. 하지만 전화기 쪽으로 발걸음을 떼기도 전에 뒤쪽에서 문 두드리는 소리가 난다. 문을 열자 인부 하나가 서 있다. 늙수그레한 남자다. 흰 칼라가 달린 셔츠에 상하의가 붙어 있는 작업복을 입었다.

"안녕하쇼. 수고스럽겠지만 물 좀 주시겠소?" 그가 묻는다. 처음 보는 얼굴이다. 타운의 남쪽 어딘가에 사나보다.

"별로 어려운 일도 아닌걸요." 내가 말한다.

나는 찬장에서 종이컵을 꺼낸다. 메이 모블리의 두번째 생일에 사용한 컵이라 생일 축하 풍선들이 그려져 있다. 유리잔에 담아주면 미스 리폴트가 싫어할 것이 뻔하다.

그는 단숨에 물을 들이켜고 컵을 돌려준다. 퍽 고단해 보인다. 눈동자에 외로움이 어려 있다.

"어떻게 여기까지 일하러 오셨어요?" 내가 묻는다.

"일이니까요." 그가 말한다. "아직 물이 안 터지네요. 아무래도 저쪽 길에서 수돗물을 끌어다 써야 할 것 같군요."

"다른 분이 마실 물도 드릴까요?" 내가 묻는다.

"그래주면 대단히 고맙겠소." 그가 고개를 끄덕인다. 나는 알록달록한 그림이 그려진 컵에 다른 인부에게 줄 수돗물을 가득 받아 건넨다.

하지만 그는 물컵을 들고 곧바로 동료에게 가지 않는다.

"저, 미안하지만 말이오." 그가 말한다. "어디서……" 그가 잠시 멈칫하더니 자기 발치를 내려다본다. "소변은 어디서 보면 되겠소?"

그가 고개를 들고 나는 그를 보고, 우리는 잠시 그렇게 서로 쳐다본다. 그러니까 이건 우스운 상황이다. 하하, 우스운 게 아니라, 생각하면 할수록 허허, 우습다. 지금 우리가 있는 이 집에는 안에 욕실이 두 개 있고 바깥에 또하나를 짓고 있다. 그런데도 이 남자가 용변을 볼 장소는 여전히 없다.

"그게……" 이런 상황은 처음이다. 이 주에 한 번씩 뜰을 손질하러 오는 청년 로버트는 아마 혼자 알아서 처리했을 것이다. 하지만 이 사람은 노인이다. 큼지막한 손은 주름투성이다. 칠십 년 동안의 근심이 얼굴에 어찌나 많은 선을 그었는지 꼭 도로지도를 보는 것 같다.

"집 뒤로 돌아가면 덤불이 무성한 곳이 있어요. 거기로 가셔야겠어요." 내 목소리가 내 귀에 똑똑히 들리지만 내가 한 말이 아니었으면 싶다. "개가 있지만 달려들지는 않을 거예요."

"알겠소. 고맙소."

나는 그가 동료에게 갖다 줄 컵을 들고 느릿느릿 집 뒤로 가는 모습을 지켜본다.

오후 내내 통탕통탕 내려찍고 삽질하는 소리가 들린다.

다음 날도 앞뜰에서는 종일 탕탕거리며 망치질하고 삽으로 푹푹 뜨는 소리가 난다. 나도 묻지 않고 미스 리폴트도 설명하지 않는다. 다만 그녀는 어디까지 했는지 보려고 한 시간마다 뒷문을 열고 빠끔 내다볼 뿐이다.

세시가 되자 쿵쾅거리는 소리가 멎더니 인부들이 트럭을 타고 떠난다. 그들이 떠나자 미스 리폴트는 한숨을 푹 내쉰다. 그러더니 차를 몰고 외출한다. 집 주위를 돌아다니는 두 유색인 남자 때문에 신경 쓰여 참았던 볼일을 보러 간 것이다.

잠시 뒤에 전화벨이 울린다.

"미스 리폴……"

"나더러 도둑년이라고 그 여자가 동네방네 떠들고 다닌대요! 내가 일자리를 구하지 못한 게 다 그 때문이었어요! 그 마녀가 나를 하인즈 카운티에서 입을 함부로 놀리는 가정부 범죄자로 만들어버린 거예요!"

"잠시만, 미니, 숨 좀 돌리고……"

"오늘 아침 일하러 가기 전에 시커모어에 사는 렌프로 씨 집에 들렀는데 미스 렌프로가 나를 내쫓다시피 하지 뭐예요. 미스 힐리한테 다 들었다면서요. 내가 미스 월터의 가지 모양 촛대를 훔친 걸 모르는 사람이 없다나요!"

미니가 송수화기를 얼마나 꽉 움켜쥐었는지 그 소리가 다 들릴 지경이다. 당장에라도 부숴버릴 것 같다. 저편에서 카인드라가 지르는 고함 소리가 고스란히 들린다. 미니가 왜 벌써 돌아온 걸까. 보통 네시까지는 일하는데.

"나는 그 할망구를 잘 먹이고 잘 보살핀 것밖에 없는데!"

"미니, 자네가 정직한 건 내가 알아. 하느님도 그건 아실걸."

미니의 목소리가 벌집에서 붕붕거리는 벌들처럼 누그러진다. "미스 월터 집에 갔더니 미스 힐리가 거기 와 있다가 20달러를 주려고 하더군요. '받아. 필요한 거 알아.' 그 얼굴에 침을 뱉을 뻔했어요. 하지만 그러지는 않았어요." 미니가 시근거리다가 이윽고 말한다. "더 끔찍한 짓을 했거든요."

"뭘 했기에?"

"말하지 않을 거예요. 그 파이 이야기는 누구한테도 안 해요. 하지만 그 여자는 그런 꼴을 당해도 싸요!" 이제 미니는 흐느끼고 있었다. 나는 오싹한 한기를 느낀다. 미스 힐리에게 맞서봐야 어림없다. "앞으로 일자리 구하기는 글렀어요. 리로이가 나를 죽이려 들 텐데……"

카인드라가 뒤에서 울기 시작한다. 미니는 인사도 없이 전화를 툭 끊는다. 파이가 어찌 됐다는 건지 모르겠다. 하지만 어쩐다, 미니라면, 적당히 넘어갔을 리가 없다.

그날 저녁 나는 아이다가 가꾸는 텃밭에서 자리공과 토마토를 딴다. 햄을 굽고, 비스킷을 찍어 먹을 그레이비소스를 만든다. 가발은 빗질해서 분홍색 롤러로 말아두었고, 내 머리에는 아까 굿너프 스프레이를 뿌렸다. 오후 내내 미니 걱정을 했다. 밤에 잠을 좀 자려면 그 생각을 내려놓아야 한다. 저녁을 먹으려고 식탁에 앉아 라디오를 켠다. 어린 스티비 원더가 〈Fingertrips〉를 부른다. 그 소년에게는 유색인이라는 사실이 별것 아니다. 열두 살이고 앞을 못 보지만 라디오에 나와서 성공했다. 노래가 끝나고 나는 다이얼을 돌린다. 그린 목사의 설교는 건너뛰고 WBLA 방송에서 멈춘다. 여기서는 주크 조인트 블루스* 음악을 틀어준다.

나는 어스레한 시간에 듣는 희뿌옇고 술을 홀짝이는 것 같은 소리가 좋다. 내 집에 사람들이 그들먹하게 모인 것 같다. 여기 부엌에서 사람들이 흐느적거리며 블루스에 맞춰 춤추는 장면이 펼쳐진다. 나는 천장 등을 끄고 레이븐 식당에 간 기분을 낸다. 그곳에는 붉은 전등갓 아래로 불빛이 흘러 조그마한 테이블을 비춘다. 오뉴월의 훈훈한 날씨다. 내 남편 클라이드가 흰 치아를 반짝이며 싱긋 웃고는 당신, 술 한 잔 갖다 줄까? 한다. 나는 블랙 메리 스트레이트, 하고 말하지만, 그 순간 부엌에 앉아 혼자 이런 공상에 빠진 내 모습에 쿡 웃음이 난다. 내가 마셔본 가장 짜릿한 음료라고 해봐야 기껏 자주색 니하이 콜라다.

라디오에서는 멤피스 미니**가 기름기 없는 살코기는 잘 구워지지 않는다고 노래하기 시작한다. 그런 사랑은 오래가지 않는다는 의미이다. 이따금 나도 새 남자를 만날지 모른다고 생각한다. 어쩌면 교회에서. 하지만 문제는 내가 주님을 사랑하는 만큼 교회에서 만난 남자가 나를 사랑해주는 일은 절대 없을 거라는 것이다. 내가 좋아하는 남자는 가산을 탕진하고 바람을 피우는 남자가 아니다. 그런 실수는 이십 년 전에 이미 했다. 클라이드가 패리시가에서 코코아라는 추잡한 여자와 놀아나느라 나를 버렸을 때 앞으로 그런 일에는 완전히 관심을 끊는 게 낫겠다고 생각했다.

---

* 춤추기에 알맞은 음악으로 'R & B'와 블루스를 결합한 것. 1950년대와 1960년대에 종종 연주되었다.
** 1897~1973. 미국의 블루스 기타리스트, 보컬리스트 겸 작곡가.

바깥에서 들리는 기분 나쁜 고양이 울음소리에 나는 다시 썰렁한 부엌으로 돌아온다. 라디오를 끈 뒤 불을 켜고 가방에서 기도책을 꺼낸다. 내 기도책은 벤 프랭클린 잡화점에서 산 푸른색 수첩이다. 마음에 들 때까지 고쳐 쓸 수 있게 연필로 쓴다. 나는 중학교 때부터 기도문을 쓰기 시작했다. 7학년 때 어머니를 도와야 해서 학교를 그만두어야 한다고 말하자 로스 선생님은 울상을 지었다. "네가 우리 반에서 제일 똑똑한데, 아이빌린." 그리고 말했다. "총명함을 잃지 않으려면 날마다 읽고 쓰는 것밖에 방법이 없단다."

그래서 나는 입으로 기도를 하는 대신 쓰기 시작했다. 하지만 그 뒤로는 아무도 내게 똑똑하다고 말해주지 않았다.

기도책을 넘기며 오늘밤은 누구를 위해 기도할지 생각한다. 이번주에 미스 스키터를 명단에 넣을까 하는 생각도 몇 번 했다. 왜 그런 생각이 들었는지 나도 잘 모르겠다. 그녀는 나를 보면 늘 잘해준다. 그것이 오히려 불안하지만, 미스 리폴트의 부엌에서 그녀가 내게 묻다 만 질문이 어쩐지 자꾸만 떠오른다. 그녀는 내게 현실을 바꾸고 싶은지 물었다. 그뿐 아니라 자기를 키운 가정부 콘스탄틴이 어디 사는지도 물었다. 나는 콘스탄틴과 미스 스키터의 엄마 사이에 어떤 일이 있었는지 알지만 그 이야기는 절대 입 밖에 내지 않을 것이다.

내가 미스 스키터를 위해 기도하기 시작하면 상황은 힘들어진다. 다음번에 그녀를 보면 그 대화가 이어질 것이 뻔하다. 그다음에도 또 그다음에도. 기도는 그런 것이다. 기도는 전류와 같아서 상황을 계속 흐르게 한다. 게다가 화장실에 대해서는 정말이지 말도 하기 싫다.

나는 기도 명단을 훑는다. 사랑스러운 메이 모블리가 맨 위에 있고, 그다음은 류머티즘으로 고생하는 같은 교회에 다니는 패니루다. 내 여동생인 아이네즈와 메이블은 포트 깁슨에 사는데, 합해서 자식이 열여덟이고 그중 여섯이 독감에 걸렸다. 기도할 사람이 많지 않은 날은 사료가게 뒤에 사는, 구두 광택제를 마셔서 정신이 이상해진 데다 악취를 풍기는 백인 영감을 집어넣는다. 하지만 오늘밤은 기도할 사람이 많다.

이 명단에 또 누구를 집어넣었나. 하고많은 사람 중에 버트리나 베서머를 넣었다! 그녀는 오래전에 내가 클라이드와 결혼할 때 나를 검둥이 바보 천치라고 불렀고, 그때부터 서로 서먹서먹한 사이가 됐다는 건 모두가 다 아는 이야기다.

"미니," 지난 일요일에 내가 말했다. "버트리나가 왜 나더러 자기를 위해 기도해달라는 거야?"

우리는 한시 예배를 마치고 함께 집으로 걸어가고 있었다. 미니가 대답했다. "사람들이 그러는데, 언니의 기도는 힘이 있어서 다른 사람들보다 효력이 더 크대요."

"뭐라 그런다고?"

"유도라 그런만 해도 골반이 부러졌을 때 언니의 기도 명단에 오르자마자 일주일 뒤에 바로 일어섰잖아요. 이사야도 목화 트럭에서 굴러떨어졌을 때 언니의 기도 명단에 들어가고 바로 다음 날 일을 나갔고요."

이 말을 듣자 나는 트리로어를 위해서는 기도할 시간조차 없었다는 사실을 깨달았다. 어쩌면 그래서 하느님이 그애를 그토록 빨리 데려갔는지도 모른다. 그분은 내가 따지는 것조차 원치 않았던 것이다.

"워싱턴은 어땠고요." 미니가 말을 이었다. "롤리 잭슨도 있어요. 세상에, 롤리는 명단에 들어가고 이틀 만에 예수님의 손길이 닿은 것처럼 휠체어에서 벌떡 일어났잖아요. 하인즈 카운티에 사는 사람 중에 그걸 모르는 사람은 하나도 없을걸요."

"하지만 그건 내가 한 일이 아닌걸. 이건 그냥 기도야."

"버트리나가 그러는데……" 미니가 키득거리며 말한다. "코코아 말이에요. 클라이드와 달아난 여자요."

"쳇, 그 계집은 절대 용서하지 않는다는 거 알잖아."

"클라이드가 언니를 떠나고 일주일 뒤에 코코아가 아침에 일어났더니 사타구니가 썩은 굴처럼 변해 있었대요. 세 달 동안 낫지 않았다나요. 버트리나가 코코아랑 친했잖아요. 그래서 언니의 기도가 효력이 있다는 걸 아는 거죠."

나는 입을 다물지 못했다. 왜 이 이야기를 전에는 해주지 않았던 걸까? "그럼 사람들이 내가 무슨 흑마술이라도 한다고 생각하는 거야?"

"이 말을 하면 쓸데없이 그런 생각을 할 줄 알았어요. 사람들은 언니가 다른 사람들보다 하느님과 더 잘 연결되어 있다고 생각해요. 우리 모두 하느님과 이런저런 식으로 연결되어 있지만 언니는 귀에 연결되어 있다고 말이에요."

조리용 레인지에서 찻주전자가 달그락거리자 나는 다시 현실 세계로 돌아온다. 어쩐다, 미스 스키터도 명단에 올리는 게 좋을 것 같다. 하지만 왜 그런 생각이 들까. 이유는 여전히 모르겠다. 이 생각을 하니 떠올리고 싶지 않은 사실이 떠오른다. 미스 리폴트는 내가 질병을 옮긴다고 생각해서 내게 화장실을 지어준다. 미스 스키터는 나더러 현실을 바꾸고 싶지 않은지 묻는다. 미시시피 주 잭슨을 바꾸는 것이 전구를 갈아 끼우는 거나 마찬가지라는 듯이.

미스 리폴트의 부엌에서 콩을 까는데 전화벨이 울린다. 미니가 일자리를 구했다는 전화라면 좋겠다. 나도 내가 일한 집마다 일일이 전화를 걸어봤지만 대답은 죄다 똑같았다. "가정부를 쓸 계획은 없는데." 하지만 진심은 이렇다. "미니는 안 써."

미니는 사흘 전에 일을 그만뒀지만 간밤에 미스 월터가 미니에게 몰래 전화해서 오늘 와주지 않겠느냐고, 집이 너무 썰렁하다고, 미스 힐리가 가구를 거의 다 들어냈다고 했단다. 미니와 미스 힐리 사이에 어떤 일이 있었는지 나는 아직 모른다. 굳이 알고 싶지도 않다.

"리폴트 댁입니다."

"어, 여보세요. 난……" 여자는 잠시 말을 멈추고 큼큼거린다. "여보세요. 저기…… 저, 엘리자베스 리어폴트와 통화하고 싶은데요."

"미스 리폴트는 지금 안 계신데요. 말씀을 남겨드릴까요?"

"아." 별일 아닌 것에 잔뜩 들뜬 사람처럼 그녀가 말한다.

"누구시라고 전해드릴까요?"

"나는…… 셀리아 푸트라고 하는데요. 남편이 이 전화번호를 알려줬는데, 엘리자베스가 누군지는 모르지만…… 엘리자베스가 아동 돕기 자선행사와 여성 연맹에 대해 잘 안다고 해서요." 이름은 알겠는데 누군지는 정확히 떠오르지 않는다. 이 여자는 두메산골에서 방금 도착해서 아직 신발 속에 옥수수를 심는 사람처럼 말한다. 하지만 나긋나긋한 고음이다. 이 집에 드나드는 여자들과는 사뭇 다르다.

"말씀을 남기시면 전해드릴게요. 전화번호가 어떻게 되세요?" 내가 말한다.

"여기 온 지 얼마 안 됐는데, 아니, 사실 그렇지는 않고, 여기 산 지 제법 됐는데, 어머나, 일 년이 넘었네요. 하지만 아는 사람이 없어요. 많이…… 돌아다니지 않아서요."

그녀가 다시 큼큼거린다. 이 여자가 이런 말을 왜 내게 하는지 모르겠다. 나는 가정부다. 그녀가 이런 말을 해도 내가 친구가 되어줄 수는 없다.

"집에서 아동 돕기 자선행사를 도울 방법이 없을까 해서요." 그녀가 말한다.

그 순간 기억이 떠오른다. 미스 힐리의 옛 남자친구와 결혼했다는 이유로 미스 힐리와 미스 리폴트가 만날 헐뜯던 여자다.

"말씀을 전해드릴게요. 전화번호가 어떻게 된다고 하셨지요?"

"아, 하지만 식품점에 다녀올 생각인데, 아, 나가지 말고 그냥 기다려야겠어요."

"직접 받지 않으셔도 가정부에게 말씀을 남기실 거예요."

"나는 가정부가 없는데요. 사실 그 문제도 물어보려고 했는데 혹시 추천할 만한 사람이 없을까 해서요."

"가정부를 구한다고요?"

"매디슨 카운티까지 와줄 사람을 애타게 찾고 있어요."

그렇다면 하나 있지. "제가 정말 괜찮은 사람을 아는데요. 음식 솜씨가 뛰어나고 아이들도 잘 돌보고요. 게다가 차도 있어서 거기로 가는 것도 문제가 없겠네요."

"아, 그럼…… 그래도 엘리자베스와 그 문제로 이야기하고 싶어요. 내가 전화번호를 말했던가요?"

"아니요." 나는 한숨짓는다. "말씀하세요." 미스 힐리가 거짓말을 퍼뜨리고 다니는 한 미스 리폴트가 미니를 추천할 리는 없다.

그녀가 말한다. "미서스 조니 푸트, 에머슨 26609번."

혹시 해서 내가 말한다. "그 가정부 이름은 미니예요. 레이크우드 84432번이고요. 받아 적으셨어요?"

꼬마 아가씨가 와서 내 옷을 잡아당긴다. "배가 아파요." 그리고 자기 배를 문지른다.

그 순간 나는 묘안이 떠오른다. "잠시만 기다리세요. 미스 리폴트, 뭐라고요? 아, 네, 제가 말씀드리지요." 그리고 다시 전화기에 대고 말한다. "미스 셀리아, 미스 리폴트가 방금 돌아오셨는데 몸이 좋지 않다면서, 미니에게 전화해도 된다고 하시네요. 자선행사에 대해서는 도움이 필요하면 직접 전화하시겠다고요."

"오! 고맙다고 전해줘요. 얼른 낫기를 바란다는 말도요. 아참, 아무 때나 전화해도 된다는 말도 전해줘요."

"미니 잭슨, 레이크우드 84432번이에요. 잠깐만, 받아 적으셨지요?" 나는 메이 모블리에게 쿠키를 집어주면서 내 속에 도사린 악마에게 오롯한 희열을 느낀다. 거짓말이지만, 상관없다.

그리고 미스 셀리아 푸트에게 말한다. "모두 미니를 원하니까 다른 사람에게는 알리지 말라고 신신당부하시네요. 소개한 걸 알면 다들 속상해할 거라면서요."

"내 비밀을 지켜주면 나도 그녀의 비밀은 지켜요. 내가 가정부를 고용한다는 사실을 남편에게 알리고 싶지 않거든요."

오호라, 이게 완벽하지 않다면 뭐가 완벽하단 말인가.

전화를 끊자마자 나는 미니에게 전화한다. 바로 그때 미스 리폴트가 문을 열고 들어온다.

낭패다. 그러니까 내가 미스 셀리아라는 여자에게 미니의 집 전화번호를 알려주었는데, 미니는 오늘 미스 월터가 외롭다고 해서 그 집으로 갔다. 미스 셀리아가 전화하면 멍청한 리로이는 미스 월터의 전화번호를 알려줄 것이다. 미스 셀리아가 전화하고 미스 월터가 받으면 일은 다 글렀다. 미스 월터는 미스 힐리가 퍼뜨리는 이야기를 줄줄 읊어댈 것이다. 일이 틀어지기 전에 미니나 리로이와 연락이 닿아야 한다.

미스 리폴트는 침실로 가자마자, 아니나 다를까, 전화기를 붙잡더니 놓지 않는다. 맨 먼저 미스 힐리에게 전화한다. 이어서 미용실에 전화한다. 그리고 결혼 선물 때문에 가게에 전화해서 쉬지 않고 조잘댄다. 전화를 끊자 밖으로 나와서 이번주 저녁 식단이 뭔지 묻는다. 나는 공책을 꺼내 주저리주저리 읊는다. 그녀가 포크찹은 안 된단다. 남편의 몸무게를 줄여야 한단다. 대신 납작한 스킬릿 팬에 구운 스테이크와 야채샐러드로 하란다. 메랭인지 뭔지가 몇 칼로리가 되는지 내가 어떻게 안담? 메이 모블리가 너무 포동포동하니 쿠키도 주면 안 되고 또, 또……

웬일이람! 일을 시킬 때 말고는 말도 붙이지 않고 화장실도 가려서 쓰라는 여자가 웬일로 내가 절친한 친구라도 되는 것처럼 말한다. 메이 모블리는 제 엄마의 관심을 끌려고 흔들흔들 신나게 몸을 흔든다. 미스 리폴트가 살짝 관심을 보이려고 허리를 숙이려는 찰나, 이를 어째! 미스 리폴트는 깜박 잊고 사 오지 않은 것이 있는데 시간이 벌써 이렇게 됐다며 허둥지둥 문을 열고 뛰쳐나간다.

나는 부리나케 전화 다이얼을 돌린다.

"미니! 일자리를 구했어. 하지만 자네가 전화를 직접 받아야 해."

"벌써 받았어요." 미니의 목소리는 차분하다. "리로이가 여기 전화번호를 알려줬어요."

"미스 월터가 받았겠네." 내가 말한다.

"똥 덩어리처럼 귀먹은 줄 알았더니 하느님이 기적을 일으키셨는지 어쩐 일로 그 여자가 전화벨 소리를 들었지 뭐예요. 나는 부엌에 들락날락하느라 별 신경을 쓰지 않았는데 마지막에 내 이름이 들리데요. 그 뒤에 리로이가 전화해서 자초지종을 알았어요."

목소리에 피곤이 배어 있지만 미니는 지칠 줄 모르는 사람이다.

"그랬구나. 미스 월터는 미스 힐리가 퍼뜨린 거짓말을 일러바치지 않은 모양이네. 하긴, 누군들 확실히 알까마는." 나조차 그렇게 믿을 만큼 어리석지는 않다.

"그러지 않았다 한들 내가 미스 힐리에게 어떻게 앙갚음했는지 미스 월터는 속속들이 아는걸요. 언니는 내가 저지른 끔찍이 지독한 그 일은 절대 모를 거예요. 말할 생각도 아예 없지만. 내가 악마나 다름없다고, 미스 월터가 그 여자한테 말했을 거예요." 미니의 목소리가 어쩐지 괴기스럽다. 아주 느리게 돌아가는 레코드판처럼.

"미안해. 더 일찍 전화해서 자네가 직접 받게 했어야 하는데."

"언니는 최선을 다한걸요. 당장은 누구라도 나를 도와주지 못할 거예요."

"자네를 위해 기도할게."

"고마워요." 미니의 목소리가 푹 가라앉는다. "그리고 도와줘서 고마워요."

우리는 전화를 끊고, 나는 대걸레로 바닥을 닦는다. 미니의 목소리를 들으니 두려운 마음이 인다.

미니는 항상 강했고 항상 맞섰다. 트리로어가 죽고 세 달 동안 미니는 밤마다 어김없이 먹을 것을 싸들고 나를 찾아왔다. 그리고 날마다 말했다. "안 돼요. 언니 없는 이 서글픈 세상에 나만 남겨두고 가서는 안 돼요." 하지만 솔직히 말해, 내가 그런 생각을 하지 않았을 리 없다.

미니가 나를 발견했을 때 나는 이미 밧줄을 목에 묶고 있었다. 트리로어가 과학 숙제를 할 때 도르래와 고리로 쓰던 밧줄이었다. 나조차 그것을 그렇게 쓸 거라고는 생각지 못했고 신의 뜻을 거스르는 죄라는 것도 알았지만 당시에 나는 제정신이 아니었다. 하지만 미니는 일언반구 없이 침대 밑에서 그걸 끄집어내서 깡통에 넣더니 밖으로 가지고 나갔다. 그러곤 돌아와서는 평소 청소를 끝냈을 때처럼 아무렇지 않게 양손을 비볐다. 그렇게 온갖 일을 도맡는 사람이 미니다. 하지만 지금 그녀의 목소리는 불안하다. 오늘 밤은 미니의 침대 밑을 살펴봐야겠다.

나는 텔레비전에서 여자들이 항상 방실거리면서 쓰는 선샤인 세제통을 내려놓는다. 청소를 마저 끝내야 한다. 메이 모블리가 배를 감싸 쥐고 다가온다. "안 아프게 해줘."

아이가 제 얼굴을 내 다리에 갖다 댄다. 나는 아이가 내 손에 깃든 사랑을 느끼고 몸을 보르르 떨 때까지 머리를 쓰다듬고 또 쓰다듬는다. 나는 내 친구 전부를, 그들이 내게 무엇을 베풀었는지를 생각한다. 그리고 그들이 백인 여자들에게 날마다 무엇을 해주는지를, 미니의 목소리에서 느끼는 고통을, 죽어서 땅속에 묻힌 트리로어를. 꼬마 아가씨를 물끄러미 내려다본다. 마음속 깊은 곳에서는 나도 알고 있다. 이 아이가 제 엄마처럼 변해도 막을 수 없다는 것을. 그러자 그 모든 생각들이 한데 엉켜 내 몸을 스멀스멀 기어오른다. 나는 눈을 감고 주기도문을 외운다. 하지만 기분은 조금도 나아지지 않는다.

하느님, 저를 도와주세요, 뭔가 변해야 해요.

오후 내내 꼬마 아가씨가 내 다리를 붙잡고 따라다니는 바람에 나는 몇 번이나 넘어질 뻔한다. 그래도 괜찮다. 미스 리폴트는 아침부터 지금까지 내게도 메이 모블리에게도 말 한마디 건네지 않는다. 침실에서 재봉틀만 줄기차게 돌린다. 이 집에서 마음에 들지 않는 뭔가를 덮어버리려는 것이다.

잠시 뒤 나는 메이 모블리와 함께 거실로 간다. 다려야 할 미스터 리폴트의 셔츠가 산더미인 데다 그 일이 끝나면 고기 찜을 해야 한다. 욕실은 이미 둘 다 치웠고 시트도 갈았고 러그의 먼지도 청소기로 빨아들였다. 나는 일을 빨리 해치우고 꼬마 아가씨와 더 많이 놀아주려고 노력한다.

미스 리폴트가 다가와서 내가 다림질하는 것을 지켜본다. 이따금 이런다. 얼굴을 찡그리고 하릴없이 쳐다본다. 내가 고개를 흘끗 들자 그녀가 잽싸게 미소를 지으며 뒤통수 쪽이 풍성해지게 머리를 매만진다.

"아이빌린, 깜짝 놀랄 선물이 있어."

그녀가 활짝 웃는다. 보통은 치아를 드러내지 않고 입술만 살짝 움직여서 잘 봐야 웃는지 알 수 있다. "미스터 리폴트와 내가 아이빌린에게 따로 화장실을 만들어주기로 했어." 그녀가 양손을 맞잡으며 턱을 내리고 나를 본다. "저 바깥 차고에."

"네, 아씨." 이 여자는 이제껏 내가 어디에 있었다고 생각하는 걸까?

"그러니까 이제부터는 손님 욕실 말고 저 바깥에 있는 화장실을 쓰면 돼. 기쁘지 않아?"

"기뻐요, 아씨." 나는 다림질을 계속한다. 텔레비전에서 내가 보는 프로그램이 나온다. 하지만 그녀는 계속 서서 나를 본다.

"그러니까 이제 저기 저 차고에 있는 화장실을 쓰는 거야, 알았지?"

나는 그녀를 보지 않는다. 나는 괜한 말썽을 일으키고 싶지 않고, 어쨌거나 그녀는 자기가 하고 싶은 말을 마쳤다.

"휴지를 챙겨 저 바깥에 나가서 한번 써보지 않겠어?"

"미스 리폴트, 당장은 가고 싶지 않은데요."

메이 모블리가 놀이장에서 내게 손가락을 내밀며 말한다. "메이 모 주스?"

"가져다줄게요, 꼬마 아가씨." 내가 말한다.

"오," 미스 리폴트가 자기 입술을 몇 차례 깨문다. "하지만 앞으로 화장실을 써야 하면 바깥에 나가서 저걸 쓰는 거야. 내 말은…… 저것만. 알았지?"

화장품을 어찌나 덕지덕지 발랐는지 미스 리폴트는 두꺼운 크림 덩어리 같다. 노르스름한 화장품을 입술까지 발라서 입이 있는지조차 모르겠다. 그녀가 어떤 대답을 기다리는지 알기에 나는 원하는 대로 말해준다. "이제부터 유색인 화장실을 쓰지요. 그리고 백인 욕실은 클로록스로 다시 깨끗하게 닦아놓을게요."

"뭐, 서두를 건 없어. 오늘 안으로만 마치면."

그러면서 결혼반지를 만지작거리는데 서 있는 본새로는 당장

하라는 뜻이다.

　나는 다리던 옷을 천천히 내려놓고 가슴속에서 쓰라린 씨앗이 자라는 것을, 트리로어가 죽은 뒤 심어진 그 씨앗이 훌쩍 자라는 것을 느낀다. 얼굴이 화끈거리고 혀가 바짝 마른다. 그녀에게 무슨 말을 해야 할지 모르겠다. 하지만 그 말만은 하지 않을 것이다. 그것은 확실하다. 그녀 역시 하고 싶은 말을 참고 있다는 것을 나는 안다. 말하는 사람은 아무도 없는데 우리는 계속 대화를 나누고 있으니 참으로 희한한 일이다.

3장

이 백인 여자의 집 뒤쪽 포치에 서서 나는 혼자 씨부렁거린다. 처넣어, 미니. 입에서 뭐가 튀어나오든 처넣고 궁둥짝도 처넣어. 시키는 대로 고분고분 듣는 가정부로 보여야 해. 하지만 솔직히 나는 지금 몹시 불안하다. 이 일을 어떻게든 맡으려면 다시는 말대답을 해서는 안 된다.

나는 발목까지 흘러내린 긴 스타킹을 쏙 끌어 올린다. 뚱뚱하고 땅딸막한 온 세상 여자들의 비애다. 나는 무슨 말을 할지, 무슨 말을 참을지 연습한다. 그리고 초인종을 누른다.

초인종이 길게 딩동 울리는데, 그 소리는 교외에 있는 이만큼 큰 저택에 걸맞게 우아하고 낭만적이다. 좌우로 회색 벽돌 건물이 하늘 높이 솟아 성처럼 보인다. 숲이 사방에서 잔디밭을 에워싸고 있다. 이곳이 동화책에 나온다면 저 숲 속에는 마녀들이 살 것이다. 아이들을 잡아먹는 마녀들.

뒷문이 열리자, 미스 메릴린 먼로가 서 있다. 혹은 그 비슷한 사람이.

"어서 와요. 딱 맞춰 왔군요. 난 셀리아. 셀리아 레이 푸트예요."

백인 여자가 손을 내밀고, 나는 그녀를 찬찬히 뜯어본다. 생김새는 메릴린 먼로 같은데 이 꼬락서니로는 영화 오디션은 못 보겠다. 잘 매만진 노란색 머리는 밀가루를 흠뻑 뒤집어썼고, 가짜 속눈썹에도 밀가루가 묻었다. 볼품없는 분홍색 바지 정장도 위아래로 밀가루투성이다. 먼지 구덩이 속에서 저렇게 꼭 끼는 옷차림을 하고 숨은 어떻게 쉬는지 신기할 따름이다.

"네, 저는 미니 잭슨입니다." 나는 악수 대신 흰 제복을 매만진다. 저렇게 밀가루 범벅이 되고 싶지는 않다. "음식을 만들고 계셨나보네요."

"잡지에서 본 케이크인데……" 그녀가 한숨짓는다. "잘 안 되네요."

그녀를 따라 안으로 들어가기 무섭게 나는 미스 셀리아 레이 푸트가 이 밀가루 재난에서 입은 부상이 지극히 경미하다는 것을 알아챘다. 부엌은 그야말로 밀가루 천지다. 조리대, 더블도어 냉장고, 키친에이드 믹서에도 밀가루가 5밀리미터 넘게 쌓여 흰 눈밭을 이루고 있었다. 이 엉망진창의 풍경을 보고 있자니 머리가 돌 것 같다. 아직 일을 맡은 것도 아닌데 나는 어느새 스펀지를 찾느라 싱크대를 본다.

미스 셀리아가 말한다. "좀 배워야 할 것 같아요."

"그러셔야겠네요." 내가 말한다. 하지만 혀를 꽉 깨문다. 이 백인 여자에게는 그렇게 말대답하지 마. 그러다가 그 여자를 요양원까지 보낸 거 아니야.

하지만 미스 셀리아는 그저 웃으며 접시들이 켜켜이 쌓여 있는 싱크대에서 손을 씻는다. 어쩌면 미스 월터 같은 귀머거리를 또 한 명 찾은 건지도 모르겠다. 그렇기만 하다면야.

"부엌일이 손에 익지가 않아요." 그녀가 말한다. 속삭이는 것 같은 메릴린 먼로의 할리우드 음성이지만 대번에 그녀가 저 먼 촌구석에서 왔다는 걸 알겠다. 나는 아래를 내려다보며 이 바보 멍청이가 다른 백인 쓰레기들과 달리 신발을 신지 않았다는 것을 깨닫는다. 품위 있는 백인 여자들은 맨발로 돌아다니지 않는다.

나보다 열 살이나 열다섯 살 어려 보이니까 스물두셋쯤 된 것 같다. 정말 예쁘장한 얼굴이다. 그런데 화장품은 왜 저렇게 처바른 거지? 아닌 게 아니라 다른 백인 여자들보다 두 배는 더 짙다. 젖가슴도 훨씬 풍만하다. 거의 내 것만 한데, 나는 온몸이 전체적으로 뚱뚱하지만 그녀는 그 부위만 빼면 홀쭉하다. 그녀가 먹어주기만 해도 좋겠다. 나는 음식을 잘하고 사람들이 나를 쓰는 이유도 그거니까.

"시원한 음료수 좀 마실래요?" 미스 셀리아가 묻는다. "앉아 있어요. 내가 가져올게요."

이것이구나 싶다. 지금 뭔가 재미난 일이 벌어지고 있다.

"리로이, 미친 여자일 거예요." 사흘 전에 미스 셀리아가 전화해서 나더러 면접하러 오라기에 내가 리로이에게 그랬다. "타운 사람들 모두 내가 미스 월터의 은 촛대를 훔쳤다고 생각해요. 게

다가 미스 월터와 통화하는 걸 내 눈으로 봤으니 그 여자도 다 들었을 텐데 말이에요."

"백인들은 죄다 이상해." 리로이가 말했다. "누가 아나, 그 할망구가 좋은 말을 해줬을지."

나는 미스 셀리아 레이 푸트를 물끄러미 바라본다. 내 평생 백인 여자가 마실 것을 내올 테니 앉아 있으라는 건 처음이다. 제길, 이 바보 천치가 가정부를 고용할 계획이 있기는 한 건지, 그저 심심풀이로 나를 여기까지 불러들인 건 아닌지 이제 그것조차 아리송하다.

"먼저 집부터 둘러보는 게 좋겠네요, 아씨."

그녀는 헤어스프레이를 뿌린 머리엔 그 생각이 한 번도 떠오르지 않은 것처럼 해죽 웃더니 내가 앞으로 치우게 될지도 모르는 그 집을 구경시킨다.

"아, 그래요. 저쪽으로 가요, 맥시. 먼저 호화로운 식사실을 보여줄게요."

"제 이름은……" 내가 말한다. "미니예요."

어쩌면 이 여자는 귀가 먹지도 미치지도 않은 건지 모른다. 그냥 멍청한 거다. 찬란한 희망이 다시 샘솟는다.

그녀는 화려하게 꾸민 고택의 여기저기를 보여주며 조잘거리고, 나는 가만히 그녀의 뒤를 따른다. 아래층에는 방이 전부 열 개인데 한 방에는 회색 곰 인형이 지난번 가정부를 잡아먹고 새 가정부를 기다리는 듯 들어앉아 있다. 불탄 남부동맹 깃발을 넣은 액자가 벽에 걸려 있고, 테이블에는 '남부동맹 장군 존 푸트'라는 글자를 새긴 오래된 은제 총이 놓여 있다. 보나 마나 증조부뻘 되는 사람이 저 물건으로 노예들을 겁주었을 것이다.

좀더 구경하니 여느 좋은 백인 집처럼 보인다. 내가 가본 집들 중에서 가장 크고 바닥은 지저분하기 짝이 없고 러그는 죄다 먼지 투성이라는 점만 다르다. 잘 모르는 사람들은 낡은 집이라고 하겠지만 나는 골동품을 보면 단박에 알아본다. 나도 호화로운 집에서 몇 번 일해봤다. 이 여자가 후버 청소기도 없을 만큼 촌스럽지만 않으면 좋겠다.

"조니의 어머니가 집을 꾸미지 못하게 해요. 내 취향으로 하면 이런 구닥다리가 아니라 바닥 전면에 흰색 바탕에 금색으로 가장자리를 두른 카펫을 깔 텐데 말예요."

"어디 출신이세요?" 내가 묻는다.

"난…… 슈거 디치에서 왔어요." 그녀의 목소리가 약간 작아진다. 슈거 디치는 미시시피 주 저 아래에, 아마 미국 전체에서도 가장 아래에 있는 곳일 게다. 튜니카 카운티 위쪽에 있고 멤피스에 인접해 있다. 신문에서 사진을 봤는데 소작인들이 사는 판잣집들이 늘어서 있는 곳이었다. 백인 아이들조차 일주일은 굶은 것 같았다.

미스 셀리아는 애써 웃으며 말한다. "가정부는 이번이 처음이에요."

"당연히 쓰셔야죠." 이제, 미니를……

"미서스 월터의 추천을 받아서 정말 기뻐요. 당신에 대해 전부 말해줬어요. 타운에서 음식 솜씨가 최고라면서요."

이 말은 아무 의미가 없다. 미스 월터가 보는 앞에서 내가 미스 힐리에게 무슨 짓을 했는데. "저에 대해 또다른 말씀은…… 없으셨어요?"

하지만 미스 셀리아는 이미 곡선으로 꺾어지는 큰 계단을 올라가고 있다. 나도 따라 올라가서 긴 통로에 서니 창문으로 햇살이 비쳐 든다. 여자아이용 노란 침실이 두 개, 남자아이용 푸른색과 초록색 침실이 하나씩 있지만 여기서 아이들이 살지 않는 것은 확실하다. 먼지만 나뒹군다.

"여기 본채에는 침실 다섯 개, 화장실 다섯 개가 있어요." 미스 셀리아가 창문을 가리키자 커다란 푸른색 수영장이 보이고 그 뒤에 집이 한 채 더 있다. 나는 심장이 벌렁벌렁한다.

"그리고 저쪽에 있는 게 풀하우스*." 그녀가 한숨을 쉰다.

내 처지가 요 모양 요 꼴이니 무슨 일이든 덥석 맡겠지만 집이 이렇게 크니 돈은 넉넉히 받아야 한다. 일이 많은 건 괜찮다. 일은 두렵지 않다. "아이들이 생기면 이 침대들이 하나씩 차겠네요?" 나는 웃으려고, 상냥해 보이려고 애쓴다.

"그럼요. 우리도 아이들이 생길 거예요." 미스 셀리아는 큼큼거리며 손가락을 꼼지락거린다. "아이들은 우리가 살아가는 유일한 이유잖아요." 그녀가 자기 발을 쳐다본다. 어느새 그녀는 계단을 내려간다. 나는 따라간다. 그녀는 넘어질까 두려운지 난간을 단단히 붙잡는다.

---

* 수영장 옆에 지은 건물.

다시 식사실로 돌아오자 미스 셀리아가 절레절레 머리를 흔든다. "일거리가 끔찍하게 많죠. 침실이랑 바닥이랑 전부 다 하려면……"

"그러네요, 엄청 크네요." 아기 침대는 통로에 놓여 있고 변기 하나에 일곱 궁둥이가 비비는 우리 집을 보면 식겁하며 도망가겠 군. "하지만 저는 기운이 좋아서요."

"……게다가 닦아야 할 은식기 같은 것도 여기 이렇게 많고."

미스 셀리아가 우리 집 거실 크기만 한 은색 수납장을 연다. 가지촛대에 초 하나가 이상하게 꽂혀 있자 그녀가 바로잡는다. 그걸 보니 그녀가 왜 의심스러운 표정을 짓는지 알겠다.

미스 힐리의 거짓말이 타운에 퍼진 뒤로 내가 이름을 대기 무섭게 여자 셋이 연거푸 전화를 끊었다. 나는 한 방 맞을 마음의 준비를 한다. 말해요, 어서. 내가 어떤지, 당신의 은제품에 대해 무슨 생각을 하는지 말해요. 이 일이 나한테 얼마나 잘 맞는지, 내가 이 일을 맡지 못하게 미스 힐리가 어떤 수작을 부렸는지 생각하니 울음이 터질 것 같다. 나는 유리창을 뚫어져라 쳐다보며 면접이 여기서 끝나지 않기를 바란다.

"나도 알아요. 저 창문은 끔찍하게 높아요. 나는 이제껏 닦을 엄두도 못 냈는걸요."

나는 숨을 휴우 내쉰다. 창문은 은식기 따위에 비하면 터무니없이 쉽다. "창문은 수월해요. 미스 월터 댁에서도 사 주마다 한 번씩 맨 위에서 맨 아래까지 닦았는걸요."

"그 집은 단층집인가요, 아니면 이층집인가요?"

"단층집이기는 한데…… 그래도 할 일은 무지하게 많았어요.

아시다시피 오래된 집들은 구석구석 치울 게 많아서 말이죠."

이윽고 우리는 부엌으로 돌아간다. 우리 둘 다 아침식사를 하는 식탁을 내려다보지만 앉지는 않는다. 나는 이 여자의 머릿속에 도대체 무슨 생각이 들었는지 알고 싶어서 점점 조바심이 나고 머리에서는 땀이 흐른다.

"집이 참 크고 예쁘네요." 내가 말한다. "이렇게 외진 시골에 있고요. 할 일도 아주 많겠어요."

미스 셀리아가 결혼반지를 만지작거린다. "미서스 월터 집은 여기보다 일이 적었겠죠. 그러니까, 지금은 우리 둘뿐이지만 조만간 아이가 생길 테고……"

"혹시, 저기, 염두에 둔 다른 가정부가 또 있으세요?"

미스 셀리아가 한숨을 쉰다. "숱하게 왔다 갔어요. 아직 적당한 사람을…… 찾지는 못했지만." 그녀는 손톱을 깨물며 시선을 돌린다.

그녀가 나도 적당한 사람이 아니라고 말하기를 기다리지만 우리는 그저 밀가루 천지에서 숨만 푹푹 내쉰다. 결국 내가 마지막 카드를 꺼내며 나직이 말한다. 내게 남은 건 이것뿐이다.

"아시다시피 미스 월터가 요양원에 가게 돼서 제가 일을 관두게 되었지요. 저를 해고한 건 아니에요."

하지만 그녀는 이 오래되고 지저분한 저택에 온 뒤로 바닥을 한 번도 닦지 않아서 틀림없이 발바닥이 시커메졌을 자기 맨발만 쳐다본다. 이 여자가 나를 원하지 않는 것이 분명하다.

"저기." 그녀가 말한다. "여기까지 오느라 고생 많았어요. 휘발유 값을 좀 줘도 될까요?"

나는 손가방을 집어 겨드랑이에 끼운다. 그녀는 내가 한 번 쓱 닦으면 사라질 것 같은 해맑은 미소를 지어 보인다. 빌어먹을 힐리 홀브룩.

"아니에요, 그러실 필요는 없어요."

"사람을 구하는 게 쉽지 않을 줄은 알고 있었지만……"

나는 가만히 서서 그녀가 몹시 미안한 척 꾸며서 말하는 것을 들으면서 혼자 생각한다. 이봐요, 이제 그만 끝내자고요. 리로이에게 아무도 힐리의 거짓말을 못 듣는 북극으로 가서 샌티클로스 옆집이나 알아보자고 하게.

"……나라도 이렇게 큰 집은 청소하기 싫을 거예요."

나는 그녀를 뚫어져라 쳐다본다. 미니가 일을 맡지 못한 이유가 미니가 원하지 않아서 그런 것처럼 군다면 그녀의 자기변명은 너무 궁색하다.

"제가 이런 집은 치우고 싶지 않을 거라는 말씀인가요?"

"괜찮아요. 다섯 명이 왔다 갔는데 죄다 일이 너무 많다던걸요."

나는 제복에서 말 그대로 터져 나오려고 하는 75킬로그램의 몸무게와 150센티미터가 조금 넘는 키의 내 몸뚱이를 내려다본다. "저한테 일이 너무 많다고요?"

그녀는 잠시 눈을 깜박인다. "그럼…… 할 건가요?"

"제가 뭣 때문에 이렇게 외진 곳까지 찾아왔겠어요? 휘발유나 낭비하려고요?" 나는 입을 앙다문다. 이번에는 그르치면 안 돼, 이 여자가 너한테 일-자-리를 준다잖아. "미스 셀리아, 기꺼이 일하지요."

이 정신 나간 여자가 환하게 웃으며 나를 끌어안으러 다가오자, 나는 뒤로 주춤 물러서며 이것은 내 일에 속하지 않는다고 넌지시 알려준다.

"잠깐만요, 먼저 몇 가지를 분명히 해주셔야 해요. 무슨 요일에 오는지…… 먼저 그런 걸 말씀해주셔야지요." 돈은 얼마나 주는지 그런 거 말이야.

"내 생각에는…… 오고 싶을 때는 언제라도 와요." 미스 셀리아가 말한다.

"미스 월터 댁에서 일할 때는 토요일만 빼고 다 갔어요."

미스 셀리아가 꽃분홍색 손톱을 잘근거린다. "주말에는 안 돼요."

"좋아요." 나는 일하는 날이 많아야 좋지만 나중에 파티가 있으면 내 도움이 필요할 것이다. "그러면 월요일에서 금요일까지로 하지요. 아침 몇 시부터가 좋을까요?"

"언제 오고 싶어요?"

지금까지 이런 선택은 나의 몫이 아니었다. 내 미간이 찌푸려진다. "여덟시는 어떨까요? 미스 월터 댁에서는 그때부터 일했는데요."

"좋아요. 여덟시면 딱 좋아요." 이제 그녀는 내가 체스 판에서 다음 말을 옮기기를 기다린다.

"이제 몇 시까지 일하는지 말씀해주셔야죠."

"몇 시까지 할래요?" 미스 셀리아가 묻는다.

나는 눈을 둥그렇게 뜨고 그녀를 본다. "미스 셀리아, 말씀해주셔야 해요. 다들 이렇게 해요."

그녀는 이 문제를 이해하려고 무진 애를 쓰는 것처럼 침을 꼴깍 삼킨다. 그녀가 마음을 바꾸기 전에 얼른 마무리 짓고 싶다.

"네시는 어떠세요?" 내가 말한다. "여덟시에서 네시까지 일하고 점심시간이나 휴식시간을 좀 갖는 걸로요."

"그게 좋겠네요."

"이제…… 급료에 대해 말씀해주셔야지요." 이 말을 꺼내자 신발 속에서 발가락들이 꼼지락거린다. 가정부 다섯 명이 이미 싫다고 했다면 넉넉할 리가 없다.

우리는 둘 다 말이 없다.

"미스 셀리아, 어서요. 남편분이 얼마를 주라고 하셨나요?"

그녀는 눈길을 돌려, 보나 마나 쓰지도 않을 베지오매틱 조리기구를 쳐다본다. "조니는 몰라요."

"좋아요. 그러면 얼마나 줄 수 있는지 오늘밤에 물어보세요."

"아니요. 조니는 내가 가정부를 쓸 생각인 걸 아예 몰라요."

내 턱이 가슴까지 내려간다. "모르다니요?"

"조니에게는 말하지 않을 거예요." 미스 셀리아는 그가 무서워 죽겠다는 듯 푸른 눈을 커다랗게 뜬다.

"혹시라도 미스터 조니가 집에 왔다가 부엌에서 웬 유색인 여자를 발견하면 어떻게 하실까요?"

"미안해요, 하지만 말할 수는……"

"제가 말씀드리지요. 총을 꺼내서 왁스로 닦지도 않은 여기 이 마루에서 미니를 쏴 죽일 거예요."

미스 셀리아가 고개를 절레절레 젓는다. "말하지 않을 거예요."

"그렇다면 이만 가봐야겠군요." 젠장, 이럴 줄 알았어. 이 집에 발을 들여놓을 때부터 미친 여자란 걸 알아봤는데.

"그이에게 거짓말을 하겠다는 게 아니에요. 난 그저 가정부가 필요……"

"물론 가정부가 필요하시겠지요. 지난번 가정부가 머리에 총을 맞아 죽었을 테니까요."

"그이는 낮엔 집에 안 와요. 여기저기 치우고 음식 만드는 법만 가르쳐주면 돼요. 몇 달 뒤에는……"

뭔가 타는 냄새에 코가 따끔거린다. 오븐에서 연기가 새어 나온다. "그러면 몇 달 뒤에는 저를 내쫓겠다는 말씀이세요?"

"그때는…… 그이에게 말해야겠죠." 그녀는 그 생각을 하며 얼굴을 찡그린다. "부탁이에요. 그이가 나 혼자 할 수 있다고 생각했으면 해요. 내가 그만한…… 가치가 있는 사람이라고 여길 수 있게요."

"미스 셀리아……" 나는 고개를 젓는다. 여기서 이 분도 일하지 않았는데 벌써 이 여자와 입씨름을 하고 있다니, 믿기지가 않는다. "케이크를 태운 것 같은데요."

미스 셀리아가 행주를 움켜잡고 오븐으로 달려가서 케이크를 꺼낸다. "앗 뜨거! 어떡하지!"

나는 손가방을 내려놓고 그녀를 비켜서게 한다. "뜨거운 팬에는 젖은 행주를 쓰면 안 돼요."

나는 마른행주를 쥐고 까맣게 탄 케이크를 들고 나가서 콘크리트 계단에 놓는다.

미스 셀리아가 불에 덴 손을 물끄러미 바라본다. "미서스 월터가 그러는데, 음식 솜씨가 정말 빼어나다던데요."

"그 노부인은 콩 두 알을 먹고도 배가 부르다고 했어요. 도대체 아무것도 드시려고 하지 않아서 말이죠."

"거기선 얼마나 받았나요?"

"한 시간에 1달러요." 나는 왠지 모를 수치심을 느낀다. 오 년 일했는데 최저임금에도 못 미친다.

"그럼 2달러를 줄게요."

그 순간 참았던 숨이 한꺼번에 터진다.

"미스터 조니는 아침에 언제 집에서 나가세요?" 나는 조리대에서 심지어 접시도 받치지 않은 채 녹고 있는 버터를 치우면서 묻는다.

"여섯시. 여기서 하는 일 없이 뭉그적대는 걸 잘 못 견뎌요. 다섯시면 부동산 사무실에서 곧바로 돌아와요."

계산을 해보니 일하는 시간은 줄고 돈은 더 받는 셈이다. 하지만 총에 맞아 죽으면 돈은 못 받는다. "그러면 저는 여기서 세시에 나가지요. 출퇴근 전에 두 시간 여유가 있으면 바깥어른과 부딪치지는 않겠네요."

"좋아요." 그녀가 고개를 끄덕인다. "안전한 게 제일이죠."

미스 셀리아는 뒤쪽 계단으로 나가 그 케이크를 큰 종이봉투에 쑤셔 넣는다. "또 태운 걸 들키지 않으려면 이걸 쓰레기통 속에 깊숙이 묻어야겠어요."

내가 그녀의 손에서 봉투를 채 온다. "미스터 조니는 아무것도 못 볼 거예요. 이건 제가 집에 가져가서 버릴 테니까요."

"어머, 고마워라." 미스 셀리아는 누군가 자기에게 최고의 친절을 베푼 것처럼 고개를 흔든다. 그리고 턱 밑으로 깍지를 낀다. 나는 내 차로 걸어간다. 그리고 리로이가 아직도 주인에게 매주 12달러씩 갚고 있는 포드 차의 푹 꺼지는 의자에 앉는다. 비로소 마음이 놓인다. 드디어 일자리를 구했다. 북극으로 가지 않아도 된다. 샌티클로스도 딱히 실망은 하지 않을 것이다.

"엉덩이 붙이고 앉아라, 미니. 이제부터 백인 여자의 집에서 일할 때 주의할 점을 일러줄 테니까."

그날 나는 열네 살이 되었다. 엄마의 부엌에서 작은 나무 식탁에 앉아 식힘 선반에 놓인 캐러멜 케이크를 쳐다보며 아이싱 바를 때를 기다리고 있었다. 생일은 일 년 가운데 내가 먹고 싶은 대로 먹을 수 있는 유일한 날이었다.

학교를 그만두고 처음 본격적으로 일하려는 참이었다. 엄마는 내가 학교에 남아서 9학년으로 올라가기를 바랐다. 엄마는 늘 미스 우드라의 집에서 일하는 대신 학교 선생님이 되고 싶어했다. 하지만 여동생은 심장병이 있고 아버지는 성질이 더러운 술주정뱅이여서 엄마와 내가 생계를 도맡아야 했다. 집안일은 이미 할 줄 알았다. 학교에서 돌아오면 요리와 청소는 내 몫이었다. 하지만 내가 다른 집에서 일하면 우리 집은 누가 돌보지?

엄마는 내 시선을 케이크에서 돌려 엄마를 향하게 하려고 내 어깨를 잡아 돌렸다. 엄마는 엄격했다. 철두철미했다. 남의 것을 탐하지 않았다. 엄마가 손가락을 내 얼굴 너무 가까이에 대고 흔드는 바람에 내 눈동자가 가운데로 몰렸다.

"백인 여자 밑에서 일할 때 지켜야 할 첫번째 규칙은, 미니, 주제넘게 간섭하지 않는 거다. 백인 여자의 문제에는 참견하지 말고, 네 문제로 백인 여자에게 찾아가서 울어도 안 된다. 전기세를 못 낸다? 발이 몹시 아프다? 한 가지만 기억해. 백인들은 네 친구가 아니야. 네 걱정 따위는 들을 생각도 없어. 백인 여자가 자기 남편과 이웃집 여자가 같이 있는 걸 붙잡아도 너는 모른 척해야 한다. 알아들었니?

두번째 규칙. 네가 백인 여자의 변기에 앉은 걸 절대 들켜서는 안 된다. 용변이 너무 급해서 네 머리타래에서 나올 지경이라도 그래. 가정부가 쓰는 화장실이 바깥에 따로 없으면 백인 여자가 보지 않는 틈을 타서 그 여자가 쓰지 않는 욕실을 노려야 한다. 세번째 규칙은……" 내가 케이크에 정신이 팔려 또 고개를 돌리자 엄마는 내 턱을 홱 당겨서 다시 자기를 보게 했다.

"세번째 규칙은 백인이 먹을 음식을 만들면서 맛을 볼 때는 다른 스푼을 써야 한다는 거다. 그 스푼을 입으로 가져가는 걸 아무도 보지 않았다고 생각해서 다시 냄비에 집어넣었다가는 그 냄비를 통째로 버린다고 생각하면 된다.

네번째 규칙, 너는 매일 같은 컵, 같은 포크, 같은 접시를 써야 한다. 그걸 다른 찬장에 넣고 이 집에서 너는 그것만 쓴다고 말해.

다섯번째 규칙, 너는 부엌에서 먹는다.

여섯번째 규칙, 그 여자의 자식들을 때리지 않는다. 백인들은 자기 자식들을 자기 손으로 때리고 싶어하니까.

일곱번째 규칙, 이게 마지막이야, 미니. 내 말 듣고 있니? 말대답은 절대 안 된다."

"엄마. 나도 그런 건……"

"어이구, 레인지 파이프까지 닦아야 하느냐는 둥 불쌍한 미니한테는 먹을 치킨 한 조각 남기지 않았다는 둥 그렇게는 할 수 없다고 툴툴거리는 속마음이 다 들리는구나. 아침에 백인 여자에게 말대답을 했다가는 오후에 내쫓긴 채 길가에서 대들어야 할 거야."

미스 우드라가 엄마를 그 집으로 데려갔을 때 엄마가 어떻게 하는지 나도 보았다. 네, 아씨, 아니요, 아씨, 감사할 따름이지요, 아씨. 내가 왜 그래야 하지? 나도 맞설 줄 아는데.

"네 생일인데, 이제 이리 와서 엄마를 안아주렴. 맙소사, 너는 집채처럼 무겁구나, 미니."

"하루 종일 쫄쫄 굶었다구요. 케이크는 언제 먹어요?"

"이제부터 그렇게 말하지 마. 바르게 말해야지. 네가 노새처럼 말하게 키우지는 않았다."

백인 여자의 집에서 일한 첫날, 나는 부엌에서 햄 샌드위치를 먹었고 찬장에 내 자리를 따로 만들어 접시를 두었다. 버릇없는 백인 아이가 내 손가방을 훔쳐서 오븐 안에 숨겨도 볼기짝을 때리지 않았다.

하지만 백인 여자가 "빨래는 몽땅 손으로 먼저 빨고 세탁기에 넣어서 마무리해"라고 말하자 불쑥 이런 말이 튀어나왔다. "세탁기가 있는데 왜 손으로 빨아요? 그런 어처구니없는 시간 낭비는 난생처음 듣네요."

백인 여자는 나를 보며 메마르게 웃었고, 나는 오 분 뒤에 거리로 쫓겨났다.

미스 셀리아의 집에서 일하면 아침에는 아이들을 스팬 초등학교에 데려다주고 저녁에는 돌아와서 내 시간도 누릴 수 있다. 1957년에 카인드라가 태어난 뒤로 낮잠을 통 못 잤는데 여덟시에서 세시까지 일하니까 시간을 잘만 쓰면 매일 한 시간은 낮잠도 잘 수 있다. 미스 셀리아의 집까지는 버스가 다니지 않아 리로이의 차로 다녀야 한다.

"매일 내 차를 쓰는 건 곤란해. 오후 근무일 때는 나도 차를 써야……"

"금요일마다 현금으로 70달러를 준다니까요, 리로이."

"그러면 나는 슈거의 자전거로 다녀야겠군."

화요일, 면접을 본 다음 날 나는 커브 길을 돌아 눈에 띄지 않게 미스 셀리아의 집에서 제법 떨어진 길가에 차를 세운다. 나는 텅 빈 도로를 빠르게 걸어서 진입로에 들어선다. 지나가는 차들은 없다.

"미스 셀리아, 저 왔어요." 그 첫날 아침에 내가 그녀의 침실로 머리를 디밀자 그녀는 화장을 완벽하게 끝내고 화요일인데도 금요일 밤에나 입을 만한 꽉 끼는 옷을 입은 채〈할리우드 다이제스트〉 나부랭이를 성경책이라도 되는 듯 읽으면서 침대 위에 꼿꼿이 앉아 있다.

"안녕, 미니! 와줘서 정말 기뻐요." 백인 여자가 이렇게 나긋나긋 말하는 걸 들으니 온몸에 털이 쭈뼛 선다.

먼저 침실을 둘러보며 일의 규모를 가늠한다. 크림색 카펫과 캐노피가 드리워진 노란 킹사이즈 침대, 푹신한 노란색 의자 두 개가 있는 널찍한 방이다. 깔끔하고 바닥에 뒹구는 옷가지도 없다. 그녀가 깔고 앉은 침대 커버도 흐트러짐이 없다. 의자에 놓인 담요도 단정하게 갰다. 나는 둘러보고 또 둘러본다. 느낌이 온다. 뭔가 이상해도 한참 이상하다.

"첫 요리 수업은 언제로 할까요?" 미스 셀리아가 묻는다. "오늘 시작해도 돼요?"

"며칠 뒤가 될 것 같은데요. 먼저 아씨가 가게에 가서 필요한 식재료를 사 오셔야죠."

그녀는 잠시 이 문제를 생각한다. "미니, 자기가 가는 게 낫겠어요. 뭘 살지는 자기가 잘 알잖아요."

나는 그녀를 쳐다본다. 쇼핑은 대체로 백인 여자들이 직접 한다. "좋아요. 그러면 여기 오기 전에 아침에 들르지요."

그녀가 욕실문 옆 카펫 위에 놓은 북슬북슬하고 자그마한 분홍색 러그가 눈에 띈다. 무엇 때문인지 대각선으로 쏠려 있다. 내가 무슨 실내장식 전문가는 아니지만 분홍색 러그가 노란 방에 어울리지 않는다는 것쯤은 안다.

"미스 셀리아, 일을 시작하기 전에 먼저 알아야겠는데요. 정확히 언제 미스터 조니에게 제 이야기를 하실 건가요?"

미스 셀리아는 무릎에 놓인 잡지를 쳐다본다. "아마 몇 달 뒤에요. 그때쯤이면 나도 요리 같은 걸 배웠을 테니까."

"몇 달이라면, 두 달이라는 말씀이세요?"

그녀가 립스틱을 바른 입술을 깨문다. "그것보다는 더 많이……네 달 정도로 생각했는데."

뭐라고? 네 달 동안 탈옥한 범죄자처럼 일할 수는 없다. "1963년이 될 때까지 이야기를 안 하신다고요? 안 될 말이지요. 크리스마스 전에는 하셔야 해요."

미스 셀리아가 한숨짓는다. "좋아요. 그럼 그 바로 전에."

나는 날짜를 헤아린다. "그러면 앞으로 백 날 하고…… 열엿새네요. 꼭 알리셔야 해요. 지금부터 백십육 일 뒤에는 말이지요."

그녀는 고민이 되는지 얼굴을 찡그린다. 가정부가 이렇게 암산을 잘하는 줄 몰랐을 것이다. 이윽고 그녀가 대답한다. "그래요."

나는 여기서 일할 테니 그녀더러 거실에 나가 있으라고 한다. 미스 셀리아가 나가자 나는 다시 휘 둘러본다. 방 안이 지나치게 깔끔해 보인다. 다시 봐도 이상하다. 살그머니 옷장을 열자 내가 예상한 대로 머리 위로 옷가지가 마흔다섯 개쯤 떨어진다. 침대 밑을 살피자 아니나 다를까 몇 달 동안 묵혀둔 더러운 옷들이 쏟아져 나온다.

서랍은 서랍대로 난장판인데 지저분한 옷가지에 똘똘 뭉친 스타킹이 구석구석 처박혀 있다. 빨래와 다림질이 서툴다는 것을 들키지 않으려고 미스터 조니가 갈아입을 새 셔츠도 열다섯 박스나 준비해두었다. 마침내 나는 그 뚱딴지같은 분홍색 러그를 들어 올린다. 그 밑에 녹이 묻은 듯 커다랗고 짙은 얼룩이 보인다. 나는 몸서리를 친다.

그날 오후 미스 셀리아와 나는 이번주에 무슨 음식을 만들지 목록을 만들었고, 다음 날 아침 내가 장을 봤다. 유색인들이 이용하는 피글리 위글리가 아니라 백인들이 이용하는 지트니 정글까지 다녀와야 해서 시간이 두 배는 더 걸렸다. 그녀는 유색인 식품점에서 구입한 것은 먹지 않을 것이다. 거기서는 싹이 3센티미터는 너끈히 자란 감자나 맛이 가기 직전의 우유를 파니까 그녀를 탓할 수만도 없는 노릇이다. 뭐라고 윽박지르면 늦은 이유를 줄줄이 대려고 잔뜩 날을 세우고 있었는데 막상 도착하자 미스 셀리아는 상관없다는 듯 전날처럼 다소곳이 침대에 앉아 있다. 완벽히 차려입고 아무 데도 가지 않는다. 다섯 시간 동안 한자리에 앉아서 줄곧 잡지만 읽는다. 일어나는 것도 우유를 마시거나 소변을 볼 때뿐이다. 하지만 이유는 묻지 않는다. 나는 가정부다.

부엌을 치운 뒤 거실로 가서 문을 연다. 걸음을 멈추고 회색 곰을 한참 바라본다. 키는 2미터가 훨씬 넘고 심지어 이빨까지 있다. 갈고리발톱은 길고 굽은 것이 마녀의 손톱 같다. 발치에는 손잡이가 뼈로 된 사냥용 칼이 보인다. 나는 가까이 다가가서 곰의 털에 먼지가 앉았는지 본다. 심지어 입안에는 거미줄이 쳐져 있다.

먼저 빗자루로 쳐서 먼지를 털어보지만 켜켜이 쌓인 데다 덕지

덕지 엉겨 있어 털어봤자 다른 곳에 옮겨 앉을 뿐이다. 걸레를 들고 닦으려고 해보지만 철사 같은 털이 손등을 스칠 때마다 깜짝깜짝 놀라서 비명이 절로 나온다. 백인 족속이란. 지금까지 냉장고에서 궁둥이까지 별의별 걸 다 씻어봤지만 이 지랄맞은 회색 곰같은 건 처음이다. 대체 이 여자는 내가 이걸 깨끗이 하는 법을 알거라고 생각하는 건가?

나는 후버 청소기를 가져온다. 먼지를 빨아들이자 제법 깨끗해졌지만 몇몇 곳은 너무 세게 빨아들여 털이 듬성듬성해졌다.

회색 곰 청소가 끝나자 나는 아무도 읽지 않는 호화장정의 책들과 남부동맹 군복 단추 그리고 은색 총의 먼지를 턴다. 탁자 위에는 미스 셀리아와 미스터 조니가 함께 제단에서 찍은 사진을 넣은 금색 테두리 액자가 놓여 있다. 그가 어떤 사람인지 보려고 나는 사진을 자세히 들여다본다. 만에 하나 내가 도망쳐야 할지 모르니까 그가 뚱뚱하고 작달막하기를 바라지만 내 바람과는 딴판이다. 그는 키가 헌칠하고 강인하고 건장하다. 게다가 낯이 익다. 맙소사. 내가 미스 월터 집에서 일한 처음 몇 년 동안 미스 힐리와 사귄 사람이다. 서로 마주친 적은 없지만 누군지 확실히 알아볼 만큼은 봤다. 세 배로 겁이 더럭 나면서 온몸에 소름이 돋는다. 그 사실 하나만으로도 그가 어떤 사람인지 알고도 남겠다.

한시가 되자 미스 셀리아가 부엌으로 들어와서 첫번째 요리 수업을 받을 준비가 되었다고 말한다. 그녀가 스툴에 앉는다. 꽉 끼는 빨간 스웨터와 빨간 스커트를 입었고 매춘부 저리 가라 할 만큼 짙은 화장을 했다.

"요리에 대해 얼마나 아세요?" 내가 묻는다.

미스 셀리아는 이맛살을 찌푸리며 골똘히 생각한다. "그냥 처음부터 시작하는 게 좋겠어요."

"뭐라도 아는 게 있을 텐데요. 어려서 어머니가 뭘 가르쳐주셨어요?"

그녀는 스타킹 때문에 거미줄처럼 보이는 자기 발을 내려다본다. "옥수수빵은 만들 줄 알아요."

웃지 않을 수 없다. "옥수수빵 말고 또 뭘 만들 줄 아세요?"

"감자는 삶을 줄 아는데." 미스 셀리아의 목소리가 더욱 작아진다. "그리고 곡물도 찔 줄 알아요. 내가 살던 곳에서는 전기가 들어오지 않았거든요. 하지만 이제 배울 거예요. 진짜 조리용 레인지로."

맙소사. 캔턴 사료가게 뒤에 살면서 고양이 사료를 먹는 미치광이 미스터 윌리를 빼면 나보다 더 대책이 서지 않는 백인은 처음이다.

"그럼 바깥어른에게 날마다 찐 곡물과 옥수수빵만 먹이셨어요?"

미스 셀리아가 고개를 끄덕인다. "하지만 이제 자기가 요리를 가르쳐줄 거잖아요. 그렇죠?"

"한번 해보지요." 여태 백인 여자에게 이래라저래라 해본 적이 없는 데다 어떻게 시작해야 할지 당최 모르겠지만 그래도 대담한다. 나는 스타킹을 끌어 올리고 곰곰이 생각한다. 이윽고 조리대 위에 놓인 깡통을 가리킨다.

"요리에 대해 반드시 알아야 할 게 있다면 이거예요."

"이건 그냥 라드잖아요. 맞죠?"

"아니요, 그냥 라드가 아니에요." 내가 말한다. "병에 든 마요네즈가 발명된 이래로 이건 부엌에서 쓰는 가장 중요한 발명품이에요."

"돼지기름이……" 그녀가 콧잔등에 주름을 잡으며 말한다. "뭐가 그렇게 특별해요?"

"돼지가 아니라 야채랍니다." 세상에, 크리스코가 뭔지 모르는 사람도 있나? "이 라드 캔으로 뭘 할 수 있는지 전혀 모르시나보네요."

미스 셀리아가 어깨를 으쓱한다. "튀기는 것?"

"튀기는 데만 쓰는 게 아니에요. 머리카락에 껌같이 끈끈한 게 묻은 적이 있으세요?" 나는 크리스코 캔 뚜껑을 딴다. "아무려면요, 크리스코를 쓰지요. 이걸 아기 엉덩이에 펴 바르면 기저귀 발진이 뭔지도 모를걸요." 나는 검은 팬에 세 스푼을 퍼 담는다. "심지어 여자들이 이걸 눈 밑이나 거칠어진 남편 발에 문질러주는 것도 봤어요."

"와, 정말 예뻐요." 그녀가 말한다. "케이크의 흰색 크림 같아."

"가격표를 떼고 남은 접착제 찌꺼기도 없애주고, 문짝의 경첩이 삐걱거리는 소리도 없애줘요. 전기가 나갔을 때 여기 심지를 꽂으면 양초처럼 타지요."

내가 불을 켜자 팬에서 라드가 녹는다. "온갖 것의 해결사로 쓰이지만, 그래도 닭을 튀기는 데 제일이에요."

"알겠어요." 그녀가 열중해서 듣는다. "다음은요?"

"버터를 푼 우유에 닭을 푹 담가둬야 해요." 내가 말한다. "이제 양념을 만들 거예요." 나는 두 겹으로 된 종이봉투에 밀가루, 소금, 또 소금, 후추, 파프리카 그리고 고춧가루 한 자밤을 넣는다.

"됐어요. 이제 토막 낸 닭을 봉투에 넣고 흔드세요."

미스 셀리아는 생닭의 넓적다리를 하나 넣고 봉투를 이리저리 흔든다. "이렇게? 텔레비전에 나오는 셰이크 앤 베이크 광고처럼요?"

"그렇지요." 욕지거리는 아닌 것 같은데 그것이 뭔지 몰라서 나는 혀끝을 찬다. "셰이크 앤 베이크처럼요." 그 순간 나는 온몸이 얼어붙는다. 길에서 자동차 엔진 소리가 들린 것이다. 숨을 멈추고 귀를 기울인다. 미스 셀리아도 눈을 동그랗게 뜨고 귀를 쫑긋 세운다. 서로 같은 생각이다. 그가 돌아온 거라면 나는 어디에 숨는다?

자동차 소리가 멀어진다. 우리는 한숨을 돌린다.

"미스 셀리아," 나는 이를 악문다. "어째서 바깥어른에게 제 이야기를 안 하시는 거죠? 음식이 갑자기 맛있어지면 눈치채지 않으시겠어요?"

"아, 그 생각은 못했네! 그럼 닭을 조금 태워야겠어요."

나는 미스 셀리아를 곁눈질한다. 나라면 음식은 절대 안 태운다. 그녀는 내 질문을 못 들은 척하지만 나는 조만간 대답을 듣고 말 테다.

나는 거무스름해진 닭의 토막들을 팬에 조심조심 올려놓는다. 고기는 노래처럼 지글지글 익고, 우리는 닭다리가 노르스름하게 구워지는 것을 지켜본다. 내가 고개를 돌리니 미스 셀리아가 나를 보고 웃는다.

"왜요? 제 얼굴에 뭐가 묻었어요?"

"아뇨." 미스 셀리아는 눈물이 그렁그렁하다. 그녀가 내 팔을 잡는다. "여기 와줘서 정말 고마워요."

나는 그녀의 손을 치운다. "미스 셀리아, 고마워할 일이 수두룩한데 제게 감사라니요."

"알아요." 그녀는 뭔가 고약한 맛이 나는 것처럼 이 화려한 부엌을 둘러본다. "이만큼 누리게 될 줄은 생각도 못했어요."

"음, 행운이지 않아요?"

"평생 이렇게 행복한 적은 없었어요."

나는 대꾸하지 않는다. 행복이 가득한 껍데기 속에서, 그녀는 분명 행복해 보이지 않는다.

그날 밤 나는 아이빌린에게 전화한다.

"어제 미스 힐리가 미스 리폴트 집에 왔었어." 아이빌린이 말한다. "자네가 지금 어디서 일하는지 아는 사람이 있느냐고 물어보던데."

"맙소사, 내가 거기서 일하는 걸 알면 완전히 뒤집어엎을 게 틀림없어요." 내가 그 여자한테 끔찍이 지독한 그 일을 저지르고 이 주가 지났다. 그 여자는 내가 그 자리에서 당장 해고되는 것을 보면 못내 통쾌해할 것이다.

"일자리를 구했다니까 리로이가 뭐래?" 아이빌린이 묻는다.

"쳇, 아이들 앞이라 깃털 세운 수탉처럼 으스대며 부엌을 돌아다니던데요. 가족은 자기 혼자 건사하는 것처럼 행세하면서요. 불쌍한 나는 혼자 얼씨구나 좋아서 일하는 것처럼 말예요. 하지만 나중에 잠자리에 들면 황소처럼 우쭐거리던 남편이 눈물을 뚝뚝 흘리겠구나 싶었죠."

아이빌린이 웃는다. "리로이는 자존심이 세지."

"그렇죠, 나는 미스터 조니에게 걸리지 않게만 조심해야겠어요."

"그런데 남편이 알면 안 되는 이유는 아직 말 안 해?"

"자기가 요리와 청소를 할 줄 안다고 남편이 생각하면 좋겠다는 말이 전부예요. 하지만 그건 이유가 안 되죠. 남편한테 뭔가 숨기는 것 같아요."

"상황이 재미있게 흘러가지 않아? 미스 셀리아는 그 이야기를 떠벌릴 수가 없지. 남편 귀에 곧장 들어갈 테니까. 그래서 미스 힐리는 모르는 거고. 미스 셀리아가 아무한테도 말하지 못하니까. 자네더러 직접 일을 꾸미래도 이렇게까지는 못했을 거야."

"흠." 나는 더 할 말이 없다. 일자리를 구해준 사람이 아이빌린이니 배은망덕하게 보일 수는 없다. 하지만 미스 힐리에다 이제 미스터 조니까지 얽히고 보니 문제가 두 배로 골치 아파진 게 아닌가 싶기도 하다.

“미니, 뭘 좀 물어보려는데.” 아이빌린이 헛기침을 한다. “미스 스키터, 알지?”

“미스 월터 집에 브리지를 하러 오던 키 큰 여자요?”

“그래, 어떤 사람 같아?”

“모르겠는데요. 다른 여자들처럼 그냥 백인 아닌가요? 왜요? 나보고 뭐래요?”

“자네 이야기가 아니라.” 아이빌린이 말한다. “그 여자가 말이야…… 몇 주 전에, 이 생각이 머릿속에서 떠나지 않아서 말인데, 나한테 뭘 물어봤어. 현실을 바꾸고 싶냐고. 백인 여자라면 절대 그런 질문을……”

그 순간 리로이가 일어나서 침실에서 건들건들 나온다. 밤 근무를 하러 가기 전에 커피를 마시려는 것이다.

“쳇, 그이가 일어났어요. 얼른 말해요.” 내가 말한다.

“아니야, 신경 쓰지 마. 아무것도 아니야.” 아이빌린이 말한다.

“뭔데요? 무슨 일인데요? 그 여자가 뭐랬는데요?”

“그냥 해본 말이야. 별 뜻 없이.”

4장

미스 셀리아의 집에서 일하기 시작한 그 첫 주에 내가 얼마나 문지르고 닦았는지, 걸레로 쓸 헝겊 쪼가리나 찢어진 시트 한 장, 나달나달해진 스타킹 한 짝 남지 않았다. 둘째 주에는 먼지가 다시 내려앉은 것 같아 죄 다시 닦고 문지른다. 셋째 주에야 내 성에 차서 원래 내 방식으로 돌아간다.

매일 아침 미스 셀리아는 내가 일하러 온 것이 믿기지 않는다는 표정이다. 그녀를 에워싼 오롯한 고요를 방해하는 존재는 오직 나 하나다. 우리 집은 늘 다섯 아이와 이웃과 남편으로 시끌벅적하다. 미스 셀리아의 집에 오는 날은 대체로 이 평화에 감사한다.

내가 일하는 방식은 같은 일은 같은 요일에 하는 것이다. 월요일에는 가구를 기름으로 닦는다. 화요일에는 시트를 빨아서 다리는데, 내가 무지하게 싫어하는 날이다. 수요일에는, 매일 아침 씻기는 하지만, 욕조를 반들반들하게 닦는다. 목요일에는 바닥에 광을 내고 청소기로 러그 먼지를 빨아들이는데, 오래된 고급 러그는 올이 빠지지 않게 빗자루로 살살 쓴다. 금요일에는 주말에 먹을 음식을 왕창 준비하고 그 밖의 자질구레한 일들을 한다. 매일 대걸레질을 하고, 빨랫감이 감당하기 벅찰 만큼 쌓이지 않도록 미리미리 세탁하고, 셔츠를 다리고, 이것저것 깨끗이 치운다. 은제품이나 창문도 닦아야 한다. 보살필 아이들이 없어서 미스 셀리아에게 이른바 요리 수업을 해줄 시간은 넉넉하다.

미스 셀리아는 다른 취미는 전혀 즐기지 않아서 우리는 미스터 조니와 그녀가 저녁에 먹을 음식을 함께 만든다. 포크찹, 프라이드치킨, 로스트비프, 치킨파이, 양고기, 구운 햄, 프라이드토마토, 매시트포테이토를 만들고 야채를 준비한다. 어쨌든 나는 요리를 하고 미스 셀리아는 꼼지락거린다. 그녀는 내 월세를 지불하는 부잣집 여자라기보다는 다섯 살배기 꼬마 같다. 그녀는 수업이 끝나면 방으로 돌아가서 곧바로 눕는다. 솔직히 미스 셀리아가 3미터라도 걷는 것은 부엌에 요리를 배우러 올 때나 이삼 일에 한 번씩 이층으로 살금살금 올라가서 그 썰렁한 방들에 들어갈 때뿐이다.

미스 셀리아가 이층에서 오 분 동안 뭘 하는지 모르겠다. 하지만 나는 이층이 싫다. 거기서는 아이들이 이 방 저 방 누비며 고함치고 깔깔거려야 한다. 하지만 미스 셀리아가 종일 무슨 일을 하는지는 내가 알 바 아니니 누가 내게 묻는다면 나를 들볶지 않아서 마냥 기쁘다고 해야겠다. 나는 여태 한 손에는 빗자루, 다른 손에는 휴지통을 들고 여자들이 어지르는 것을 치우면서 따라다녔다. 미스 셀리아가 저 침대에 누워 있는 한 내 일자리도 탄탄하다.

그녀는 아이도 없고 종일 하는 일도 없지만 내가 본 여자들 중에서 가장 게을러터졌다. 심장이 아프다는 이유로 크면서 귀한 손가락 하나 까딱하지 않은 내 여동생 도리나까지 포함해서 말이다. 나중에 엑스레이를 찍어보니 기껏 파리 한 마리 때문이었지만.

문제는 단순히 누워 있다는 사실만은 아니다. 미스 셀리아는 머리를 염색하거나 손질하러 갈 때를 빼면 당최 집 밖으로 나가지 않는다. 내가 여기서 일한 삼 주 동안 외출한 거라곤 지금까지 딱 한 번이다. 나이를 서른여섯이나 먹었지만 내 귀에는 아직도 엄마의 목소리가 쟁쟁하다. **주제넘게 간섭하지 마라.** 하지만 나는 이 여자가 뭐가 무서워서 집 밖으로 못 나가는지 알고 싶다.

급료를 받는 날이면 나는 항상 미스 셀리아에게 남은 날짜를 말한다. "아흔아홉 날 뒤에는 미스터 조니에게 제 이야기를 하셔야 해요."

"어머나, 시간이 정말 빨리 가네." 그녀가 가냘픈 목소리로 말한다.

"아침에 고양이가 포치에 앉아 있었는데 미스터 조니인 줄 알고 가슴이 철렁했어요. 이제 끌려가나 싶어서요."

미스 셀리아도 나처럼 그 날짜가 다가오자 점점 불안해한다. 그녀가 내 이야기를 하면 그가 어떻게 나올지 나는 모른다. 아마 나를 해고하라고 할 것이다.

"그때까지면 시간이 충분하겠죠, 미니? 내 음식 솜씨가 조금은는 것 같아요?" 이 말에 나는 미스 셀리아를 빤히 본다. 그녀는 미소가 아름답고 치아가 희고 가지런하지만 음식 솜씨만큼은 단연코 최악이다.

그래서 나는 한 발짝 물러나서 빨리 배울 수 있는 간단한 요리만 가르친다. 그녀가 한시라도 빨리 자기 남편에게 몸무게가 75킬로그램인 흑인 여자가 자기 집 열쇠를 가지게 된 까닭을 설명해주면 좋겠다. 내가 날마다 그의 은제품과 미스 셀리아의 어마어마하게 큰 루비 귀걸이를 집어 드는 이유를 그도 알아야 한다. 어느 화창한 날 그가 집에 돌아와 곧바로 경찰에 전화를 걸기 전에 말이다. 혹은 전화비를 아껴 그가 직접 해치우기 전에.

"햄을 끄집어내고 물을 넉넉히 부으세요. 그렇죠. 이제 불을 키우세요. 보글보글 끓기 시작하는 게 보이죠. 그건 물이 행복하다는 뜻이에요."

미스 셀리아는 자신의 미래를 찾듯 냄비 속을 들여다본다. "자기는 행복해요, 미니?"

"뜬금없이 그런 질문은 왜 하세요?"

"행복해요?"

"물론 행복하죠. 아씨도 행복하시죠. 큰 집에, 큰 뜰에, 돌봐주는 남편에." 나는 일부러 상을 찌푸리며 미스 셀리아를 처다본다. 백인들이 다 그렇겠지 싶어서 그렇게 처다보기는 하지만 그들이 정말 행복한지는 나도 모르겠다.

미스 셀리아가 콩을 태우자, 나는 엄마가 내게는 태어날 때부터 없었다고 장담한 자제력을 발휘해본다. "괜찮아요." 나는 이를 악물며 말한다. "미스터 조니가 돌아오시기 전에 다시 하면 돼요."

내가 이전에 일하던 가정의 백인 여자들을 한 시간이라도 이래 라저래라 부리면서 그들이 어떻게 하는지 봤으면 좋겠다. 하지만 미스 셀리아는, 커다란 눈망울로 마치 내가 헤어스프레이 다음으로 최고인 양 나를 쳐다본다. 그러면 나는 다른 백인 여자들이 으레 그러듯 그녀가 이것저것 시키는 편이 차라리 속 편하겠다는 생각이 든다. 나는 그녀가 종일 가만히 누워 있는 것과 미스터 조니에게 내 이야기를 하지 않는 것 사이에 무슨 관련이 있는지 슬슬 궁금해진다. 그녀도 내 눈에서 의심의 빛을 보지 않았나 싶다. 어느 날 미스 셀리아가 불쑥 이런 말을 꺼냈기 때문이다.

"요즘 슈거 디치로 돌아가서 사는 악몽을 무지 자주 꿔요. 누워서 지내다시피 하는 게 다 그 때문이에요." 그러고는 이 말을 연습이라도 한 것처럼 고개를 재빨리 주억거린다. "밤에 잠을 잘 못 자서."

나는 이 말을 정말로 믿는 것처럼 어수룩한 미소를 짓고 다시 거울을 닦는다.

"너무 깨끗이 닦지는 마요. 얼룩도 좀 남겨둬요."

늘 뭔가가 필요하다. 거울이든 바닥이든 싱크대에 놓은 씻지 않은 잔이든 쓰레기가 잔뜩 든 휴지통이든, 그 뭔가가. "그럴듯해야 해요." 미스 셀리아가 이렇게 말할 것이 뻔하니 나는 잔을 씻으려고 싱크대에 손을 백 번은 더 넣었다가 거둔다. 나는 뭐든 깨끗하고 정돈된 것이 좋다.

"저 바깥의 진달래를 내가 돌볼 수 있으면 좋겠어요." 어느 날 미스 셀리아가 말한다. 그녀는 내가 좋아하는 연속극이 나오는 내내 나를 방해하면서 카우치에 누워 있다. 나는 십대 초반에 엄마의 라디오로 처음 〈가이딩 라이트〉를 듣기 시작해서 스물네 해 동안 이 연속극을 들어왔다. 드레프트 세제 광고가 나오자 미스 셀리아는 뒤쪽 창문으로 유색인 남자가 낙엽을 긁어모으는 모습을 바라본다.

이 집 뜰에는 진달래나무가 지천이라 봄이 오면 〈바람과 함께 사라지다〉의 배경처럼 보일 것이다. 나는 진달래도 싫고, 그 영화도 싫다. 영화는 노예생활을 성대하고 행복한 다과회처럼 그려냈다. 내가 유모 역을 맡았다면 스칼릿에게 초록색 커튼은 엿이나 바꿔 먹으라고 했을 것이다. 남자를 꼬드기는 드레스 나부랭이는 직접 만들든가.

"내가 가지를 쳐주면 저 장미도 다시 꽃을 피울 텐데." 미스 셀리아가 말한다. "하지만 저 미모사나무를 가장 먼저 자를 거예요."

"저 나무가 무슨 죄래요?" 나는 미스터 조니가 입을 셔츠 깃의 가장자리를 다리미 끝으로 꾹 누른다. 내 집 뜰에는 어디를 둘러봐도 그럴싸한 나무는커녕 작달막한 떨기나무도 없다.

"저 꽃은 털이 많아서 싫어요." 미스 셀리아는 아련한 표정으로 시선을 돌린다. "꼭 아기 머리카락 같잖아요."

그녀가 그런 식으로 말하자 소름이 돋는다. "꽃에 대해 잘 아세요?"

그녀가 한숨을 내쉰다. "슈거 디치에서 살 때 꽃을 돌보곤 했어요. 추한 것을 모조리 예쁘게 바꾸고 싶어서 꽃 가꾸는 법을 배웠거든요."

"그럼 밖으로 나가세요." 나는 흥분한 기색을 들키지 않으려고 애쓰면서 말한다. "운동도 좀 하세요. 상쾌한 공기도 들이마시고요." 얼른 나가라니까.

"안 돼요." 미스 셀리아가 한숨짓는다. "밖에 나가서 뛰어다니면 안 돼요. 가만히 있어야 해요."

그녀가 집구석에만 붙어 있는 것이, 매일 아침 가정부가 문을 열고 들어올 때가 하루 중에서 가장 기쁜 순간인 듯 웃는 것이 이제 정말로 슬슬 짜증스럽다. 마치 가려움증처럼. 매일 손을 갖다 대도 속 시원히 긁을 수 없다. 매일 조금씩 더 가렵다. 그녀는 매일 같은 자리에 있다.

"친구들이라도 좀 만드세요." 내가 말한다. "타운에 가면 또래 여자들이 많잖아요."

그녀가 나를 보며 얼굴을 찡그린다. "나도 노력하고 있어요. 아동 돕기 자선행사에서 할 일이 없는지, 우리 집에서 도울 만한 일이 없는지 물어보려고 수도 없이 전화했어요. 하지만 아무도 전화를 걸어주지 않아요, 아무도."

그다지 놀랄 일도 아니라서 나는 대꾸하지 않는다. 젖가슴이 터질 것처럼 풍만한 데다 머리 색깔이 금덩어리처럼 노란 걸 보면.

"그럼 쇼핑하러 가세요. 새 옷도 좀 사고요. 가정부가 일하러 왔을 때 백인 여자가 하는 건 뭐든지 하세요."

"아뇨, 가서 좀 쉴래요." 그녀는 이렇게 말하고 이 분 뒤에 텅 빈 방들이 있는 이층으로 슬그머니 올라간다.

나는 미모사나무 가지가 창문을 치는 소리에 식겁해 엄지손가락을 덴다. 마음을 가라앉히려고 눈을 꼭 감는다. 이 어지러운 상황이 아흔네 날이나 남았지만, 어떻게 일 분을 더 견딜 수 있을지 모르겠다.

"엄마, 먹을 것 좀 만들어줘. 배고파." 다섯 살배기 꼬맹이 카인드라가 간밤에 허리에 손을 짚고 한 발을 쑥 내민 채 말했다.

나는 자식이 다섯인데 과자, 라는 말을 하기도 전에 네, 라든가 주세요, 라고 말하도록 가르친 것이 자랑스럽다.

한 자식만 빼고.

"저녁때까지는 안 돼." 내가 말했다.

"왜 그렇게 쩨쩨해? 엄마 미워." 아이는 쏘아붙이며 밖으로 뛰쳐나갔다.

이 아이 이전에도 자식 넷을 키웠지만 이런 충격에는 도무지 익숙해지지 않아서 나는 천장을 한참 바라본다. 모든 아이가 이런 시기를 거치지만 아이가 엄마더러 밉다고 소리치는 날에는 누군가한테 배를 발로 걷어차이는 것만 같다.

하지만 카인드라의 경우는, 맙소사, 이건 지나가는 시기가 아니다. 이 아이는 나를 쏙 닮아간다.

미스 셀리아의 부엌에 서서 나는 어젯밤 일을 생각한다. 카인드라의 말버릇을, 베니의 천식을, 저번 주에 두 차례나 고주망태가 되어 집에 돌아온 남편 리로이를. 그이도 알지만 내가 십 년 동안 주정뱅이 아버지를 돌본 끝에 단 하나 참지 못하는 것이 생겼는데, 그게 바로 술이다. 엄마와 내가 뼛골 빠지게 일한 돈으로 아버지는 술을 퍼마셨다. 이런 온갖 기억 때문에 나는 더욱 화가 나야마땅하지만, 어젯밤 그이는 미안하다는 뜻으로 철 이른 오크라 한 자루를 들고 돌아왔다. 내가 오크라를 좋아하는 것을 그이도 안다. 오늘 저녁에는 오크라에 옥수수 가루를 묻혀 튀겨서 푸지게 먹을 작정이다. 엄마가 있었다면 한사코 말렸겠지만.

내가 받은 선물은 이것만이 아니다. 오늘은 10월 1일, 지금 나는 여기서 복숭아 껍질을 벗긴다. 미스터 조니의 어머니가 멕시코에서 야구공처럼 딴딴한 복숭아 두 궤짝을 보내왔다. 잘 익어서 버터같이 잘리고 맛도 달콤하다. 나는 백인 여자들이 이것저것 집어 줘도 잘 받지 않는데, 그건 그들이 내가 빚진 것처럼 굴기를 바라기 때문이다. 하지만 미스 셀리아가 복숭아를 열두어 개 가져가라고 했을 때는 군말 없이 열두 개를 봉지에 집어넣었다. 오늘 저녁에 집에 가면 오크라를 튀겨 먹고, 디저트로 복숭아 코블러 파이를 맛있게 구워 먹을 것이다.

나는 길게 벗긴 가칫가칫한 복숭아 껍질이 미스 셀리아 집의 배수구로 줄줄 빨려 들어가는 것을 보느라 진입로에는 눈길도 주지 않는다. 보통 부엌 싱크대에 서면 미스터 조니를 피해 달아날 탈출구를 머릿속에 그린다. 부엌은 앞쪽에 난 창문이 거리를 내다보고 있기 때문에 가장 완벽한 장소다. 나는 누가 오는지 다 보지만 키 큰 진달래나무들이 내 얼굴은 숨겨준다. 앞문으로 들어오면 뒷문을 통해 차고로 내빼면 된다. 뒤로 오면 앞으로 달아나면 된다. 이도 저도 여의치 않으면 뒤뜰로 통하는 문이 부엌에 하나 더 있다. 하지만 손에서 육수가 뚝뚝 떨어지거나 버터 냄새에 해롱해롱 취했거나 복숭아 껍질을 벗기면서 공상에 빠져 있으면 그때는 어쩌는가? 나는 푸른색 트럭이 서는 것조차 보지 못했다.

내가 고개를 든 것은 그 남자가 집으로 절반은 걸어왔을 때였다. 얼핏 흰 셔츠가 어른거리는데 날마다 내가 다리는 셔츠 같고 카키색 바지 자락도 내가 미스터 조니의 옷장에 걸던 것 같다. 나는 헉, 숨이 멎는다. 손에 쥔 칼이 싱크대로 쟁그랑 떨어진다.

"미스 셀리아!" 나는 방으로 뛰어 들어간다. "미스터 조니가 돌아오셨어요."

미스 셀리아가 여태 보이지 않던 날렵함으로 침대에서 튀어나온다. 나는 바보같이 그 자리에서 빙글빙글 돈다. 어디로 가지? 어느 쪽으로 가지? 미리 구상한 탈출 계획은 다 어디로 갔담? 그 순간 결심이 섰다. 손님 욕실이다!

나는 살그머니 들어가서 문을 빠끔 열어둔다. 문 밑으로 발이 보이지 않게 변기 위에 쭈그리고 앉는다. 안은 어두컴컴하고 후텁지근하다. 머리에 불이 붙은 것 같다. 땀방울이 턱을 타고 바닥에 떨어져 부서진다. 세면대에 놓인 비누의 짙은 치자 향 때문에 욕지기가 난다.

발소리가 들린다. 숨을 참는다.

발소리가 멈춘다. 가슴이 세탁물 건조기에 들어간 고양이처럼 벌렁거린다. 미스 셀리아가 이 상황을 모면하려고 나를 모른 척하면 어쩌지? 내가 강도인 것처럼 굴면? 아, 그 여자가 정말 밉다! 이 멍청한 여자가 정말 밉다!

나는 귀를 기울이지만 들리는 소리는 씨근거리는 내 숨소리뿐이다. 가슴이 콩닥거린다. 쭈그리고 앉아 있으려니 발목이 아프고 쑤신다.

어둠 속에서 차차 사물이 선명해진다. 조금 지나니 세면대 거울에 비친 내 모습이 보인다. 백인 여자의 변기 위에 쭈그리고 앉은 바보 천치의 꼬락서니가.

꼴좋다. 입에 풀칠하겠다고 미니 잭슨이 이런 구차스러운 짓까지 해야 하다니.

5장

나는 어머니의 캐딜락을 타고 자갈 깔린 도로를 빠르게 달려 집으로 향한다. 차체에 요란하게 부딪히는 돌멩이 소리 때문에 라디오에서 흐르는 팻시 클라인*의 목소리는 아예 들리지도 않는다. 어머니는 불같이 화를 내겠지만 나는 속도를 더 낸다. 머릿속에서는 힐리가 오늘 브리지 모임에서 내게 한 말이 계속 맴돈다.

힐리와 엘리자베스와 나는 파워 초등학교 시절부터 아주 친한 친구 사이였다. 내가 가장 좋아하는 사진도 우리 셋이 중학교에 다닐 때 축구장 관람석에서 어깨를 맞대고 앉아 딱 붙어 찍은 사진이다. 그 사진이 더욱 마음에 드는 건 우리 주위로는 완전히 텅 비어 있어서다. 우리는 가까웠기에 가까이 앉았다.

'올 미스'**에서 힐리와 나는 두 해 동안 같은 방을 썼지만, 그

---

* 1932~1963. 미국 컨트리 가수로, 1963년에 비행기 사고로 사망했다.

뒤로 그녀는 결혼했고 나는 대학원에 진학했다. 나는 밤마다 치오메가 기숙사에서 열세 개의 헤어롤러로 그녀의 머리를 말아주었다. 하지만 오늘 힐리는 나를 연맹에서 쫓아내겠다고 으름장을 놓았다. 내가 연맹에 무슨 강한 애착이 있어서가 아니라, 친구가 그토록 간단하게 나를 밀어내려고 한다는 사실에 마음이 아팠다.

나는 우리 가족의 목화 농장이 있는 롱리프로 빠지는 차선으로 옮긴다. 자갈 소리가 잠잠해지면서 노랗고 부드러운 흙먼지가 날리자 나는 어머니에게 빨리 달린 것을 들키지 않으려고 속도를 줄인다. 집 앞에 닿자 나는 차를 세우고 내린다. 어머니는 집 앞 포치의 흔들의자에 앉아 있다.

"이리 와서 앉으렴." 어머니가 옆에 놓인 흔들의자를 가리킨다. "파스카굴라가 방금 바닥에 왁스 칠을 했거든. 마르는 데 시간이 좀 걸릴 거야."

"네, 엄마." 나는 분을 바른 어머니의 뺨에 입 맞춘다. 하지만 앉지는 않는다. 대신 포치 난간에 걸터앉아 앞뜰에서 자라는 이끼 낀 오크나무 세 그루를 바라본다. 타운에서 기껏 오 분 거리지만 사람들은 대부분 여기를 시골로 여긴다. 뜰 주변으로 아버지의 목화 농장 만 에이커가 펼쳐져 있고, 목화는 내 허리 높이까지 싱싱하고 튼튼하게 자랐다. 유색인 일꾼 몇몇이 저 멀리 헛간 처마 밑에 주저앉아 후끈한 열기 속을 응시한다. 모두 한마음으로 다래가 벌어지기를 기다린다.

** 미시시피 대학교의 애칭.

나는 공부를 마치고 돌아온 뒤로 힐리와 내가 얼마나 달라졌는지 생각한다. 하지만 누가 달라진 걸까, 힐리일까 나일까?

"내가 말했니?" 어머니가 말한다. "패니 페트로가 약혼했대."

"잘됐네요."

"농민은행에서 출납계원으로 일한 지 한 달도 안 돼서 말이야."

"참 잘됐네요, 엄마."

"나도 같은 생각이란다." 어머니는 예의 그 전구가 터질 것 같은 표정을 짓는다. "너도 은행에 가서 출납계원 자리에 지원하는 건 어떠니?"

"출납계원은 되고 싶지 않아요."

어머니는 한숨을 쉬고, 스패니얼 종 강아지 셸비가 제 아랫도리를 핥는 것을 보며 미간을 찌푸린다. 불쑥 나는 깨끗이 닦은 마루를 밟고 싶은 유혹이 들어 문을 바라본다. 이런 대화는 벌써 숱하게 나누었다.

"공부한답시고 사 년이나 대학에 있더니 뭘 가지고 돌아왔니?"

"졸업장이요."

"예쁘장한 그 종잇장 말이냐?"

"말씀드렸잖아요. 결혼하고 싶은 사람을 아직 못 만났다고요."

어머니가 몸을 일으켜 내 쪽으로 다가온다. 어머니의 얼굴은 곱고 아리땁다. 군청색 드레스가 호리호리한 골격을 고스란히 드러낸다. 여느 때처럼 립스틱을 적당하게 발랐다. 오후의 환한 햇빛 속에 서자 옷 앞쪽에 거무스름하게 찌든 얼룩이 눈에 띈다. 나는 진짜 얼룩이 맞는지 확인하려고 눈을 가느다랗게 뜬다. "엄마? 몸이 안 좋으세요?"

"네가 요령을 좀 부린다면 말이다, 유지니아……"

"앞쪽에 뭐가 많이 묻었어요."

어머니는 가슴께로 팔짱을 낀다. "글쎄, 패니 엄마한테 물어봤더니 일단 직장을 구하니까 말 그대로 기회의 바다 속에서 헤엄을 치더란다."

나는 얼룩 문제는 접는다. 어머니에게 작가가 되고 싶다는 말은 차마 못 하겠다. 결혼한 여자애들과 나를 구분하는 또하나의 이유로 여길 게 뻔하다. 지난 봄 올 미스에서 내 수학 공부 파트너였던 찰스 그레이에 대해서도 말하지 못하겠다. 그가 4학년 때 술에 취해 내게 키스하고 내 손을 꼭 쥐었다는 말도, 아플 정도로 힘껏 쥐었지만 아프기는커녕 그렇게 내 손을 잡고 내 눈을 쳐다보니 정녕 황홀하더라는 말도. 그는 키가 150센티미터가 조금 넘는 제니 스프리그와 결혼했다.

내가 해야 할 일은 타운에서 아파트를, 노처녀나 비서나 교사처럼 평범하고 결혼하지 않은 여자들이 사는 아파트를 찾는 것이다. 하지만 내가 내 명의로 된 신탁자금에서 돈을 찾아 쓰겠다고 하자 어머니는 울었다. 진짜로 눈물까지 흘렸다. "그 돈은 그런 데 쓰는 게 아니야, 유지니아. 이상한 음식 냄새를 풍기고 스타킹을 창밖에 주렁주렁 널어놓는 그런 하숙집에서 살겠다고 그 돈을 쓰다니. 게다가 그 돈을 다 쓰면 그때는 어쩌려고? 어떻게 먹고살려고?" 그러고는 이마에 찬 수건을 올리고 하루 종일 누워 있었다.

그런데 지금 어머니는 난간을 붙잡고 서서 뚱뚱이 패니가 자구

책으로 시도한 행동을 나도 하겠다고 나서기를 기다린다. 나를 낳은 어머니가 내 외모며 키며 머리 모양에 완전히 좌절한 표정으로 나를 쳐다본다. 내 머리카락은 곱슬곱슬하다는 말로는 부족하다. 꼬불꼬불하고 차라리 머리카락보다는 음모에 가깝다. 허여스름한 금발인데 건초처럼 푸석푸석하다. 피부는 흰색인데 더러 크림색이라고 한다. 심각한 일이 있으면 시체처럼 하얘지는데 나는 늘 심각하다. 콧등은 매부리코처럼 살짝 튀어나왔다. 하지만 눈동자는 수레국화처럼, 엄마의 눈처럼 푸르다. 사람들은 나더러 눈이 제일 예쁘단다.

"네가 남자를 만날 상황만 만들어주면 될 텐데……"

"엄마." 어서 이 대화를 끝내고 싶다. "남편 없이 살면 정말 끔찍할까요?"

어머니는 생각만 해도 오싹하다는 듯 맨살이 드러난 팔을 움켜잡는다. "그런 말일랑 하지도 마라, 유지니아. 매주 타운에 나갔다가 키가 180이 넘는 사람만 보면 네가 한번 만나보기라도 하면…… 싶더구나." 그 생각이 위궤양을 악화시킨 듯 어머니는 배를 꾹 누른다.

내가 단화를 벗고 포치 계단을 내려가자 어머니는 백선이나 뇌염에 걸릴지 모른다며 얼른 구두를 신으라고 소리친다. 구두를 신는다고 죽음을 피할 수는 없다. 남편이 있다고 죽음을 막을 수는 없다. 세 달 전 대학을 졸업하면서 느낀 기분이 새삼 되살아나자 나는 몸서리친다. 나는 내가 더는 속하지 않는 장소에 떨어져 있다. 어머니와 아버지가 있는 이곳은 아니다. 하물며 힐리와 엘리자베스 있는 곳은 더더욱 아니다.

"……네가 지금 스물셋인데, 그 나이에 나는 이미 칼턴 주니어를 낳았어……" 어머니가 말한다.

나는 분홍 꽃을 피운 배롱나무 그늘에서 포치에 앉은 어머니를 바라본다. 원추리꽃은 벌써 졌다. 이제 곧 9월이다.

나는 귀여운 아기는 아니었다. 내가 태어나자 칼턴 오빠는 나를 보고 병실 사람들 앞에서 이렇게 선포했단다. "아기가 아니라 스키터야!" 모기라는 뜻의 스키터는 거기서 유래한 이름이다. 나는 팔다리가 길쭉하고 모기처럼 비쩍 말랐으며 키 63센티미터로 침례병원에서 기록을 세웠다. 어려서는 코가 새의 부리처럼 뾰족해서 그 별명이 더욱 어울렸다. 어머니는 제발 나를 유지니아로 불러달라며 끈질기게 사람들을 설득하고 다녔다.

샬럿 부드로 캔트렐 펠런 여사는 별명 따위는 좋아하지 않는다.

내가 열여섯 살이 되었을 때 나는 예쁘지 않을뿐더러 키까지 멀대같이 컸다. 단체 사진을 찍으면 남학생들과 맨 뒷줄에 서야 하는 키, 어머니가 저녁이면 치맛단을 내리고 스웨터 소매를 잡아당기고 초대도 못 받은 무도회에 가라며 머리카락을 납작하게 눌러주는 키, 똑바로 서라고 주의를 주던 시절의 키로 되돌릴 수 있을 것처럼 기어코 정수리를 세게 눌러보는 그런 키 말이다. 내 나이 열일곱에 어머니는 내가 똑바로 서는 것보다 차라리 설사가 나서 졸도하기를 바랐을 것이다.

어머니는 163센티미터의 키에 미스 사우스 캐롤라이나 2위였다. 어머니는 나 같은 처지에서 할 수 있는 것은 딱 한 가지라고 결론 내렸다.

샬럿 펠런 여사가 생각하는 남편 사냥의 첫번째 규칙은 예쁘장하고 아담한 여자는 화장과 똑바른 자세로 더욱 돋보인다는 것이다. 하지만 키가 크고 평범한 여자가 돋보이려면 신탁자금이 필요하다고 생각했다.

나는 키가 180이지만, 내 이름 앞으로 목화 2만 5000달러 가치의 자금이 신탁되어 있다. 그 속에 깃든 아름다움을 볼 줄 모르는 사람이라면, 맙소사, 그는 이 가족에 속할 만큼 영리하지 않은 것이다.

어린 시절에 쓰던 방은 부모님 집의 꼭대기 층에 있다. 벽 중간 높이에 흰 가로대를 띠처럼 빙 둘렀는데 거기에 분홍색 천사들이 새겨져 있다. 벽지에는 민트그린색 장미 봉오리가 그려져 있다. 다락방은 벽이 수직이 아니고 비스듬히 기울어서 똑바로 설 수조차 없는 곳도 여러 군데다. 창문이 바깥으로 돌출되어 방은 둥글어 보인다. 어머니가 이틀에 한 번꼴로 남편감을 찾으라고 성화를 부리면 나는 어쩔 수 없이 이 웨딩 케이크 같은 방 안에서 잠을 잔다.

이곳은 나의 성지다. 공기가 뜨거워져서 열기구처럼 후끈 달아오르면 아무도 이곳으로는 올라오려 하지 않는다. 부모님이 오르기에는 계단이 좁고 위태롭다. 전에 일하던 가정부 콘스탄틴은 이 고꾸라질 듯 가파른 계단을 전투라도 벌이는 듯 날마다 쏘아보았다. 꼭대기 층을 써서 싫은 점은 이것 하나였다. 콘스탄틴과 나를 갈라놓았다는 사실.

포치에서 어머니와 대화를 나누고 사흘 뒤, 나는 책상 위에 〈잭슨 저널〉 구인 광고란을 펼친다. 어머니는 내가 어디를 가든 머리 펴는 신제품 기계를 들고 쫓아다니고, 아버지는 앞쪽 포치에서 목화밭이 여름 눈처럼 녹는다면서 툴툴거리고 역정을 낸다. 다래바구미도 문제지만 쏟아지는 비는 수확기에 일어날 수 있는 최악의 상황이다. 아직 9월도 되지 않았는데 가을 폭우가 벌써 퍼붓기 시작했다.

나는 빨간 펜을 쥐고 '여자 직원 구함' 밑에 한 단을 차지한 짤막한 구인 광고를 살핀다.

케닝턴 백화점. 용모 단정하고 싹싹한 여자 판매원 구함!

트림 사. 젊은 여비서 구함. 타자 능력 무관. 샌더스 씨에게 연락.

맙소사, 비서가 타자를 못 치면 대체 뭘 하라는 거지?

속기사 견습생 구함. 퍼시 & 그레이 합자회사, 시급 1.25달러.

이건 참신하다. 나는 동그라미를 친다.

내가 올 미스에서 열심히 공부하지 않았다는 말은 아무도 하지 못할 것이다. 친구들이 파이 델타 세타 파티에 가서 국화 코르사주를 꽂고 럼과 콜라를 마시는 동안 나는 자습실에 앉아 몇 시간 동안 글을 썼다. 대개는 기말 보고서였지만 단편이나 형편없는 시 나부랭이, 〈닥터 킬데어〉*의 대본, 펠멜 담배 광고 카피, 항의 편지, 협박 편지, 수업시간에 봤지만 말은 건네지 못했던 남학생들에게 보내는 부치지 않은 연애편지를 썼다. 물론 나도 축구장 데이트를 꿈꾸었지만, 진짜 꿈은 언젠가 사람들이 실제로 읽는 글을 쓰는 것이었다.

4학년 마지막 학기에 나는 딱 한 곳에 지원했다. 좋은 직장이었고 미시시피에서는 600마일 떨어져 있었다. 옥스퍼드 마트의 공중전화에서 10센트짜리 동전 스물두 개를 넣고 맨해튼 33번 가에 있는 '하퍼 & 로' 출판사로 전화해서 편집자직에 대해 문의했다. 올 미스 도서관에 비치된 〈뉴욕 타임스〉에서 구인 광고를 보고 그날 바로 이력서를 부쳤다. 희망의 지푸라기를 붙잡고 이스트 85번 가에 있다는 아파트를 찾아 전화로 물어보기까지 했다. 매달 45달러를 내는, 소형 조리용 전열기구가 딸린 원룸 아파트였다. 델타 항공사에서는 아이들와일드 공항**에 도착하는 편도 비행기표가 73달러라고 했다. 나는 한 번에 여러 곳에 지원한다는 생각은 미처 하지 못했고, 거기서는 연락이 없었다.

나는 지면을 훑어 내리다 '남자 직원 구함'에 이르렀다. 은행 지점장, 회계사, 대부업자, 목화가공기계 기사 등 적어도 네 단은 차지하고 있었다. 이쪽에는 퍼시 & 그레이 합자회사에서 속기사 견습생에게 시급 50센트를 더 준다고 되어 있다.

---

* 1961년에서 1966년까지 NBC에서 방송한 의학 드라마.

** 현재 존 F. 케네디 국제공항.

"미스 스키터, 전화 왔어요." 파스카굴라가 계단 밑에서 큰 소리로 나를 부른다.

나는 이 집에 딱 한 대 있는 전화를 받으러 계단을 내려간다. 파스카굴라가 송수화기를 내민다. 그녀는 아이처럼 자그마하다. 키는 150이 채 안 되고 피부는 한밤중같이 검다. 짧은 머리는 온통 곱슬곱슬하고 흰 제복은 짧은 팔다리에 맞게 수선해 입었다.

"미스 힐리가 찾으세요." 그녀가 젖은 손으로 송수화기를 건넨다.

나는 흰 철제 테이블에 걸터앉는다. 정사각형 모양의 너른 부엌은 열기로 후끈하다. 흑백 리놀륨 타일은 군데군데 금이 갔고 싱크대는 앞쪽이 닳았다. 새로 산 은색 식기세척기는 부엌 한복판에 자리를 잡았는데 수도꼭지에서 끌어온 고무호스가 연결되어 있다.

"그가 다음주에 온대." 힐리가 말한다. "토요일 밤이야. 시간 되니?"

"흠, 달력 좀 볼게." 내가 말한다. 힐리의 목소리에서는 우리가 브리지 모임에서 티격태격한 일은 흔적도 찾을 수 없다. 미심쩍어도 마음은 놓인다.

"드디어 이렇게 만난다니 믿기지 않아." 힐리가 말한다. 그녀는 벌써 몇 달째 자기 남편의 사촌과 나를 엮어주려고 애쓴다. 주 상원의원의 아들인 것 말고도 그는 내게 너무 잘생긴 상대이지만 힐리는 어쩐지 이 일에 열심이다.

"일단은 먼저…… 만나야 할 것 같지 않아?" 내가 묻는다. "그러니까, 실제로 데이트를 하기 전에."

"걱정하지 마. 윌리엄과 내가 줄곧 옆에 붙어 있을 테니까."

나는 한숨을 쉰다. 데이트는 벌써 두 번이나 취소됐다. 기껏해야 또다시 미뤄질 거라는 생각밖에 안 든다. 그래도 힐리가 그런 사람이 나 같은 사람에게 관심을 가질 거라고 생각한다는 사실에 조금 우쭐한 마음도 든다.

"아, 그리고 내가 쓴 글이 있는데 우리 집에 들러서 좀 가져가." 힐리가 말한다. "다음 호 뉴스레터에 실어줘. 그 발의안 말이야. 사진 싣는 면 옆에 전면으로."

나는 잠시 아무런 대꾸도 하지 않는다. "화장실에 대한 것 말이니?" 그녀가 이 이야기를 브리지 모임에서 꺼낸 것은 며칠 되지 않았지만 나는 그 일이 완전히 잊혔기를 바랐다.

"제목은 '가정부 위생 발의안'이고—윌리엄 주니어, 내려가. 안 그러면 그 빡빡머리를 잡아챌 거야. 율 메이, 이리 좀 와—이번주에 실어주면 좋겠어."

나는 연맹 뉴스레터의 편집자이다. 하지만 힐리는 회장이다. 그래서 내게 무엇을 실으라고 지시하는 것이다.

"한번 볼게. 자리가 있는지 모르겠네." 나는 둘러댄다.

싱크대에서 파스카굴라가 힐리의 말소리를 듣기라도 한 것처럼 슬쩍 나를 본다. 나는 고개를 돌려 콘스탄틴이 쓰던, 지금은 파스카굴라가 쓰는 화장실을 쳐다본다. 화장실은 부엌에서 바깥으로 냈다. 반쯤 열린 문틈으로 변기가 딸린 작은 공간이 보인다. 변기 위쪽으로 물을 내리는 줄이 있고 노르께한 플라스틱 전등갓 밑에 전구가 달려 있다. 구석에 놓인 세면대는 너무 작아서 물 한 컵도 담기 힘들어 보인다. 나는 그곳에 들어간 적이 한 번도 없다. 우리가 어렸을 때 어머니는 콘스탄틴의 화장실에 들어가면 볼기짝을 때리겠다고 으름장을 놓았다. 나는 지금껏 그리워한 그 무엇보다 콘스탄틴이 그립다.

"그럼 자리를 만들어." 힐리가 말한다. "이건 상당히 중요한 문제거든."

콘스탄틴은 우리 집에서 1마일 남짓 떨어진 홋스택이라는 작은 흑인 마을에 살았는데, 당시 그곳에 있던 타르공장의 이름을 따서 붙인 지명이었다. 홋스택으로 가는 길은 우리 농장의 북쪽을 따라 길게 뻗어 있었고, 기억을 더듬어보면 그 길을 따라 유색인 꼬마들이 붉은 먼지를 뭉게뭉게 일으키며 놀거나 차를 얻어 타려고 널찍한 49번 카운티 도로를 향해 걷고 있었다.

어릴 때 나는 땀을 뻘뻘 흘리며 그 1마일을 걸어가곤 했다. 내가 떼를 쓰고 또 교리문답 공부를 열심히 하면, 어머니는 가끔 금요일 오후에 콘스탄틴의 집에 함께 가도 좋다고 허락해주었다. 이십 분 동안 살살 걸어가면 유색인들이 이용하는 싸구려 잡화점이 나왔고, 이어서 가게 안쪽에서 암탉들이 알을 낳는 식품점이 나왔다. 길 옆으로 양철 지붕에 비스듬한 포치가 있는 허름한 집 열두어 채가 쭉 늘어서 있었는데, 그중에는 뒷문으로 가면 위스키를 몰래 판다고 소문난 노란 집도 있었다. 그처럼 다른 세계에서 나는 짜릿한 전율을 느꼈지만, 내 신발이 얼마나 좋은지 콘스탄틴이 다린 내 흰 앞치마드레스가 얼마나 깨끗한지 생각하면 괜스레 가슴이 뜨끔거렸다. 콘스탄틴은 자기 집에 가까워질수록 웃음이 더 잦았다.

"안녕하슈, 칼 버드?" 소형 트럭 뒤에 흔들의자를 놓고 앉아 뿌리채소를 파는 아저씨가 보이면 콘스탄틴이 크게 외쳤다. 자루 안에는 사사프라스와 감초 뿌리, 덩굴식물이 홍정을 기다리고 있었다. 우리는 잠시 멈추어 그 채소들을 뒤적거렸고 그럴 때마다 콘스탄틴은 온몸의 관절이 어긋나서 삐걱거렸다. 콘스탄틴은 키가 클 뿐 아니라 뚱뚱했다. 엉덩이는 펑퍼짐했고 무릎은 항상 말썽이었다. 길모퉁이의 그루터기에 이르면 그녀는 씹는 해피데이즈 담배를 입에 조금 넣었다가 그 씹은 물을 화살을 날리듯 찍 뱉곤 했다. 그리고 둥근 깡통에 든 검은색 가루를 보여주며 "엄마한테는 말하지 마세요" 했다.

길바닥에는 옴이 오르고 허기진 개들이 항상 널브러져 있었다. 어떤 집 앞에 이르면 캣 바이트라는 젊은 유색인 여자가 "미스 스키터, 아빠에게 안부 전해줘요. 나도 잘 지낸다고 전해주고" 하고 소리쳤다. 그녀의 이름은 오래전에 아버지가 붙여준 거라고 했다. 아버지는 차를 몰고 지나가다가 광견병에 걸린 고양이가 유색인 여자애를 물려는 것을 보았다. "그 고양이가 그 여자애를 먹어치울 것 같았거든." 아버지가 나중에 말해줬다. 아버지는 고양이를 죽이고 여자애를 병원에 데려가서 이십일 일 동안 광견병 주사를 맞혔다.

조금 더 가면 콘스탄틴의 집이 나왔다. 방이 세 개인데 러그는 깔려 있지 않았고, 백인 아이의 사진 한 장만 달랑 걸려 있었다. 나는 그것을 물끄러미 쳐다보곤 했는데, 그녀가 포트 깁슨에서 살 때 이십 년 동안 돌본 아이라고 했다. 나는 콘스탄틴에 대해서라면 모든 것을 안다고 자신했다. 그녀는 여동생이 하나 있었고 미시시피 주 코린스에서 소작하며 자랐다. 양친 모두 세상을 떠났다. 그녀는 돼지고기는 아예 먹지 않았고, 드레스는 16 사이즈를 입고 구두는 10 사이즈를 신었다. 하지만 사진 속에서 이를 드러내고 방긋 웃는 아이를 보면 은근히 질투가 났고, 왜 내 사진은 걸어놓지 않았는지 궁금했다.

이따금 이웃집 여자애 둘이 놀러왔는데, 이름이 메리 넬, 메리 론이었다. 둘 다 피부색이 새까매서 누가 누군지 분간이 안 갔다. 그래서 나는 둘 다 그냥 메리라고 불렀다.

"거기 가면 유색인 여자애들에게 잘해주렴." 한번은 어머니가 이렇게 말했다. 기억을 돌이켜보면 나는 그때 어머니를 이상하게 쳐다보며 "제가 잘해주지 못할 이유가 뭔데요?" 했던 것 같다. 하지만 어머니는 이유를 설명하지 않았다.

한 시간 정도 지나면 아버지가 차를 몰고 와서 콘스탄틴에게 1달러를 주었다. 콘스탄틴이 아버지에게 들어오라고 권한 적은 없었다. 당시에도 나는 그곳은 콘스탄틴의 영역이며, 그녀도 자기 집에서는 아무에게나 잘해줄 필요가 없다는 것을 알았던 것 같다. 아버지는 나를 유색인 가게로 데리고 가서 시원한 음료수와 빨아 먹는 사탕을 사주었다.

"콘스탄틴에게 돈을 더 줬다는 말은 엄마한테 하지 마라."

"알았어요, 아빠." 내가 말했다. 이것은 지금까지 아버지와 내가 공유하는 유일한 비밀이다.

못난이라는 말을 처음 들은 것은 내 나이 열세 살 때였다. 들판에 총을 쏘러 갔을 때 칼턴 오빠의 부잣집 친구가 그렇게 말했다.

"왜 우세요, 아가씨?" 콘스탄틴이 부엌에서 내게 물었다.

그 소년이 나를 뭐라고 불렀는지 말하는데 눈물이 멈추지 않았다.

"뭐라고요? 아가씨가요?"

나는 눈을 끔벅이며 잠시 울음을 그쳤다. "내가 뭐요?"

"이제부터 제가 하는 말을 잘 들으세요, 유지니아." 어머니의 규칙에 따라 가끔이라도 유지니아라는 본명으로 나를 불러준 사람은 콘스탄틴이 유일했다. "진짜 못난이는 가슴속에 살지요. 못난이는 다른 사람에게 상처를 주는 야비한 사람이거든요. 아가씨도 그런 사람일까요?"

"모르겠어요. 안 그런 것 같아요." 나는 훌쩍였다.

콘스탄틴은 내가 앉은 식탁 의자의 옆자리에 앉았다. 관절이 부어서 쩍 갈라지는 소리가 났다. 콘스탄틴이 엄지로 내 손바닥을 꾹 눌렀는데, 이건 우리 사이에서 들어봐요, 내 말 좀 들어봐요, 하는 신호였다.

"아침마다, 죽어서 땅에 묻힐 때까지 이렇게 다짐해야 해요."

콘스탄틴이 바투 붙어 있어서 그녀의 검은 잇몸까지 다 보였다. "자기 자신에게 물어봐야 해요. 저 바보들이 오늘 내게 지껄인 말을 믿을 것인가?"

콘스탄틴이 자기 엄지를 내 손에 꾹 눌렀다. 나는 알아들었다는 표시로 고개를 끄덕였다. 그녀가 백인을 두고 한 말이라는 것을 알 만큼은 나도 똑똑했다. 그래도 비참한 기분은 가시지 않았다. 아무리 잘 봐줘도 나는 못생겼겠지만 그녀가 내게, 내가 그저 어머니의 백인 자식이 아니라 뭔가 다른 존재인 것처럼 말한 것은 이번이 처음이었다. 나는 살면서 끊임없이 정치에 대해, 유색인에 대해, 여자로 사는 것에 대해 무엇을 믿으라는 말을 들었다. 하지만 콘스탄틴이 내 손에 자기 엄지를 꾹 누른 그 순간, 내가 무엇을 믿을지는 나 자신의 선택이라는 사실을 깨달았다.

콘스탄틴은 대체로 아침 여섯시에 일하러 왔고, 수확기에는 다섯시에 왔다. 그렇게 와야 아버지가 농장으로 가기 전에 비스킷과 그레이비소스를 차려낼 수 있었다. 아침에 내가 일어나면 거의 날마다 콘스탄틴이 부엌에 와 있었고, 식탁에 놓인 라디오에서는 그린 목사의 설교가 흘러나왔다. 콘스탄틴은 나를 보면 늘 웃으며 말했다. "잘 잤어요, 예쁜 아가씨!" 나는 식탁에 앉아 꿈 이야기를 했다. 그녀는 꿈이 미래를 알려준다고 했다.

"다락방에서 내가 농장을 내려다봤어요." 내가 말했다. "나무 꼭대기까지 다 보였어요."

"뇌를 고치는 의사가 되겠네요! 집의 꼭대기는 머리를 뜻하거든요."

어머니는 식사실에서 일찍 아침을 먹고 휴식실로 들어가서 레이스를 뜨거나 아프리카 선교사들에게 편지를 썼다. 어머니는 거기 초록색 팔걸이의자에 앉아서 식구들이 어디로 움직이는지 거의 다 파악했다. 내가 문 앞을 스치는 그 찰나의 순간에 어머니가 내 모습을 읽어내는 속도는 가히 충격적이었다. 나는 번개같이 지나갔지만, 엄마가 핑핑 던지는 다트가 꽂히는 중앙의 붉은 과녁이 된 것 같았다.

"유지니아, 집에서 껌을 씹으면 안 된다."

"유지니아, 얼룩을 알코올로 좀 닦아라."

"유지니아, 얼른 올라가서 머리를 빗고 내려오렴. 손님이 들이닥치면 어쩌려고 그러니?"

나는 살금살금 다니려면 구두보다 양말이 더 좋은 이동수단이라는 것을 깨달았다. 뒷문으로 다니는 법도 배웠다. 지나갈 때 모자를 쓰거나 손으로 얼굴을 가릴 줄도 알게 되었다. 하지만 대개는 부엌에서 뭉그적거리는 법을 배웠다.

롱리프에서는 여름이 몇 년 같았다. 나에겐 날마다 놀러오는 친구들이 없었다. 우리가 사는 곳은 제법 외떨어져 있어서 백인 이웃이 없었다. 타운에 사는 힐리와 엘리자베스는 주말 내내 서로 오갔지만, 나는 기껏해야 친구 집에 가서 하룻밤 자거나 격주로 친구를 부르는 것이 전부였다. 나는 이곳의 풍요로움에 불평했다. 콘스탄틴을 당연한 존재로 여긴 적도 있었지만 대체로는 그녀가 있어서 얼마나 행복한지 알았던 것 같다.

나는 열네 살에 처음 담배를 피웠다. 칼턴 오빠가 옷장 서랍에 넣어둔 말보로를 몰래 훔쳐 피웠다. 열여덟 살이 코앞이었던 오빠는 집에서 피우든 아버지와 함께 농장에서 피우든 몇 년간 줄곧 담배를 피워왔어도 신경 쓰는 사람이 없었다. 아버지는 이따금 파이프 담배를 피웠고 궐련은 즐기지 않았다. 어머니의 친구들은 대부분 담배를 피웠지만 어머니는 담배 종류는 입에도 대지 않았다. 어머니는 내가 열일곱이 될 때까지는 담배를 피우지 못하게 했다.

그래서 나는 살그머니 뒤뜰로 나가 타이어로 만든 그네에 앉아서 커다란 오크나무 뒤에 숨어 피웠다. 때로는 깊은 밤에 내 방 창문 밖으로 몸을 내밀고 피우기도 했다. 어머니는 시력은 독수리눈이었지만 후각은 없는 거나 마찬가지였다. 하지만 콘스탄틴은 대번에 알아챘다. 그녀는 미간을 좁히며 슬쩍 웃었지만 뭐라고 하지는 않았다. 내가 나무 뒤에 숨어 있을 때 어머니가 뒤쪽 포치로 나간다 싶으면 콘스탄틴이 잽싸게 나와서 철제 난간에 빗자루 손잡이를 탕탕 두드렸다.

"콘스탄틴, 뭐 하는 거야?" 어머니가 이렇게 물을 때쯤이면 나는 이미 담배를 비벼 끄고 나무 구멍 속에 던져 넣은 뒤였다.

"낡은 빗자루를 좀 터느라고요, 미스 샬럿."

"흠, 좀더 조용히 터는 방법을 찾아봐. 오, 유지니아, 그새 또 몇 센티미터 자랐구나? 어쩌면 좋아. 가서 맞는…… 옷을 입고 내려오렴."

"네." 콘스탄틴과 나는 동시에 대답하며 미소를 주고받았다.

오, 비밀을 함께 나눌 사람이 있다는 건 참으로 짜릿한 일이었다. 나이가 비슷한 형제나 자매가 있다면 이런 기분일 거라고 생각했다. 하지만 이건 단순히 담배나 어머니의 눈을 피하는 문제가 아니었다. 이건 당신이 기형적으로 키가 크고 머리가 곱슬곱슬하고 생김새가 특이하다는 이유로 당신의 어머니가 조바심치며 어쩔 줄 몰라할 때 누군가 당신을 봐주는 사람이 있다는 것을 뜻한다. 누군가 말없이 눈빛으로, 나랑 같이 있으면 괜찮아요, 해주는 것이다.

하지만 콘스탄틴과 나눈 대화가 늘 달콤한 것만은 아니었다. 내가 열다섯 살이 됐을 때 새로 전학 온 여자애가 나를 가리키며 "얘는 황새야?"라고 했다. 그러자 힐리마저 쿡 터지려는 웃음을 참으며 그애가 한 말을 못 들은 것처럼 나를 잡아당겼다.

"콘스탄틴은 키가 얼마나 커요?" 내가 흐르는 눈물을 감추지 못하며 물었다.

콘스탄틴이 눈을 가느다랗게 뜨며 나를 보았다. "아가씨는요?"

"180." 나는 울먹였다. "벌써 남학생 농구부 코치보다 커요."

"나는 185니까, 스스로를 동정하는 건 그만두세요."

콘스탄틴은 내가 올려다볼 수 있는, 눈을 똑바로 쳐다볼 수 있는 유일한 여자였다.

콘스탄틴을 볼 때 제일 먼저 눈에 띄는 것은, 큰 키도 있었지만 눈이었다. 피부색이 검어서 옅은 갈색 눈이 완전히 벌꿀색으로 보였다. 하지만 콘스탄틴의 피부에서는 갈색 빛깔이 끊임없이 언뜻 거렸다. 팔꿈치는 새까매서 겨울이면 흰 먼지가 묻은 것까지 보였다. 팔과 목과 얼굴은 흑단처럼 까맸다. 손바닥은 주황색을 띤 갈색인데, 발바닥도 같은 색인지 궁금했다. 하지만 그녀의 맨발은 볼 수 없었다.

"이번 주말에는 우리 둘뿐이네요." 콘스탄틴이 웃으며 말했다.

어머니와 아버지는 칼턴 오빠에게 루이지애나 주립대학교와 튤레인 대학교를 구경시킨다며 집을 비웠다. 오빠는 내년에 대학생이 될 터였다. 그날 아침 아버지는 접이침대를 콘스탄틴의 화장실 옆 부엌으로 옮겼다. 콘스탄틴은 밤에 잘 일이 생기면 항상 거기서 잤다.

"뭐가 있는지 가서 보세요." 콘스탄틴이 빗자루를 보관하는 청소함을 가리켰다. 가서 열어보자 그녀의 가방 안에 러시모어 산의 사진을 인쇄한 오백 피스짜리 퍼즐이 있었다. 그녀가 우리 집에서 자는 날이면 우리는 함께 퍼즐을 맞추곤 했다.

그날 저녁 우리는 땅콩을 아작거리고 식탁에 흩어놓은 퍼즐 조각을 골라내며 시간을 보냈다. 우리가 퍼즐의 가장자리를 맞추는 동안 밖에서는 폭풍우가 사납게 몰아쳐서 부엌 안은 더욱 아늑하게 느껴졌다. 전구가 흐릿해지다가 다시 밝아졌다.

"이 사람은 누구지요?" 콘스탄틴이 검은 테 안경을 쓰고 퍼즐 상자를 유심히 살피며 물었다.

"제퍼슨이요."

"아, 그렇겠네요. 이 사람은요?"

"그 사람은……" 나는 상자를 더 유심히 보았다. "내 생각에
는…… 루스벨트 같아요."

"내가 아는 사람은 링컨뿐이네요. 우리 아버지같이 생겼거든요."

나는 손에 퍼즐 조각을 잡은 채로 동작을 멈추었다. 나는 열네
살이었고 성적은 A 밑으로 받은 적이 없었다. 나는 똑똑했지만 순
진하기 짝이 없었다. 콘스탄틴은 퍼즐 상자 뚜껑을 내려놓고 다시
조각들을 골라냈다.

"아버지가 키가…… 몹시 커서요?" 내가 물었다.

그녀가 쿡쿡 웃었다. "내 아버지는 백인이었지요. 키는 어머니
를 닮았고요."

나는 퍼즐 조각을 내려놓았다. "콘스탄틴은…… 아버지가 백인
이고 어머니가…… 유색인이었어요?"

"그렇답니다." 콘스탄틴이 살짝 웃으며 퍼즐 조각 두 개를 맞추
었다. "자, 이것 봐요. 짝을 찾았네요."

물어볼 것이 아주 많았다. 누구였어요? 어디 사람이었어요? 법
으로 금지되어 있으니까 두 사람이 결혼했을 리는 없었다. 나는
식탁으로 가져온 내 잡동사니 상자에서 담배 한 개비를 빼내서 입
에 물었다. 아직 열네 살이었지만 다 자란 기분으로 불을 붙였다.
그러자 머리 위쪽에 매달린 전구가 흐릿해졌다가 우중충한 갈색
이 되면서 희미하게 윙윙거렸다.

"오, 아버지는 나를 아주 많이 사랑하셨지요. 항상 내가 제일 좋
다고 말씀하셨어요." 그녀는 의자에 등을 기댔다. "토요일 오후에
는 늘 집에 오셨어요. 한번은 색색의 머리 리본 열 개를 주셨지요.

파리에서 사 오신 건데 일본산 비단으로 만든 거였어요. 나는 아버지가 집에 온 순간부터 떠나는 순간까지 아버지의 무릎에 앉아 있었고, 어머니는 아버지가 사준 빅트롤라 전축으로 베시 스미스의 노래를 틀었어요. 그러면 아버지와 내가 함께 노래를 불렀지요."

아주 이상한 일이에요.
당신이 힘없고 지쳤을 때는 어김없이,
아무도 당신을 모른다 하죠.

나는 눈을 동그랗게 뜨고 콘스탄틴의 노래를 멍하니 들었다. 흐릿한 불빛 속에 그녀의 목소리가 일렁였다. 초콜릿이 소리였다면 콘스탄틴이 노래하는 음성이 그 소리였을 것이다. 노래가 색깔이라면 그 초콜릿 색깔이었을 것이다.

"한번은 너무 고달파서 펑펑 울며 나를 힘들게 하는 것들, 가난, 찬물 목욕, 충치 같은 것들을 하나하나 떠올렸죠. 아버지가 한참 동안 내 머리를 감싸 안고 있었어요. 고개를 들자 아버지도 울고 있었는데…… 내가 아가씨에게 해준 것처럼 아버지도 내게 해주셨어요. 무슨 말인지 알겠지요? 엄지를 내 손바닥에 꾹 누르며…… 미안하다고 그러셨어요."

우리는 퍼즐 조각들을 물끄러미 바라보았다. 어머니는 내가 이런 사실을 알기를 바라지 않았을 것이다. 콘스탄틴의 아버지가 백인이라는 것을, 세상이 이 모양인 데 대해 그가 콘스탄틴에게 미안해한 것을. 그건 내가 알면 안 되는 것이었다. 나는 콘스탄틴이 내게 선물을 준 것만 같았다.

나는 담배를 다 피우고 손님용 은색 재떨이에 비벼 껐다. 다시 불빛이 환해졌다. 콘스탄틴이 나를 보며 웃었고 나도 마주 웃었다.

"이 얘기를 왜 진작 하지 않았어요?" 내가 그녀의 옅은 갈색 눈동자를 보며 말했다.

"모든 것을 다 말할 수는 없어요, 스키터."

"왜요?" 그녀는 나에 대한 모든 것을, 내 가족에 대한 모든 것을 알았다. 나라고 왜 그녀의 비밀을 끝까지 지키지 못하겠는가?

콘스탄틴은 나를 물끄러미 바라보았고, 나는 그녀의 얼굴에서 마음속에 자리 잡은 깊고 침울한 슬픔을 보았다. 이윽고 그녀가 말했다. "혼자만 간직해야 하는 일도 있답니다."

내가 대학에 갈 때가 되어 아버지가 나를 트럭에 태우고 출발할 때 어머니는 펑펑 울었다. 하지만 나는 자유를 느꼈다. 드디어 농장에서, 시시콜콜한 간섭에서 벗어나는 것이다. 어머니에게 묻고 싶었다. 기쁘지 않으세요? 날마다 저 때문에 이런저런 걱정을 하지 않아도 되니까 후련하지 않으세요? 하지만 어머니는 몹시 서글퍼 보였다.

나는 1학년 기숙사에서 가장 행복한 사람이었다. 일주일에 한 번 콘스탄틴에게 편지를 써서 내 방과 수업과 여학생 사교 모임에 대해 말했다. 홋스택까지는 편지를 배달하지 않으니 어쩔 수 없이 농장으로 보내는 수밖에 없었다. 어머니가 뜯어보지 않을 거라고 믿으면서. 한 달에 두 번 콘스탄틴은 얇은 황산지에 답장을 써서 곱게 접어 봉투에 넣어 보냈다. 그녀의 글씨는 큼직하고 예뻤지만 한쪽으로 자꾸만 기울었다. 그녀는 롱리프에서 일어나는 시시콜콜한 일을 낱낱이 써서 보냈다. 허리 통증도 심하지만 더 심한 건 발이랍니다. 혹은 믹서기가 그릇에서 빠져나가 온 부엌을 미친 듯이 날아다니는 바람에 고양이가 비명을 지르며 달아났답니다. 그 뒤로는 그놈 코빼기도 못 봤지요. 아버지가 기침감기에 걸렸다거나 자기가 다니는 교회에 로사 파크스가 강연하러 온다는 이야기도 있었다. 더러는 내가 행복한지 구체적으로 알고 싶어했다. 우리는 서로 묻고 답하면서 사시사철 편지를 주고받았고, 크리스마스나 여름 학기 중간에는 얼굴을 보며 직접 대화했다.

어머니는 늘 기도해라, 키가 너무 커 보이니 하이힐은 신지 말고, 같은 내용을 편지지에 쓰고 거기에 클립으로 35달러짜리 수표를 꽂아 보냈다.

4학년이 되고 4월이 오자 콘스탄틴에게서 이런 편지가 왔다. 깜짝 놀랄 소식이 있어요, 스키터. 기뻐서 어쩔 줄 모르겠네요. 무슨 일인지 묻지는 마세요. 집에 오면 알게 될 테니까요.

기말시험이 바짝 다가와 있었고 한 달 있으면 졸업이었다. 그리고 그 편지는 콘스탄틴에게서 받은 마지막 편지가 되었다.

나는 올 미스 졸업식에 참석하지 않았다. 친한 친구들이 결혼을 한다며 죄다 학교를 그만둔 마당에 어머니와 아버지가 세 시간을 달려와서 내가 졸업식장으로 걸어가는 모습을 보는 것이 무슨 의미가 있을까 싶었다. 더구나 어머니가 정말 보고 싶어하는 것은 예식장으로 걸어 들어가는 내 모습이었으니 말이다. 하퍼 & 로 출판사에서는 연락이 없었고, 나는 뉴욕행 비행기표를 사는 대신 2학년생 케이 터너의 뷰익을 얻어 타고 고향인 잭슨으로 돌아왔다. 내 발 앞에는 타자기를 쑤셔 넣고 우리 사이에는 그녀의 웨딩드레스를 내려놓은 채. 케이 터너는 다음 달에 퍼시 스탠호프와 결혼하기로 되어 있었다. 세 시간 동안 나는 그녀가 어떤 맛의 케이크를 고를지 고민하는 것을 들었다.

내가 집에 도착하자 어머니는 나를 더 잘 보려고 뒤로 물러섰다. "흠, 그만하면 피부는 좋구나. 하지만 머리 모양이……" 어머니는 한숨지으며 고개를 절레절레 흔들었다.

"콘스탄틴은요?" 내가 물었다. "부엌에 있어요?"

어머니는 마치 날씨를 알려주듯이 말했다. "콘스탄틴은 이제 여기서 일하지 않는다. 옷이 구겨지기 전에 얼른 짐을 풀자꾸나."

나는 돌아서서 어머니를 보며 눈을 끔벅였다. 잘못 들은 거라고 생각했다. "뭐라고 하셨어요?"

어머니는 허리를 더욱 꼿꼿이 펴고 드레스를 매만졌다. "콘스탄틴은 없어, 스키터. 식구들이랑 살러 시카고로 떠났어."

"그럴…… 리가요? 편지에 시카고에 대한 말은 전혀 없었는데요." 그런 일을 이렇게 느닷없이 알게 될 리가 없었다. 이런 끔찍한 소식이라면 그녀가 지체 없이 말했을 것이다.

어머니는 숨을 깊이 들이쉬고 허리를 폈다. "떠난다는 소식을 네게 전하지 말라고 내가 콘스탄틴에게 당부했어. 기말시험을 쳐야 하니까 참아달라고. 낙제해서 한 해 더 다니게 되면 어쩌니? 누가 뭐래도 대학 공부 사 년이면 차고 넘치지 않니?"

"콘스탄틴도…… 그러겠다고 했어요? 저한테 편지도, 말도 없이 떠나겠다고요?"

어머니는 시선을 돌리며 한숨지었다. "나중에 이야기하자, 유지니아. 부엌으로 오렴. 새 가정부 파스카굴라를 소개하마."

하지만 나는 어머니를 따라 부엌으로 가지 않았다. 내 짐을 내려다보며 여기서 이것을 풀다니 끔찍하다고 생각했다. 집은 턱없이 크기만 할 뿐 더없이 횡뎅그렁했다. 바깥의 목화 농장에서는 수확 기계가 윙윙 돌아가고 있었다.

9월이 되면서 나는 하퍼 & 로에서 연락이 올 거라는 희망을 접었다. 그뿐 아니라 콘스탄틴을 찾는 것도 포기했다. 아무도 무슨 일이 있었는지, 콘스탄틴에게 연락하려면 어디로 해야 하는지 모르는 것 같았다. 나는 마침내 콘스탄틴이 왜 떠났는지 묻기를 포기했다. 그녀는 홀연히 사라진 것 같았다. 나는 단 한 명의 내 진정한 동맹자였던 콘스탄틴이 여기에서 나 혼자 스스로 방어하게 내버려둔 채 훌훌히 떠났다는 사실을 묵묵히 받아들일 수밖에 없었다.

6장

뜨거운 9월의 어느 아침, 나는 어릴 때 쓰던 침대에서 빠져나와 칼턴 오빠가 멕시코에서 사온 워라치*를 신는다. 멕시코 여자들의 발이 9.5 사이즈까지 자라지는 않을 테니 틀림없이 남자용 신발이다. 어머니는 볼품없다며 싫어했다.

나는 잠옷 위에 아버지의 낡은 버튼다운 셔츠를 걸치고 앞문으로 살그머니 빠져나간다. 어머니는 뒤쪽 포치에서 파스카굴라와 제임소가 굴 껍데기 까는 것을 지켜보고 있다. "검둥이 여자와 남자를 둘만 놔두면 안 된다. 지키는 사람이 있어야 해." 오래전에 어머니가 내게 속닥거린 말이다. "저들의 잘못이 아니야. 저들도 어쩔 수가 없거든."

나는 우편으로 주문한 『호밀밭의 파수꾼』이 우편함에 있는지

---

* 위쪽을 가죽 끈으로 엮은 납작한 샌들.

보려고 계단을 내려간다. 미시시피 주에서 금지한 거라면 틀림없이 좋은 책일 거라고 생각해서 나는 늘 암거래상을 통해 캘리포니아 주에서 금서를 주문한다. 진입로 끝에 이르자 워라치를 신은 발목에 노란 흙먼지가 뽀얗게 내려앉는다.

내 양옆으로 다래가 흐드러진 농장이 초록으로 눈부시다. 저번 달에는 비가 많이 와서 뒤쪽 농장은 엉망이 됐지만 대부분은 피해 없이 살아났다. 잎은 고엽제 때문에 얼룩덜룩하게 갈색으로 변했고, 공기 중에는 아직 시큼한 화학물질 냄새가 난다. 카운티 도로에는 차가 한 대도 지나가지 않는다. 나는 우편함을 연다.

그리고 거기, 어머니의 〈레이디스 홈 저널〉 밑에 미스 유지니아 펠런 앞으로 온 편지 한 통이 있다. 귀퉁이에 빨갛게 하퍼 & 로 출판사라고 찍힌 글씨가 보인다. 나는 진입로에 서서, 긴 잠옷과 아버지의 낡은 브룩스 브라더스 셔츠만 입은 채, 그 자리에서 봉투를 찢는다.

펠런 양에게,

당신의 이력서를 보고 이렇게 개인적으로 편지를 보내는 이유는 경험이 전혀 없는 젊은 여성이 우리 출판사 같은 일류 출판사에 편집자가 되겠다고 지원한 것을 대견하게 여겨서예요. 이런 자리에 지원하려면 업계에서 최소 오 년은 경력을 쌓아야 해요. 이 업계에 대해 조사했다면 그 정도는 알고 있을 거예요.

하지만 나도 한때는 야심 있는 젊은 여자였기에 약간의 충고를 할까 해요. 지역 신문사에 가서 초보가 할 만한 일을 구하세요. 당신은 "글 쓰는 걸 굉장히 좋아한다"고 했죠. 현재 등사를 하거나 사장에게 커피 타주는 일을 하는 게 아니라면, 주위를 둘러보고, 조사하고, 쓰세요. 뻔한 이야기에는 시간을 낭비하지 마세요. 당신을 혼란스럽게 하는 것, 특히 다른 사람은 대수롭지 않게 여기는 것을 찾아 쓰세요.

건승을 빌어요.

1962년 4월
성인도서 담당 수석편집자, 일레인 스타인

타자로 친 글씨 밑에 푸른 펜으로 휘갈긴 메모가 있다.

추신. 정말로 진지한 마음이라면, 당신이 가장 좋다고 생각하는 아이디어를 써서 보내세요. 검토하고 의견을 말해줄게요. 펠런 양, 내가 이런 호의를 베푸는 이유는 바로 누군가가 내게 이렇게 해주었기 때문이에요.

목화를 가득 실은 트럭이 카운티 도로를 덜컹거리며 지나간다. 조수석에 앉은 흑인이 몸을 내밀고 나를 쳐다본다. 내가 얇은 잠옷 바람의 백인이라는 사실을 잊고 있었다. 나는 뉴욕에서 방금 회신을 혹은 격려 편지를 받았다. 나는 그녀의 이름을 소리 내어 말한다. "일레인 스타인." 나는 아직 유대인은 만나보지 못했다.

나는 그 편지가 나부끼지 않게 꼭 쥐고 집으로 달려간다. 구기고 싶지 않다.

어머니가 볼품없는 그 멕시코 남자 신발을 벗으라고 외치는 소리를 들으며 나는 계단을 헐레벌떡 올라가서 지금까지 사는 동안 나를 괴롭힌 몹쓸 일들을 낱낱이, 특히 다른 사람들은 시시하게 여겼을 문제들을 하나하나 써내려간다. 일레인 스타인의 단어들은 은이 녹듯 내 혈관을 타고 흐르고 나는 부랴부랴 타자기로 글자를 찍기 시작한다. 다 쓰고 나니 목록이 엄청나게 길다.

다음 날 나는 미시시피 주에 문맹이 많은 것, 우리 카운티에서 음주 운전 사고율이 높은 것, 여자들이 일할 기회가 부족한 것 등 기사의 소재로 썩 괜찮다고 생각되는 아이디어들을 열거하여 일레인 스타인에게 보낼 최초의 편지를 완성한다.

이 아이디어들은 내가 정말 관심 있는 것들이 아니라 그녀에게 감명을 주고 싶어서 고른 거라는 걸, 나는 편지를 부치고 나서야 깨닫는다.

나는 숨을 깊게 들이마시고 무거운 유리문을 당겨 연다. 여성스러운 조그마한 종이 딸랑거리며 인사한다. 별로 여성스럽지 않은 안내원이 나를 지켜본다. 그녀는 몸집이 비대해서 작은 나무 의자가 비좁아 보인다. "〈잭슨 저널〉에 오신 걸 환영합니다. 무엇을 도와드릴까요?"

나는 그제 일레인 스타인의 편지를 받고 한 시간도 안 되어 약속을 잡았다. 혹시 자리가 있으면 면접을 보고 싶다고 했다. 그런데 이렇게 빨리 보자고 해서 깜짝 놀랐다.

"골든 씨를 뵈러 왔는데요."

천막같이 풍성한 옷을 입은 안내원이 뒤뚱뒤뚱 안쪽으로 들어간다. 나는 부들부들 떨리는 손을 애써 진정시킨다. 열린 문틈으로 더 안쪽에 나무판자를 세워 만든 아담한 공간이 보인다. 사무실 안에서는 양복을 입은 남자 넷이 정신없이 타자기를 두드리거나 연필로 뭔가를 휘갈기고 있다. 하나같이 구부정하고 초췌한데, 셋은 머리카락이 편자 모양으로 남았다. 실내는 담배 연기로 희뿌옇다.

안내원이 나와서 나더러 따라오라며 엄지를 까딱하는데, 그녀의 손에도 담배가 들려 있다. "들어오세요." 나는 마음을 단단히 먹지만, 생각나는 것은 대학의 옛 규칙뿐이다. 치 오메가 회원은 절대 담배를 들고 걷지 않는다. 나는 나를 빤히 쳐다보는 남자들의 시선과 그들의 책상과 희뿌연 연기를 뚫고 그녀를 따라 안쪽 공간으로 들어간다.

"그 문은 닫고 들어와요." 내가 문을 열기 무섭게 골든 씨가 소리친다. "저 지독한 연기가 여기로 못 들어오게."

골든 씨가 책상 앞에서 벌떡 일어선다. 나보다 15센티미터는 작고 호리호리하며 나이는 우리 부모님보다 젊어 보인다. 치아가 길쭉하고 표정은 냉소적이다. 비열한 인간이 주로 그렇듯 머리카락은 검고 번지르르하다.

"못 봤소?" 그가 말한다. "지난주에 담배가 당신을 죽일 거라고 보도했지 않나."

"저는 못 봤는데……" 그 기사가 신문 1면에 실리지 않았기를 바랄 뿐이다.

"제기랄, 나는 저 밖에서 일하는 머저리들보다 백 년은 더 젊어 보이는 검둥이들을 알지." 그는 다시 의자에 앉는다. 하지만 아무리 둘러봐도 마땅한 의자가 없어서 나는 계속 서 있는다.

"좋아요. 뭘 가져왔는지 한번 봅시다." 나는 이력서와 학교에서 연습 삼아 쓴 기사들을 건넨다. 나는 농장 기사와 지역 스포츠 면이 펼쳐진 채 식탁에 놓인 〈잭슨 저널〉을 보면서 자랐다. 하지만 실제로 읽을 시간은 거의 없었다.

골든 씨는 내가 쓴 글을 훑어본다. 심지어 빨간 펜을 들고 고치기까지 한다. "머라 고등학교 편집자 삼 년, 〈레블 라우저〉 편집자 이 년, 〈치 오메가〉 편집자 삼 년, 영어와 저널리즘 복수 전공, 4등으로 졸업…… 제기랄, 그런데 여자로군." 그가 중얼거린다. "전혀 놀지는 않았나?"

나는 헛기침을 한다. "그게…… 중요한가요?"

그가 고개를 든다. "자네는 유별나게 키가 크군. 자네처럼 예쁜 여자는 농구부 녀석들 전체와도 데이트를 즐길 수 있었겠는데."

나는 그를 쳐다보지만 이게 나를 놀리는 건지 칭찬하는 건지 모르겠다.

"청소는 할 줄 아는 것 같군……" 그는 내가 쓴 글을 다시 보며 공격적으로 빨간 표시를 한다.

내 얼굴이 금세 달아오른다. "청소라니요? 전 청소하러 여기 온 게 아닌데요. 글을 쓰려고 왔어요."

담배 연기가 문 밑으로 새어 들어온다. 이곳 전체가 불이 난 것 같다. 여기 오면 곧바로 기자가 될 줄 알았던 내가 어리석었다.

그는 한숨을 무겁게 내쉬며 종잇장들이 두껍게 꽂힌 서류철을 건넨다. "아마 할 수 있을 거야. 미스 머나가 헤어스프레인지 뭔지를 마셨다나. 제기랄, 그래서 미쳐버렸다는군. 읽어보고 이 여자처럼 답을 써봐. 쥐똥만큼도 차이가 나지 않게."

"제가…… 뭘 한다구요?" 나는 달리 뭘 해야 할지 몰라서 서류철을 받아 든다. 미스 머나가 누군지 전혀 모르겠다. 나는 머리를 굴려 단 한 가지 안전한 질문을 한다. "원고료는 얼마를…… 준다고 하셨죠?"

그는 놀랍다는 눈빛으로 굽 낮은 신발에서 평범한 머리 모양까지 내 모습을 찬찬히 훑어본다. 잠재된 본능이 나더러 웃으라고, 머리를 쓸어 넘기라고 한다. 바보가 된 기분이지만, 그래도 한다.

"8달러, 매주 월요일."

나는 고개를 끄덕이고, 내가 누군지 드러내지 않는 일은 도대체 어떤 일인지 어떻게 물을까 궁리한다.

그가 몸을 앞으로 숙인다. "자네는 미스 머나가 누군지도 모르는군, 안 그래?"

"물론 알아요. 우리…… 여자애들은 그녀의 글을 항상 읽는걸요." 그리고 서로 빤히 바라보는데, 멀리서 전화벨이 세 번 울린다.

"그래서 어쩌자고? 8달러가 부족해? 제기랄, 이 아가씨야, 가서 남편 변기나 무료로 닦아줘."

나는 입술을 깨문다. 하지만 뭐라고 말하기도 전에 그가 눈을 크게 뜬다.

"좋아, 10달러. 글은 화요일까지야. 문체가 마음에 차지 않으면 신지 않을 거야. 물론 땡전 한 푼 안 줄 거고."

나는 서류철을 받아 들고 고맙다는 인사를 지나치다 싶을 정도로 한다. 그는 나를 본체만체하고 내가 문밖으로 나가기도 전에 수화기를 든다. 나는 차에 타고 캐딜락의 푹신한 가죽 의자에 풀썩 앉는다. 그리고 배시시 웃으며 서류철에 꽂힌 글들을 읽는다.

나는 방금 일을 구했다.

나는 허리를 쭉 펴고 집으로 돌아온다. 내가 무럭무럭 자라기 시작한 열두 살 때부터는 이렇게 꼿꼿이 서보지 못했다. 마음이 설레고 스스로가 자랑스럽다. 뇌세포 하나하나가 뜯어말리는데도 어머니에게 말하고 싶은 충동을 도저히 못 참겠다. 나는 휴식실로 달려가 어머니에게, 매주 실리는 미스 머나 칼럼을 맡았는데 살림에 관한 조언을 쓰는 일이라며 그 일을 맡게 된 과정을 미주알고주알 늘어놓는다.

"진짜 모순된 일이구나." 어머니는 그런 조건으로 일하면서 사는 것이 한심하다는 듯 한숨을 푹 내쉰다. 파스카굴라가 어머니에게 아이스티를 더 따라준다.

"그래도 이제부터 시작인걸요." 내가 말한다.

"무슨 시작? 살림에 대해 충고하면서 정작……" 어머니는 타이어 바람이 빠지듯 길고 느린 한숨을 또 내쉰다.

나는 시선을 돌린다. 타운 사람 모두가 같은 생각일지 궁금하다. 기쁨이 벌써 달아나려고 한다.

"유지니아, 너는 은식기를 어떻게 닦는지도 모르잖니. 집을 깨끗이 관리하는 법은 말할 것도 없고."

나는 서류철을 끌어안는다. 어머니가 옳다. 나는 이 질문들에 대한 답은 하나도 모른다. 하지만 아무리 그래도 어머니는 나를 자랑스러워할 줄 알았다.

"게다가 그 타자기 앞에 앉아 있다가는 아무도 만나지 못할 게다. 유지니아, 철 좀 들지그러니."

팔에 힘이 들어가며 울분이 북받친다. 허리를 똑바로 펴고 일어선다. "제가 여기 살고 싶어서 사는 줄 아세요? 엄마랑 같이요?" 나는 어머니의 마음을 아프게 하려고 일부러 밉살스럽게 웃는다.

순간 어머니의 눈동자에 아픔이 어린다. 어머니는 그 찌르르한 통증에 입술을 깨문다. 하지만 내뱉은 말을 주워 담고 싶은 마음은 전혀 없다. 내가 하는 말을 비로소, 비로소 어머니가 듣고 있기 때문이다.

나는 그대로 서서 그 자리를 떠나지 않는다. 어머니가 무슨 말을 하는지 듣고 싶다. 어머니가 미안하다고 하면 좋겠다.

"물어볼 게…… 있는데, 유지니아." 어머니는 손수건을 쥐어짜며 인상을 찌푸린다. "요전 날 어디서 읽었는데, 일부…… 여자애들이 말이지, 이런, 그러니까 이런 부자연스러운 생각에 빠지면서 균형을 잃는다고 말이야."

어머니가 무슨 말을 하는지 도통 모르겠다. 나는 천장에 달린 선풍기를 바라본다. 누가 틀었는지 너무 빠르게 돌아간다. 탈탈탈……

"혹시…… 혹시…… 남자에게 매력은 느끼니? 부자연스러운 생각을 하는 건 아니……?" 어머니가 눈을 질끈 감는다. "여자를, 여자를 좋아한다거나……?"

나는 어머니를 멀뚱히 쳐다보며, 선풍기가 툭 떨어져 빙글빙글 날다가 어머니와 내 머리 위로 곤두박질치면 좋겠다고 생각한다.

"그 기사를 보니까 치료약이 있다더라. 특수한 뿌리차가……"

"엄마," 나는 눈을 꼭 감는다. "엄마가…… 제임소와 같이 있고 싶어하는 만큼 저도 여자애들과 같이 있고 싶어요." 나는 문으로 총총 걸어간다. 가다가 뒤를 흘끗 돌아본다. "그러니까, 엄마는 물론 그러고 싶지 않으시겠죠?"

어머니는 똑바로 앉으며 숨을 헉 내쉰다. 나는 쿵쿵 계단을 오른다.

다음 날 나는 미스 머나 앞으로 온 편지들을 차곡차곡 쌓아놓는다. 손가방에는 어머니가 아직 내게 매달 주는 용돈 35달러가 들어 있다. 나는 기독교인다운 미소를 짙게 드리우고 아래층으로 내려간다. 이곳에서 지내면서 나는 롱리프 밖으로 갈 때마다 어머니에게 차를 써도 되는지 묻는다. 그 말인즉 어머니는 내게 어디로 가는지 물으리라는 것이다. 그 말인즉 나는 하루에 한 번꼴로 거짓말을 해야 한다는 것이다. 그 자체는 짜릿하지만 한편으로는 모멸감도 든다.

"교회에 가요. 주일학교에 도움이 필요한지 알아보려고요."

"오, 그렇구나. 정말 잘 생각했다. 차는 얼마든지 쓰렴."

간밤에 나는 이 칼럼을 맡으려면 도움을 줄 전문가가 필요하다는 결론에 도달했다. 처음에는 파스카굴라가 떠올랐지만 나는 그녀를 잘 모른다. 게다가 어머니가 고개를 들이밀고 사사건건 간섭하는 것은 참을 수 없다. 힐리의 가정부 율 메이는 수줍음이 많아서 나를 도와주려고 할지 잘 모르겠다. 그들 말고 내가 얼굴을 충분히 익혔다고 생각되는 가정부는 엘리자베스의 집에서 일하는 아이빌린이 유일하다. 아이빌린을 보면 왠지 콘스탄틴이 생각난다. 게다가 나이가 있으니 경험도 풍부할 것이다.

엘리자베스의 집으로 가는 길에 나는 벤 프랭클린 잡화점에 들러 필기판과 2호 연필 한 상자, 표지가 푸른 천으로 된 공책 한 권을 산다. 칼럼의 첫 마감일이 내일이다. 골든 씨의 책상에 두시까지는 올려놓아야 한다.

"스키터, 들어와." 엘리자베스가 문을 열자, 나는 아이빌린이 오늘 일하러 오지 않았으면 어쩌나 걱정이 된다. 엘리자베스는 푸른색 목욕가운을 입고 특대형 롤러를 주렁주렁 매달고 있는데 머리가 어찌나 커 보이는지 평소보다 더 말라 보인다. 대개 엘리자베스는 하루 종일 머리를 말고 있지만 숱이 적어서 아무리 애써도 머리는 풍성해 보이지 않는다.

"몰골이 엉망이지? 메이 모블리 때문에 잠을 설쳤어. 아이빌린은 어디서 뭘 하는지 모르겠네."

나는 비좁은 현관으로 들어선다. 이 집은 천장이 나지막하고 방들은 아담하다. 모든 것이 중고품 같다. 빛바랜 푸른색 꽃무늬 커튼도, 카우치에 비뚜름하게 놓인 덮개도. 롤리가 새로 시작한 회계사업이 신통치 않다는 말을 들었다. 뉴욕이나 다른 곳에서는 어떨지 모르지만 여기 미시시피 주 잭슨 사람들은 무례하고 잘난 체하는 인간과는 거래하고 싶어하지 않는다.

힐리의 차가 집 앞에 서 있지만 힐리는 보이지 않는다. 엘리자베스는 식사실 식탁에 올려놓은 재봉틀 앞에 앉는다. "거의 다 됐어." 그녀가 말한다. "마지막으로 이 단만 박으면……"

엘리자베스가 일어서며 둥근 흰색 칼라가 달린, 교회 갈 때 입는 녹색 드레스를 들어 올린다. "솔직하게 말해줘." 그녀는 간절하달 수밖에 없는 눈빛으로 내게 속삭인다. "집에서 만든 것 같아?"

밑단은 한쪽이 더 길다. 전체적으로 우글쭈글해 보이고 한쪽 소맷단은 벌써 올이 풀린다. "100퍼센트 산 옷 같아. 메종 블랑쉬에서." 거기가 엘리자베스의 꿈의 가게라는 걸 나는 안다. 비싼 옷만 파는 오층짜리 건물인데 뉴올리언스 커널 가에 있고 잭슨에서는 구경도 못 할 옷들을 판다. 엘리자베스는 고맙다는 듯 살짝 웃는다.

"메이 모블리는 자?" 내가 묻는다.

"이제 겨우." 엘리자베스는 고집불통 아이가 짜증스러운지 얼굴을 찡그리며 롤러에서 떼어낸 머리카락 뭉텅이를 만지작거린다. 이따금 어린 딸 이야기가 나오면 그녀의 목소리에는 단단히 날이 선다.

통로의 손님용 욕실문이 열리더니 힐리가 나오면서 말한다. "……훨씬 좋군. 이제 모두 자기 공간을 가졌으니 말이야."

엘리자베스는 재봉틀 바늘을 만지작거리며 근심 어린 표정을 짓는다.

"롤리에게 전해줘. 고마울 것 없다고." 힐리가 한마디 덧붙이자 나는 그제야 무슨 뜻인지 이해한다. 이제 아이빌린은 차고에 새로 만든 화장실을 혼자 쓰게 된 것이다.

힐리가 나를 보고 웃는다. 또 그 발의안 이야기를 꺼내겠구나 싶은 생각이 든다. "어머니는 어떠셔?" 힐리가 가장 싫어하는 주제인 줄 알면서 나는 굳이 묻는다. "요양원에 잘 적응하셨어?"

"그런 것 같아." 힐리가 붉은 스웨터를 끌어내려 허리에 뒤룩뒤룩 붙은 군살을 가린다. 붉은색과 녹색의 격자무늬 바지를 입어서 엉덩이는 더 둥실하고 커 보이며 그 어느 때보다 의기양양해 보인다. "물론 엄마는 내가 한 일을 알아주지 않지. 엄마를 위해 가정부까지 해고했는데 말이야. 그 여자가 내 코앞에서 은 촛대를 훔치려는 걸 내가 붙잡았거든." 힐리가 살짝 미간을 찌푸린다. "너희 혹시 미니 잭슨이 딴 데서 일한다는 말은 못 들었지?"

우리는 고개를 가로젓는다.

"타운에서 다시 일자리를 구하기는 힘들걸." 엘리자베스가 말한다.

힐리는 그 문제를 곰곰이 생각하며 고개를 주억거린다. 나는 내 소식을 얼른 알리고 싶어서 숨을 깊이 들이쉰다.

"〈잭슨 저널〉에서 일을 구했어." 내가 말한다.

방 안에 고요가 흐른다. 순간 엘리자베스가 소리를 지른다. 힐리는 대견하다는 듯 미소 짓고, 나는 얼굴을 붉히며 대수롭지 않다는 듯 어깨를 으쓱한다.

"너를 쓰지 않으면 그들이 바보지, 스키터 펠런." 힐리가 말하며 건배의 의미로 아이스티를 든다.

"그런데…… 혹시 너희, 미스 머나 칼럼은 읽어봤니?" 내가 묻는다.

"흠, 아니." 힐리가 말한다. "하지만 보나 마나 잭슨 남부에 사는 허섭스레기 같은 빈민층 백인 여자들은 그걸 킹제임스 성경처럼 떠받들겠지."

엘리자베스가 고개를 끄덕인다. "가정부가 없는 가난한 여자들은 틀림없이 그러겠지."

"아이빌린한테 좀 물어봐도 괜찮을까?" 내가 엘리자베스에게 묻는다. "이 편지들에 대한 답을 쓰려면 도움이 필요한데."

엘리자베스는 잠시 침묵한다. "아이빌린? 우리 집 아이빌린?"

"나는 이 질문들에 대한 답을 전혀 모르거든."

"음…… 이것 때문에 아이빌린이 자기 일을 방해받지 않는다면."

나는 이 태도에 놀라 잠시 할 말을 잊는다. 하지만 생각해보면 어쨌거나 아이빌린에게 돈을 지불하는 사람은 엘리자베스다.

"오늘은 메이 모블리가 곧 일어날 테니까 안 돼. 안 그러면 내가 돌봐야 하거든."

"알았어, 그럼…… 내일 아침에 오면 될까?" 나는 남은 시간을 손가락으로 헤아린다. 오전 중에 아이빌린과 이야기를 끝내고 집으로 돌아가서 부랴부랴 타자를 치면 두시까지 타운에 가져갈 수 있다.

엘리자베스는 녹색 실패를 내려다보며 인상을 찌푸린다. "그리고 길면 곤란해. 내일은 은식기를 닦는 날이거든.”

“오래 걸리지 않을 거야. 약속해.” 내가 말한다.

엘리자베스의 말이 꼭 내 어머니의 말처럼 들린다.

다음 날 아침 열시에 엘리자베스는 문을 열어주며 학교 선생님이라도 되는 듯 고개를 까딱한다. “좋아, 들어와. 너무 길어지면 안 돼. 메이 모블리가 언제 일어날지 모르니까.”

나는 겨드랑이에 공책과 종이 뭉치를 끼고 부엌으로 들어간다. 아이빌린이 싱크대에서 나를 보고 웃자 그녀의 금니가 반짝인다. 아이빌린은 배가 살짝 나왔지만 기분 좋게 푹신해 보인다. 나보다는 키가 많이 작은데 누군들 그렇지 않겠는가? 풀 먹인 흰 제복을 입으니 짙은 갈색 피부에 윤기가 도는 것 같다. 머리카락은 검지만 눈썹은 회색이다.

“어서 오세요, 미스 스키터. 미스 리폴트는 아직 재봉틀 앞에 앉아 계세요?”

“네.” 이 집에 자주 드나들었지만 엘리자베스를 미스 엘리자베스도, 심지어 처녀 때 이름인 미스 프레더릭스도 아닌, 미스 리폴트라고 부르는 것을 들으니 기분이 야릇하다.

“마셔도 될까요?” 나는 냉장고를 가리킨다. 하지만 내가 미처 닿기도 전에 아이빌린이 문을 연다.

“뭘 드시겠어요? 코콜라?”

내가 고개를 끄덕이자 그녀는 조리대 위의 병따개를 집어 뚜껑을 따고 유리잔에 따른다.

"아이빌린," 나는 숨을 깊이 들이마신다. "내가 뭔가 해야 하는데 도와줄 수 있을까 해서요." 내가 그 칼럼에 대해 말하자 그녀는 미스 머나가 누군지 안다는 표시로 고개를 끄덕인다. 다행스러운 일이다.

"그러니까 내가 이 편지를 몇 통 읽으면…… 거기에 대한 답을 알려주면 돼요. 시간이 지나면 나도 혼자 힘으로……" 나는 말을 하다가 멈춘다. 내가 혼자 힘으로 살림에 대한 답을 쓰는 일은 절대 없을 것이다.

"불공평한 것 같죠. 아이빌린의 답을 받아서 내가, 아니 머나가 쓰는 척하고." 나는 한숨짓는다.

아이빌린이 고개를 젓는다. "저는 상관없어요. 하지만 미스 리폴트가 그러라고 하실지 모르겠어요."

"괜찮댔어요."

"일하는 시간에도요?"

나는 엘리자베스의 딱딱한 목소리를 떠올리며 고개를 끄덕인다.

"그렇다면 좋아요." 아이빌린이 어깨를 으쓱한다. 그녀가 싱크대 위의 시계를 쳐다본다. "메이 모블리가 일어나면 그만해야 할 거예요."

"앉을까요?" 나는 부엌 식탁을 가리킨다.

아이빌린이 부엌문을 흘끗 본다. "얼른 하세요. 저는 서 있을게요."

나는 간밤에 지난 오 년 동안 실린 미스 머나 칼럼을 모조리 읽었지만 답이 없는 편지를 골라낼 시간은 없었다. 나는 필기판을 똑바로 놓고 연필을 쥔다. "이건 랜킨 카운티에서 온 편지인데요."

"'미스 머나에게.'" 내가 읽는다. "'뚱뚱하고 추저분한 남편의 셔츠 깃에 찌든 때는 어떻게 제거할까요? 그는 돼지 같고…… 땀은 또 얼마나……'"

훌륭하다. 세탁과 인간관계에 대한 칼럼이 되겠다. 하지만 두 가지 다 나는 전혀 모른다.

"어떤 것을 없애고 싶대요?" 아이빌린이 묻는다. "찌든 때요, 남편이요?"

나는 편지를 물끄러미 본다. 나는 그 어느 쪽도 없애는 방법을 알려줄 수 없다.

"물에 식초와 파인솔을 풀어서 거기 담가놓으라고 하세요. 그대로 좀 놔뒀다가 햇볕에 잠시 말리고요."

나는 얼른 옮겨 적는다. "햇볕에 얼마나 오래요?"

"얼추 한 시간 정도요. 그러면 마를 거예요."

나는 또 한 통의 편지를 꺼내 읽고, 그녀는 이번에도 재까닥 답을 준다. 네다섯 통을 끝내고 나니 마음이 놓여 한숨이 나온다.

"고마워요, 아이빌린. 얼마나 도움이 됐는지 몰라요."

"어려운 일도 아닌데요. 미스 리폴트가 저를 부르지만 않으면요."

나는 종이들을 그러모으고 코카콜라를 마지막으로 한 모금 들이켠다. 그리고 기사를 쓰러 가기 전에 오 초 동안 숨을 고른다. 아이빌린은 자루에서 파릇하고 싱싱한 푸성귀를 골라낸다. 라디오에서 부드럽게 들려오는 그린 목사의 설교를 제외하면 오늘도 부엌은 고요하다.

"콘스탄틴은 어떻게 아세요? 친척인가요?"

"교회에서…… 같은 모임이었지요." 아이빌린이 싱크대 앞에서 약간 옮겨 선다.

익숙해진 아픔이 되살아난다. "주소도 남기지 않았어요. 그렇게…… 그만두다니 믿기지 않아요."

아이빌린은 여전히 눈을 내리깔고 있다. 푸성귀들을 아주 꼼꼼히 살피는 것 같다. "아니요. 제가 알기로는 확실히 내쫓겼지요."

"그렇지 않아요, 엄마가 그만뒀다고 하신걸요. 지난 4월에요. 식구들이랑 살러 시카고로 갔다고."

아이빌린은 푸성귀를 또하나 집어 들고 긴 줄기와 그 끝의 말린 잎사귀를 씻는다. "아니요." 그녀가 잠시 뜸을 들이다가 말한다.

나는 여기서 우리가 무슨 이야기를 하고 있는 것인지 몇 초가 지나서야 깨닫는다.

"아이빌린," 나는 그녀와 눈을 맞추려고 애쓰며 말한다. "콘스탄틴이 정말 해고됐다고 생각해요?"

아이빌린의 얼굴이 푸른 하늘처럼 텅 빈다. "제가 잘못 기억한 건지도 모르겠네요." 아이빌린이 말한다. 그녀는 지금 백인 여자에게 말을 너무 많이 했다고 후회하고 있는 것이다.

메이 모블리가 소리쳐 부르자 아이빌린은 미안하다며 부엌문을 밀고 나간다. 잠시 뒤 나는 정신을 차리고 집으로 돌아간다.

그로부터 십 분 뒤 내가 집에 도착하자 어머니가 식사실 식탁에서 뭔가 읽고 있다.

"엄마," 내가 공책을 끌어안으며 묻는다. "콘스탄틴을 해고하셨어요?"

"내가…… 뭘 어쨌다고?" 어머니가 말한다. 하지만 미국애국여성회* 뉴스레터를 내려놓는 것을 보니 내 말을 들은 것이 틀림없다. 어머니가 눈을 떼지 않고 보는 그 뉴스레터를 내려놓게 하려면 뭔가 대단한 질문이 필요하다.

"유지니아, 말했잖니. 여동생이 몸져누워서 식구들과 함께 살러 시카고로 갔다고. 왜? 어디서 다른 말을 들었니?"

아이빌린이 그러더라는 말은 백만 년이 지나도 하지 않을 것이다. "아까 들었어요. 타운에서."

"그런 말을 누가 하고 다닌다니?" 어머니는 돋보기 너머로 눈살을 찌푸린다. "틀림없이 검둥이 여자들 중 누가 그랬겠지."

"콘스탄틴에게 어떻게 하셨어요, 엄마?"

어머니는 입술을 깨물며 이중 초점 안경 너머로 나를 뚫어져라 쳐다본다. "너는 이해하지 못할 거다, 유지니아. 네가 직접 가정부를 고용하기 전까지는."

"해고…… 하셨어요? 무엇 때문에요?"

"무슨 상관이니. 이제 다 지난 일이고 다시는 떠올리고 싶지 않구나."

---

* 역사 보전, 교육, 애국심을 장려하기 위해 만든 회원제 여성 단체.

"엄마, 콘스탄틴은 저를 키웠어요. 무슨 일이 있었는지 어서 말해주세요!" 내 꽥꽥거리는 목소리에 나조차 정나미가 떨어진다. 어려서 생떼를 부리던 목소리다.

어머니는 내 말투에 눈썹을 치켜세우며 안경을 벗는다. "유색인에 관련된 문제야. 내가 할 수 있는 말은 그게 전부구나." 어머니는 다시 안경을 쓰고 미국애국여성회 뉴스레터를 눈높이로 쳐든다.

나는 너무 화가 난 나머지 온몸이 부들부들 떨린다. 나는 쿵쿵거리며 계단을 올라간다. 타자기 앞에 앉지만 내 어머니가 자기 삶에 어마어마한 도움을 준 사람을, 자기 자식들을 키워준 사람을, 내게 친절과 자존감을 가르쳐준 사람을 내쫓았다는 사실에 나는 그저 어안이 벙벙하다. 나는 내 방의 장밋빛 벽지와 아일릿 천으로 만든 커튼과 너무 많이 봐서 이제는 지긋지긋해진 빛바랜 사진들을 바라본다. 콘스탄틴은 우리 가족을 위해 이십구 년 동안 일했다.

다음 한 주 동안 아버지는 날이 밝기도 전에 일어난다. 나는 트럭 엔진과 목화 수확기계 소리, 서두르라는 외침을 들으면서 잠에서 깬다. 들판은 수확기계로 다래를 딸 수 있게 고사시킨 목화 줄기 때문에 갈색 천지이고 바스락거린다. 바야흐로 목화 수확이 한창이다.

아버지는 수확기에는 교회에 갈 틈도 없다. 일요일 저녁 어스레한 복도에서, 나는 저녁을 먹은 뒤 잠자리에 들려는 아버지를 붙잡았다. "아버지?" 내가 불렀다. "콘스탄틴에게 무슨 일이 있었는지 말씀해주세요."

아버지는 몹시 고단한지 대답하기 전에 한숨부터 쉰다.

"어머니가 어떻게 콘스탄틴을 해고할 수 있어요, 아버지?"

"응? 얘야, 콘스탄틴은 그만뒀어. 네 엄마가 해고할 리 없다는 건 너도 잘 알잖니." 아버지는 그런 질문을 하는 내가 실망스러운 눈치다.

"어디로 갔는지는 아세요? 주소는 알고 계세요?"

아버지는 고개를 젓는다. "엄마에게 물어보렴. 엄마가 알 거야." 아버지가 내 어깨를 토닥인다. "사람들은 떠나게 마련이란다, 스키터. 하지만 나도 콘스탄틴이 여기서 우리와 같이 살았으면 좋겠구나."

아버지는 복도를 지나 침실로 간다. 아버지는 강직해서 뭔가를 숨길 수 없는 분이니, 이 문제에 대해 나보다 더 모르는 것 같다.

나는 그 주부터 매주 한 번, 가끔은 두 번 아이빌린을 만나러 엘리자베스의 집으로 간다. 엘리자베스는 매번 조금씩 더 경계하는 눈치다.

내가 부엌에 오래 있을수록 엘리자베스는 내가 갈 때까지 아이빌린에게 별별 자질구레한 일을 다 시킨다. 문손잡이를 닦아라, 냉장고 위의 먼지를 털어라, 메이 모블리의 손톱을 깎아줘라. 아이빌린은 상냥하기 그지없지만 내심 불안한지 싱크대 앞에서 일손을 멈추지 않는다. 얼마 지나자 나는 마감일 전에 글을 완성할 수 있게 되었고, 골든 씨는 내 칼럼에 만족하는 것 같다. 처음 쓴 칼럼은 두 편을 쓰는 데 이십 분밖에 걸리지 않았다.

그리고 나는 갈 때마다 아이빌린에게 콘스탄틴에 대해 묻는다. 주소를 알아봐줄 수는 없는지, 해고 사유를 알려줄 수는 없는지. 콘스탄틴이 네, 그러겠습니다, 하고 곧장 뒷문으로 걸어 나가지는 않았을 테니 뭔가 큰 문제가 있지는 않았는지. 어머니가 스푼에 얼룩이 졌다고 역정을 냈을지도 모르고 콘스탄틴이 일주일 내내 토스트를 태웠을지도 모른다. 나는 해고가 어떤 식으로 일어났는지 오로지 상상만 할 수 있다.

하지만 아이빌린은 그저 어깨만 으쓱하며 아무것도 모른다고 하니 더 물어볼 수도 없다.

어느 오후 나는 아이빌린에게 욕조의 찌든 얼룩을 벗겨내는 방법을 물어본 다음(나는 이제껏 욕조를 닦아본 적이 없다) 집으로 돌아온다. 휴식실 앞을 지나다 텔레비전이 켜 있어 흘끗 쳐다본다. 파스카굴라는 화면에 거의 딱 붙어 있다. 언뜻 올 미스라는 단어가 들리고 흐릿한 화면에는 검은 양복을 입은 백인 남자들이 카메라 앞에서 웅성거린다. 그들의 벗어진 머리에는 땀방울이 송송 맺혀 있다. 더 자세히 보니 내 또래의 흑인 남자가 백인 남자 무리 가운데 섰고 그의 뒤로 군인들이 섰다. 카메라가 뒤로 물러나며 화면을 더 넓게 보여주자 내가 다니던 대학의 본관 건물이 보인다. 주지사 로스 바네트가 팔짱을 끼고 서서 키 큰 흑인을 쳐다본다. 주지사 옆에는 상원의원 휘트워스가 서 있는데, 힐리가 내게 데이트를 주선하겠다는 남자가 그의 아들이다.

나는 넋이 나간 듯 텔레비전을 쳐다본다. 하지만 올 미스에 유색인을 입학시킬지 모른다는 소식이 짜릿하지도 실망스럽지도 않고 그저 놀랍기만 하다. 하지만 파스카굴라는 숨이 넘어가는 소리를 낸다. 그 소리가 내 귀에까지 들린다. 그녀는 내가 뒤에 있다는 것도 알아채지 못한 채 얼어붙은 듯 서 있다. 우리 지역의 기자 로저 스티커는 긴장한 듯 미소를 짓고 다급하게 말한다. "케네디 대통령이 주지사에게 제임스 메러디스의 문제에서 한 발짝 물러서라고 지시했습니다. 다시 말씀드립니다. 미국 대통령이……"

"유지니아, 파스카굴라! 당장 저걸 꺼버려!"

파스카굴라가 깜짝 놀라 어머니와 나를 돌아본다. 그녀는 시선을 내리깔고 황급히 자리를 뜬다.

"유지니아, 만약 네가 그러면 가만히 안 둬." 어머니가 나직이 말한다. "저들이 저런 짓을 하게 부추기고 다니면 말이지."

"부추기다니요? 이건 전국 뉴스예요, 엄마."

어머니가 콧방귀를 뀐다. "네가 파스카굴라와 함께 텔레비전을 보는 건 바람직하지 않아." 그리고 어머니는 채널을 돌리다가 〈로런스 웰크 쇼〉* 오후 재방송에서 멈춘다.

"봐, 이런 게 훨씬 좋지 않니?"

9월 하순의 어느 무더운 토요일, 목화를 다 베어 농장이 허허벌

---

* 빅밴드의 리더인 로런스 웰크가 사회를 본 텔레비전 뮤지컬 쇼.

판이 되자 아버지는 새 RCA 컬러텔레비전을 사 들고 온다. 흑백 텔레비전은 부엌으로 옮긴다. 아버지는 만면에 흐뭇한 미소를 띠고 새 텔레비전의 플러그를 휴식실 벽에 꽂는다. 올 미스 대 루이지애나 주립대의 미식축구 경기 소리가 오후 내내 온 집 안에 쩌렁쩌렁 울린다.

아니나 다를까 어머니는 컬러 화면 앞에 딱 붙어서 빨간색과 파란색이 선명한 유니폼을 보며 연신 우와! 우와! 환호한다. 어머니와 아버지는 레블스* 미식축구팀의 응원 방식을 따랐다. 어머니는 찜통더위에도 빨간 모직 바지를 입었고, 의자에는 아버지의 낡은 카파 알파 담요가 걸쳐져 있다. 올 미스에 입학한 유색인 제임스 메러디스에 대해서는 누구 하나 말 한마디 없다.

나는 캐딜락을 몰고 타운으로 향한다. 내 모교 팀이 경기를 하는데 내가 관심을 보이지 않는 것이 어머니는 이해하기 힘든가보다. 엘리자베스는 식구들과 함께 힐리의 집에서 경기를 보고 있어 엘리자베스의 집에서는 아이빌린 혼자 일하고 있다. 엘리자베스가 없으니 아이빌린과의 대화가 좀더 수월하지 않을까 기대한다. 솔직히 아이빌린이 콘스탄틴에 대해 뭔가, 뭐라도 말해주면 좋겠다.

아이빌린이 문을 열자 나는 그녀를 따라 부엌으로 간다. 그녀는 엘리자베스의 빈집에서 아주 조금 더 느긋해 보일 뿐이다. 오늘은 그녀도 의자에 앉고 싶은지 식탁을 본다. 하지만 앉으라고 권하자

---

* 미시시피 주립대학교의 운동부 이름.

아이빌린은 그저 "아니요, 괜찮아요. 어서 시작하세요" 한다. 그리고 싱크대에 내려놓은 팬에서 토마토를 집어 들고 칼로 껍질을 벗기기 시작한다.

나는 조리대에 기대어 가장 최근에 받은 편지를 먼저 꺼낸다. 개들이 바깥 쓰레기통을 자꾸 뒤진다. 게으른 남편이 그 망할 놈의 맥주를 퍼마시기 시작한 뒤로 쓰레기차 오는 날 쓰레기통 내놓는 것을 깜박해서. 개들이 쓰레기통 뒤지는 것을 못하게 하려면 어떻게 해야 하나.

"쓰레기통에 뉴모니아*를 부으면 되지요. 개들은 그런 쓰레기통은 거들떠보지도 않아요." 나는 그것을 암모니아로 고쳐서 받아 쓴 뒤 다음 편지를 고른다. 내가 고개를 들자 아이빌린은 나를 보고 빙그레 웃는다.

"주제넘은 소리지만, 미스 스키터…… 살림을 전혀 모르는데 새 미스 머나가 된 게 어색하지는 않으세요?"

하지만 그녀는 한 달 전 내 어머니가 말했던 것처럼은 이야기하지 않는다. 나는 오히려 웃음이 나고, 그녀에게 이제껏 아무에게도 하지 않은 이야기를 한다. 하퍼 & 로와 통화한 일과 거기 이력서를 보낸 것에 대해. 작가가 되고 싶은 바람에 대해. 일레인 스타인의 충고에 대해. 그런 말을 누군가에게 할 수 있어서 좋다.

아이빌린은 고개를 끄덕이더니 무른 빨간 토마토를 또 하나 집어 칼로 껍질을 벗긴다. "제 아들 트리로어도 글 쓰는 걸 좋아했

---

* 폐렴이라는 뜻.

146

지요."

"아들이 있는지 몰랐어요."

"죽었어요. 이 년 됐지요."

"그렇군요, 미안해요." 그리고 잠시 부엌에는 그린 목사가 설교하는 목소리와 싱크대에 하늘하늘 떨어지는 토마토 껍질뿐이다.

"영어는 시험만 보면 죄다 A였어요. 나중에는 타자기를 구해서 자기 생각을 글로 쓰기……" 아이빌린이 이 말을 하는데 핀턱주름이 잡힌 제복 속의 어깨가 축 처진다. "그애는 책을 쓸 거라고 했어요."

"어떤 생각이요?" 내가 묻는다. "혹시 말해도 괜찮다면……"

아이빌린은 잠시 말이 없다. 토마토 껍질만 계속 벗긴다. "그애는 『투명 인간』이라는 책을 읽었어요. 다 읽더니 미시시피에서 백인 남자 밑에서 일하는 유색인 남자의 삶에 대해 쓰고 싶다더군요."

나는 시선을 돌리며 내 어머니라면 이 지점에서 대화를 멈출 거라고 생각한다. 미소를 지으며 화제를 은 광택제나 흰쌀의 가격 같은 걸로 바꿀 것이다.

"그애가 다 읽은 뒤에 저도 그 『투명 인간』을 읽었어요. 꽤 재미있었는데." 아이빌린이 말한다.

나는 그 책을 한 줄도 읽지 않았지만 고개를 끄덕인다. 아이빌린이 책을 읽는다는 생각은 해본 적이 없다.

"얼추 오십 쪽은 썼을 거예요." 그녀가 말한다. "그건 여자친구였던 프랜시스더러 간직하라고 했지요."

아이빌린이 껍질을 벗기던 손을 멈춘다. 그녀가 침을 꼴깍 삼킬 때마다 목젖이 움직인다. "아무한테도 말하지 마세요." 아이빌린의 목소리는 이제 좀더 부드럽다. "그애가 자기 백인 상관에 대해 쓰고 싶어한 것 말이에요." 아이빌린이 입술을 깨문다. 그녀는 아직도 자신의 아들을 염려하고 있다. 그는 죽었지만 자식을 걱정하는 그녀의 마음은 아직 살아 있다.

"나한테는 얘기해도 괜찮아요, 아이빌린. 그건 용기 있는 생각…… 같아요."

아이빌린이 잠시 내 시선을 받는다. 그러고는 토마토를 또하나 집어 칼을 댄다. 나는 그것을 지켜보며 붉은 물이 터지기를 기다린다. 하지만 아이빌린은 자르기 전에 잠시 손을 멈추고 부엌문을 흘끗 본다.

"저 역시 아가씨가 콘스탄틴에게 일어난 일을 모르는 건 옳지 않다고 생각해요. 다만…… 죄송해요. 그건 어쩐지 말하면 안 될 것 같네요."

나는 아이빌린이 무엇 때문에 이 말을 꺼냈는지 잘 모르지만 이 순간을 망치고 싶지 않아서 잠자코 있는다.

"하지만 이것만 말씀드리지요. 콘스탄틴의 딸과 관련이 있어요. 아가씨의 어머니를 만나러 찾아간."

"딸이요? 딸이 있다는 말은 한 번도 안 했어요." 콘스탄틴을 알고 지낸 게 이십삼 년이었다. 그런데 그걸 왜 내게 비밀로 했지?

"힘들었겠지요. 아기가 태어났을 때…… 정말 하얬으니까요."

나는 어리벙벙해서 콘스탄틴이 몇 년 전에 한 말을 떠올린다.

"그러니까, 피부색이 약간 흰빛이었다는…… 말이죠?"

아이빌린은 고개를 끄덕이며 싱크대에서 일을 계속한다. "그래서 북부로 보내야 했던 것 같아요."

"콘스탄틴의 아버지가 백인이었대요." 내가 말한다. "오…… 아이빌린…… 설마 그런 생각을 하는 건……" 망측한 생각이 머릿속을 스친다. 너무 놀라서 문장을 끝낼 수가 없다.

아이빌린이 고개를 젓는다. "아니, 아니에요, 아가씨. 그런 건…… 아니에요. 콘스탄틴의 남편 코너는 유색인이었어요. 하지만 콘스탄틴의 핏속에 아버지의 피가 흘러서 아기가 태어났을 때 희끄무레했지요. 그런 일은…… 더러 일어난답니다."

최악의 경우를 상상한 내가 창피하다. 하지만 여전히 모르겠다. "콘스탄틴이 왜 나한테 말하지 않았을까요?" 나는 딱히 대답을 기대하지 않고 묻는다. "왜 아이를 보냈을까요?"

아이빌린은 다 이해할 수 있다는 듯이, 자신에게 하는 듯 고개를 주억거린다. 하지만 나는 모르겠다. "그 무렵에 콘스탄틴의 상황은 최악이었어요. 콘스탄틴이 딸을 다시 데려오고 싶다는 말을 천 번은 했을 거예요."

"아까 콘스탄틴이 해고된 것이 그 딸과 연관이 있다고 했죠? 무슨 일이 있었나요?"

이 말에 아이빌린의 얼굴이 백지처럼 텅 빈다. 막은 내렸다. 그녀는 미스 머나의 편지들을 고갯짓으로 가리키며 더 할 말이 없다는 뜻을 분명히 표한다. 적어도 지금은.

그날 오후 나는 힐리의 집에서 열린 축구 파티에 잠깐 들른다. 길가에는 스테이션왜건과 길쭉한 뷰익 들이 늘어서 있다. 미혼은 나 혼자뿐이라는 걸 너무 잘 알지만 그래도 문을 열고 들어간다. 거실로 가니 소파, 긴 의자, 의자 팔걸이 할 것 없이 부부들이 그들먹하게 앉아 있다. 아내들은 다리를 꼰 채 꼿꼿이 앉아 있고 남편들은 몸을 앞으로 숙였다. 모두의 시선이 나무로 틀을 짠 텔레비전 상자에 쏠려 있다. 나는 뒤로 가서 몇 명과 미소를 교환하고 말없이 인사를 나눈다. 조용한 실내에는 아나운서의 목소리만 쩡쩡하다.

"우와아아아아아아아!" 그들이 일제히 환호성을 지르며 팔을 내두르고 여자들은 일어서서 손뼉을 친다. 나는 손톱 밑을 잘근잘근 씹는다.

"그렇지, 레블스! 타이거스 놈들에게 본때를 보여줘!"

"이겨라, 레블스!" 메리 프랜시스 트루리는 유니폼과 같은 색깔의 스웨터를 입고 폴짝거리며 응원한다. 나는 살갗이 떨어진 손톱 밑을 본다. 아릿하고 벌겋다. 거실은 버번 냄새와 빨간 모직 나부랭이와 다이아몬드 반지들로 가득하다. 여자들이 정말로 축구를 좋아하는 건지, 남편에게 잘 보이려고 저러는 건지 모르겠다. 연맹에 들어간 지 네 달째지만 내게 "레블스 좋아하니?" 하고 물은 사람은 없었다.

나는 몇몇 부부와 가벼운 대화를 주고받으며 부엌으로 간다. 힐리의 집에서 일하는 키 크고 호리호리한 가정부 율 메이가 작은 소시지를 밀가루 반죽으로 말고 있다. 좀더 어린 또다른 유색인 소녀가 싱크대에서 설거지를 한다. 힐리는 디나 도런과 이야기를 나누다 나를 보더니 오라고 손짓한다.

"……이 프티푸르*는 내가 먹어본 것 중에서 단연 최고야! 디나, 넌 연맹 회원들 중에서 음식 솜씨가 가장 좋은 거 같아!" 힐리는 남은 케이크를 입에 넣고 냠냠거리며 연신 고개를 주억거린다.

"뭘, 고마워, 힐리. 힘은 들지만 보람은 있는 것 같아." 디나는 환하게 웃고 있다. 힐리의 찬사에 황송해서 울음이라도 터뜨릴 것 같다.

"그러니까 할 거지? 아, 정말 기뻐. 빵 판매 위원회에는 정말 너 같은 사람이 필요하다니까."

"몇 개나 필요한데?"

"오백 개, 내일 오후까지."

디나의 미소가 얼어붙는다. "알았어. 밤을 새우면…… 할 수 있을 거야."

"스키터, 왔구나." 힐리가 나를 부르자 디나는 슬그머니 부엌에서 나간다.

"오래 있지는 못해." 어쩌면 내가 너무 급하게 말한 것 같다.

"그 일 말이야." 힐리가 능글맞게 웃는다. "그가 이번에는 꼭 온대. 오늘부터 삼 주 뒤에."

나는 율 메이가 길쭉한 손가락으로 칼에 붙은 밀가루 반죽을 떼

---

* 주로 식후에 커피와 함께 내는 작은 케이크.

어내는 것을 지켜보면서 힐리가 누구를 말하는지 대번에 알아채고 한숨짓는다. "잘 모르겠어, 힐리. 네가 벌써 여러 번 애썼잖아. 어쩌면 그게 징조일 수도 있어." 저번 달에, 그가 바로 전날 약속을 취소하기 전에 나는 솔직히 약간 들떠 있었다. 그런 기분을 또 겪고 싶지는 않다.

"뭐라고? 그런 말은 하지도 마."

"힐리." 나는 하는 수 없이 이를 악물고 이 말을 꺼낸다. "내가 그의 타입이 아니라는 건 너도 알잖아."

"날 봐." 힐리가 말한다. 나는 군말 없이 그녀를 본다. 힐리 옆에 가면 누구라도 그렇게 된다.

"힐리, 나를 억지로……"

"이번은 네 차례야, 스키터." 힐리는 다가와 내 손을 힘껏 쥐고, 콘스탄틴이 그런 것처럼 엄지와 다른 손가락들에 힘을 꽉 준다. "이번은 너야. 그리고 제길, 그런 남자에게 어울리지 않는다고 네 어머니가 세뇌시켰다는 이유로 네가 이 기회를 놓치게 하지는 않을 거야."

힐리의 씁쓰레하고 진실한 말이 내 가슴을 찌른다. 그리고 내 친구에게, 나를 위한 그녀의 집요함에 감탄한다. 이제껏 힐리와 나 사이에 타협이란 없었고, 우리는 아주 사소한 것에도 솔직했다. 힐리는 장로교 교인들이 죄를 퍼뜨리는 것처럼 다른 사람들에게 거짓말을 퍼뜨리지만, 이 엄격한 솔직함은 우리 사이의 암묵적인 합의이며 어쩌면 우리의 우정을 이어준 유일한 끈이다.

엘리자베스가 빈 접시를 들고 부엌으로 온다. 그녀가 미소를 지으며 걸음을 멈추고, 우리 셋은 서로 쳐다본다.

"뭔데?" 엘리자베스가 말한다. 우리가 자기 이야기를 했다고 생각한 모양이다.

"그럼 삼 주 뒤다?" 힐리가 재차 확인한다. "올 거지?"

"어머, 잘됐다, 가야지! 무슨 일이 있어도 가야지!" 엘리자베스가 말한다.

나는 그들의 웃는 얼굴을, 그들이 내게 품은 희망을 본다. 그것은 어머니의 간섭과는 다른, 조건도 없고 아픔도 없는 순수한 희망이다. 나는 친구들이 나 모르게 이런 문제를, 내 하룻밤의 운명을 숙덕거리는 게 싫다. 싫지만, 좋기도 하다.

나는 경기가 끝나기 전에 집으로 돌아간다. 캐딜락의 열린 차창으로 베고 태운 흔적이 가득한 들판이 보인다. 아버지는 몇 주 전에 수확을 끝냈지만, 길섶의 풀에는 아직 목화 솜털이 붙어 있어서 꼭 눈이 온 것 같다. 솜털이 훅 날려 허공으로 날아간다.

나는 운전석에서 우편함을 확인한다. 〈농사책력〉과 편지가 한 통 있다. 편지는 하퍼 & 로에서 왔다. 나는 차를 진입로에 넣고 기어를 P에 놓는다. 편지는 작은 메모지에 손으로 쓴 것이다.

펠런 양,

음주 운전이나 문맹 같은 진부하고 미적지근한 주제로도 글솜씨는 다듬을 수 있겠죠. 하지만 나는 당신이 정말로 한 방 날릴 수 있는 주제를 고르기를 바랐어요. 계속 찾아봐요. 독창적인 것을 찾았을 때 다시 편지해요.

나는 식사실에 있는 어머니와 복도에서 액자 먼지를 털고 있을 보이지 않는 파스카굴라를 지나쳐 가파르고 악의를 품은 계단을 오른다. 얼굴이 홧홧하다. 나는 미서스 스타인의 편지를 앞에 놓고 흐르는 눈물과 싸우면서 마음을 추스르자고 되뇐다. 무엇보다 암담한 사실은 내게 더 나은 아이디어가 없다는 것이다.

나는 살림에 관한 다음 호 기사, 이어서 연맹 뉴스레터에 몰두한다. 이 주 연속으로 힐리의 화장실 발의안을 넣지 않는다. 한 시간 뒤 나는 창밖을 보고 있다. 창턱에는 『이제는 명성 높은 사람들을 칭송하자』*가 놓여 있다. 나는 종이 표지에 인쇄된 소박하고 가난한 흑백 가족사진이 햇빛에 바랠까봐 책을 집어 든다. 책은 햇살을 받아 따스하고 묵직하다. 언젠가 내가 조금이라도 가치 있는 뭔가를 쓸 수 있을지 모르겠다. 파스카굴라가 문 두드리는 소리에 나는 뒤돌아선다. 그 순간 아이디어가 떠오른다.

안 돼. 난 못 해. 그러면…… 경계를 넘게 될 거야.

하지만 그 생각은 떠나지 않는다.

---

* 제임스 에이지가 글을 쓰고 워커 에반스가 사진을 찍어 1941년에 출판한 책으로, 제목은 구약성서 외경인 「집회서」에서 따온 구절이다.

7장

웬일로 더위가 10월 중순까지 이어지더니 마침내 섭씨 10도로 선선해졌다. 아침에는 바깥 화장실의 변기가 차가워서 처음 앉을 때는 흠칫 놀란다. 화장실은 간이차고 안에 지은 자그마한 공간이다. 안에는 변기와 벽에 부착된 작은 세면대가 있다. 그리고 전구를 켜고 끄는 줄이 달려 있다. 휴지를 놓을 곳은 바닥밖에 없다.

미스 콜리어의 집에서는 간이차고가 본채와 연결되어 있어서 밖으로 나갈 필요가 없었다. 그 전에는 가정부를 위한 공간이 따로 마련된 집에서 일했는데 밤까지 있어야 할 때 쓸 수 있는 작은 침대도 있었다. 하지만 여기 화장실은 한번 가려면 날씨를 고스란히 겪어야 한다.

화요일 열두시 나는 점심을 들고 집 뒤쪽의 싸느란 콘크리트 계단에 앉는다. 미스 리폴트의 집 뒤쪽은 잔디가 잘 자라지 않는다. 커다란 목련나무가 뒤뜰 가득 그늘을 드리우기 때문이다. 이 나무가 메이 모블리의 은신처가 되리라는 것을 나는 벌써 안다. 오년 정도가 지나면 아이는 미스 리폴트의 눈을 피해 여기 숨을 것이다.

잠시 뒤 메이 모블리가 뒤쪽 계단으로 아장아장 걸어온다. 손에는 햄버거에 넣는 고기 반쪽을 들었다. 아이가 나를 보고 방긋 웃으며 말한다. "좋아요."

"엄마와 함께 있지 않고요?" 묻기는 하지만 이유는 듣지 않아도 뻔하다. 다른 건 다 봐줘도 자기는 못 봐주는 엄마와 함께 안에 있느니 여기 밖에서 가정부와 함께 있겠다는 뜻이다. 아기는 뭐가 뭔지 몰라 얼떨결에 오리를 졸졸 따라다니는 아기 병아리 같다.

메이 모블리는 아담한 회색 연못에서 겨울나기를 준비하며 지절대는 푸른 새들을 가리킨다. "우우우, 새들아!" 아기는 손을 뻗다가 그만 햄버거 속을 계단에 떨어뜨린다. 어디선가 이 집 식구들은 신경도 안 쓰는 늙은 새 사냥개가 나타나서 그것을 우적우적 먹어치운다. 나는 개는 별로 좋아하지 않지만 이 녀석은 어쩐지 좀 측은하다. 그래서 녀석의 머리를 쓰다듬는다. 보나 마나 크리스마스 이후로 이 녀석을 쓰다듬어준 사람은 아무도 없을 것이다.

메이 모블리는 녀석을 보자 꽥 소리치며 개의 꼬리를 움켜잡는다. 꼬리를 잡히기 전에 개는 이미 아기 얼굴에 몇 차례 꼬리를 휘둘렀다. 불쌍한 것. 낑낑거리며 사람들 손에 시달리는 불쌍한 개들의 표정을 지어 보이는데, 머리는 비뚜름하고 눈썹은 위로 올라가 있다. 제발 놓아달라고 애걸복걸하는 소리가 들리는 것 같다. 사람을 무는 개는 아니다.

그러니 놓아줘도 된다. 내가 말한다. "메이 모블리는 꼬리가 어디에 있지요?"

아무렴, 아기는 개의 꼬리를 놓고 자기 뒤꽁무니를 돌아본다. 여태 자기에게 꼬리가 없었다는 사실이 믿기지 않는다는 듯 입을 쩍 벌린다. 그리고 꼬리를 찾아 뒤뚱뒤뚱 맴돈다.

"꼬마 아가씨는 원래 꼬리가 없지요." 나는 웃음을 터뜨리며 아기가 계단에서 굴러 떨어지지 않게 붙잡는다. 개는 떨어진 햄버거가 더 없나 코를 벌름거리며 돌아다닌다.

아기들은 무슨 말을 해도 다 믿는다. 나는 이것이 항상 재미나다. 테이트 포리스트는 오래전에 돌본 아이인데 지난주 지트니 정글에 가는 길에 우연히 마주치자 몹시 반가워하며 나를 힘껏 안아주었다. 지금은 다 자란 청년이 되었다. 나는 미스 리폴트의 집으로 어서 돌아가야 해서 마음이 급했지만 테이트는 싱글벙글 웃으며 자기가 어렸을 때 내가 어떻게 했는지 그 추억을 더듬었다. 처음 발이 저렸을 때 자기는 간질거린다고 했는데 나는 발이 코를 곤다고 말한 것도 기억했다. 내가 커피를 못 마시게 하면서 그러면 유색인이 된다고 했던 것도 기억했다. 아직 커피는 한 잔도 안 마셨고 나이는 스물하나라고 했다. 아이들이 훌륭히 자란 모습을 보면 나는 늘 흐뭇하다.

"메이 모블리? 메이 모블리 리폴트!"

미스 리폴트는 아이가 없어진 것을 이제야 눈치챘다. "지금 여기 저랑 있어요, 미스 리폴트." 나는 방충문 너머 저쪽을 보며 말한다.

"아기의자에서 먹고 있으랬잖아, 메이 모블리. 내 친구들의 아기는 모두 천사 같은데 어쩌다 나만 너 같은 아이를 낳았는지 모르겠어……" 그 순간 전화벨이 울리고 그녀는 전화를 받으러 쿵쿵 걸어간다.

꼬마 아가씨를 내려다보니 양미간에 주름이 가득 잡혔다. 뭔가 골똘히 생각하는 모양이다.

나는 아이의 뺨을 쓰다듬는다. "괜찮아요, 꼬마 아가씨?"

아이가 말한다. "메이 모 나빠."

아이가 그런 식으로, 그것이 당연한 사실인 것처럼 말하는 걸 들으니 가슴이 찢어진다.

"메이 모블리." 내가 뭔가 해야 한다. "메이 모블리는 똑똑하지요?"

아이는 어리둥절한 표정으로 나를 쳐다본다.

"꼬마 아가씨는 똑똑해요." 내가 또 말한다.

아이가 따라한다. "메이 모 똑똑해요."

내가 말한다. "꼬마 아가씨는 친절하지요?"

아이가 나를 멀뚱히 쳐다본다. 두 살이다. 자기가 어떤 사람인지 아직 모른다.

내가 말한다. "꼬마 아가씨는 친절해요." 아이는 고개를 끄덕이며 내 말을 따라한다. 하지만 아이는 내가 다른 말을 더 하기 전에 발딱 일어나서 그 불쌍한 개를 쫓아다니며 까르르 웃는다. 문득 나는 날마다 내가 좋은 아이라고 말해주면 아이가 나중에 어떤 사람이 될까 궁금해진다.

아이는 새들의 물통이 있는 곳에서 멈추고 돌아보더니 함박웃음을 지으며 소리친다. "안녕, 아이비, 나는 아이비가 참 좋아요." 아이가 노는 모습을 지켜보니, 나비가 살랑살랑 날개를 하늘거리는 것처럼 가슴속이 간질거린다. 트리로어를 지켜볼 때 꼭 이런 기분이었다. 그러자 나는 슬픔에 잠기며 추억 속에 빠진다.

잠시 뒤 메이 모블리가 다가와 내 뺨에 자기 뺨을 대고 가만히 있는다. 내 마음이 아픈 걸 자기도 다 안다는 듯이. 나는 아이를 꼭 끌어안고 속삭인다. "꼬마 아가씨는 똑똑해요. 친절해요. 메이 모블리, 내 말 잘 들었지요?" 그리고 아이가 따라할 때까지 그 말을 되풀이한다.

앞으로 몇 주는 메이 모블리에게 무척 중요한 시기다. 생각해봐라. 처음으로 기저귀를 벗고 욕실 변기에 앉은 때가 당신은 잘 기억나지 않을 것이다. 그걸 처음 가르친 사람의 수고도 아마 까맣게 잊었을 것이다. 키운 아이들 중에 나를 찾아와서 아이빌린, 변기 쓰는 법을 가르쳐줘서 정말 고마워요, 하고 말한 아이는 여태 단 한 명도 없다.

자칫하면 실패한다. 너무 일찍 변기에 앉히면 아이는 어쩔 줄 몰라한다. 요령이 생기지 않아서 스스로 열등감을 느낀다. 하지만 내가 보기에 꼬마 아가씨는 이제 때가 되었다. 자기도 때가 됐다는 걸 안다. 하지만 어쩐다, 아이가 달아나지 않아야 내 가련한 다리도 좀 쉴 수 있을 텐데. 나는 그 앙증맞은 엉덩이가 쑥 빠지지 않게 아기용 나무 변기를 놓고 아이를 그 위에 앉히지만 아이는 내가 돌아서기 무섭게 폴짝 뛰어내려 달아난다.

"눠야 해요, 메이 모블리."

"싫어요."

"포도주스를 두 잔이나 마셨잖아요. 쉬야할 때가 됐어요."

"시이러요."

"쉬야하면 쿠키를 줄게요."

우리는 잠시 서로를 바라본다. 아이가 문을 째려본다. 변기에서는 아무 소리도 들리지 않는다. 대개 이 주가량 실랑이를 하면 성공한다. 하지만 그것은 엄마가 도와줄 때 이야기다. 사내아이는 아빠가 서서 어떻게 하는지 봐야 하고 계집아이는 엄마가 앉아서 어떻게 하는지 봐야 한다. 하지만 미스 리폴트는 용변을 볼 때 아이가 얼씬도 못하게 한다. 그게 문제다.

"저를 생각해서 조금이라도 눠보세요, 꼬마 아가씨."

아이는 입술을 삐죽 내밀고 고개를 도리도리 흔든다.

미스 리폴트는 머리를 손질하러 갔는데, 집에 있었으면 본보기를 보여달라고 그녀에게 또 한번 부탁했을 것이다. 물론 벌써 싫다는 말을 다섯 번이나 듣기는 했지만. 저번에 미스 리폴트가 싫다고 했을 때는 내 평생 아이를 몇 명 키웠는지 읊으면서 그녀는 몇 명이나 키워봤는지 물어보려다가, 늘 그렇듯 알았다며 입을 다물었다.

"쿠키 두 개를 줄게요." 하지만 제 엄마는 아이가 뚱뚱해진다며 내게 성질을 부릴 것이다.

메이 모블리는 고개를 도리도리 흔든다. "아이비가 쉬야해요."

이 말을 듣는 건 처음이 아니지만 전에는 대체로 잘 넘어갔다. 하지만 혼자 하려면 다른 사람이 하는 것을 먼저 봐야 한다. 내가 말한다. "저는 안 뉘도 돼요."

우리는 서로를 쳐다본다. 아이는 다시 뾰로통하게 말한다. "아이비가 쉬야해요."

아이는 변기가 엉덩이에 배기는지 움찔움찔 울음을 터뜨린다. 이럴 때 내가 무엇을 하면 되는지 잘 안다. 다만 그걸 어떻게 할지를 모르겠다. 차고로 데려가서 내 화장실에서 보여줄까, 이 욕실에서 할까? 때마침 미스 리폴트가 돌아왔다가 내가 여기 변기에 앉아 있는 것을 보면 어쩐다? 길길이 날뛸 게 뻔하다.

나는 아이에게 다시 기저귀를 채우고, 우리는 함께 차고로 간다. 비가 와서 냄새가 약간 쿰쿰하다. 전등을 켜도 어둡고 집의 내부처럼 화려한 벽지도 없다. 사실 벽이라 부를 수도 없는, 망치로 합판을 여러 장 겹쳐 박은 것이다. 아이가 겁이나 먹지 않을까 모르겠다.

"보세요, 꼬마 아가씨. 여기는 아이빌린의 화장실이지요."

아이는 목을 꺄룩하고 치리오*처럼 입을 벌린다. 아이가 말한다. "오 오 오 오."

나는 속옷을 내리고 삽시간에 오줌을 누고 얼른 휴지로 닦은 뒤, 아이가 제대로 보기도 전에 허겁지겁 옷을 입는다. 그리고 물

---

* 도넛처럼 가운데가 뚫린 과자.

을 내린다.

"변기는 이렇게 쓰는 거예요." 내가 말한다.

아이는 놀란 눈치다. 기적이라도 본 것처럼 입이 쫙 벌어진다. 내가 일어서자 아이는 눈 깜짝할 사이에 기저귀를 벗고 새끼원숭이처럼 변기에 올라앉더니 빠지지 않게 몸을 지탱하며 혼자 쉬야 한다.

"메이 모블리! 성공이네요! 참 잘했어요!" 아이는 배시시 웃고, 나는 아이가 엉덩이를 적실까봐 얼른 붙잡는다. 우리는 집 안으로 달려가고, 아이는 쿠키 두 개를 받는다.

얼마 후에 아이를 자기가 쓸 변기에 다시 앉히고 아이는 다시 오줌을 눈다. 처음 몇 차례, 그때가 가장 어렵다. 하루 일이 끝나자 나는 뭔가를 이룬 것처럼 뿌듯하다. 아이는 말도 제법 잘하는데 그날 새로 배운 단어는 누구라도 짐작할 것이다.

"꼬마 아가씨는 오늘 뭘 했을까요?"

아이가 말한다. "쉬야."

"역사책에는 오늘 날짜에 뭐라고 쓸까요?"

아이가 말한다. "쉬야."

"미스 힐리는 어떤 냄새가 날까요?"

아이가 말한다. "쉬야."

여기까지다. 기독교인답지 않을뿐더러 아이가 따라할까 겁난다.

그날 오후 늦게 미스 리폴트가 머리를 틀어 올리고 돌아온다.

파마를 했는지 뉴모니아 냄새가 난다.

"오늘 메이 모블리가 뭘 했는지 맞혀보세요." 내가 말한다. "욕실 변기에 앉아서 혼자 오줌을 눴어요."

"그래, 참 잘했구나!" 미스 리폴트가 아이를 끌어안지만 뭔가 모자란다. 그녀는 기저귀 가는 것을 싫어하니 그 말이 진심이라는 건 알겠다.

"지금부터는 반드시 변기 쓰는 연습을 시키셔야 해요. 그러지 않으면 아이가 몹시 헷갈려하거든요."

미스 리폴트가 웃으며 말한다. "알았어."

"제가 돌아가기 전에 얼마나 잘하는지 한번 볼까요." 우리는 욕실로 간다. 내가 아이의 기저귀를 내린 뒤 변기에 앉힌다. 하지만 꼬마 아가씨는 고개를 도리도리 흔든다.

"어서요, 메이 모블리. 엄마가 보는 데서 해볼까요?"

"싫어, 싫어요."

나는 하는 수 없이 아이를 변기에서 내린다. "괜찮아요. 오늘 정말 잘했어요."

하지만 미스 리폴트는 입술을 내밀고 뿌루퉁하게 아이를 내려다보며 얼굴을 찡그린다. 기저귀를 미처 다 입히기도 전에 꼬마 아가씨가 쪼르르 달려 나간다. 백인 아이가 아랫도리를 드러낸 채 집 안을 가로지르며 달린다. 아이가 부엌으로 간다. 뒷문을 열고 차고로 가서 까치발로 내 화장실문의 손잡이를 잡으려고 아등바등한다. 우리는 아이를 뒤쫓고 미스 리폴트는 손가락으로 욕실을 가리키며 말한다. 목소리가 열 배는 높아진다. "거기는 네 욕실이 아니야!"

꼬마 아가씨는 힘차게 도리질을 한다. "내 욕실이야!"

미스 리폴트는 아기를 낚아채듯 안아 올려 다리를 찰싹찰싹 때린다.

"미스 리폴트, 아직 잘 몰라서……"

"안으로 들어가, 아이빌린!"

어쩔 수 없이 나는 부엌으로 돌아간다. 문을 열어둔 채 부엌 한가운데에 선다.

"유색인 화장실을 쓰도록 키우지 않았어!" 미스 리폴트는 들리지 않을 거라고 생각하는지 쉬쉬거리지만 나는 속으로 생각한다. 이것 봐, 당신은 그 아이를 키우지 않았어.

"여기 바깥 화장실은 더러워, 메이 모블리. 병에 걸릴지도 몰라! 안 돼! 절대 안 돼!" 그녀가 아이의 맨종아리를 찰싹 때리는 소리가 또다시 들린다.

잠시 뒤 미스 리폴트는 아이를 감자 자루처럼 안아 올려 들어온다. 나는 그저 지켜보는 수밖에 없다. 심장이 벌렁거리며 목구멍을 비집고 튀어나올 것 같다.

미스 리폴트는 메이 모블리를 텔레비전 앞에 내려놓고 곧장 침실로 들어가서 문을 쾅 닫는다. 나는 꼬마 아가씨를 꼭 끌어안는다. 아이는 계속 울먹인다. 몹시 혼란스러운 것 같다.

"정말 미안해요, 메이 모블리." 나는 아이에게 속삭인다. 아이를 거기로 데려간 것부터 잘못이었다. 하지만 달리 무슨 말을 할지 몰라서 그저 보듬고 있다.

우리는 함께 앉아 〈꼬마 악동〉을 본다. 이윽고 미스 리폴트가 나와서 나더러 갈 시간이 지나지 않았느냐고 묻는다. 나는 버스 요금 10센트를 주머니에 찔러 넣는다. 그리고 메이 모블리를 다시 껴안고 속삭인다. "꼬마 아가씨는 똑똑하지요. 착하지요."

버스를 타고 돌아가는 길에 나는 차창 밖으로 스치는 커다란 흰색 집들은 쳐다보지도 않는다. 다른 가정부 친구들에게 말을 걸지도 않는다. 꼬마 아가씨가 나 때문에 얻어맞았다. 미스 리폴트가 나더러 더럽고 병에 걸렸다고 말하는 것을 꼬마 아가씨가 다 들었다.

버스는 스테이트 가를 지나자 속력을 낸다. 이제 우드로 윌슨 다리를 건넌다. 내가 이를 어찌나 세게 악물었는지 이가 으스러질 것 같다. 트리로어가 죽은 뒤에 심어진 쓰라린 씨앗이 내 속에서 또 한 뼘 자란다. 꼬마 아가씨의 귀에 들릴 정도로 목청껏 더러운 건 색깔이 아니라고, 흑인 구역에 질병은 없다고 소리 지르고 싶다. 그 순간이 오는 것을 막고 싶다. 하지만 모든 백인 아이들의 삶에서 그 순간은 어김없이 찾아온다. 유색인 족속은 백인만큼 뛰어나지 않다고 생각하는 순간이.

버스는 패리시 가로 들어서고, 나는 다음 정류장에서 내리려고 일어선다. 오늘이 그 순간이 아니었기를 기도한다. 아직 시간이 더 있기를 기도한다.

그 뒤로 몇 주는 더없이 조용히 흘러간다. 메이 모블리는 이제 여아용 팬티를 입는다. 말썽을 부리지도 않는다. 차고에서 그런 일이 있은 뒤부터 미스 리폴트는 메이 모블리의 욕실 습관에 깊은 관심을 보인다. 심지어 백인의 본보기를 보여주기 위해 자기가 변기에 앉은 모습도 보여준다. 하지만 엄마가 없을 때 아이가 내 화장실을 쓰려는 것을 몇 차례 붙잡았다. 가끔은 안 된다는 말을 하기도 전에 눠버린다.

"안녕하세요, 미스 클락." 로버트 브라운이 뒤쪽 계단을 올라온다. 미스 리폴트의 뜰을 돌보는 청년이다. 선선하니 날씨가 좋다. 나는 방충문을 연다.

"잘 지냈니?" 나는 청년의 팔을 토닥인다. "이 동네 정원은 네가 다 돌본다며?"

"네, 아주머니. 잔디 깎는 사람도 두 명 구했어요." 청년이 싱긋 웃는다. 머리를 짧게 깎았고 키가 헌칠하며 잘생겼다. 로버트는 트리로어와 같은 고등학교에 다녔다. 서로 친했고 야구도 같이 했다. 나는 그 아이의 팔을 살짝 잡는데 그 느낌이 새삼스레 그립다.

"할머니는 어떻게 지내시니?" 내가 묻는다. 나는 루브니아가 참 좋다. 그녀는 내가 알고 지내는 사람들 중에서 마음이 가장 따뜻한 사람이다. 루브니아는 로버트와 함께 장례식에 와주었다. 그러자 다음주에 무슨 날이 있는지 또 생각난다. 한 해 중에서 가장 힘든 날이다.

"저보다 더 건강하세요." 청년이 웃는다. "토요일에 아주머니 댁에 들러서 잔디를 깎아드릴게요."

트리로어가 살아 있을 때는 그애가 잔디 깎기를 도맡았다. 지금은 내가 부탁하기도 전에 로버트가 그 일을 자청하고 돈도 받지 않는다. "고맙구나, 로버트. 정말 고마워."

"필요한 일이 생기면 언제든 부르세요. 아셨죠, 미스 클락?"

"고맙다, 애야."

초인종 소리가 들리고 미스 스키터의 차가 집 앞에 선다. 미스 스키터는 미스 머나 칼럼 때문에 이번 달에 한 주도 거르지 않고 미스 리폴트의 집에 찾아온다. 그녀가 잘 빠지지 않는 센물 얼룩에 대해 묻고 나는 타르타르 크림을 쓰라고 알려준다. 그녀가 소켓에서 부서진 전구를 빼내는 법을 묻고 나는 생감자를 쓰라고 알려준다. 그녀가 이전의 가정부 콘스탄틴과 자기 어머니 사이에 무슨 일이 있었는지 묻고 나는 입을 다문다. 몇 주 전에 나는 조금만 이야기해주면, 콘스탄틴에게 딸이 있었다는 이야기만 해주면 그 뒤부터는 나를 내버려둘 거라고 생각했다. 하지만 미스 스키터는 끈질기다. 그녀는 미시시피에서 유색인이 흰 피부의 아이를 키우지 못하는 이유를 이해하지 못한다. 여기도 속하지 못하고 저기도 속하지 못하는 삶은 외롭고 고달프다.

미스 스키터가 이건 어떻게 청소하고 저건 어떻게 고치고 콘스탄틴은 어디에 있는지 다 묻고 나면 우리는 다른 이야기를 나눈다. 내 주인들이나 그들의 친구들과는 이렇게 많은 이야기를 나눈 적이 없었다. 나는 어느새 트리로어가 성적을 B⁺ 이하로는 받은 적이 없고 새로 온 교회 집사는 혀짤배기소리를 해서 신경에 거슬린다는 말까지 한다. 대수롭지 않은 이야기들이지만 평소에 백인에게 이런 이야기는 하지 않는다.

오늘 나는 은제품을 담가두는 것과 광을 내는 것의 차이를 설명하고, 형편이 여의치 않은 집에서는 시간이 적게 걸리니까 담가두고 말지만 결과는 변변치 않다는 말을 덧붙인다. 미스 스키터가 갸우듬히 듣다가 이마를 찡그린다. "아이빌린, 트리로어의…… 그 아이디어 말인데요?"

나는 고개를 끄떡하지만 머리끝이 쭈뼛 선다. 백인 여자에게 그런 이야기는 하지 말았어야 했다.

미스 스키터는 전번에 화장실 이야기를 꺼낼 때처럼 눈살을 찌푸린다. "생각해봤는데요. 계속 말하려고 했는데……"

하지만 그녀가 미처 말을 끝내기도 전에 미스 리폴트가 부엌에 들어와서 꼬마 아가씨가 내 손가방에서 꺼낸 빗을 들고 노는 것을 보더니 오늘은 일찍 목욕을 시키라고 말한다. 나는 미스 스키터에게 작별 인사를 한 뒤 욕조에 물을 받는다.

이날이 오는 것을 두려워하며 한 해를 보냈지만 11월 8일은 기어코 온다. 간밤에는 겨우 두 시간쯤 눈을 붙였을 것이다. 새벽에 잠이 깨어 커뮤니티 커피*를 끓인다. 스타킹을 신으려고 몸을 숙이니 허리가 욱신거린다. 문을 열고 나서려는데 전화벨이 울린다.

"그냥 걸어봤어요. 잘 주무셨어요?"

---

* 루이지애나 주 바톤 루즈에 있는 커피 로스팅 판매 회사. 1919년에 설립되었으며 미국에서 가족 사업으로 운영되는 가장 큰 커피회사.

"그럭저럭."

"저녁 때 캐러멜 케이크 가져갈게요. 딴 일은 다 접고 저녁에 부엌에서 다 먹어버리세요." 나는 웃음을 짜내지만 소용없다. 하지만 미니에게 고맙다고 말한다.

삼 년 전 오늘 트리로어가 죽었다. 하지만 미스 리폴트의 수첩에 오늘은 그저 바닥을 청소하는 날이다. 이 주 뒤면 추수감사절이라 준비할 것이 아주 많다. 나는 아침 내내, 열두시 뉴스가 시작할 때까지 바닥을 문지른다. 여자들이 자선행사 준비 때문에 식사실에 모여 있어서 내가 보는 연속극은 놓쳤다. 그들이 모여 있으면 텔레비전을 틀 수 없다. 그런 건 괜찮다. 근육을 혹사했는지 온몸이 부들거린다. 하지만 일손을 멈추고 싶지 않다.

네시쯤 되자 미스 스키터가 부엌에 들어온다. 그녀가 내게 인사를 건네기도 전에 미스 리폴트가 허둥지둥 쫓아온다. "아이빌린, 방금 연락이 왔는데, 미서스 프레더릭스가 내일 그린우드에서 여기로 내려와서 추수감사절까지 있겠대. 은식기를 모조리 반짝반짝하게 닦고 손님용 수건도 전부 빨아놔. 뭘 더 할지는 내일 알려줄게."

미스 리폴트는 자기 인생이 타운에서 가장 고달프지 않으냐는 표정으로 미스 스키터를 흘끗 보더니 고개를 절레절레 흔들며 나간다. 나는 얼른 식사실에 가서 은식기를 꺼낸다. 아, 나는 벌써 고단하다. 다음주 토요일 밤에는 자선행사에서 일해야 한다. 이번에 미니는 오지 않는다. 미스 힐리와 마주칠까봐 잔뜩 겁을 먹었다.

내가 돌아왔을 때 미스 스키터는 여전히 부엌에서 나를 기다리고 있다. 손에는 미스 머나의 편지를 들고 있다.

"청소에 관한 건가요?" 나는 한숨을 내쉰다. "말씀하세요."

"그건 아니고요. 그러니까…… 요전에 물어보려던 건데……"

나는 파인올라 크림의 마개를 열고 그것을 은제 포크와 스푼 등에 바른 뒤 장미 문양과 구멍이 뚫린 곳과 손잡이를 헝겊으로 문지르기 시작한다. 하느님, 어서 내일이 오게 해주세요. 무덤에는 가지 않을 것이다. 갈 수 없다. 너무 힘들어서……

"아이빌린? 괜찮아요?"

나는 하던 일을 멈추고 고개를 든다. 미스 스키터가 내내 말을 걸고 있었나보다.

"죄송해요. 딴생각을…… 했어요."

"무척 슬퍼 보여요."

"미스 스키터," 나는 눈시울이 뜨거워진다. 삼 년은 충분하지 않다. 백 년이 지나도 안 될 것이다. "그 질문은 내일 도와드리면 안 될까요?"

미스 스키터가 뭔가 말하려다 참는다. "그렇게 해요. 빨리 나으세요."

나는 은식기를 다 닦고 수건을 다 빤 뒤에 미스 리폴트에게 삼십 분 이르지만 돌아가겠다고, 그만큼 급료에서 빼라고 말한다. 그녀가 안 된다고 말하려는데 내가 먼저 맥없는 목소리로 거짓말을 한다. 토했어요. 그러자 그녀가 그럼 가봐, 하며 보내준다. 자기 어머니를 빼고 미스 리폴트가 흑인의 질병보다 더 두려워하는 건 없다.

"좋아, 그럼. 삼십 분 있다가 올게. 아홉시 사십오분에 바로 여기로." 미스 리폴트가 조수석에서 내다보며 말한다. 미스 리폴트는 내일 추수감사절에 쓸 식재료를 사 오라며 지트니 정글에서 나를 내려준다.

"영수증은 꼭 챙겨와." 미스 프레더릭스, 그러니까 미스 리폴트의 밉살스러운 노모가 말한다. 세 사람 모두 앞자리에 앉았는데, 메이 모블리는 파상풍 주사라도 맞는 것처럼 애처로운 표정으로 가운데에 끼어 앉았다. 가여운 아기. 미스 프레더릭스는 이번에 이 주 동안 머문단다.

"칠면조를 빠뜨리면 안 돼." 미스 리폴트가 말한다. "크랜베리 소스 두 캔이랑."

나는 맥없이 웃는다. 내가 백인의 추수감사절 음식을 만든 것은 캘빈 쿨리지*가 대통령이던 시절부터다.

"그만 좀 꼼지락거려라, 메이 모블리." 미스 프레더릭스가 손가락 두 개를 딱 부딪친다. "자꾸 그러면 꼬집어줄 테다."

"미스 리폴트, 제가 데리고 갈게요. 식료품 사는 데 도움 좀 받게요."

미스 프레더릭스가 안 된다고 하려는데 미스 리폴트가 한발 앞선다. "데려가." 꼬마 아가씨는 눈 깜짝할 사이에 미스 프레더릭스

---

* 1872~1933, 미국의 제30대 대통령으로 1923년부터 1929년까지 재임했다.

의 무릎 위를 꿈틀꿈틀 기어서 차창 밖으로 몸을 쑥 내밀고 구세주라도 만난 것처럼 내 품에 안긴다. 내가 아이를 보듬자 그들은 포티피케이션 가로 떠나고, 나는 꼬마 아가씨와 여학생들처럼 깔깔거린다.

철제문을 밀고 들어가서 카트를 가져다가 앞쪽에 메이 모블리를 앉히자 아이는 구멍으로 다리를 쏙 뺀다. 흰 제복을 입으면 여기 지트니에서 마음 놓고 물건을 살 수 있다. 포티피케이션 가로 가면 농부들이 수레를 끌고 나와 "고구마, 흰 강낭콩, 푸르대콩, 오크라 있어요. 신선한 크림, 버터밀크, 노란 치즈, 계란 있어요" 하고 외치던 시절이 있었다. 그때가 그립지만 지트니도 나쁘지 않다. 적어도 이곳에는 시원한 에어컨이 있으니까.

"그럼 시작해볼까요, 꼬마 아가씨. 뭘 사야 할지 같이 다녀볼까요?"

농산물 코너에서 나는 고구마 여섯 개와 푸르대콩 세 줌을 집는다. 정육 코너에서는 훈제 햄 한 덩이를 주문한다. 실내는 환하고 진열대도 줄마다 정리가 잘되어 있다. 바닥에 톱밥이 나뒹구는 유색인용 피글리 위글리와는 완전 딴판이다. 대부분 백인 여자들이 웃으며 장을 보고 있는데 모두 내일을 위해 머리를 매만지고 스프레이를 뿌렸다. 장을 보러 온 가정부는 네다섯 명으로 죄다 제복을 입었다.

"자주색 그거!" 메이 모블리가 말하고, 나는 크랜베리 캔을 아이의 손에 쥐여준다. 아이는 오랜 친구라도 되는 양 그것을 잡고 방싯거린다. 아이는 자주색 그것을 아주 좋아한다. 건물류 코너에

172

서는 2파운드짜리 소금 한 봉지를 카트에 담는다. 칠면조를 담그는 물에 풀 것이다. 나는 손가락으로 열, 열하나, 열둘, 헤아리며 시간을 계산한다. 칠면조를 열네 시간 동안 소금물에 담가두려면 오늘 오후 세시에는 시작해야 한다. 내일은 새벽 다섯시에 미스 리폴트의 집에 와서 여섯 시간 동안 칠면조를 요리할 것이다. 옥수수빵은 이미 두 판 구워놨으니 조리대에 올려놓고 가면 알맞게 바삭거릴 테고. 애플파이를 구울 준비도 끝냈고 내일 아침에는 비스킷만 만들면 된다.

"내일 준비는 다 끝냈어요, 아이빌린?" 돌아보니 프레니 쿠츠다. 나와 같은 교회에 다니는데, 맨십에 사는 미스 캐럴라인의 집에서 일한다. "안녕하세요, 귀염둥이 아가씨. 종아리가 포동포동하네요." 그녀가 메이 모블리에게 말한다. 메이 모블리가 크랜베리 캔을 핥는다.

프레니가 고개를 숙이며 말한다. "아침에 루브니아 브라운의 손자가 당한 일 들으셨어요?"

"로버트?" 내가 말한다. "잔디 깎는 그애?"

"핀치맨 론 앤 가든에서 백인 화장실을 썼대요. 안내문이 없었다네요. 그런데 백인 둘이 그를 쫓아와서 타이어 레버로 흠씬 두들겨 팼다는 거예요."

저런, 말도 안 돼. **로버트**는 안 돼. "그래서…… 어떻게 됐대?"

프레니가 고개를 절레절레 흔든다. "아직 몰라요. 병원에 있어요. 앞을 못 보게 됐다나봐요."

"맙소사, 안 돼." 나는 눈을 질끈 감는다. 루브니아, 세상에서 가장 순수하고 가장 친절한 사람이다. 그녀는 딸을 잃었고, 그 뒤로 로버트를 맡아 키웠다.

"루브니아가 참 안됐어요. 나쁜 일은 왜 가장 착한 사람들에게 생기는지 모르겠어요." 프레니가 말한다.

그날 오후 나는 미친 듯이 일한다. 양파와 셀러리를 썰고, 드레싱 재료를 섞고, 고구마를 으깨고, 콩을 까고, 은식기를 반짝반짝하게 닦는다. 오늘 다섯시 반에 사람들이 로버트를 위해 기도하러 루브니아 브라운의 집에 모인다고 들었지만, 20파운드 무게의 칠면조를 소금물에 담글 즈음이 되자 나는 팔도 제대로 못 들 지경이 된다.

그날 저녁 여섯시가 되어서야 나는 가까스로 요리를 끝낸다. 평소보다 두 시간이나 늦었다. 루브니아의 집에 가서 문을 두드릴 힘도 없다. 내일 칠면조를 말끔히 치운 다음 가야겠다. 버스 정류장에 내려서 집으로 터덜터덜 걸어가는데 자꾸만 눈이 감긴다. 게섬에서 모퉁이를 돈다. 내 집 앞에 커다란 흰색 캐딜락이 서 있다. 미스 스키터가 빨간 드레스와 빨간 구두를 신고 휴대용 확성기처럼 내 집 앞쪽 계단에 앉아 있다.

오늘은 무슨 일인가 싶어 나는 아주 천천히 뜰을 가로지른다. 미스 스키터는 누가 채 가기라도 할 것처럼 손가방을 그러쥐며 일어선다. 백인들은 자기 가정부를 데리러 오거나 데려다줄 때 말고는 이 동네에 오지 않는다. 그런 건 다 좋다. 나는 종일 백인 뒤치다꺼리를 한다. 그들이 나를 만나러 내 집까지 찾아오는 건 달갑지 않다.

"여기까지 찾아왔다고 언짢게 여기지 않았으면 좋겠어요." 미스 스키터가 말한다. "난…… 우리가 또 어디서 이야기를 나눌 수 있을지 몰라서요."

계단에 앉자 갈비뼈 하나하나가 욱신욱신 쑤신다. 꼬마 아가씨는 제 할머니가 오니까 어찌나 안절부절못하는지 내 몸에 제 땀을 흠뻑 묻혀서 그 냄새가 코에 진동한다. 거리는 로버트를 위해 기도하러 루브니아의 집으로 가는 사람들로 북적이고 아이들은 공놀이를 한다. 모두 내가 해고라든가 그 비슷한 일을 당하는 게 아닌가 싶어 우리를 흘끔거린다.

"네, 아가씨." 나는 한숨을 내쉰다. "무슨 도움이 필요하세요?"

"생각한 게 있어요. 그걸로 글을 쓰고 싶어요. 하지만 도움이 필요해요."

땅이 꺼지게 한숨이 나온다. 미스 스키터가 좋긴 하지만 이건 좀 곤란하다. 당연히 미리 전화했어야 한다. 내가 백인 여자였다면 전화도 없이 느닷없이 집 앞에 나타나지는 않았을 것이다. 하지만 전화는 없었다. 그녀는 내 집에 들이닥칠 모든 권리가 있는 것처럼 불쑥 나타났다.

"인터뷰를 하고 싶어요. 가정부로 사는 것에 대해서."

빨간 공이 내 뜰 안으로 몇 미터 굴러 온다. 존스 씨네 사내아이가 공을 가지러 길을 건너 달려온다. 아이는 미스 스키터를 보자 얼어붙은 듯 멈춰 선다. 그러더니 후다닥 뛰어와서 냉큼 공을 집는다. 그러고는 돌아서서, 그녀가 잡으러 올까봐 겁먹은 듯 냅다 달아난다.

"미스 머나 칼럼 같은 건가요?" 나는 납작한 냄비처럼 밋밋하게 말한다. "빨래나 뭐 그런 거요?"

"미스 머나와는 달라요. 책을 쓸 거예요." 미스 스키터가 눈에 힘을 주며 말한다. 얼굴은 상기되어 있다. "백인 가정에서 일하는 게 어떤가에 대한 이야기요. 가령…… 엘리자베스 집에서 일하는 건 어떤지 그런 거요."

나는 그녀를 돌아본다. 지난 이 주 동안 미스 리폴트의 부엌에서 물으려던 것이 이거였나. "미스 리폴트가 찬성할 거 같으세요? 제가 그 집에 대한 이야기를 하는데도요?"

미스 스키터가 시선을 약간 떨어뜨린다. "그렇지 않겠죠. 아예 말을 꺼내지 말아야 할 거예요. 다른 가정부들도 비밀을 지켜야 할 거고요." 나는 도대체 이것이 무슨 말인가 싶어 이마를 쓱쓱 문지른다. "다른 가정부들이라니요?"

"네다섯 명 정도면 좋겠어요. 잭슨에서 가정부로 사는 게 어떤 건지 제대로 알려주려면요."

나는 주위를 둘러본다. 우리는 완전히 공개된 공간에 있다. 지금 우리가 얼마나 위험한지 그녀는 모르는 건가? 온 세상이 우리를 쳐다보는 곳에서 이런 이야기를 나누는 것이? "정확히 어떤 이야기를 듣고 싶으세요?"

"돈은 얼마나 받는지, 대우는 어떤지, 욕실, 아기들, 가정부로서 보고 들은 것이면 뭐든지요. 좋은 일이든 나쁜 일이든."

그녀는 무슨 놀이라도 하는 것처럼 흥분해 있다. 나는 잠시 피곤보다는 분노를 느낀다.

"미스 스키터," 내가 목소리를 줄여 말한다. "아가씨에게도 위험한 일 같지 않으세요?"

"조심하면 그렇지 않을 거예요……"

"쉿, 좀 작게 말하세요. 미스 리폴트가 자기도 모르게 자기 이야기를 한 걸 알면 저는 어떻게 될까요?"

"그애한테는 절대 말하지 않을 거예요. 누구한테도." 그녀가 목소리를 약간 죽이지만 충분하지는 않다. "인터뷰는 몰래 할 거예요."

나는 그녀를 물끄러미 쳐다본다. 이 여자가 미쳤나? "오늘 아침에 유색인 청년에게 일어난 일은 아세요? <u>모르고</u> 백인 화장실을 썼다가 타이어 레버로 흠씬 두들겨 맞은 청년 이야기요?"

그녀는 나를 멀뚱히 쳐다보다가 눈을 몇 번 깜박거린다. "상황이 좋지 않다는 건 나도 알아요. 하지만 이건……"

"그리고 코터 카운티에 사는 제 사촌 쉬넬은 어땠고요? 투표소에 갔다는 이유로 그녀의 자동차가 홀라당 불탔어요."

"아무도 이런 책을 쓴 사람은 없었어요." 그녀가 이제야 작게 말한다. 드디어 내 말을 알아들었나보다. "우리는 새로운 영역을 개척할 거예요. 완전히 새로운 관점에서요."

나는 제복을 입고 내 집 앞을 지나가는 가정부 무리를 본다. 그들은 고개를 돌려 내가 백인 여자와 함께 계단에 앉아 있는 것을 쳐다본다. 나는 이를 악문다. 오늘밤에 내 전화는 줄기차게 울려댈 것이다.

"미스 스키터," 나는 되도록 조곤조곤 설명한다. "그걸 하게 되면 내 집도 홀라당 불탈 거예요."

미스 스키터는 손톱을 잘근거린다. "하지만 벌써……" 그녀가 눈을 질끈 감는다. 나는 벌써 뭐요, 묻고 싶지만 그녀가 뭐라고 답할지 겁난다. 그녀는 손가방에서 종잇조각을 꺼내더니 자기 전화번호를 적는다.

"부탁이에요. 그래도 생각은 해봐줄 거죠?"

나는 한숨지으며 하릴없이 마당을 바라본다. 그리고 최대한 상냥하게 말한다. "아니요, 아가씨."

미스 스키터가 그 종잇조각을 우리 사이에 내려놓고 캐딜락에 올라탄다. 나는 몹시 고단해서 몸을 일으킬 수조차 없다. 그저 가만히 앉아서 그녀의 차가 아주 느리게 굴러가는 것을 지켜본다. 공놀이하던 아이들은 장례식 차라도 지나가는 듯 길가에 꼼짝 않고 섰다.

8장

나는 어머니의 캐딜락을 몰고 게섬 애비뉴를 지나간다. 길 저 위에 오버올을 입은 자그마한 유색인 소년이 눈을 휘둥그레 뜨고 빨간 공을 잡은 채 나를 지켜본다. 나는 룸미러를 쳐다본다. 아이빌린은 아직 흰 제복 차림으로 집 앞 계단에 앉아 있다. 그녀는 아니요, 아가씨, 하면서 나를 쳐다보지도 않았다. 그저 노랗게 시든 풀밭 한 귀퉁이만 바라보고 있었다.

나는 오늘 이곳에 오면서 유색인들이 큰 농장 소유주의 딸인 백인 꼬마를 다정하게 반기며 손을 흔들고 미소 짓던 그때와, 콘스탄틴의 집으로 놀러가던 그때와 다르지 않을 거라고 생각한 것 같다. 하지만 여기서는 미심쩍어하는 눈빛들이 내가 지나가는 것을 지켜본다. 내 차가 유색인 소년이 서 있는 곳에 더 가까워지자 그 아이는 뒤돌아서더니 아이빌린의 집에서 몇 집 떨어진 집의 뒤쪽으로 잽싸게 달아난다. 유색인 대여섯 명이 쟁반과 봉지를 들고 그 집 앞마당에 모여 있다. 나는 관자놀이를 문지른다. 아이빌린을 어떻게 설득한담.

　이 주 전, 파스카굴라가 내 침실 문을 두드렸다.
　"미스 스키터, 장거리 전화예요. 미스 스턴…… 이라는 것 같던데요?"
　"스턴이요?" 나는 곰곰이 생각했다. 그러다 퍼뜩 떠올랐다. "스타인…… 아닌가요?"
　"스타인…… 그럴 수도 있겠네요. 말투가 좀 딱딱했는데."
　나는 허둥지둥 파스카굴라를 지나쳐 계단을 내려갔다. 바보 같다는 건 알지만, 전화를 받는 게 아니라 누군가를 만나러 가는 것처럼 나도 모르게 꼬불꼬불한 머리를 자꾸 매만졌다. 나는 부엌으로 가서 벽에 대롱거리며 매달려 있는 송수화기를 움켜잡았다. 삼 주 전에 나는 흰 스트래스모어 편지지에 편지를 타자해서 보냈다. 전부 세 쪽인데 아이디어의 구체적인 내용을 쓰고 거짓말도 보탰다. 거짓말은 근면하고 덕망 있는 유색인 가정부가 인터뷰에 참여하여 우리 타운의 백인 가정에서 일하는 것이 어떤 것인지 구체적으로 알려주겠다고 동의했다는 내용이었다. 생각해보면 유색인 여자에게 도움을 얻기로 계획을 세웠다는 것보다 이미 동의를 받았다고 말하는 편이 비할 데 없이 매력적이었다.
　나는 전화선을 끌어당겨 식품저장실로 간 다음 알전구에 매단 줄을 당겼다. 식품저장실에는 바닥에서 천장까지 선반을 만들어

피클과 수프 병, 당밀, 보관 채소, 저장식품 등을 칸칸이 채워놓았다. 이 수법은 사생활을 누리려고 내가 고등학생 때 쓰던 방법이었다.

"여보세요? 유지니아입니다."

"잠시만 기다리세요. 전화를 연결하겠습니다." 그리고 몇 차례 딸깍거리더니 아주 먼 데서 들리는 듯 깊고 그윽한 남자 목소리 같은 음성이 들렸다. "일레인 스타인입니다."

"여보세요? 저는 스키터…… 미시시피에 사는 유지니아 펠런이라고 하는데요."

"알아요, 펠런 양. 내가 전화했어요." 성냥 긋는 소리와 날카롭고 짧게 연기 들이마시는 소리가 들렸다. "지난주에 편지가 왔더군요. 조언을 좀 할까 해요."

"네, 말씀하세요." 나는 킹 비스킷 밀가루를 담은 높다란 양철통 위에 앉았다. 그녀의 말을 기다리는데 어찌나 긴장이 되던지 심장이 쿵쾅거렸다. 뉴욕에서 걸려온 전화는 1000마일 거리에 어울리게 몹시 지지직거렸다.

"그 아이디어는 어디서 얻었어요? 가정부들을 면담하는 것 말예요. 궁금하군요."

나는 잠시 마비된 듯 앉아 있었다. 그녀는 잡담도 인사도, 하물며 자기소개도 하지 않았다. 질문 받은 대로 대답하는 것이 최선이었다. "저는…… 그러니까, 저를 키운 사람이 유색인 여자였어요. 저는 백인 가정과 가정부 사이가 얼마나 단순할 수 있고, 어, 또 얼마나 복잡할 수 있는지 경험했어요." 나는 헛기침을 했다. 선생님과 대화를 나눌 때처럼 몸이 경직됐다.

"계속해요."

"그러니까……" 나는 숨을 크게 들이마셨다. "저는 이 글을 가정부의 관점에서 쓰고 싶어요. 여기 남부에 사는 유색인 여자들의 관점에서요." 나는 콘스탄틴의 얼굴을, 아이빌린의 얼굴을 떠올리려고 애쓴다. "그들은 백인 아이를 키우지만 이십 년 뒤에는 그 아이가 고용인이 돼요. 모순이잖아요. 우리도 그들을 사랑하고 그들도 우리를 사랑하지만……" 나는 침을 꿀꺽 삼켰다. 목소리가 떨렸다. "심지어 그들은 집 안에 있는 화장실도 쓸 수 없어요."

또다시 침묵이 흘렀다.

"그리고……" 나는 계속 말해야 한다는 부담감을 느꼈다. "우리 백인들이 어떻게 느끼는지는 모두 다 알아요. 그들은 백인 가정을 위해 평생을 바치는 유모라는 존재로 미화되죠. 마거릿 미첼이 그 내용을 다뤘고요. 하지만 그런 유모에게 실제로 어떻게 느끼는지 물어본 사람은 아무도 없었어요." 땀방울이 가슴까지 타고 내려와 블라우스 앞을 적셨다.

"그러면 지금껏 다루지 않은 측면을 보여주고 싶다는 말이군요." 미서스 스타인이 말했다.

"네, 그런 말은 꺼내지 않으니까요. 여기 남부에서 그런 이야기를 하는 사람은 아무도 없어요."

일레인 스타인이 흥흥거리며 웃었다. 그녀의 억양은 북부 사람처럼 딱딱했다. "펠런 양, 나도 애틀랜타에서 살았어요. 육 년 동안 남편과 함께요."

나는 우리를 연결하는 이 작은 고리에 매달렸다. "그럼…… 그게 어떤 건지 아시겠네요."

"거기서 벗어나고 싶었던 만큼 잘 알죠." 그녀가 연기를 들이마시는 소리가 들렸다.

"자, 잘 들어요. 그 구상은 잘 읽었어요. 확실히…… 독창적이지만 쉽지 않을 거예요. 가정부가 제정신이라면 진실을 말하겠어요?"

문 밑으로 어머니의 분홍색 슬리퍼가 보였다. 나는 그걸 애써 무시했다. 미서스 스타인이 벌써 내 허세를 들춰내다니 믿을 수 없었다. "처음 면담할 가정부는…… 자기 이야기를 몹시 하고 싶어하는데요."

"펠런 양," 일레인 스타인이 말했고, 이것은 질문이 아니었다. "그 흑인이 정말로 솔직하게 털어놓기로 했다고요? 백인 가정에서 일하는 것에 대해? 그런 일은 미시시피 주 잭슨 같은 지역에서는 이루 말할 수 없이 위험할 텐데요."

나는 앉은 채 눈을 끔벅였다. 아이빌린을 설득하는 것이 내 예상만큼 쉽지 않을 거라는 생각이 처음으로 스멀스멀 밀려왔다. 다음주에 그녀의 집 앞에 찾아간다 해도 그녀가 뭐라고 할지 그것조차 알 수 없었다.

"버스 좌석을 통합하려고 한 사건을 뉴스에서 봤어요." 미서스 스타인이 말을 이었다. "네 사람이 쓰는 감방에 흑인 쉰다섯 명을 집어넣었더군요."

나는 입을 앙다문다. "하겠다고 했어요. 확실해요, 한다고 했어요."

"그래요, 놀랍군요. 하지만 그다음은? 정말 다른 가정부들도 선뜻 털어놓을 거라고 생각하는 거예요? 고용주들이 알아내면 어쩌죠?"

"인터뷰는 비밀리에 할 거예요. 아시다시피 여기 남부에서는 조금 위험한 일이니까요." 사실 얼마나 위험한지 나는 거의 몰랐다. 지난 사 년을 답답한 기숙사에 틀어박혀 지내면서 키츠와 유도라 웰티를 읽었고 기말 보고서를 걱정했다.

"조금 위험하다고요?" 그녀가 실소를 터뜨렸다. "버밍햄 시위, 마틴 루서 킹, 유색인 아이들을 공격한 개들. 이봐요, 이 문제는 이 나라에서 가장 뜨거운 쟁점이에요. 미안한 소리지만 이건 절대 안 될 거예요. 남부 신문은 그런 글을 싣지 않을 테니까 기사로도 어렵겠고, 책도 물론 안 되겠네요. 인터뷰를 다룬 책은 팔리지 않으니까."

"아." 나도 모르게 한숨이 터져 나왔다. 나는 눈을 감고, 내 몸에서 흥분이 빠져나가는 것을 느꼈다. 또다시 한숨이 터져 나왔다.

"전화한 건, 솔직히 말하면 아이디어가 좋아서예요. 인쇄할 가능성은…… 전혀 없지만."

"하지만…… 만약에……" 나는 식품저장실 안을 두리번거리며 그녀의 관심을 되돌릴 만한 뭔가를 생각한다. 신문 기사로는, 혹시 잡지 기사로는 안 될지 물어볼까. 하지만 그건 아까 이미 안 된다고 했는데.

"유지니아, 그 안에서 누구와 말하고 있니?" 어머니의 목소리가 틈새를 비집고 들어왔다. 어머니가 문을 빠끔 열자 나는 다시 홱 잡아당겼다. 나는 송수화기를 손으로 가리고 소곤거렸다. "지금 힐리와 통화 중이에요, 어머니."

"식품저장실에서? 다시 십대로 돌아간 모양이구나."

"그러니까……" 미서스 스타인이 날카롭게 쯧 혀를 찼다. "쓴다면 읽어줄 수는 있을 거예요. 누가 알아요? 출판 사업이라는 게 그런 소란을 이용하기도 하니까요."

"그래주시겠어요? 오, 미서스 스타인……"

"신중히 검토하겠다는 말은 아니에요. 다만 인터뷰한 걸 보고…… 추진할 만하면 알려줄게요."

나는 엉겁결에 되는대로 지껄이다가 마침내 "고맙습니다. 미서스 스타인, 도와주셔서 얼마나 감사한지 몰라요"라고 말했다.

"아직 고마울 건 없어요. 연락할 일이 있으면 내 비서 루스에게 전화해요." 그리고 그녀는 전화를 끊었다.

수요일이 오고 나는 엘리자베스의 집에서 열린 브리지 모임에 허름한 가방을 들고 간다. 네모난 빨간 가방이다. 모양새는 볼품없다. 하지만 오늘 같은 날은 든든한 존재다.

어머니 집에 있는 가방 가운데 미스 머나의 편지들을 넣고 다닐 만큼 큰 건 이것뿐이다. 가죽은 오래되어 갈라지고 표면이 벗겨졌다. 두툼한 어깨끈에서는 가죽의 얼룩이 배어나와 블라우스에 갈색 자국을 남긴다. 원래는 우리 할머니의 정원용 가방이었다. 뜰에 나갈 때 원예용구를 담던 가방이라 가방 밑바닥에는 아직 해바라기 씨앗이 촘촘히 박혀 있다. 내가 가진 그 어떤 것과도 어울리지 않지만, 그렇다 한들 어떤가.

"이 주." 힐리가 손가락 두 개를 들며 말한다. 그녀가 웃고 나도 웃는다. "곧 돌아올게." 나는 이렇게 말한 뒤 가방을 들고 슬며시 부엌으로 간다.

아이빌린이 싱크대에 서 있다. "안녕하세요." 그녀가 조용히 말한다. 내가 그녀의 집을 찾아간 건 일주일 전이다.

나는 그녀가 아이스티 젓는 걸 지켜보며 잠시 서 있는다. 자세는 어쩐지 불편해 보이고, 내가 책 쓰는 걸 도와달라는 말을 또 꺼낼까봐 저어하는 마음이 느껴진다. 내가 살림에 관한 편지를 몇 통 꺼내자 아이빌린이 흘긋 쳐다보고는 어깨에 들어갔던 힘을 살짝 푼다. 내가 곰팡이 얼룩에 대한 질문을 읽는 동안 그녀는 차를 잔에 조금 따라 맛을 본다. 그리고 찻주전자에 설탕을 조금 더 넣는다.

"아참, 잊기 전에, 그 센물 얼룩에 대한 답을 알아냈어요. 미니가 그러는데 마요네즈를 조금 문지르면 된다네요." 아이빌린은 차에 레몬 반쪽을 꾹 짜서 넣는다. "그리고 불량 남편은 문밖에 패대기치라네요." 그녀가 차를 저은 뒤 맛을 본다. "미니 말이, 남편들은 잘해줄 필요가 없다고요."

"고마워요. 그 말도 쓸게요." 내가 말한다. 나는 별일 아닌 듯 가방에서 봉투 하나를 꺼낸다. "그리고 이거요. 이걸 줄 생각이었어요."

아이빌린은 몸이 다시 뻣뻣해지더니 아까 내가 들어올 때처럼 경계하는 자세를 취한다. "이 안에 뭐가 있는데요?" 그녀가 손도 내밀지 않고 말한다.

"도움에 대한 사례예요." 내가 나직이 말한다. "한 편당 5달러씩 쳤어요. 지금까지 35달러예요."

아이빌린의 시선이 순식간에 자기 찻잔으로 옮겨 간다. "괜찮아요, 아가씨."

"제발 받으세요. 아이빌린이 번 돈인걸요."

식사실에서 의자 끄는 소리와 엘리자베스의 목소리가 들린다.

"제발요, 미스 스키터. 아가씨가 제게 돈을 준다는 걸 알면 미스 리폴트가 발끈하실 거예요." 아이빌린이 쉬쉬거린다.

"모르게 하면 돼요."

아이빌린이 나를 쳐다본다. 고단한지 눈동자의 흰자위가 노랗다. 그녀가 무슨 생각을 하는지 알 것 같다.

"이미 말씀드렸지만, 죄송하게도 그 책은 도와드릴 수가 없어요, 미스 스키터."

나는 조리대에 봉투를 놓으면서 내가 큰 실수를 저질렀다는 것을 깨닫는다.

"제발요. 다른 유색인 가정부를 찾으세요. 젊은 사람으로요. 다른 사람……"

"하지만 다른 사람들은 잘 모르는걸요." 순간 친구들이라고 말하고 싶지만 나도 그 정도로 순진하지는 않다. 우리가 친구가 아니라는 것쯤은 나도 잘 안다.

힐리가 문을 열고 빼꼼 쳐다본다. "얼른 돌아와, 스키터. 내가 패를 돌릴 거야." 그러고는 가버린다.

"제발 거두세요." 아이빌린이 말한다. "미스 리폴트가 보지 못하게 그 돈은 도로 가져가세요."

나는 곤혹스레 고개를 끄덕인다. 그 봉투를 다시 가방에 찔러 넣으며 우리 사이가 그 어느 때보다 서먹해졌다는 걸 깨닫는다. 아이빌린은 이 돈을 인터뷰에 응해달라는 뇌물로 생각한다. 선의와 감사로 위장한 뇌물. 얼마간 돈이 모이면 어차피 줄 생각이었지만 오늘을 택한 건 의도적인 게 맞다. 그리고 이제는 그녀를 겁주어 영영 쫓아버린 것이다.

"애야, 머리에 딱 한 번만 써보자. 11달러나 줬어. 틀림없이 잘될 거야."

어머니는 부엌 구석으로 나를 몰았다. 나는 복도 쪽 문과 옆쪽 포치로 통하는 문을 곁눈질한다. 어머니가 그 물건을 들고 다가오자 나는 어머니의 손목이 얼마나 가는지, 그 무거운 회색 기계를 든 팔은 또 얼마나 연약한지에 정신이 팔린다. 그래도 힘이 약하지는 않아서 어머니는 결국 나를 밀어 의자에 앉히고 야단스레 내 머리에 튜브를 꾹꾹 눌러 짠다. 어머니는 오늘로 이틀째 매직 소프트 & 실키 샤이널레이터를 들고 나를 쫓아다닌다.

어머니가 양손으로 크림을 문지른다. 내 머리에 닿는 손가락들의 움직임에서 어머니의 희망이 고스란히 느껴진다. 크림을 바르는 것으로 내 콧날을 펴거나 내 키에서 한 뼘을 지울 수는 없다. 크림으로 있는 듯 없는 듯 투명한 내 눈썹을 부각시킬 수도 없고 앙상한 골격에 살을 붙일 수도 없다. 그래도 치아만큼은 완벽히 가지런하다. 따라서 어머니가 뭔가 더 해볼 수 있는 것은 내 머리 모양을 고치는 것뿐이다.

어머니는 크림이 뚝뚝 떨어지는 머리카락 위에 비닐 캡을 씌운다. 그리고 캡에 달린 호스를 네모난 기계에 끼운다.

"얼마나 걸려요, 엄마?"

어머니는 끈적거리는 손가락으로 설명서를 집어 든다. "미러클 스트레이트닝 캡을 쓴 뒤 기계를 작동시키고, 미러클……"

"십 분이요? 십오 분?"

이어서 스위치를 딸깍 켜자 윙윙 소리가 커지면서 강렬한 열기가 두피에 서서히 퍼진다. 그 순간 뭔가가 툭 한다. 호스가 기계에서 빠져 미친 소방 호스처럼 사방팔방 날뛴다. 어머니는 비명을 지르고, 그것을 붙잡았다가 놓친다. 이윽고 낚아채듯 붙잡아서는 다시 끼운다.

어머니는 숨을 깊게 들이쉰 뒤 다시 설명서를 집어 든다. "미러클 캡은 벗지 않고 두 시간 동안 머리에 쓰고 있어야 한다. 그렇지 않으면 결과는……"

"두 시간이요?"

"파스카굴라에게 차를 한 잔 타오라고 하마." 어머니는 내 어깨를 토닥인 뒤 부엌에서 쌩하니 나가버린다.

두 시간 동안 나는 담배를 피우고 〈라이프〉 지를 본다. 『앵무새 죽이기』를 끝낸다. 심지어 〈잭슨 저널〉까지 뒤적인다. 금요일이니까 미스 머나 칼럼은 실리지 않았을 것이다. 4면에는 이런 기사가 실렸다. 백인 전용 화장실을 사용한 청년이 시력을 잃었다. 용의자는 미궁에 빠졌다. 어쩐지…… 익숙한 내용이다. 그 순간 퍼뜩 떠오른다. 이 청년은 아이빌린의 이웃이다.

이번주에 나는 엘리자베스가 집에 없기를 바라면서 그녀의 집에 두 번이나 찾아갔다. 대화를 나누며 도와달라고 어떻게든 아이빌린을 설득하고 싶었다. 엘리자베스는 재봉틀 앞에 구부정하게 앉아 크리스마스 시즌에 입을 새 드레스를 박느라 열심이었다. 이번에도 값이 싸고 잘 찢어지는 초록색 드레스다. 아마도 염가로 파는 초록색 옷감을 왕창 사들인 모양이다. 케닝턴 백화점에 가서 새 옷감을 산 뒤 엘리자베스 앞으로 달아놓고 싶지만, 그 말을 하면 엘리자베스는 창피해서 죽으려고 할 것이다.

"그날 데이트에 무슨 옷을 입을지는 결정했어?" 내가 두번째로 들렀을 때 힐리가 물었다. "다음 토요일에 말이야."

나는 어깨를 으쓱했다. "새 옷을 사러 가야 할까봐."

그 순간 아이빌린이 쟁반을 들고 와 식탁에 커피를 내려놓았다.

"고마워." 엘리자베스가 그녀에게 고개를 까딱했다.

"오, 고마워, 아이빌린." 힐리가 설탕을 넣으며 말했다. "유색인이 타주는 커피 중에서는 아이빌린의 커피가 타운에서 최고라니까."

"고마워요, 아씨."

"아이빌린," 힐리가 말을 이었다. "바깥의 새 화장실은 어때?

자기만의 공간을 가지니까 좋지 않아?"

아이빌린이 식탁에 난 흠집을 물끄러미 바라보았다. "그렇지요, 아씨."

"알겠지만, 미스터 홀브룩이 그 욕실 때문에 애를 많이 썼어, 아이빌린. 인부들과 장비를 보냈거든." 힐리가 웃었다.

아이빌린은 가만히 서 있었다. 그 자리에 내가 없었으면 싶었다. 제발, 나는 생각했다. 제발 고맙다고 하지 말아요.

"그렇군요, 아씨." 아이빌린이 서랍을 열고 안을 뒤적였지만 힐리는 계속 그녀를 쳐다보았다. 힐리가 원하는 것은 명백했다.

아무도 반응을 보이지 않은 채 또 잠깐의 시간이 흘렀다. 힐리가 헛기침을 하자 그제야 아이빌린이 고개를 숙였다. "고맙습니다, 아씨." 아이빌린이 나직이 말했다. 그러고는 다시 부엌으로 돌아갔다. 그러니 내게 이야기하고 싶어하지 않는 것도 놀랄 일은 아니다.

어머니는 열두시에 진동 캡을 벗기고 내 머리를 뒤로 젖혀 부엌 싱크대에서 끈적거리는 크림을 헹궈준다. 그리고 롤러 열두 개로 잽싸게 머리를 말고 욕실에 있는 헤어드라이어 후드 밑으로 나를 밀어 넣는다.

한 시간 뒤에 나는 분홍색 롤러를 주렁주렁 달고 두피에 따가움과 목마름을 느끼며 밖으로 나온다. 어머니가 나를 거울 앞에 세우고 롤러를 푼다. 그리고 거대하고 둥실한 봉토같이 변한 내 머리를 빗질한다.

우리는 서로 물끄러미 쳐다보며 할 말을 잃는다.

"제길." 내가 말한다. 당장 머릿속에 떠오르는 말은 이것뿐이다. 데이트는 어쩌지. 다음 주말에 그를 만나야 하는데.

웃고는 있지만 어머니도 충격받은 얼굴이다. 내가 욕을 했는데도 나무라지 않는다. 내 머리가 어마어마해 보인다. 샤이널레이터는 실제로 효과가 있었다.

9장

토요일, 스튜어트 휘트워스와 만나기로 한 날, 나는 두 시간 동안 샤이널레이터를 한다(결과물은 다음 머리를 감을 때까지만 유지된다). 머리가 마르면 케닝턴 백화점에 가서 굽이 가장 낮은 구두와 크레이프 천으로 만든 몸에 붙는 검정 드레스를 살 것이다. 쇼핑은 질색이지만 오늘은 미서스 스타인과 아이빌린 문제를 잠시 잊고 다른 일에 정신을 쏟을 수 있다는 사실이 기쁘다. 어머니가 항상 새 옷("네 몸매를 살려주는 뭔가")을 사 입으라고 성화를 부렸으니 85달러는 어머니 앞으로 달아놓는다. 이 옷을 입으면 어머니는 가슴골이 드러난다고 몹시 못마땅해할 것이다. 이런 드레스는 나도 처음 입어본다.

케닝턴 백화점 주차장에서 시동을 거는데 갑자기 배가 아파서 운전을 하기 힘들다. 나는 흰색 천을 씌운 운전대를 움켜잡고 가질 수 없는 것을 바라다니 참으로 어리석다고 열번째로 되뇐다.

흑백사진으로 그의 눈동자가 파란색이라고 생각하다니. 따지고 보면 불빛에 비추어 본 종잇장과 몇 차례 미루어진 저녁식사 약속이 전부인데, 이것을 기회로 생각하다니. 하지만 새 드레스를 입고 머리도 새로 하고 이렇게 차리니 나도 제법 예쁘다. 그러니 희망을 놓을 수 없다.

힐리가 사진을 보여준 것은 네 달 전 그녀의 집 뒤쪽 수영장에서였다. 힐리는 일광욕을 하고 있었고 나는 그늘에서 부채질을 하고 있었다. 7월에 돋은 땀띠가 아직 가라앉지 않았을 때였다.

"바빠." 내가 말했다. 힐리는 수영장 옆에 앉아 있었는데, 아기를 낳아 예전 몸매 같지 않은데도 검은색 수영복을 입은 그녀는 묘하게 자신만만해 보였다. 배는 나왔지만 다리는 늘 그렇듯 날씬하고 예뻤다.

"그가 언제 온다는 말도 안 했는데." 힐리가 말했다. "집안이 아주 좋다니까." 물론 이것은 자기 자신을 의식한 말이었다. 스튜어트는 윌리엄의 육촌이었다. "일단 만나나보고 얘기하자."

나는 그 사진을 다시 보았다. 눈빛이 맑고 눈매가 시원했으며 옅은 갈색 머리는 곱슬곱슬했다. 호숫가에 선 남자들 중에서 키가 가장 컸다. 하지만 다른 사람들에게 반쯤 가려 있었다. 아마 사지가 멀쩡하지 않을 것이다.

"흠 잡을 데가 없어." 힐리가 말했다. "엘리자베스에게 물어봐. 작년 자선행사에서 만났거든. 너는 학교에 있었고. 게다가 퍼트리샤 밴 디벤더랑 오래 사귀었어."

"퍼트리샤 밴 디벤더?" 그녀는 이 년 연속 올 미스에서 가장 아름다운 여학생으로 뽑혔다.

"그가 빅스버그에서 정유사업을 시작했대. 그러니까 일이 틀어져도 타운에서 맞닥뜨릴 일도 없어."

"좋아." 힐리에게서 벗어나려면 어쩔 수 없겠다 싶어서, 나는 마침내 한숨을 쉬며 말했다.

드레스를 사고 집으로 돌아오자 어느새 세시가 넘었다. 여섯시까지는 스튜어트를 만나러 힐리의 집으로 가야 한다. 나는 거울을 본다. 머리끝이 풀리기 시작하지만 나머지 부분은 아직 그대로다. 어머니는 오늘 내가 다시 샤이널레이터를 쓰겠다고 하자 몹시 기뻐하며 이유조차 의심스러워하지 않았다. 어머니는 오늘 저녁 데이트에 대해서는 전혀 모르지만 만약 알기라도 하면 앞으로 세 달 동안 "전화는 왔니?" 일이 틀어지면 "네가 뭘 잘못했니?" 등 온갖 질문 공세를 펼치며 나를 들들 볶을 것이다.

어머니는 아래층 휴식실에서 아버지와 함께 레블스 농구 경기를 보면서 목청껏 응원하고 있다. 칼턴 오빠는 새로 사귄 상큼한 여자친구와 소파에 앉아 있다. 그들은 루이지애나 주립대학교에서 출발해서 오늘 오후 집에 도착했다. 그녀는 갈색 생머리를 포니테일로 묶었고 빨간 블라우스를 입었다.

오빠와 단둘이 부엌에 남자 오빠는 웃으며 어린 시절로 돌아간 것처럼 내 머리를 잡아당긴다. "어떻게 지내니, 동생?"

나는 신문에 글을 쓰고 연맹 뉴스레터의 편집을 맡았다고 말한다. 오빠가 로스쿨을 마치면 집으로 돌아오는 것이 좋겠다는 말도 덧붙인다. "오빠도 엄마의 시간을 책임져야 마땅해. 난 지금 여기서 내 몫보다 더 많이 하고 있거든." 나는 이를 악물고 말한다.

오빠는 알겠다는 듯 웃지만, 어떻게 알겠는가?

오빠는 나보다 세 살 많고 대단히 잘생긴 데다 굽실거리는 금발에 키가 헌칠하니 크다. 루이지애나 주립대학교 로스쿨을 졸업할 것이다. 그리고 포장이 불량한 도로 170마일의 보호를 받고 있다.

오빠가 여자친구에게 돌아가자 나는 어머니의 차 열쇠를 찾는다. 없다. 벌써 다섯시 십오 분 전이다. 나는 문 입구에서 어머니의 주의를 내게 돌리려고 애쓴다. 어머니가 포니테일 아가씨에게 가족은 몇이고 고향은 어딘지 이런저런 질문을 쏟아낸다. 공통적으로 아는 인물 하나를 찾을 때까지 질문을 그치지 않을 것이다. 어머니는 기어코 밴더빌트 대학교의 무슨 여학생 클럽에 속한 여학생 하나를 찾아낸다. 질문은 포니테일 아가씨의 집에서 쓰는 은식기의 문양을 묻는 것으로 끝난다. 어머니는 늘 그것이 점성술보다 더 낫다고 말한다.

포니테일 아가씨는 자기 집에서는 샹티이 문양을 쓰지만 결혼하면 새 문양을 직접 고를 거란다. "저는 독립적으로 생각하는 사람이거든요." 오빠가 머리를 쓰다듬자 그녀는 고양이처럼 머리를 피한다. 두 사람 모두 나를 보며 멋쩍게 웃는다.

"스키터," 포니테일 아가씨가 방 이편에 서 있는 내게 말한다.

"프랜시스 1세 가문의 문양을 써서 참 좋겠어요. 결혼해도 계속 쓸 거예요?"

"프랜시스 1세 가문의 문양은 정말 환상적이죠." 나는 싱긋 웃는다. "문양을 보려고 늘 포크를 꺼내보는걸요."

어머니가 나를 보며 눈살을 찌푸린다. 나는 어머니에게 부엌으로 오라고 손짓하지만 어머니는 십 분이 지나서야 나타난다.

"열쇠는 대체 어디 있어요, 엄마? 힐리의 집에 가기로 했는데 늦었어요. 오늘밤 거기서 자고 와야 해요."

"뭐라고? 칼턴이 왔잖아. 네가 더 재미있는 것을 하겠다고 가버리면 저 아가씨가 뭐라고 생각하겠니?"

오빠가 집에 왔든 오지 않았든 어머니와 티격태격하게 될 것이 뻔해서 나는 이 이야기를 계속 미루었다.

"파스카굴라가 로스트 요리를 했고, 아빠는 오늘밤 휴식실에서 불을 피우려고 장작도 다 준비해놨어."

"바깥은 29도예요, 엄마."

"잘 들어. 오빠가 집에 왔으니 너는 착한 여동생으로 처신하면 좋겠구나. 이 아가씨와 충분히 근사한 시간을 보낼 때까지는 집 밖으로 나가지 말고." 나는 내 나이가 스물셋이라는 걸 떠올리고 어머니는 손목시계를 쳐다본다. "얘야, 부탁이다." 어머니가 말하자 나는 한숨을 푹 쉬며 박하 칵테일을 쟁반에 담아 밖으로 내간다.

"엄마." 다섯시 이십팔분에 나는 부엌에서 또 말한다. "가봐야 해요. 차 열쇠는 어디에 두셨어요? 힐리가 기다린단 말이에요."

"하지만 아직 소시지말이도 안 먹었잖니."

"힐리가…… 배탈이 심하게 났대요." 내가 소곤거린다. "게다가 가정부가 내일은 안 온대요. 내가 가서 아이들을 돌봐야 해요."

어머니가 한숨짓는다. "그렇다면 네가 애들을 교회에 데려가야 한다는 말이구나. 난 우리 가족이 내일 다 같이 갈 거라고 생각했는데. 일요일 저녁도 같이 먹고."

"엄마, 제발." 나는 어머니가 열쇠를 두는 바구니를 샅샅이 뒤진다. "아무리 찾아도 안 보여요."

"내일 아침까지 캐딜락은 안 돼. 그 차는 교회에 갈 때 쓸 거야."

그는 삼십 분 뒤면 힐리의 집에 도착할 것이다. 어머니의 의심을 피하려면 힐리의 집에 가서 옷도 갈아입고 화장도 해야 한다. 아버지의 새 트럭을 쓸 수도 없다. 비료를 실었으니 내일 새벽에 쓸 것이다.

"좋아요. 그럼 낡은 트럭을 몰고 갈게요."

"그 차에는 트레일러가 달려 있을 거야. 아빠에게 여쭤보렴."

하지만 내가 간다고 하면 세 사람이 상처 입은 표정을 지을 게 뻔하다. 나는 아버지에게 묻지 않고 낡은 트럭 열쇠를 집는다. "상관없어요. 힐리의 집으로 곧장 갈 거예요." 그러고는 허겁지겁 나가서 보니 낡은 트럭 뒤쪽에 트레일러가 달려 있을 뿐 아니라 그 트레일러 위에 반 톤짜리 트랙터도 올라가 있다.

그래서 나는 이 년 만에 첫 데이트를 나가면서 4단 기어 변속기가 장착된 1941년형 빨간색 쉐보레 뒤에 존 디어 트랙터를 매달고 간다. 엔진이 하도 털털거려서 이 트럭이 끝까지 얌전히 달릴지가 의문이다. 타이어가 뒤쪽으로 진흙 덩이를 튀긴다. 큰길에서 시동이 꺼지는 바람에 드레스가 든 가방이 흙바닥에 나뒹군다. 나는 두 번이나 시동을 다시 걸어야 했다.

다섯시 사십오분, 검은 물체가 내 앞을 쌩 달려가는데 내 차에서 툭 소리가 난다. 나는 차를 멈추려 해보지만 만 파운드짜리 기계를 끌고 가다보면 브레이크가 재깍 걸리지 않는다. 나는 툴툴거리며 차를 세운다. 무슨 일인지 확인해야 한다. 식겁하게도 고양이가 발딱 일어나더니 놀란 눈으로 주위를 두리번거리다 잽싸게 숲 속으로 달아난다.

요란한 경적 소리와 나를 보고 소리 지르는 십대 아이들을 뚫고 시속 50마일로 20마일을 달린 끝에, 마침내 나는 여섯시를 삼 분 남겨놓고 힐리의 집에서 좀 떨어진 거리에 차를 세운다. 힐리 집이 있는 길은 농장에서 쓰는 차를 세우기에는 공간이 넉넉지 않다. 나는 허둥지둥 가방을 챙겨 문을 두드릴 겨를도 없이 숨을 헐떡이고 땀을 흘리며 바람같이 뛰어 들어간다. 그런데 그들이, 내 데이트 상대까지 포함해서 그들 셋이 이미 모여 있다. 모두 앞쪽 거실에서 하이볼*을 마시면서.

입구에서 그들의 시선을 한 몸에 받자 그대로 몸이 굳는다. 윌리엄과 스튜어트가 일어선다. 세상에, 키가 나보다 10센티미터는 더 크겠다. 힐리는 눈을 휘둥그레 뜨고 내 팔을 잡는다. "곧 돌아올게요. 거기 꼼짝 말고 앉아서 쿼터백이나 뭐 그런 이야기를 나누고 있어요."

---

* 위스키에 소다수나 진저를 섞고 얼음을 넣은 것.

힐리가 나를 드레스룸으로 떼밀고 우리는 둘 다 짜증을 부린다. 끔찍하기 이를 데 없다.

"스키터, 아직 립스틱도 안 발랐네! 머리 꼬락서니 하며 아예 쥐가 살림을 차렸구나!"

"알아, 내 꼴을 내가 모르겠어!" 샤이널레이터가 일으킨 기적은 온데간데없다. "트럭에 에어컨이 없어서 창문을 죄다 내리고 와야 했어."

나는 얼굴을 문지르고 힐리는 나를 드레스룸 의자에 앉힌다. 그녀는 어머니가 해주는 것처럼 머리를 빗기고 커다란 롤러로 말아 파이널넷 스프레이를 뿌린다.

"그 사람 어떤 것 같아?" 힐리가 묻는다.

나는 한숨을 내쉬며 마스카라를 하지 않은 눈을 감는다. "잘생겼네."

나는 화장품을 바르지만 사실 제대로 화장할 줄도 모른다. 힐리가 나를 보더니 휴지로 닦아내고 다시 발라준다. 나는 V자가 깊이 파인 검은색 드레스를 입고 검은색 델만 구두를 신는다. 힐리가 머리를 잽싸게 빗겨준다. 내가 젖은 수건으로 겨드랑이를 닦자, 힐리는 눈이 동그래져서 나를 본다.

"고양이를 쳤어." 내가 말한다.

"그는 너를 기다리면서 벌써 두 잔이나 비웠어."

나는 일어서서 드레스를 매만진다. "다 됐네." 내가 말한다. "이제 말해줘. 10점 만점에 몇 점?"

힐리가 나를 위아래로 훑어보다가 드레스 앞에 깊이 파인 가슴골에서 멈춘다. 그녀가 눈썹을 치켜세운다. 이제껏 나는 가슴골을 드러낸 적이 없다. 내게 그런 것이 있는지조차 모르고 살았다고 해야 하나.

"6점." 힐리도 놀란 눈치다.

우리는 잠시 서로를 바라본다. 힐리가 나직이 와, 탄성을 지르자 내가 웃는다. 힐리는 4점보다 높은 점수를 준 적이 없다.

우리가 거실로 돌아가자 윌리엄이 스튜어트를 손가락으로 가리키고 있다. "내가 출마하면 맹세하는데, 네 아버지와……"

"스튜어트 휘트워스," 힐리가 말한다. "스키터 펠런을 소개할게요."

그가 일어서자 잠시 내 머릿속이 텅 빈다. 그가 나를 빤히 쳐다보자 나는 자학하는 듯한 표정을 짓는다.

"스튜어트는 앨라배마 대학교를 나왔어요." 윌리엄은 이렇게 말한 뒤 "롤 타이드 축구부" 하고 덧붙인다.

"만나서 반가워요." 스튜어트가 싱긋 웃는다. 그러고는 얼음이 이에 부딪히는 소리가 들리게 한 모금 쭉 들이켠다. "어디로 갈까?" 그가 윌리엄에게 묻는다.

우리는 윌리엄의 올즈모빌을 타고 로버트 E. 리 호텔로 간다. 스튜어트가 내게 뒤쪽 문을 열어주고 내 옆에 앉는다. 하지만 가는 내내 앞좌석에 기대어 윌리엄에게 사슴 사냥철에 대한 이야기만 늘어놓는다.

식당에 도착하자 그가 내게 의자를 빼주고 나는 미소를 지으며 고맙다고 말한다.

"뭐 좀 마시겠어요?" 그가 내 쪽은 쳐다보지도 않고 묻는다.

"아니요. 물이면 돼요."

그가 종업원을 돌아보며 말한다. "올드 켄터키 더블 스트레이트에 물을 곁들여 줘요."

그가 버번을 다섯 잔쯤 들이켰을 때 내가 말을 꺼낸다. "힐리한테 들었는데, 정유사업을 한다고요. 재미있겠어요."

"돈은 잘 벌어요. 정말로 궁금한 게 그거라면."

"아니, 그게 아니라……" 그가 목을 쭉 빼고 다른 데를 보기에 나는 말을 멈춘다. 고개를 들자 그의 시선이 식당 출입구에 선 다른 여자에게 머물러 있다. 빨간 립스틱을 바르고 꼭 끼는 초록색 드레스를 입은 풍만한 가슴의 금발 여자다.

스튜어트가 뭘 쳐다보는지 보려고 윌리엄이 고개를 돌리다가 얼른 다시 돌린다. 그는 스튜어트에게 보일락 말락 하게 고개를 흔들어 그만 쳐다보라는 신호를 보낸다. 식당을 나서는 사람들은 힐리의 옛 남자친구인 조니 푸트와 그의 아내 셀리아이다. 그들이 떠난 뒤 윌리엄과 나는 힐리가 못 봐서 다행이라는 신호를 눈으로 주고받는다.

"이야, 저 여자는 튜니카*의 아스팔트처럼 화끈한데." 스튜어트가 침을 꼴깍 삼키고, 그 순간 나는 이제부터 어떻게 되든 신경 쓰지 않기로 한다.

한번은 힐리가 어떻게 되어가는지 보려고 나를 슬쩍 본다. 나는

---

* 미시시피 주에 있는 지역 이름.

아무 문제 없다는 듯 쌩긋 웃고, 그녀도 잘되는 것 같아 다행이라는 듯 쌩긋 웃는다.

"윌리엄! 주 부지사가 방금 오셨어요. 앉으시기 전에 가서 인사라도 드려요."

그들이 우리만 남기고 가버리자, 한 테이블에 앉은 한 쌍의 새는 그 공간에 있는 다른 모든 행복한 원앙새들을 둘러본다.

"그러면……" 그가 고개도 돌리지 않고 말한다. "앨라배마 축구 경기는 가서 직접 본 적 있어요?"

나는 내 방에서 4킬로미터 떨어진 콜로넬 경기장에도 가본 적이 없다. "아뇨. 축구는 그다지 좋아하지 않아서요." 나는 손목시계를 본다. 아직 일곱시 십오분도 되지 않았다.

"그렇군요."

그는 종업원이 놓고 간 술을 단숨에 비우고 싶은 듯 쳐다본다. "그러면 평소에는 뭘 해요?"

"글을…… 〈잭슨 저널〉에 가정관리에 관한 칼럼을 써요."

그는 이맛살을 찌푸리며 웃는다. "가정관리라면…… 살림을 말하는 건가요?"

나는 고개를 끄덕인다.

"맙소사." 그가 술잔을 흔든다. "청소하는 법에 대한 칼럼을 읽는 것보다 더 최악은 생각할 수 없겠는데요." 그가 말한다. 그의 앞니가 살짝 굽은 것이 보인다. 이 결점을 지적해주고 싶어 죽겠는데, 그는 "쓰는 건 아마 다르겠지만" 하고 덧붙이며 자신의 생각을 마무리한다.

나는 그저 그를 가만히 바라본다.

"남편을 구하려는 책략처럼 들리는데요. 살림 전문가가 된다는 건 말이죠."

"당신은 틀림없이 천재겠군요. 내 계략을 송두리째 파악했으니 말이에요."

"올 미스를 나온 여자들 전공이 그거 아닌가요? 전문적인 남편 사냥."

나는 말문이 막혀 그를 쳐다본다. 내가 오래 데이트를 못한 건 사실이지만, 이 남자는 지금 자기가 누구라고 생각하는 걸까?

"실례지만, 아기 때 어딘가에 머리를 박았어요?"

그가 눈을 끔벅이며 오늘밤 처음으로 웃는다.

"더욱이 이 일은 당신이 관여할 바가 전혀 아닌데요. 기자가 되려면 어디서든 시작해야 했어요." 그 순간 내가 그를 감동시킨 것 같다. 하지만 그가 잔을 비우자 그 표정은 온데간데없이 사라진다.

우리는 저녁을 먹는다. 옆에서 보니 그의 코가 약간 뾰족하다. 눈썹은 너무 짙고, 옅은 갈색 머리는 결이 거칠다. 이제 우리는 서로에게 다른 말도 조금씩 한다. 힐리는 우리가 대화하던 식으로 "스튜어트, 스키터네는 타운 바로 북쪽에서 농장을 해요. 상원의원께서도 땅콩 농장에서 자라시지 않았나요?" 하고 묻는다.

스튜어트가 또 한 잔을 주문한다.

내가 힐리와 같이 화장실에 가자 힐리가 기대하는 눈빛으로 웃는다. "어떤 것 같아?"

"키가…… 크네." 내 데이트 상대가 말도 안 되게 무례할 뿐 아니라 휘청거릴 정도로 취했다는 것을 힐리가 눈치채지 못했다니 그저 놀라울 뿐이다.

마침내 일어날 때가 되자 그와 윌리엄이 돈을 나누어 낸다. 스튜어트가 일어서서 내가 재킷 입는 것을 도와준다. 적어도 매너는 괜찮다.

"세상에, 이렇게 팔이 긴 여자는 처음 보네요." 그가 말한다.

"그래요, 나도 이런 술버릇이 있는 사람은 처음이네요."

"코트에서 냄새가……" 그가 고개를 숙여 코를 킁킁거리더니 얼굴을 찌푸린다. "비료."

그가 남자 화장실로 성큼성큼 걸어간다. 이대로 내가 그냥 사라져버렸으면 좋겠다.

차를 타고 가는 내내 우리는 묘하게 전부 말이 없다. 시간은 참으로 더디 간다.

우리는 힐리의 집으로 돌아간다. 율 메이가 흰 제복을 입고 나와서 말한다. "아무 말썽 없이 모두 잠들었어요." 그리고 부엌문을 열고 나간다. 나는 욕실을 쓰겠다고 말한다.

"스키터, 스튜어트를 집에 데려다주지그래요?" 내가 나오자 윌리엄이 말한다. "나도 취했어. 그렇지, 힐리?"

힐리는 내 마음을 알아내려는 듯 나를 쳐다본다. 욕실에서 십분 동안 있으면서 나는 내 의사를 분명히 전달했다고 생각한다.

"차를…… 안 가져왔어요?" 나는 스튜어트 앞의 허공에 대고 묻는다.

"운전할 만한 상태가 아닌 것 같아요." 윌리엄이 웃는다. 모두 또다시 침묵.

"난 트럭을 몰고 왔어요. 그거라도 타겠다면……" 내가 말한다.

"이런." 윌리엄이 스튜어트의 등을 치며 말한다. "스튜어트, 트럭도 괜찮지. 이봐, 안 그래?"

"윌리엄," 힐리가 말한다. "당신이 데려다줘요. 스키터, 넌 그냥 혼자 가."

"나는 안 돼. 나 역시 얼근하게 취했는걸." 윌리엄은 방금 우리를 데려와놓고도 그런다.

결국 내가 걸어 나간다. 스튜어트가 나를 뒤따른다. 내가 힐리의 집 앞이나 진입로에 차를 세우지 않은 것에 대해서는 한마디 불평도 하지 않는다. 트럭에 이르자 우리는 둘 다 걸음을 멈추고 트럭 뒤에 매달린 4.5미터 높이의 트랙터를 멀뚱히 쳐다본다.

"저걸 혼자 몰고 왔어요?"

한숨이 절로 난다. 큰 키 때문에 나는 지금까지 스스로를 귀엽다거나 여성적이라거나 소녀 같다고 생각해본 적이 없다. 그래, 그건 사실이다. 그래도 저 트랙터는 해도 해도 너무하다. 너무 많은 것을 한 번에 간추려 말해준다.

"저렇게 우스꽝스러운 건 처음 보는군요." 그가 말한다.

나는 그에게서 한 걸음 물러서며 말한다. "힐리가 데려다줄 거예요. 힐리에게 부탁하세요."

그는 돌아서서, 확신하건대, 그날 밤 처음으로 나를 유심히 쳐다본다. 그렇게 누군가의 시선을 느끼면서 한참 또 한참을 서 있으려니 눈물이 고인다. 몹시 고단하다.

"아, 제길." 그가 말한다. 그의 몸에서 긴장이 풀린다. "힐리에게 데이트 따위를 할 마음은 아직 없다고 했는데."

"그럼…… 하지 말아요." 나는 그에게서 물러서서 다시 힐리의 집으로 돌아간다.

일요일 아침, 나는 힐리와 윌리엄보다 먼저, 그 집 꼬마들과 교회로 가는 차들보다 먼저 일어난다. 트럭 뒤에 덜컹거리는 트랙터를 매달고 집으로 돌아온다. 어젯밤에는 물만 마셨는데도 비료 냄새 때문인지 머리가 지끈거린다.

어젯밤 나는 힐리의 집으로 돌아갔고 스튜어트는 내 뒤를 따라왔다. 힐리의 침실 문을 두드린 뒤, 입에 치약 거품을 잔뜩 문 윌리엄에게 스튜어트를 데려다달라고 부탁하고, 그가 채 대답도 하기 전에 위층 손님방으로 올라갔다.

포치에 누운 아버지의 개들을 넘어 나는 부모님의 집으로 들어간다. 그러고는 어머니를 보자마자 다짜고짜 끌어안는다. 어머니가 밀어내도 나는 떨어지지 않는다.

"무슨 일이니, 스키터? 힐리의 병이 옮은 건 아니지, 그렇지?"

"아뇨, 저는 괜찮아요." 어머니에게 어젯밤 이야기를 하고 싶다. 어머니에게 더 잘해드리지 못한 것이, 내 삶이 엉망이 될 때까지 어머니를 필요로 하지 않은 것이 죄스럽다. 대신 여기에 콘스탄틴이 있으면 좋겠다는 생각이 들어서 더더욱 죄송하다.

바람에 머리가 날려 키가 5센티미터는 더 커 보이는지, 어머니가 손으로 내 머리를 누른다. "정말 괜찮은 거니?"

"괜찮아요, 엄마." 피곤해서 더는 버틸 수가 없다. 누가 내 배를, 그것도 부츠를 신고 찬 것처럼 아프다. 통증이 가시지 않는다.

"내 생각에는 말이다." 어머니가 웃으며 말한다. "이애가 칼턴의 짝이지 싶구나."

"잘됐네요, 엄마. 정말 기뻐요."

다음 날 열한시에 전화벨이 울린다. 다행히 내가 부엌에 있다가 받는다.

"미스 스키터?"

나는 꼼짝하지 않고 서서, 식사실 식탁에 앉아 수표책을 확인하는 어머니를 흘긋 본다. 파스카굴라가 오븐에서 로스트 요리를 꺼낸다. 나는 식품저장실로 가서 문을 닫는다.

"아이빌린?" 내가 속삭인다.

아이빌린은 잠시 침묵하다 불쑥 말을 내뱉는다. "제가 하는 이야기가, 만약에, 만약에 마음에 들지 않으면요? 그러니까 백인들에 대한 이야기요."

"음, 음…… 이건 내 의견을 쓰는 게 아니에요. 내가 어떻게 느끼는지는 중요하지 않아요."

"하지만 화를 내며 저를 배신하지 않을 거라는 걸 어떻게 믿지요?"

"그건…… 그저 나를…… 믿어야 한다는 말밖에 못 하겠어요."

나는 숨을 참으며 간절한 마음으로 기다린다. 긴 침묵이 흐른다.

"하느님 자비를. 한번 해보지요."

"아이빌린." 내 심장이 세차게 뛴다. "내가 얼마나 고마워하는지 모를 거예요."

"미스 스키터, 정말 조심해야 해요."

"그럴게요, 약속해요."

"그리고 제 이름도 바꾸셔야 해요. 제 이름도, 미스 리폴트의 이름도, 모두의 이름을요."

"바꾸다마다요." 이 말을 먼저 했어야 했다. "언제 만날까요? 어디서 만나요?"

"백인 동네에서는 안 돼요. 그건 확실해요. 아마도…… 제 집에서 해야 할 것 같네요."

"혹시 관심이 있을 만한 다른 가정부를 아세요?" 미서스 스타인이 한번 읽어보겠다고 했을 뿐인데도 나는 이렇게 묻는다. 그녀의 마음에 들 가능성이 아주 희박해도 준비는 되어 있어야 한다.

아이빌린은 잠시 말이 없다. "미니에게 물어볼 수 있을 거예요. 하지만 미니는 백인 여자들과 말 섞는 것을 정말 내켜하지 않아요."

"미니? 혹시…… 미서스 월터 집에서 일하던 그 가정부요?" 갑자기 이 일이 근친상간처럼 은밀해지는 기분에 휩싸인다. 엘리자베스의 생활뿐 아니라 힐리의 생활도 훔쳐볼 수 있다.

"미니도 하고 싶은 말은 제법 많을 거예요. 그건 확실해요."

"아이빌린, 고마워요. 정말 고마워요."

"그래요, 아가씨."

"그냥…… 궁금해서 묻는 건데요. 무엇 때문에 생각이 바뀌었어요?"

아이빌린이 지체 없이 대답한다. "미스 힐리요."

나는 잠시 묵묵히, 힐리가 조잘거린 화장실 계획과 가정부에게 물건을 훔쳤다고 뒤집어씌운 사실과 질병 운운하던 것을 떠올린다. 그 이름이 못쓰게 된 피칸 열매처럼 밍밍하고 씁쓸하다.

10장

나는 오직 한 가지 생각만 품고 일하러 간다. 오늘은 12월의 첫날이고, 미국에서는 집집마다 구유의 먼지를 털고 냄새나는 낡은 양말을 꺼내겠지만 나는 또다른 남자를 기다린다. 샌티클로스도 아니고, 아기 예수도 아니다. 바로 미스터 조니 푸트 주니어. 그는 크리스마스이브에 미니 잭슨이 자기 집 가정부라는 사실을 알게 될 것이다.

나는 그날이 재판 날이라도 되는 것처럼 24일을 기다린다. 어쩌면 그는 잘됐군, 이라고 할지도 모른다. 언제든 와서 내 집 부엌을 치워요! 여기, 돈을 좀더 받아요! 하지만 난 그렇게 어리석지 않다. 이 비밀은 너무 구리터분해서 그 백인 남자가 허허거리며 급료를 올려줄 턱이 없다. 크리스마스가 오면 일자리를 잃을 가능성이 더 크다.

나도 모르는 사이 그런 생각이 나를 갉아먹지만, 한 달 전에 이런 결론을 내렸다. 백인 여자의 변기 뚜껑에 쭈그리고 앉아 심장 발작으로 뒈지는 것보다는 더 품위 있게 죽을 방법이 있어야 한다는 것. 게다가 나중에 밝혀진 사실이지만 그날 집에 찾아온 사람은 미스터 조니가 아니라, 제기랄, 미터기 검침원이었다.

하지만 그가 돌아간 뒤에도 전혀 마음이 놓이지 않았다. 나를 더 두렵게 한 것은 미스 셀리아였다. 미스 셀리아는 나중에 요리를 배우는 시간에도 몹시 떨었고, 심지어 소금을 넣는데 계량스푼을 제대로 쥐지 못했다.

월요일이 됐어도 루브니아 브라운의 손자 로버트 생각이 떠나지 않는다. 로버트는 주말에 퇴원해서 루브니아의 집으로 갔다. 그의 부모는 이미 세상을 떠났다. 간밤에 캐러멜 케이크를 만들어서 가져갔는데 로버트는 팔에는 깁스를 하고 눈에는 반창고를 붙이고 있었다. "오, 루브니아." 그를 보자 겨우 이 말만 나왔다. 로버트는 소파에 누워 잠들어 있었다. 수술하느라 머리카락 절반을 밀었다. 루브니아는 마음이 찢어지게 아플 텐데도 우리 식구들 안부를 일일이 챙겼다. 로버트가 뒤척이자 그녀는 손자가 깨면 소리를 지른다며 나더러 집으로 돌아가는 것이 좋겠다고 했다. 로버트가 자신이 앞을 보지 못한다는 것을 떠올리고는 공포에 질린다는 것이었다. 내가 그 소리를 견디기 힘들까봐 가라는 것이다. 그 생각이 계속 맴돈다.

"좀 있다가 식품점에 갈 건데요." 나는 미스 셀리아에게 구입할 식료품 목록을 내민다. 우리는 월요일마다 이런다. 그녀가 식료품 살 돈을 주고, 나는 돌아와서 그녀의 코앞에 영수증을 들이민다. 나는 그녀가 영수증과 남은 돈을 비교해서 한 푼도 어긋나지 않은 것을 알아주면 좋겠다. 하지만 미스 셀리아는 어깨만 으쓱하고, 나는 혹시 몰라서 서랍에 영수증을 고이 넣어둔다.

미니가 만들 음식

1. 파인애플을 곁들인 햄

2. 검은눈완두콩

3. 고구마

4. 애플파이

5. 비스킷

미스 셀리아가 만들 음식

1. 흰강낭콩

"흰강낭콩 요리는 저번 주에 만들었는데."

"그걸 익히세요. 그러면 다른 것도 쉬워지니까요."

"나도 그러는 게 더 좋을 것 같기는 해요." 미스 셀리아가 말한다. "가만히 앉아서 껍질만 까면 되니까."

세 달 가까이 지났지만 이 바보 천치는 아직 커피도 제대로 끓이지 못한다. 나는 식품점에 가기 전에 음식 준비를 끝내려고 파이 반죽을 꺼낸다.

"이번에는 초콜릿파이를 만들면 안 되나요? 난 초콜릿파이가 좋은데."

나는 이를 악문다. 그리고 둘러댄다. "저는 초콜릿파이 같은 건 만들 줄 몰라요." 절대로, 절대로. 미스 힐리에게 그런 짓을 한 뒤로는 다시는 만들지 않을 거야.

"만들 줄 몰라요? 아이, 미니는 뭐든 만드는 줄 알았는데. 조리법을 구해야겠네요."

"그것 말고 어떤 파이를 먹고 싶으세요?"

"그럼 저번에 만든 복숭아파이는 어때요?" 미스 셀리아가 우유를 따르며 말한다. "진짜 맛있었는데."

"멕시코 복숭아로 만들었으니까요. 이 지역은 지금 복숭아가 제철이 아니에요."

"하지만 신문에서 복숭아 광고를 봤는데."

나는 한숨을 내쉰다. 이 여자와는 쉽게 되는 일이 없지만 어쨌거나 초콜릿파이는 잊은 것 같다. "한 가지 알아둘 것은 뭐든 제철일 때 가장 맛이 좋다는 거예요. 여름에 호박은 곤란해요. 가을에 복숭아도 그렇고요. 길가에서 팔지 않는다 싶으면 사지 말아야 해요. 오늘은 맛있는 피칸파이를 만들도록 하지요."

"조니는 미니가 만든 프랄린*도 참 좋아했어요. 그걸 주니까 조니는 지금까지 자기가 만난 여자들 중에서 내가 가장 똑똑하다고 생각하는 것 같았어요."

---

* 아몬드와 호두 따위를 넣어 만든 사탕과자로 미국 남부의 명산물.

나는 속마음을 들키지 않으려고 돌아서서 반죽을 쳐다본다. 그녀는 일 분 동안 벌써 내 속을 두 번이나 뒤집어놨다. "아씨가 만들었다고 미스터 조니가 생각하는 음식이 또 뭐가 있어요?" 안 그래도 기절초풍하겠는데 내가 만든 음식으로 다른 사람이 생색까지 낸다고 생각하니 부아가 치민다. 자식들을 빼면 내가 자랑스럽게 여기는 건 오로지 요리뿐이다.

"없어요, 그게 다예요." 미스 셀리아는 방긋 웃을 뿐 내가 파이 크러스트를 늘이다가 구멍을 다섯 개나 낸 사실은 전혀 눈치채지 못한다. 이십사 일만 버티면 이 빌어먹을 짓도 끝난다. 나는 그날이 오기 전에 미스터 조니가 들이닥치지 않기를 하느님에게, 악마에게라도 기도한다.

이틀에 한 번꼴로 미스 셀리아는 자기 방에 죽치고 앉아 그 여자들에게 전화를 돌리고 또 돌린다. 자선행사는 삼 주 전에 끝났고 벌써 내년 자선행사가 목표다. 그녀와 미스터 조니는 참석하지 않았다. 갔다 왔으면 어지간히 조잘거렸을 것이다.

나는 올해 십 년 만에 처음으로 자선행사에서 일손을 거들지 않았다. 돈벌이는 짭짤하지만 미스 힐리와 맞닥뜨리는 모험은 엄두가 나지 않았다.

"셀리아 푸트가 또 전화했더라고 전해주겠어요? 며칠 전에 메시지를 남겼는데……"

미스 셀리아의 목소리는 텔레비전에서 물건을 파는 사람처럼 유쾌하다. 그 목소리를 들을 때마다 나는 그녀의 손에서 전화기를 빼앗아 시간 낭비는 집어치우라고 말하고 싶다. 그녀가 천박해 보이는 것은 이유 축에도 안 든다. 미스 셀리아가 친구가 없는 데는 더 큰 이유가 있는데, 나는 그것을 미스터 조니의 사진을 보자마자 재깍 깨달았다. 나는 브리지 점심 모임에서 숱하게 시중을 든 터라 이 타운에 사는 백인 여자들에 대해 알 만큼은 안다. 미스터 조니가 대학 시절에 미스 셀리아와 만나면서 미스 힐리를 차버렸고, 미스 힐리는 그 일을 절대 잊지 못하는 것이다.

수요일 밤 나는 교회로 간다. 아직 일곱시 십오 분 전이라 자리는 절반도 차지 않았다. 성가대는 일곱시 반이 되어야 노래하기 시작한다. 내가 이렇게 빨리 온 것은 아이빌린이 일찍 오라고 해서다. 그녀가 무슨 이야기를 할지 궁금하다. 게다가 리로이가 기분이 좋아서 아이들과 잘 놀아주는 것을 보니 아이들을 맡겨도 될 것 같다.

아이빌린은 늘 우리가 앉는 자리에, 그러니까 왼쪽 줄의 앞에서 네번째, 창문 선풍기 바로 옆자리에 앉아 있다. 우리는 최고의 신자들이니 최고의 자리에 앉을 자격이 있다. 그녀는 머리를 곱게 빗어 넘겼고, 목 근처로 내려온 머리는 연필 굵기로 말았다. 커다란 흰 단추가 달린 푸른색 드레스를 입고 있는데 처음 보는 옷이다. 아이빌린에게는 백인이 입던 옷이 많다. 백인 여자들은 그녀에게 입던 옷가지를 곧잘 준다. 평소에 그녀는 푸근하고 점잖아

보이지만, 팬티에 오줌을 지릴 만큼 야한 농담도 잘한다.

통로를 걸으면서 보니 아이빌린이 무엇 때문인지 얼굴을 찡그리고 이맛살을 찌푸린다. 그 순간 우리 사이에 존재하는 십오 년 남짓한 세월이 보인다. 하지만 그녀가 웃자 다시 싱싱하고 푸근한 얼굴로 되돌아간다.

"맙소사." 내가 앉으면서 말한다.

"나도 알아. 누가 그 사람한테 말해줘야 해." 아이빌린이 손수건으로 자기 얼굴에 부채질을 한다. 오늘 아침은 키키 브라운이 청소하는 날이라서 그녀가 만들어서 한 병에 25센트씩 파는 레몬 향 제품 냄새가 온 교회에 진동한다. 우리는 서명지에 이름을 쓰고 교회 청소를 돌아가며 맡는다. 누가 물어보면 나는 키키 브라운은 이름 쓰는 횟수를 줄이고 남자들은 늘려야 한다고 답하겠다. 내가 알기로 그 서명지에 한 번이라도 이름을 쓴 남자는 없다.

냄새만 빼면 교회는 제법 근사하다. 키키가 신자석을 어찌나 깨끗이 닦았는지 쳐다보면서 이를 쑤셔도 될 정도다. 제단 옆에는 벌써 크리스마스트리를 놓았는데, 반짝이 줄을 여기저기 흩어놓았고 꼭대기에는 빛나는 금별도 달았다. 창문 세 개에는 스테인드글라스가 되어 있다. 예수님의 탄생, 되살아난 라자로, 어리석은 바리새인들을 비유로 든 가르침을 그려놓았다. 다른 일곱 개는 일반적으로 쓰는 투명한 유리창이다. 우리는 이 유리창 비용을 갚기 위해 아직 헌금을 걷는다.

"베니의 천식은 어때?" 아이빌린이 묻는다.

"어제도 기침 발작을 좀 했어요. 조금 있으면 리로이가 애들을

다 데리고 올 거예요. 이 레몬 향 때문에 그애가 죽지 않기나 바라
야죠."

"리로이에게는," 아이빌린이 고개를 가로저으며 웃는다. "내가
잘 처신하랬다고 전해줘. 안 그러면 기도 명단에 올린다고."

"제발 그래주세요. 이런, 먹을 게 있으면 얼른 숨겨요."

거들먹거리기 좋아하는 버트리나 베서머가 어기적어기적 우리
쪽으로 걸어온다. 그러고는 우리 앞줄에 앉더니 큼직한 싸구려 파
랑새 모자를 쓴 채 벙글거리며 우리를 돌아본다. 버트리나가 누구
냐 하면, 그간의 세월 동안 아이빌린을 바보라고 불렀던 여자다.

"미니," 버트리나가 말한다. "새로 일자리를 구했다니 정말 기
뻐."

"고마워요. 버트리나."

"그리고 아이빌린, 나를 기도 명단에 올려줘서 고마워. 내 후두
염도 이제 틀림없이 좋아질 거야. 주말에 전화할 테니 그때 이야
기해."

아이빌린이 웃으며 고개를 끄떡인다. 버트리나는 어기적거리며
제자리로 돌아간다.

"기도해줄 사람을 더 까다롭게 골라야겠어요." 내가 말한다.

"흠, 이제 저치를 봐도 화나지 않거든." 아이빌린이 말한다. "게
다가 봐, 체중도 많이 줄였잖아."

"18킬로그램을 뺐다고 떠벌리고 다녀요."

"하느님 자비를 베푸소서."

"딱 90킬로그램만 더 빼면 되겠네요."

아이빌린은 웃음을 겨우 참으면서 손으로는 레몬 냄새를 쫓는 시늉을 한다.

"그런데 왜 일찍 오라고 했어요?" 내가 묻는다. "내가 보고 싶어서요?"

"아니, 대단한 일은 아니야. 누가 한 말 때문에."

"뭔데요?"

아이빌린은 심호흡을 하고 듣는 사람이 없는지 둘러본다. 여기서 우리는 왕족 같다. 사람들이 항상 우리 가까이로 모여든다.

"미스 스키터 알아?" 아이빌린이 묻는다.

"요전에 안다고 했잖아요."

아이빌린이 목소리를 낮춘다. "트리로어가 유색인 이야기를 쓰겠다고 한 걸 내가 어쩌다 그녀에게 말했다고 했는데, 그것도 기억나?"

"기억나요. 그걸로 고소라도 하겠대요?"

"아니, 그런 건 아니고. 착한 여자야. 배짱도 좋지, 나나 내 가정부 친구들 중에서 백인 가정에서 일하는 게 어떤 건지 글로 쓰고 싶어할 사람이 있는지 물어보더라고. 책을 쓸 거라면서."

"뭐라 그랬다고요?"

아이빌린이 고개를 끄떡하며 눈썹을 치켜세운다. "흠흠."

"쳇, 그게 가능하면 7월 4일 독립기념일이 소풍날이라고 말해주세요. 우리는 주말 내내 그런 꿈을 꾸지만 한 주가 시작되면 어김없이 저들의 집에 가서 은식기를 닦아야 한다고 말예요." 내가 말한다.

"그렇게 말했지. 그런 건 고리타분한 일반 역사책에나 맡기라고. 백인은 세상이 시작된 이래로 유색인의 의견을 대변하지 않았느냐면서."

"맞아요. 말씀 잘하셨네요."

"그랬지. 그 여자더러 미쳤다고 했어." 아이빌린이 말한다. "우리가 진실을 말하면 어떻게 되는지 아느냐고 물었지. 너무 무서워서 최저임금도 요구하지 못하는 걸 알기나 하느냐고. 사회보장제도에서 말하는 만큼 돈을 받는 사람은 아무도 없다고. 주인이 당신을 뭐라고 부르는지, 그럴 때 기분이……" 아이빌린이 고개를 절레절레 흔든다. 그건 말하지 않아서 다행이다.

"그들이 어렸을 때 우리가 얼마나 사랑해주었는데……" 아이빌린의 입술이 파르르 떨린다. "그런데 자라면 그들의 엄마와 똑같이 변하니 기가 찰 노릇이지."

아래를 보니 아이빌린이 검정색 손가방을 이 세상에서 그녀가 가진 유일한 물건이라도 되는 듯 꼭 붙들고 있다. 아이빌린은 아기들이 다 커서 피부색을 의식할 때가 되면 다른 곳으로 옮긴다. 우리는 그런 이야기는 하지 않는다.

"그녀가 가정부와 백인 여자들의 이름을 모조리 바꾼다고는 하지만……" 아이빌린이 코를 훌쩍인다.

"우리가 그렇게 위험한 짓을 선뜻 할 거라고 생각했다면 그 여자가 미친 거죠. 그 여자의 입장에서도 그렇고."

"우리는 그런 골치 아픈 문제는 들쑤시고 싶어하지 않잖아." 아이빌린이 손수건으로 코를 닦는다. "진실을 알리는 것 말이지."

"그럼요, 당연하지요." 나는 말을 하다 말고 멈춘다. **진실**이라는 단어가 마음에 걸린다. 나는 열네 살 때부터 백인 가정에서 일하는 것에 관한 진실을 백인 여자들에게 말하려고 애썼다.

"우리는 여기서 일어나는 일은 하나도 바꾸고 싶어하지 않아." 아이빌린이 말하고, 우리는 각자 바꾸고 싶지 않은 온갖 것들을 생각하느라 말이 없다. 이윽고 아이빌린이 실눈을 뜨고 묻는다. "이런, 자네는 그게 미친 생각이라고 여기지 않는 거지?"

"난 그저……" 그 순간 나는 알아챈다. 우리는 십육 년 동안, 내가 그린우드에서 잭슨으로 이사 와서 버스 정류장에서 아이빌린을 처음 만난 뒤로 쭉 친하게 지냈다. 나는 아이빌린을 일요판 신문처럼 읽을 수 있다. "할 마음이군요. 그렇죠?" 내가 말한다. "미스 스키터에게 그 이야기를 할 생각이군요?"

아이빌린이 어깨를 으쓱한다. 내 짐작이 맞았나보다. 아이빌린이 더 털어놓으려는데 존슨 목사가 다가와서 우리 뒷줄에 앉더니 우리 사이로 몸을 숙인다. "미니, 새 일자리를 구했다는 말을 들었는데 축하할 기회가 없었군요."

나는 드레스를 매만진다. "뭘요, 감사해요, 목사님."

"미니도 틀림없이 아이빌린의 기도 명단에 들어 있었겠네요." 그가 아이빌린의 어깨를 톡톡 친다.

"아무렴요. 제가 아이빌린에게 말했는데요. 이렇게 성공률이 높으니 돈을 받아도 되겠다고요."

목사가 웃는다. 그리고 일어서서 천천히 설교단으로 걸어간다. 주위가 잠잠해진다. 아이빌린이 미스 스키터에게 진실을 말하려고 한다는 사실이 믿기지 않는다.

진실.

열띠고 끈적거리는 내 몸뚱이에 물이 쏟아지는 것처럼 시원하다. 이제껏 나를 태워온 열기를 식혀주는 것 같다.

진실은 그런 느낌이지, 나는 속으로만 말한다.

존슨 목사가 손을 올리고 그윽한 목소리로 예배를 시작한다. 그의 뒤에서 성가대가 〈예수님께 말해요〉를 허밍하기 시작하자 모두 일어선다. 나는 삼십 초도 안 되어 땀을 흘린다.

"자네도 관심 있어? 미스 스키터에게 그 이야기 하는 거?" 아이빌린이 소곤거린다.

뒤를 돌아보자 리로이가 아이들과 함께 있다. 아니나 다를까, 늦었다. "누구, 저요?" 은은한 음악 소리를 배경으로 내 목소리가 두드러진다. 나는 목소리를 줄이지만 그다지 줄어들지는 않는다.

"내가 그런 미친 짓을 할 리가 없지요."

12월인데 터무니없이 더운 날씨가 이어지고, 나는 짜증스럽기만 하다. 기온이 4도일 때도 나는 8월의 아이스티처럼 땀을 흘리는데 오늘 아침에 일어나니 기온이 28도다. 나는 땀을 많이 흘리지 않으려고 애쓰면서 반평생을 살았다. 데인티 레이디 땀 방지 크림도 발라보고, 주머니에 얼린 감자를 넣고 다녀보기도 하고, 이마에 얼음주머니를 묶어본 적도 있었지만(그 미련한 처방을 내린 의사에게 돈까지 주었다) 오 분만 지나면 땀수건이 흠뻑 젖는

222

건 마찬가지다. 나는 어디로 가든 페어리 장례식장 부채를 들고 다닌다. 시원한 데다 공짜로 얻은 것이다.

미스 셀리아는 일주일 내내 이어지는 이 따스한 날씨가 좋은지 그 천박한 흰 선글라스를 쓰고 보풀보풀한 목욕가운을 입고는 바깥에 나가 수영장 가장자리에 앉아 있다. 집 밖으로 나가다니 하느님께 감사할 일이다. 처음에는 몸이 아픈 게 아닌가 싶었는데, 이제는 머리가 아픈 게 아닌가 하는 생각이 든다. 미스 월터처럼 오래 산 늙은이가 혼자 주절거리는 미친 것 말고, 병원복을 입혀 휘트필드 병원에 끌고 가는 그런 미친 것 말이다.

나는 이제 그녀가 하루가 멀다 하고 슬그머니 이층의 빈방들로 올라가는 것을 본다. 그녀가 작은 발로 살금살금 복도를 걷다가 바닥이 삐걱거리는 지점을 지나는 것까지 다 알겠다. 심각하게 여기지는 않는다. 어쨌거나 여기는 그녀의 집이다. 하지만 올라가고 또 올라가고, 그것도 아주 은밀하게 내가 후버 청소기를 켜거나 케이크를 만드느라 분주할 때까지 기다렸다가 **살금살금** 올라가니 어느 날은 수상쩍은 생각이 든다. 거기서 칠팔 분 있다가 고개를 쭉 빼고 내가 보는지 안 보는지 살핀 뒤에야 슬그머니 다시 내려온다.

"그 여자 문제에 쓸데없이 나서지 마." 리로이가 말했다. "그 여자가 당신이 집을 치우러 다닌다는 걸 남편에게 말하도록 그것만 확실히 해둬." 리로이는 지난 이틀 연속으로 밤에 근무가 끝난 뒤 발전소 뒤편에서 올드크로를 퍼마셨다. 그는 바보가 아니다. 내가 죽으면 자기 혼자 벌어서는 버틸 수 없다는 것을 안다.

이층에 다녀오면 미스 셀리아는 침대로 가서 눕는 대신 부엌 식탁으로 온다. 그녀가 얼른 나가주면 좋겠다. 나는 닭의 살코기를 발라낸다. 브로스*도 끓여놓았고 덤플링도 아까 빚어두었다. 괜히 돕겠다고 나서지 않았으면 좋겠다.

"십삼 일 뒤에는 미스터 조니에게 제 이야기를 하셔야 해요." 내가 말하자 아니나 다를까 미스 셀리아가 식탁에서 일어나서 자기 방으로 간다. 하지만 문밖으로 나가기 전에 중얼거린다. "그걸 하루도 빼먹지 않고 말해야 해요?"

나는 허리를 편다. 미스 셀리아가 내 말에 맞선 건 이번이 처음이다. "흠흠." 나는 미스터 조니가 내 손을 잡으며 안녕하시오, 미니, 할 때까지 계속 말할 참이므로 고개도 들지 않고 먼저 헛기침을 한다.

하지만 고개를 돌리니 미스 셀리아가 가만히 서 있다. 문틀을 꼭 잡고 섰다. 낯빛이 벽에 바른 싸구려 페인트처럼 하얗게 질렸다.

"닭으로 또 장난을 치셨어요?"

"아니, 그게 아니라…… 피곤해서."

하지만 납빛으로 변한 화장한 얼굴 위로 땀방울이 송알송알 맺힌 걸 보니 괜찮지 않다. 나는 그녀를 부축해서 침대로 데려간 뒤 리디아핀캠 물약을 가져온다. 병에 붙은 분홍색 상표 딱지에는 머리에 터번을 두른 정숙한 여자가 한결 좋아졌다는 표정으로 웃고 있다. 나는 복용량을 맞추려고 숟가락을 내밀지만 이 천박한 여자

---

* 육류나 생선, 채소를 넣고 끓인 국물.

는 병째 들고 마신다.

나는 손을 씻는다. 무슨 병에 걸렸든 나한테 옮기지만 않으면 좋겠다.

미스 셀리아의 낯빛이 야릇하게 변한 다음 날은 시트를 가는 날이자 내가 가장 싫어하는 날이다. 일가붙이가 아닌 사람이 조몰락거리기에 시트는 지극히 개인적인 것이다. 머리카락, 상처 딱지, 코딱지, 성교의 흔적이 수두룩하다. 하지만 최악은 핏자국이다. 맨손으로 문질러 없애다가 나는 그만 싱크대에 토한다. 그 증상은 피가 어디에 묻었든 일어나고 뭔가 그 비슷한 것만 봐도 일어난다. 어쩌다 딸기를 밟은 날은 하루 종일 변기 앞에서 산다.

미스 셀리아도 화요일이 무슨 날인지 알고 있어서 대개는 내가 일할 수 있게 소파로 피한다. 오늘 아침 한랭전선이 다시 이동해 그녀는 수영장에 나가지 못한다. 날씨는 더 추워진다고 한다. 하지만 아홉시가 되고 열시가 되고 열한시가 되어도 그녀의 침실 문은 닫혀 있다. 마침내 내가 문을 두드린다.

"네?" 그녀가 말한다. 내가 문을 연다.

"안녕하세요, 미스 셀리아."

"안녕, 미니."

"화요일이네요."

미스 셀리아는 그냥 누운 것이 아니라, 화장기 하나 없이 잠옷차림으로 침대 커버 위에 웅크리고 누워 있다.

"그 시트는 빨아서 다려야 하고, 아씨가 텍사스처럼 건조하게 방치한 낡은 시퍼로브 장*도 닦아야 해요. 그 일을 마치면 같이 요리를……"

"오늘은 요리를 못 배워요, 미니." 그녀는 나를 쳐다볼 때면 대체로 웃는데 오늘은 웃음기 하나 없다.

"몸이 안 좋으세요?"

"물 좀 가져다줄래요?"

"그러지요." 나는 부엌으로 가서 싱크대에서 물을 한 잔 받는다. 저 여자가 이제껏 뭘 갖다달라고 시킨 적이 없으니 틀림없이 몸이 안 좋은 모양이다.

하지만 내가 다시 방으로 가자 미스 셀리아는 보이지 않고 욕실문은 닫혀 있다. 일어나서 욕실로 갈 수 있는데 왜 물을 갖다달라고 했을까? 적어도 이제 일하는 데 방해는 안 된다. 나는 바닥에 떨어진 미스터 조니의 바지를 집어서 어깨에 걸친다. 어찌된 노릇인지 이 여자는 운동은 하지 않고 하루 종일 집 안을 맴돌며 앉을 자리만 찾는다. 이봐, 미니, 거기로 가지 마. 아프면 아픈 거야.

"아프세요?" 나는 욕실문 앞에서 소리를 지른다.

"괜…… 찮아요."

"거기 계시는 동안 얼른 시트를 갈게요."

"아뇨, 가요." 미스 셀리아가 욕실 안에서 말한다. "오늘은 그냥 돌아가요, 미니."

---

* 옷을 걸 수 있고 서랍이 있는 장으로 주로 미국 남부에서 쓴다.

나는 그 자리에 서서 노란 러그를 발로 툭툭 찬다. 돌아가기 싫다. 오늘은 화요일이고 빌어먹을 시트를 가는 날이다. 오늘 하지 않으면 수요일에 그 빌어먹을 시트를 갈아야 한다.

"미스터 조니가 돌아와서 집이 엉망진창인 걸 보면 어떻게 생각하실까요?"

"오늘밤엔 사슴 사냥을 하러 가요. 미니, 전화기를 좀 갖다 줘요." 그녀의 목소리가 떨리며 길게 끌린다. "전화기를 여기 옮겨주고, 부엌에서 내 전화번호 수첩을 갖다 줘요."

"아프세요, 미스 셀리아?"

하지만 대답이 없다. 나는 전화번호 수첩을 찾고 전화기를 끌어다 욕실 앞에 놓은 뒤 문을 똑똑 두드린다.

"그냥 거기 둬요." 미스 셀리아가 우는 것 같다. "이제 집으로 돌아가요."

"하지만 아직……"

"돌아가라고 했어요, 미니!"

나는 닫힌 문 뒤로 물러선다. 얼굴이 화끈하다. 뭔가에 쏘인 것처럼 마음이 아픈데, 누가 지금껏 내게 윽박지른 적이 없어서가 아니다. 미스 셀리아가 여태 내게 윽박지른 적이 없어서다.

다음 날 아침 채널 12번에서는 우디 아삽이 허연 비늘 같은 손을 흔들며 미시시피 지도 전역을 가리킨다. 미시시피 주 잭슨은 얼음과자처럼 얼어붙었다. 처음에는 비가 흩뿌리더니 금세 꽁꽁

얼고, 오늘 아침에는 1센티미터 이상 튀어나온 것은 뭐든 부러져 땅에 떨어졌다. 나뭇가지, 송전선, 포치 차양이 땅에 처박혔다. 바깥 세상은 셸락*을 통째로 쏟아부은 것처럼 투명하게 반짝인다.

우리 집 꼬마들은 잠이 덜 깬 얼굴로 라디오 앞에 붙어 앉았다가 그 네모난 상자에서 길이 얼어붙어 휴교라는 소리가 흘러나오자 일제히 폴짝거리고 환호하고 휘파람을 분다. 심지어 빙판을 구경하려고 겉옷도 입지 않은 채 내복 차림으로 뛰쳐나간다.

"돌아와서 신발이라도 좀 신고 나가!" 나는 문밖까지 들리게 소리를 지른다. 하지만 아무도 내 말을 듣지 않는다. 나는 빙판이라 운전할 수 없다고 말하고 오늘은 그녀가 기력을 되찾았는지 알아보려고 미스 셸리아에게 전화한다. 어제 그녀가 나를 길바닥에 돌아다니는 한낱 검둥이처럼 대하며 버럭 소리를 질렀으니 자기가 어떻게 되든 내가 꿈쩍하지 않을 거라고 생각할지 모른다.

내가 전화하자 누군가가 특이한 발음으로 "여보세요" 한다.

가슴이 철렁한다.

"누구세요? 전화 거신 분은 누구십니까?"

나는 살그머니 전화를 끊는다. 미스터 조니도 오늘은 출근하지 않은 것이다. 눈보라가 이렇게 거센데 어떻게 그가 집까지 돌아왔는지 모르겠다. 내가 아는 것은 오로지, 일을 쉬는 날에도 그 남자에 대한 공포를 내가 떨치지 못한다는 사실이다. 열하루만 지나면 다 끝난다.

---

* 니스를 만드는 데 쓰는 천연 수지.

타운은 하루 만에 거의 다 녹았다. 내가 들어가자 미스 셀리아는 침대에 없다. 호화롭지만 가련한 자기 인생이 불지옥 같아서 살기 힘들다는 애처로운 표정으로 창밖을 바라보며 부엌의 흰 식탁에 앉아 있다. 그녀의 눈길이 닿은 곳은 미모사나무다. 나무는 얼음에 제법 세게 얻어맞은 모양이다. 가지들의 절반이 부러졌고, 좁다란 잎들은 깡그리 갈색으로 시들고 눅눅해졌다.

"안녕, 미니." 그녀가 고개도 돌리지 않고 말한다.

나도 고개만 까딱한다. 그제 그녀가 나를 그따위로 대했으니 나도 할 말이 없다.

"이제 저 흉측한 걸 자를 수 있게 됐어요." 미스 셀리아가 말한다.

"그러세요. 모조리 잘라버리세요." 그래, 나처럼 이유 없이 잘라버려.

미스 셀리아가 일어서더니 내가 있는 싱크대로 다가온다. 그리고 내 팔을 잡는다. "그렇게 소리 질러서 미안해요." 그 말을 하는 미스 셀리아의 눈에는 눈물이 글썽글썽하다.

"흠흠."

"아파서 그랬어요. 변명으로는 부족하지만 정말 많이 안 좋아서……" 그녀가 느닷없이, 자기 가정부에게 성질을 부린 것이 이제껏 자기가 한 일 중에서 가장 못된 일이라는 듯 흐느낀다.

"됐어요." 내가 말한다. "울고불고할 일은 아니지요."

그러자 미스 셀리아는 내 목을 꼭 끌어안고 내가 그녀의 등을 토닥인 뒤 떼어놓을 때까지 내게서 떨어지지 않는다. "자, 이제 앉으세요." 내가 말한다. "커피를 끓여드릴게요."

나는 몸이 안 좋으면 누구나 조금씩은 예민해지는가보다 생각하고 만다.

다음 월요일이 되자 미모사나무의 잎들이 얼지 않고 탄 것처럼 검어졌다. 부엌으로 들어오면서 앞으로 며칠 남았는지 말하려는데 미스 셀리아가 조리용 레인지를 미워할 때와 비슷한 눈빛으로 그 나무를 쳐다보고 있다. 그녀는 해쓱해 보인다. 음식을 차려줘도 먹지 않는다.

미스 셀리아는 종일 침대에 누워 있는 대신 현관에 놓은 3미터 높이의 크리스마스트리를 장식하는데, 그 바람에 바늘잎들이 바닥에 흩어져서 내 삶은 청소 지옥으로 변해버린다. 이제 그녀는 뒤뜰로 가서 장미 덤불을 손질하고 튤립 구근을 파낸다. 그녀가 이렇게 많이 움직이는 것은 처음 본다. 얼마 뒤에 그녀는 손톱 밑에 흙이 낀 채 요리를 배우러 들어오지만 표정은 여전히 딱딱하다.

"미스터 조니에게 말씀드릴 날이 엿새 남았어요." 내가 말한다.

미스 셀리아는 잠시 아무 말이 없다가 프라이팬처럼 납작한 목소리로 말한다. "꼭 그래야 한다고 생각해요? 좀더 기다려도 되잖아요."

손에서는 버터밀크가 뚝뚝 흐르는데 나는 일손을 멈춘다. "꼭 그래야 하느냐고 다시 제게 물어보세요."

"그래요, 알았어요." 그리고 그녀는 새로 시작한 소일거리를 하러 밖으로 나가더니 손에 도끼를 든 채 미모사나무 가지들만 하염없이 쳐다본다. 하지만 한 번도 내리찍지 않는다.

수요일 밤이 되자 아흔여섯 시간만 지나면 끝이라는 생각만 든다. 크리스마스가 지나면 일자리를 잃을 수도 있다는 사실이 내 속을 야금야금 갉아먹는다. 총에 맞아 죽는 것만 걱정하면 되는 것이 아니다. 미스 셀리아는 크리스마스이브에, 내가 돌아가고 그들이 미스터 조니의 어머니 집으로 출발하기 전에 나에 대해 알리기로 했다. 하지만 미스 셀리아가 자꾸 이상하게 구니 말을 뒤엎지나 않을까 걱정이다. 안 돼요, 아씨. 나는 종일 혼잣말을 한다. 비누에 붙은 머리카락처럼 나는 그녀에게 들러붙을 작정이다.

하지만 화요일 아침에 일하러 가니 미스 셀리아가 집에 없다. 그녀가 어디론가 갔다는 사실이 믿기지 않는다. 나는 식탁에 앉아 커피를 한 잔 마신다.

그리고 뒤뜰을 쳐다본다. 햇빛이 내리쬐는 화창한 날이다. 검은 미모사나무가 흉측하다는 것은 맞는 말이다. 미스터 조니가 왜 저걸 얼른 베지 않는지 모르겠다.

나는 창턱에 좀더 다가선다. "저것 좀 보게." 바닥에 바투 붙은 푸른 이파리가 햇빛을 받으니 생기가 돈다.

"저 늙은 나무가 죽은 척하는 거였네."

나는 손가방에서 할 일을 적은 수첩을 꺼낸다. 미스 셀리아가 아니라 내 식구들이 먹을 식료품, 크리스마스 선물, 그 밖에 아이들에게 필요한 것들을 적어놓은 것이다. 베니는 천식이 좀 나았지만, 리로이는 간밤에 또 싸구려 올드크로 냄새를 풍기며 돌아왔다. 그가 나를 거칠게 미는 바람에 식탁에 허벅지가 부딪혔다. 오늘도 그 따위면 저녁 끼니로 주먹 샌드위치를 먹여줄 거다.

나는 한숨을 내쉰다. 일흔두 시간 뒤면 자유다. 해고될지도 모르고, 리로이가 그 사실을 알면 나를 죽이려 들지도 모르지만, 어쨌든 자유다.

나는 이번주에 할 일에 집중하려고 애쓴다. 내일은 만들어야 할 음식이 아주 많고, 토요일 저녁에는 교회 저녁식사를, 일요일에는 예배 준비를 맡았다. 그나저나 내 집은 언제 치우나? 내 자식들 옷은 언제 빨고? 맏딸 슈거는 열여섯 살이고 집을 곧잘 치우지만 주말엔 그애를 도와주고 싶다. 내 엄마는 그러지 않았지만. 그리고 아이빌린. 지난밤에 아이빌린이 전화해서 자기와 미스 스키터가 하려는 일을 도와줄 수 있겠느냐고 물었다. 나는 아이빌린이 참 좋다. 진심이다. 하지만 백인 여자를 믿었다가는 큰코다친다. 이런 말까지 해주었다. 그녀의 일과 안전이 모두 위태로워진다고. 미스 힐리의 친구를 돕겠다고 나설 사람이 어디 있겠느냐는 말은 물론이고.

맙소사, 이제 일을 해야겠다.

햄과 파인애플을 함께 오븐에 넣는다. 그리고 사냥실의 선반 먼지를 털고, 내가 무슨 간식거리라도 되는 것처럼 나를 노려보는 곰의 먼지를 청소기로 빨아들인다. "오늘은 너와 나뿐이구나." 내가 곰에게 말한다. 평소처럼 이 녀석은 과묵하다. 나는 걸레와 액상세제를 들고 계단을 닦으며 올라간다. 난간의 기둥도 하나하나 닦는다. 맨 위 계단까지 닦자 첫번째 침실로 들어간다.

얼추 한 시간 동안 이층을 치운다. 여기 위층은 온기를 불어넣을 체온이 없으니 냉기가 감돈다. 나는 나무로 된 것은 뭐든 박박 닦는다. 두번째 방을 끝내고 세번째 방을 시작하려다가 미스 셀리아가 돌아오기 전에 그녀의 침실부터 치우려고 아래층으로 내려간다.

집이 썰렁해서 혼자 지키려니 왠지 오싹하다. 어디로 간 걸까? 여기서 일한 지도 제법 되었는데 그동안 미스 셀리아가 외출한 것은 기껏 세 번이고, 내가 신경이라도 쓰는 줄 아는지 나갈 때마다 언제 어디로 왜 나가는지 늘 말하고 다녔다. 그런데 지금은 바람같이 사라졌다. 나는 행복해야 마땅하다. 그 바보가 내 시야에서 사라졌으니 기뻐해야 마땅하다. 그런데 혼자 여기 있으려니 어쩐지 내가 침입자가 된 기분이다. 나는 욕실 옆에 놓인 핏자국을 가린 작은 분홍색 러그를 내려다본다. 오늘은 저것을 다시 없애볼까 한다. 유령이 지나간 것처럼 선득한 기운이 방 안을 훑는다. 소름이 돋는다.

오늘은 저 핏자국을 없애는 일을 하지 못할 것 같다.

침대 커버는 여느 때처럼 헝클어져 있다. 시트는 구겨지고 방향이 틀어져 있다. 여기는 늘 레슬링 한 판이 벌어진 것 같다. 나는 더이상 궁금해하지 않는다. 침실을 쓰는 사람들을 궁금히 여기는 순간 그들의 사연에 휘말리기 십상이다.

나는 베개 커버 하나를 벗긴다. 미스 셀리아의 마스카라 흔적이 작은 나비들처럼 거뭇거뭇 묻어 있다. 바닥에 뒹구는 옷가지를 집어서 나르기 편하게 베개 커버에 쑤셔 넣는다. 노란 오토만 의자에 개어놓은 미스터 조니의 바지를 집어 든다.

"이걸 빨라는 건지 말라는 건지 내가 어찌 안담?" 나는 그것도 집어넣는다. 살림에 있어서 내 좌우명은 의심스러우면 빨라는 것이다. 나는 베개 커버를 자루 삼아 들고 화장대 앞으로 간다. 미스 셀리아의 실크 스타킹을 집으려고 허리를 숙이자 부딪힌 허벅지 쪽이 화끈거린다.

"누구요?"

나는 자루를 떨어뜨린다.

내가 주춤주춤 뒤로 물러서자 엉덩이가 화장대에 닿는다. 그가 출입구에 서서 눈을 가느스름히 뜬다. 아주 천천히 나는 그가 손에 든 도끼를 내려다본다.

오, 하느님. 욕실로 달아나자니 그가 너무 가까이 있는 데다 자칫하면 그도 따라 들어올 것 같다. 그의 옆을 지나서 밖으로 달아나려면 그를 때려눕혀야 하지만 그는 도끼를 들고 있다. 머리는 지끈거리고 무서워서 죽을 지경이다. 궁지에 몰렸다.

미스터 조니가 나를 지그시 내려다본다. 도끼를 살짝 흔든다. 고개를 갸우듬히 하고 웃는다.

지금 내가 할 수 있는 것은 오직 하나다. 나는 얼굴을 최대한 험상궂게 일그러뜨리고 입을 크게 벌려서 바락 소리를 지른다. "그 도끼를 치우고 얼른 비키는 게 좋을 거예요."

미스터 조니는 도끼를 든 사실조차 몰랐다는 듯 그것을 내려다본다. 그러고는 다시 나를 쳐다본다. 우리는 잠시 서로를 빤히 쳐다본다. 나는 움직일 수도, 숨을 쉴 수도 없다.

그는 내가 뭘 훔쳤는지 보려고 내가 떨어뜨린 자루를 슬쩍 본다. 그의 카키색 바지 다리가 자루 주둥이에서 삐져나와 있다. "제 말씀 좀 들어보세요." 나는 말한다. 눈에서는 눈물이 주르륵 흐른다. "미스터 조니, 미스 셀리아에게 저에 대해 알려야 한다고 했어요. 천 번은 말했을 거예요."

하지만 그는 웃기만 한다. 그리고 고개를 가로젓는다. 나를 도끼로 내려찍는다는 생각이 재미나는 모양이다.

"제 말씀 좀 들어주세요. 저는 분명히 미스 셀리아에게……"

하지만 그는 여전히 허허거린다. "진정해요. 어떻게 할 생각은 없으니까." 그가 말한다. "놀란 것뿐이오."

나는 숨을 헐떡이며 욕실 쪽으로 살금살금 걸음을 옮긴다. 그가 손에 든 도끼를 살짝 흔든다.

"어쨌거나 이름이 뭔가요?"

"미니예요." 내가 조그맣게 말한다. 욕실까지는 얼추 1.5미터 남았다.

"여기 온 지 얼마나 됐죠, 미니?"

"오래 되지는 않았어요." 나는 머리를 절레절레 흔든다.

"얼마나?"

"몇 주…… 요." 나는 입술을 깨문다. 세 달.

그는 고개를 젓는다. "그보다는 더 오래란 걸 알아요."

나는 욕실문을 쳐다본다. 문이 잠기지도 않는 욕실에 들어가봤자 무슨 소용이람? 게다가 그는 도끼를 들었으니 문짝을 부숴버리면 끝장 아닌가?

"나는 미친 사람이 아니니까 걱정 마시오." 그가 말한다.

"그러면 도끼는요?" 나는 이를 악물고 말한다.

그가 눈을 크게 뜨더니 도끼를 카펫에 내려놓고 옆으로 찬다.

"자, 이제 부엌으로 가서 이야기를 좀 해봅시다."

그가 돌아서서 걸어간다. 나는 도끼를 내려다보며 주울지 말지 고민한다. 하지만 보기만 해도 소름이 끼친다. 나는 그것을 침대 밑에 밀어 넣고 그를 따라간다.

부엌에 들어가자 나는 슬금슬금 뒷문으로 붙으면서 문이 열려 있는지 확인한다.

"미니, 약속할게요. 당신이 여기 있어도 해치지 않을 거요." 미스터 조니가 말한다.

나는 그의 눈동자를 쳐다보며 거짓말인지 아닌지 살핀다. 그는 체구가 듬직하고 키는 190센티미터 정도 돼 보인다. 배가 올챙이처럼 나왔지만 건장해 보인다. "그러면 저를 해고하시겠네요."

"해고한다고요?" 그가 껄껄거린다. "당신은 내가 알기로 음식 솜씨가 최고요. 나한테 뭘 만들어줬는지 말해볼까요?" 그는 불룩하게 나온 자기 배를 내려다보며 얼굴을 찡그린다. "코라 블루가 떠난 뒤로 이런 음식을 먹어본 적이 없소. 그녀가 나를 키운 거나 다름없었는데."

그가 코라 블루를 안다는 사실 때문에 나는 큰 위험은 피한 것 같아서 숨을 깊이 들이마신다. "그녀의 아이들이 제가 다니는 교회에 다녔어요. 저도 그녀를 알지요."

"코라 블루가 정말 그립군요." 그가 돌아서서 냉장고를 열더니 안을 들여다보고 닫는다.

"셀리아는 언제 돌아오는지 알아요?" 미스터 조니가 묻는다.

"저도 모르겠어요. 아마도 머리를 손질하러 가시지 않았나 싶은 데요."

"당신이 만든 음식을 먹으면서 잠깐은 나도 아내가 정말 요리를 배웠다고 생각했어요. 당신이 여기 오지 않은 그 토요일까지는. 그날 아내가 햄버거를 만들려고 했거든."

그는 싱크대에 기대며 한숨짓는다. "내가 당신에 대해 아는 걸 아내가 왜 싫어할까요?"

"저도 모르지요. 말씀을 안 하시니까요."

미스터 조니는 고개를 가로저으며 저번에 미스 셀리아가 칠면조를 태워서 천장에 남긴 검은 자국을 올려다본다. "미니, 난 셀리아가 평생 손가락 하나 까딱 안 해도 상관없어요. 하지만 아내는 나를 위해 직접 뭔가 해주고 싶어해요." 그가 눈썹을 약간 치킨다. "그러니까, 당신이 오기 전에는 내가 어떤 음식을 먹었는지 짐작하겠소?"

"아씨도 배우고 계시지요. 적어도…… 노력은 하세요." 하지만 이 말을 하면서 나도 모르게 코웃음이 나온다. 아무리 애써도 안 되는 거짓말이 있다.

"나는 아내가 요리를 못해도 상관없어요. 그냥 옆에 있어주면 돼요." 그가 어깨를 으쓱한다. "여기에서 나와 같이."

그가 흰 셔츠의 소매로 이마를 쓱 닦는다. 그의 셔츠가 왜 항상 더러운지 이제야 알겠다. 그는 제법 잘생겼다. 백인치고.

"아내가 행복해 보이지 않아요." 그가 말한다. "나 때문일까요? 이 집 때문에? 우리가 타운에서 멀리 떨어져 살아서?"

"저야 모르지요, 미스터 조니."

"여기서 어떤 일이 일어나고 있소?" 그가 조리대에 손을 짚으며 뒤로 기댄다. "말해줘요. 아내가……" 그가 침을 꼴깍 삼킨다. "다른 사람을 만나나요?"

그가 이 뒤죽박죽의 상황에 대해 나처럼 혼란스러워하는 것을 보니, 그러지 않으려고 하는데도 어쩐지 그가 안쓰럽다.

"미스터 조니, 저하고는 상관없는 일이에요. 하지만 미스 셀리아가 이 집 밖으로 나가서 다른 누군가를 만나는 일은 단연코 없다는 사실만큼은 확실히 말씀드리지요."

미스터 조니가 고개를 끄덕인다. "당신 말이 맞아요. 어리석은 질문이었어요."

나는 미스 셀리아가 언제 돌아올지 몰라서 문을 흘끔거린다. 미스터 조니가 돌아온 것을 알면 그녀가 어떻게 반응할지 모르겠다.

"이봐요." 그가 말한다. "나를 만났다는 말은 하지 말아요. 아내가 준비됐을 때 직접 말하게 하고 싶군요."

나는 처음으로 편안히 웃는다. "그러니까 지금처럼 하라는 말씀이군요?"

"아내를 돌봐줘요. 이 큰 집에서 혼자 적적하게 지내는 건 나도 바라지 않으니까."

"알겠습니다. 분부대로 하지요."

“오늘은 아내를 놀래주러 온 거요. 저 미모사나무를 끔찍이 싫어하기에 베어버린 뒤 아내를 타운에 데려가서 점심을 사주려고 말이오. 크리스마스 선물로 보석도 좀 사주고.” 미스터 조니가 창문으로 다가가 바깥을 내다보며 한숨짓는다. “타운에 있는 적당한 식당에 가서 점심을 사 먹어야겠군.”

“제가 뭘 좀 만들어드릴게요. 뭘 드시고 싶으세요?”

그가 돌아서며 아이처럼 씩 웃는다. 나는 냉장고로 가서 이것저것 골라낸다.

“우리가 저번에 먹었던 그 포크찹 기억해요?” 그가 손톱을 잘근거린다. “이번주에 그걸 만들어주겠소?”

“오늘 저녁식사로 만들어드리지요. 냉동실에 좀 남았거든요. 내일 저녁에는 치킨 덤플링을 드실 거고요.”

“오, 코라 블루가 그걸 만들어주곤 했는데.”

“거기 식탁에 앉아 계시면 트럭에서 드실 수 있게 베이컨과 양상추, 토마토를 넣은 샌드위치를 맛있게 만들어드리지요.”

“빵은 노릇하게 구워주겠소?”

“그럼요. 굽지 않은 빵으로는 샌드위치가 제 맛이 안 나지요. 그리고 오늘 오후에는 미니가 잘 만든다고 소문난 캐러멜 케이크를 만들 거고요. 다음주에는 튀긴 메기 요리를……”

나는 미스터 조니의 점심을 만들기 위해 베이컨을 꺼내 납작한 팬에 굽는다. 미스터 조니는 눈동자가 맑고 눈매가 시원하다. 그는 얼굴 가득 웃음 짓는다. 나는 샌드위치를 만들어 왁스종이에 고이 싼다. 이제야 먹이는 보람을 주는 누군가를 찾았다.

"미니, 물어볼 게 있는데, 당신이 여기 있을 때…… 셀리아는 도대체 하루 종일 뭘 하죠?"

나는 어깨를 으쓱한다. "저도 백인 여자가 미스 셀리아처럼 가만히 앉아만 있는 건 본 적이 없어요. 대부분은 부산스레 볼일을 보고 다니면서 저보다 더 바쁜 것처럼 움직이거든요."

"아내는 친구가 필요해요. 내 친구 윌리엄에게 혹시 그의 아내가 여기 와서 브리지를 가르쳐주거나 셀리아를 모임에 끼워줄 수 없느냐고 물어봤어요. 힐리가 모임을 주도한다는 건 나도 아니까."

나는 그를 빤히, 내가 아무 말 하지 않으면 그의 말이 없는 사실이 되는 것처럼 쳐다본다. 이윽고 내가 묻는다. "미스 힐리 홀브룩 말씀이신가요?"

"그녀를 알아요?" 미스터 조니가 묻는다.

"흠흠." 나는 미스 힐리가 이 집에서 얼쩡거린다는 생각만으로도 타이어 레버가 목구멍으로 밀고 올라오는 것 같아 그 느낌을 꿀꺽 밀어 삼킨다. 미스 셀리아가 끔찍이 지독한 그 일의 진실을 알아내면 어쩌나. 둘이 친구가 될 가능성은 없다. 하지만 장담하는데, 미스터 조니를 위해서라면 미스 힐리는 무슨 일이든 할 것이다.

"오늘밤에 윌리엄에게 전화해서 다시 부탁해야겠군요." 그가 내 어깨를 톡톡 치고, 나는 진실이라는 단어를 다시금 생각한다. 아이빌린은 미스 스키터에게 모든 진실을 밝히려고 한다. 나는 진실이 알려지면 끝장이다. 내가 사람을 잘못 골라 맞섰으니 더 볼 것도 없다.

“내 사무실 전화번호를 알려줄게요. 무슨 문제가 생기면 전화해요, 알겠죠?”

“알겠습니다.” 나는 오늘 찾아온 일말의 안도감이 씻겨가고 두려움이 들어앉는 것을 느낀다.

11장

계절로 따지면 이 나라의 대부분이 아직 겨울인데, 이 집은 벌써 시끌벅적 소란하다. 봄기운이 너무 일찍 왔다. 아버지는 목화씨 심기에 본격적으로 착수해서 땅을 갈고 트랙터를 모는 인부를 열 명 더 고용했다. 어머니는 〈농사책력〉을 들여다보지만 농사에는 거의 관심이 없다. 어머니가 이마에 손을 얹고 내게 나쁜 소식을 전한다.

"근년 들어 올해가 가장 다습하단다." 어머니가 한숨짓는다. 샤이널레이터는 처음 몇 번은 제법 잘된다 싶었는데 그 뒤로는 영 신통치 않다. "비몬 가게에 가서 스프레이를 좀 사와야겠다. 더 강력한 신제품으로."

어머니가 〈농사책력〉에서 시선을 떼고 눈살을 찌푸리며 나를 본다. "어디 가는데 옷이 그 모양이니?"

나는 가장 어두운 빛깔의 드레스를 입고 짙은 색 스타킹을 신었다. 머리에는 검은 스카프를 둘렀는데 마를렌 디트리히보다는 〈아라비아의 로렌스〉에 나오는 피터 오툴처럼 보인다. 어깨에는 흉측한 빨간 가방을 걸쳤다.

"오늘밤에 좀 다녀올 데가 있어요. 그리고 친구들을…… 만날 거예요. 교회에서."

"토요일 밤인데?"

"엄마, 하느님은 오늘이 무슨 요일인지 상관 안 하세요." 그리고 어머니가 더 캐묻기 전에 얼른 차로 간다. 오늘밤 나는 아이빌린의 집에서 처음으로 인터뷰를 한다.

마음이 급해서 포장된 타운 도로를 쏜살같이 달려 유색인 구역으로 간다. 급료를 주며 고용한 것이 아닌 흑인과는 한 식탁에 앉아본 적조차 없다. 인터뷰는 한 달 이상 미뤄졌다. 우선 명절이 다가오자 아이빌린은 선물을 포장하고 엘리자베스의 파티 음식을 만드느라 하루가 멀다 하고 늦게까지 일해야 했다. 1월에 아이빌린이 몸살감기에 걸렸을 때는 내가 더럭 겁이 났다. 내가 너무 꾸물거린 바람에 미서스 스타인은 흥미가 가셔서 읽어보겠다고 한 이유조차 잊었을지 모른다.

나는 캐딜락을 몰아 컴컴한 어둠을 뚫고 게섬 애비뉴에 들어선다. 아이빌린이 사는 거리다. 낡은 트럭으로 오고 싶었지만 그러면 어머니의 의심을 샀을 것이고, 게다가 아버지가 농장에서 트럭을 쓰고 있었다. 우리가 계획한 대로 나는 아이빌린의 집에서 세 집 떨어진 귀신이 나올 것 같은 폐가 앞에 차를 세운다. 그 유령의 집은 앞쪽 포치는 다 쓰러져가고 창문에는 유리가 없다. 나는 차에서 내려 어둠 속에서 문을 잠그고 걸음을 재촉한다. 머리를 숙이고 걷지만 구두 굽이 길에 부딪히며 또각또각 소리를 낸다.

개가 짖자 나는 차 열쇠를 쟁그랑 하고 떨어뜨린다. 주위를 흘끗거리며 열쇠를 줍는다. 유색인 두 무리가 포치에 앉아 의자를 흔들거리며 내 모습을 지켜본다. 가로등이 없어서 또 누가 나를 지켜보는지는 알 수 없다. 걸음을 서두르지만 내가 몰고 온 커다랗고 허연 자동차처럼 내가 적나라하게 드러난 기분이다.

이윽고 25번지에 다다른다. 아이빌린의 집이다. 십 분 먼저 도착하지 않았기를 바라면서 나는 마지막으로 한 번 더 둘러본다. 백인 구역과 기껏 몇 마일 떨어져 있을 뿐인데도 유색인 구역은 아주 멀게 느껴진다.

나는 조심스레 문을 두드린다. 발소리가 들리고 안에서 뭔가 쾅 닫히는 소리가 난다. 아이빌린이 문을 연다. "들어오세요." 그녀는 나직이 말하고 내가 들어가기 무섭게 문을 닫아건다.

아이빌린이 흰 제복 말고 다른 옷을 입은 건 처음 본다. 오늘밤 그녀는 가장자리에 검은 띠가 둘린 초록색 드레스를 입었다. 그녀를 보자마자 눈에 들어오는 것은 그녀의 키가 자기 집에서는 좀더 커 보인다는 사실이다.

"편히 앉으세요. 곧 돌아올게요."

하나뿐인 전등을 켰지만 앞쪽 공간은 어둑하고 갈색 빛깔과 그림자들로 가득하다. 커튼은 완전히 치고 핀으로 맞물려서 빈틈 하나 없게 했다. 항상 이렇게 해두는지 나 때문에 이렇게 한 건지 모르겠다. 나는 좁은 소파에 앉는다. 커피테이블에는 손으로 뜬 레이스 보를 씌웠다. 바닥에는 아무것도 깔지 않았다. 이렇게 비싸 보이는 옷을 입고 오는 게 아니었는데.

몇 분 기다리자 아이빌린이 제짝이 아닌 찻주전자와 잔 두 개, 삼각형으로 접은 종이냅킨을 쟁반에 담아 들고 온다. 나는 그녀가 만든 시나몬 쿠키 냄새를 맡는다. 차를 따르니 주전자 뚜껑이 달그락거린다.

"죄송해요." 아이빌린이 뚜껑을 누르며 말한다. "이 집에 백인이 온 건 처음이라서요."

웃으라고 한 말이 아닌데 나는 배시시 웃는다. 그리고 차를 한 모금 홀짝인다. 쓰고 강한 맛이다. "고마워요." 내가 말한다. "차가 맛있네요."

아이빌린이 무릎에 손을 포개 얹고 앉아 기대하는 눈빛으로 나를 본다.

"먼저 배경 이야기를 조금 한 뒤에 곧바로 질문으로 들어가는 게 좋겠어요." 내가 말한다. 나는 공책을 꺼내서 준비한 질문들을 훑어본다. 불현듯 이 질문들이 어설프게 느껴진다.

"그러지요." 그녀는 나를 쳐다보며 소파에 꼿꼿이 앉아 있다.

"그럼 먼저, 언제 어디서 태어났나요?"

아이빌린이 침을 꼴깍 삼키며 고개를 까딱한다. "1909년, 체로키 카운티에 있는 피드몬트 농장에서요."

"어렸을 때, 자라면서 언젠가는 가정부가 될 거라는 걸 알았나요?"

"그럼요, 아가씨. 알았지요."

나는 미소를 지으며 그녀가 자세히 말하기를 기다린다. 하지만 더는 말이 없다.

"그러면…… 그 이유도…… 알았나요?"

"어머니가 가정부셨어요. 할머니는 가내노예셨고요."

"가내노예. 그랬군요." 내가 말하자 아이빌린은 고개만 끄덕인다. 손은 계속 무릎에 포개 얹은 채다. 내가 뭐라고 쓰는지 그녀가 지켜본다.

"다른 뭔가가…… 되고 싶은 꿈도 있었어요?"

"아니요." 그녀가 말한다. "아니에요, 그런 건 없었어요." 주위가 몹시 조용해서 우리 숨소리까지 다 들린다.

"좋아요. 그렇다면…… 자기 자식은 다른 사람이 돌보는데……" 그 질문이 곤혹스러워서 나는 침을 꼴깍 삼킨다. "백인 아이를 키우는 기분은 어떤가요?"

"그 기분은……" 아이빌린은 여전히 꼿꼿이 앉아 있고 그 모습이 몹시 불편해 보인다. "음…… 다음 질문으로 넘어가면 안 될까요?"

"아, 좋아요." 나는 준비한 질문들을 내려다본다. "가정부로 일해서 가장 좋은 점은 뭐고 가장 싫은 점은 뭔가요?"

그녀가 나를, 마치 내가 더러운 단어를 정의하라고 요구하기라도 한 것처럼 쳐다본다.

"저는…… 저는 아이들을 돌보는 걸 가장 좋아하는 것 같아요." 그녀가 나직이 말한다.

"뭐…… 덧붙이고 싶은 말은…… 없나요?"

"없어요, 아가씨."

"아이빌린, 깍듯하게 말하지 않아도 괜찮아요. 여기서는요."

"네, 아가씨. 아, 죄송해요." 그녀가 입을 가린다.

거리에서 고함 소리가 들리자 우리의 시선은 창문을 향한다. 우리는 입을 다물고 꼼짝하지 않는다. 토요일 밤에 아이빌린이 평상복을 입은 이곳에 내가 찾아와서 대화하는 것을 다른 백인이 보면 어떤 일이 생길까? 수상한 모임을 봤다며 경찰에 전화해서 신고할까? 문득 그런 확신이 든다. 그것이 그들의 일이니 우리는 체포될 것이다. 그들은 통합정책 위반으로 우리를 재판에 넘길 것이다. 신문에서 늘 읽는 내용이다. 그들은 시민권 운동을 벌이면서 유색인과 접촉하는 백인을 경멸한다. 우리가 지금 하는 것은 통합과는 무관한데, 그러면 우리는 무엇 때문에 만난다고 하지? 만약의 사태에 대비해서 제시할 미스 머나의 편지조차 오늘은 가져오지 않았다.

아이빌린의 얼굴에 두려움이 고스란히 나타난다. 바깥에서 웅성거리던 목소리가 서서히 저쪽으로 몰려간다. 나는 휴우 한숨을 내쉬지만 아이빌린은 여전히 긴장해 있다. 그녀의 시선은 커튼에 붙박여 있다.

나는 준비한 질문들을 훑으면서 그녀에게서 그리고 내게서 이 불안함을 떨쳐줄 질문을 찾는다. 머릿속에서는 벌써 시간을 많이 허비했다는 생각이 떠나지 않는다.

"가정부 일을 하면서…… 가장 싫은 건 뭐죠?"

아이빌린이 침을 꿀꺽 삼킨다.

"그러면 욕실 이야기를 할까요? 아니면 엘리자…… 아니, 미스 리폴트에 대해서? 그녀가 급료를 주는 방식은 어떤가요? 메이 모블리 앞에서 야단맞은 적은 없나요?"

아이빌린이 냅킨을 집어 이마를 훔친다. 그녀가 말을 하려다가 멈춘다.

"서로 벌써 여러 번 얘기했잖아요, 아이빌린."

아이빌린이 손으로 입을 가린다. "죄송해요, 제가……" 그녀는 일어서서 허겁지겁 좁은 복도로 걸어간다. 문이 닫히자 쟁반 위에 놓인 주전자와 컵들이 달그락거린다.

오 분이 지난다. 그녀가 돌아오는데 수건으로 앞쪽을 가렸다. 내 어머니도 변기에 미처 가기 전에 토하면 이렇게 한다.

"죄송해요. 말할 준비가…… 되었다고 생각했는데."

나는 고개를 끄덕이지만 어떻게 해야 할지 모르겠다.

"내가 하기로 했다고 뉴욕에 있는 그분에게 이미 알린 줄은 알지만…… 저는……" 아이빌린이 눈을 감는다. "죄송해요. 못 하겠어요. 좀 누워야 할 것 같아요."

"내일밤에 해요. 내가…… 좀더 좋은 방법을 생각해볼게요. 다시 해보면……"

그녀가 고개를 흔들며 수건을 움켜쥔다.

집으로 돌아오는데 나 자신을 발로 차버리고 싶은 생각이 든다. 설렁설렁 들어가서 답을 요구하면 된다고 생각했던 경솔함에 대해. 우리가 아이빌린의 집에 같이 있고 아이빌린이 제복을 입지 않으면 그녀가 자신을 가정부로 느끼지 않을 거라고 생각했던 경박함에 대해.

나는 흰색 가죽 의자에 놓인 내 공책을 흘긋 본다. 그녀가 자란 곳을 빼면 몇 단어 되지 않는다. 그중 넷은 네, 아가씨, 없어요, 아가씨다.

WJDX 라디오 채널에서 팻시 클라인의 목소리가 흘러나온다. 카운티 도로를 지날 때는 〈Walking After Midnight〉이 흐른다. 힐리의 집 진입로로 들어서자 〈Three Cigarettes in an Ashtray〉가 흐른다. 오늘 아침에 팻시 클라인이 탄 비행기가 추락해서 뉴욕에서 미시시피, 시애틀까지 모두 그녀의 노래를 부르며 애도한다. 나는 캐딜락을 세우고 불규칙한 형태로 지은 고풍스러운 흰 저택을 바라본다. 아이빌린이 인터뷰를 하다가 토한 뒤로 나흘이 지났는데 아직 그녀로부터 아무런 연락이 없다.

나는 힐리의 집으로 들어간다. 우렁차게 울리는 대형 괘종시계와 황금색 장식 커튼이 달린 남북전쟁 이전 스타일의 응접실에 브리지 탁자가 놓여 있다. 모두 자리에 앉아 있다. 힐리, 엘리자베스 그리고 미서스 월터 자리에 들어온 루 앤 템플턴이다. 루 앤은 끊임없이 방실거린다. 항상 웃는다. 웃지 않는 순간이 없다. 그 표정을 보면 뾰족한 핀으로 찔러보고 싶다. 당신이 쳐다보지 않아도 그녀는 이를 드러내고 멍하니 웃으며 당신을 바라볼 것이다. 힐리가 말하면 뭐든 맞장구를 친다.

힐리는 〈라이프〉를 펴 들고 캘리포니아에 있다는 어떤 집을 가리킨다. "그들은 이걸 굴이라고 부른대. 거기 야생동물이 사는 것처럼 말이야."

"와, 정말 끔찍하다!" 루 앤이 방실거린다.

사진 속에는 바닥 전체에 깔린 북슬북슬한 카펫, 나지막한 유선형 소파들, 달걀 모양의 의자들, 비행접시 같은 텔레비전들이 보인다. 힐리의 응접실에는 2.5미터 높이에 남부연합군 장군의 초상화가 걸려 있다. 그 초상화는 팔촌이 아니라 조부의 초상화라도 되는 것처럼 눈에 확 들어온다.

"맞아. 트루디의 집이 꼭 이랬어." 엘리자베스가 말한다. 나는 아이빌린과 인터뷰할 생각에 정신이 팔려서 엘리자베스가 지난주에 그녀의 언니를 만나고 돌아온 사실을 깜박 잊고 있었다. 트루디는 은행가와 결혼해서 할리우드로 갔다. 엘리자베스는 그녀의 새집을 구경하러 나흘 동안 그곳에 가 있었다.

"흠, 보다시피 취향이 나쁘다는 거지." 힐리가 말한다. "네 가족을 험담하려는 건 아니야, 엘리자베스."

"할리우드는 어땠어?" 루 앤이 묻는다.

"아, 꿈만 같았어. 트루디의 집에는 방마다 텔레비전이 있더라. 저것과 똑같이 생긴 우주시대 가구는 한번 앉는 것도 조심스러웠어. 비싸다는 레스토랑은 별별 곳을 다 가봤어. 영화배우들이 식사하고 마티니나 버건디 와인을 마시는 곳 말이야. 어느 저녁에는 맥스 팩터가 테이블로 오더니 친한 친구처럼 트루디에게 말을 거는 거야." 엘리자베스가 고개를 젓는다. "식품점에서 스쳐 지나가는 것처럼 편하게." 그러더니 한숨을 폭 내쉰다.

"흠, 굳이 말하라면 너희 식구 중에서는 그래도 네가 제일 예뻐." 힐리가 말한다. "트루디가 매력이 없다는 게 아니라, 너한테는 품위와 진정한 스타일이 있거든."

그 말에 엘리자베스는 빙그레 웃다가 이내 얼굴을 찌푸린다. "트루디는 하루 스물네 시간 부리는 가정부를 데리고 살아. 거기서 나는 메이 모블리를 돌볼 필요도 없었어."

나는 이 말에 움찔하지만 아무도 보지 못한 것 같다. 힐리는 자기 가정부 율 메이가 다시 우리의 잔을 채우는 것을 지켜본다. 그녀는 키가 크고 늘씬하며 왕족처럼 우아해서 힐리보다 훨씬 보기 좋다. 그녀를 보니 아이빌린이 걱정된다. 이번주에 아이빌린의 집에 두 번 전화했지만 그녀는 받지 않았다. 나를 피하는 것이 틀림없다. 엘리자베스가 반기든 말든 엘리자베스의 집에 가서 아이빌린과 이야기를 나눠봐야 할 것 같다.

"내년에는 자선행사 주제를 〈바람과 함께 사라지다〉로 할까 해." 힐리가 말한다. "고풍스러운 페어뷰 맨션을 빌리는 건 어떨까?"

"정말 좋은 생각이야!" 루 앤이 맞장구친다.

"오, 스키터." 힐리가 말한다. "올해는 오지 못해서 퍽 아쉬웠겠다." 나는 고개를 끄덕이며 못내 섭섭하다는 표정을 짓는다. 실은 혼자 가기 싫어서 몸살감기에 걸린 척 꾀병을 부렸다.

"한 가지는 확실해." 힐리가 말한다. "그 로큰롤 밴드는 다시는 부르지 않을 거야. 줄기차게 빠른 춤곡만 연주해대니……"

엘리자베스가 내 팔을 톡톡 친다. 그녀의 무릎에 핸드백이 놓여 있다. "이걸 준다는 걸 깜박했네. 아이빌린이 주던데, 미스 머나 뭐라면서? 네가 1월에는 한 번도 나오지 않아서 오늘도 안 올 거라고 말했는데."

나는 접힌 종이를 편다. 푸른색 잉크로 썼는데 오종종하고 예쁜 글씨체다.

주전자 뚜껑이 달그락거리지 않게 하는 법을 알아냈어요.

"주전자 뚜껑이 달그락거리지 않게 하는 법을 대체 누가 신경이나 쓴대?" 엘리자베스가 말한다. 물론 그녀도 이 종이를 읽은 것이다.

내가 아이빌린의 말을 알아듣기까지 이 초와 아이스티 한 모금의 시간이 걸린다. "그게 얼마나 어려운지 너는 절대 모를걸." 내가 말한다.

이틀 뒤, 나는 우리 집 부엌에 앉아 땅거미가 지기를 기다린다. 어젯밤 의사가 텔레비전에서 모두에게 삿대질하듯 손가락을 흔들며 담배는 우리를 죽일 수도 있다고 설득했지만, 그럼에도 나는 또 한 개비에 불을 붙인다. 하지만 예전에 어머니가 혀 키스를 하면 시력을 잃는다고 말한 적이 있어서, 나는 이 모든 것이 의사나 어머니가 그 누구도 즐거움을 누리지 못하게 하려고 꾸며낸 거대한 계략이라는 생각이 든다.

그날 밤 여덟시에 23킬로나 나가는 코로나 타자기를 들고 아이빌린이 사는 동네에 최대한 조심조심 들어간다. 그리고 조용히 문을 두드리는데, 마음을 진정하려니 벌써 또 한 대의 담배가 간절해진다. 아이빌린이 문을 열어주자 나는 슬며시 안으로 들어간다. 그녀는 지난번과 같은 초록 드레스를 입고 빳빳한 검은 구두를 신었다.

아이빌린이 전화로 어떻게 할지 설명했고, 나는 이번에는 잘될 거라고 확신하는 것처럼 애써 웃는다. "이번에는 부엌에서…… 앉아서 해도 될까요?" 내가 묻는다. "괜찮나요?"

"그러지요. 볼 건 없지만 들어오세요."

부엌은 얼추 거실 크기의 절반 정도 되는데 더 훈훈하다. 차와 레몬 향기가 난다. 바닥에 깐 흑백 리놀륨은 닳아서 반들반들하다. 조리대는 도자기 찻잔 세트를 내려놓기에 딱 알맞은 크기다.

나는 창문 아래 흠집이 많은 빨간 식탁에 타자기를 놓는다. 아이빌린이 찻주전자에 뜨거운 물을 따른다.

"아, 나는 괜찮은데, 고마워요." 나는 이렇게 말하고 가방을 뒤적거린다. "혹시 해서 코카콜라를 좀 가져왔어요." 나는 어떻게 하면 아이빌린이 더 편안하게 느낄지 그 방법을 고민했다. 첫째, 그녀가 내 시중을 든다는 생각을 하지 않게 하라.

"흠, 그게 낫겠네요. 보통 차는 더 이따가 마시거든요." 아이빌린이 병따개와 잔 두 개를 가져온다. 나는 병째로 마시고 그녀도 나를 보더니 잔을 밀어놓고 똑같이 한다.

엘리자베스가 그 쪽지를 건넨 뒤에 나는 아이빌린에게 전화했고, 아이빌린이 자기 계획을 말하는 것을 기대감을 갖고 들었다. 아이빌린이 자기 이야기를 직접 써서 내게 보여주겠다고 했다. 나는 흥분한 듯 보이려고 애썼다. 하지만 그녀가 쓴 것을 전부 다시 고쳐 써야 할 테니 시간이 훨씬 많이 걸릴 것이다. 내가 그녀의 글을 읽으면서 이런 방식은 곤란하다고 말하는 대신 타자해서 보여주면 그녀도 훨씬 잘 알아들을 거라고 생각했다.

우리는 서로 쳐다보며 웃는다. 나는 콜라를 한 모금 들이켜고 블라우스를 매만진다. "그러면……" 내가 말한다.

아이빌린이 스프링공책을 들고 있다. "제가 먼저…… 읽을까요?"

"좋아요." 내가 말한다.

우리는 둘 다 심호흡을 하고, 그녀는 천천히 또박또박 읽는다.

"내가 처음으로 돌본 백인 아이의 이름은 올턴 캐링턴 스피어스였다. 1924년, 내가 막 열다섯 살이 되었을 무렵이었다. 올턴은 길쭉하고 비쩍 마른 아기였고, 머리카락은 옥수수수염처럼 가늘었다……"

나는 아이빌린이 읽는 대로 타자한다. 단어들은 운율감이 있고 발음도 평소 말할 때보다 훨씬 또렷하다. "집은 컸으며 푸르고 너른 잔디밭이 있었는데, 그 지저분한 집은 창문에 죄다 페인트칠을 해서 밖을 볼 수 없었다. 공기가 나빠서 속이 메스꺼웠……"

"잠깐만요." 내가 말한다. '푸르고 널른'이라고 잘못 찍었다. 나는 수정액을 발라서 후 불고 다시 찍는다. "됐어요. 계속해요."

"아기 엄마가 여섯 달 뒤에 폐병으로 죽자……" 그녀가 계속 읽는다. "그들이 멤피스로 이사 갈 때까지 올턴은 내가 맡아 키우게 되었다. 나는 그애를 참 좋아했고 그애도 나를 잘 따랐다. 내게 아기들이 스스로를 자랑스러워할 줄 알게 키우는 재주가 있다는 것을 그때 처음 알았다……"

아이빌린이 이 계획을 처음 꺼냈을 때 나는 아이빌린에게 창피를 주고 싶지 않았다. 전화로 그러지 말자고 설득했다. "글을 쓰는 건 쉽지 않아요. 게다가 그럴 시간도 없을 거예요, 아이빌린. 종일 일을 해야 하잖아요."

"밤마다 기도문을 쓰는 것과 크게 다르지 않을 거예요."

우리가 이 작업을 같이하게 된 뒤로 이 말은 그녀가 자신에 대해 털어놓은 최초의 흥미로운 사실이었다. 나는 식품저장실에서 구입 예정 목록을 적은 필기판을 움켜잡았다. "기도를 말로 하지 않아요? 그러면요?"

"이 말은 여태 아무한테도 안 했어요. 미니도 몰라요. 기도를 글로 쓰면 뜻을 훨씬 잘 표현할 수 있는 것 같아서요."

"그러면 주말에 써요?" 내가 물었다. "시간이 날 때요?" 나는 그녀가 엘리자베스의 감시를 받지 않을 때 무슨 일을 하는지, 일을 벗어난 생활을 포착한다는 발상이 마음에 들었다.

"오, 그렇지 않아요. 날마다 한 시간, 더러는 두 시간 동안 쓰지요. 이 타운에는 아프고 병든 사람이 많거든요."

감동적이었다. 내가 이따금 쓰는 것보다 더 많은 시간이었다. 나는 이 작업을 어떻게든 다시 시작하고 싶어서 일단 그렇게 해보자고 했다.

아이빌린은 숨을 들이쉬고 코카콜라를 한 모금 홀짝인 뒤 계속 읽는다.

그녀는 열세 살에 주지사의 저택에 가서 프랜시스 1세 문양의 은식기를 닦는데, 그것이 그녀가 처음 맡은 일이었다. 그녀는 일하러 간 첫날 아침에 일어난 일을 읽는다. 훔친 것이 없다는 사실을 주인이 알게 하려면 먼저 은 포크 등의 개수를 기록해야 하는데, 그 차트에 그녀가 그만 실수를 저질렀다.

"그날 아침에 해고되어 돌아온 나는 새 작업화를 신은 채 집에 들어가지도 못하고 망연자실 서 있었다. 어머니가 한 달 치 전깃불 값을 들여 사준 구두였다. 수치심이 무엇인지, 그것의 색깔이 무엇인지 깨달은 건 그 순간이었던 것 같다. 수치심은 내가 늘 생각한 것처럼 먼지 같은 검은색이 아니었다. 수치심의 색깔은 어머니가 밤새 다림질을 해서 번 돈으로 장만한 새 제복의 흰색, 얼룩 하나 없고 일하다 묻은 먼지 한 톨 없는 흰색이었다."

아이빌린은 고개를 들고 내 표정을 살핀다. 나는 타자하던 손을 멈춘다. 나는 내심 이야기가 은은하고 감미로울 거라고 기대했다. 내가 예상한 것보다 더 많은 것을 얻을 것 같다. 아이빌린이 계속 읽는다.

"……내가 시퍼로브 장을 정리하는데, 그 백인 사내아이가 눈 깜짝할 사이에 창문 선풍기에 손가락을 잘리고 말았다. 그 선풍기를 떼어내라고 주인 여자에게 열 번은 말했을 것이다. 나는 사람이 피를 그렇게 많이 흘리는 것은 처음 봤다. 얼른 그 아이의 손목을 거머쥐고 손가락 네 개도 주웠다. 백인 병원이 어디 있는지 몰라서 허겁지겁 유색인 병원으로 데려갔다. 하지만 병원에 도착하자 유색인 남자가 나를 멈춰 세우며 백인 아이인가요? 하고 물었다." 타자기 자판이 지붕 위로 떨어지는 우박처럼 사정없이 울려

댄다. 아이빌린은 더 빠르게 읽고, 나는 오타를 무시하고 다음 장으로 넘어갈 때만 그녀를 중단시킨다. 팔 초마다 나는 캐리지를 옆으로 휙휙 민다.

"내가, 네, 그런데요, 하니 그가, 이게 그 아이의 흰색 손가락인가요? 한다. 내가 네, 그런데요, 하니 그가, 유색인 의사는 흑인 병원에서 백인 아이는 수술할 수 없으니 황갈색 흑인이라고 하는 게 좋겠군요, 한다. 그때 백인 경찰이 나를 붙잡으며 이것 봐요……"

아이빌린이 말을 멈춘다. 그리고 고개를 든다. 타자하는 소리도 멎는다.

"그래서요? 경찰이 이것 봐요, 한 다음은요?"

"여기까지 썼어요. 오늘 아침에 쓴 거라 버스를 타야 했거든요."

내가 리턴 키를 치자 타자기가 띠롱 한다. 아이빌린과 나는 서로의 눈을 똑바로 쳐다본다. 제법 괜찮은 방법 같다.

12장

나는 어머니에게 앞으로 이 주 동안 하루걸러 한 번씩 저녁에 굶주린 사람들에게 먹을 것을 주러 캔턴 장로교회에 간다고 말한다. 다행히 그 교회에는 우리가 아는 사람이 하나도 없다. 물론 어머니는 내가 제일 장로교회에 가기를 바라지만, 교회 활동을 두고 왈가왈부하는 사람은 아니라서 알았다며 고개를 끄덕인다. 그러고는 내게 일을 마치면 비누로 깨끗이 손을 씻겠다는 다짐을 받아낸다.

아이빌린의 부엌에서 그녀는 쓴 것을 읽고 나는 타자하며 보내는 시간이 한 시간 한 시간 쌓이면서 내용이 늘어나자 서서히 아기들의 얼굴에 초점이 맞춰진다. 처음에 나는 아이빌린이 글을 다 쓰고 나는 수정만 한다는 사실이 실망스러웠다. 하지만 미서스 스타인이 좋다고 하면 다른 가정부들의 이야기도 써야 하고, 그러면 일이 많아진다. 미서스 스타인이 좋다고 하면…… 이 말을 속으로 되뇌면서 나는 그 말대로 이루어지기를 바란다.

아이빌린의 글은 솔직하고 담백하다. 내가 그녀에게 이렇게 말한다.

"내가 누구에게 올리는 글을 써왔는데요." 아이빌린이 빙그레 웃는다. "하느님께는 거짓말을 못 하지요."

내가 태어나기 전에 아이빌린은 우리 가족의 농장 롱리프에서 일주일 동안 목화를 땄단다. 한번은 내가 묻지도 않았는데 자연스레 콘스탄틴 이야기가 나왔다.

"오, 콘스탄틴은 노래를 잘했지요. 교회 제단 가까이 서 있는 티 없이 맑은 천사 같았어요. 그 비단결 같은 목소리를 들으면 모두 전율을 느꼈지요. 노래를 그만둔 건 자기 자식을 다른 곳에……" 아이빌린이 입을 다문다. 그리고 나를 본다.

그녀가 말한다. "아무튼."

나는 아이빌린을 다그치지 말자고 혼잣말을 한다. 그녀가 콘스탄틴에 대해 아는 건 뭐든 다 듣고 싶지만 이 인터뷰를 마칠 때까지 기다릴 것이다. 당장은 우리 사이에 어떤 것도 끼어들게 하고 싶지 않다.

"미니는 아직 아무 말 안 해요?" 내가 묻는다. "미서스 스타인이 좋다고 하면……" 내가 입에 붙은 단어들을 주문처럼 말한다. "다음 인터뷰를 미리 준비하고 싶어요."

아이빌린이 고개를 절레절레 흔든다. "미니한테 세 번 물어봤는데 할 마음이 없다네요. 이제는 곧이곧대로 받아들여야겠어요."

나는 내심 걱정되지만 내색하지 않으려 애쓴다. "다른 사람들에게 물어볼 수도 있잖아요? 혹시 그들에게 알아보면요?" 아이빌린이 설득하면 나보다 더 승산이 있을 것이다.

아이빌린이 고개를 끄떡인다. "물어볼 사람이 몇 명 더 있기는 하지요. 뉴욕에 계신 그분의 마음을 알려면 얼마나 걸릴까요?"

나는 어깨를 으쓱한다. "모르겠어요. 다음주에 보내면 2월 중순에는 알게 되지 않을까요? 확실히는 몰라요."

아이빌린은 입을 앙다물고 자기가 쓴 글을 내려다본다. 이전에 보지 못한 표정이 감돈다. 기대감, 흥분의 빛이다. 나는 나 자신에게만 몰두해 있느라 뉴욕 편집자가 자기 이야기를 읽는다는 사실에 아이빌린 역시 나처럼 설렐 거라는 생각은 미처 하지 못했다. 나는 웃으며 숨을 크게 들이마신다. 희망은 더 강해진다.

다섯번째 만난 날 아이빌린은 트리로어가 죽은 날에 대해 읽어준다. 백인 십장이 으스러진 그의 몸을 어떻게 픽업트럭 짐칸에 내던졌는지 읽는다. "그리고 유색인 병원 앞에 툭 떨어뜨렸다. 밖에 있던 간호사가 전해주었다. 백인 남자들이 그를 굴려서 떨어뜨린 뒤에 쌩하니 가버렸다고." 아이빌린은 울지 않고, 내가 타자하는 동안 반들반들한 검은 타일을 보면서 한 조각의 시간을 흘려보낸다.

여섯번째 회합에서 아이빌린은 말한다. "나는 1960년에 미스 리폴트의 집에 일하러 갔다. 메이 모블리가 태어난 지 이 주째 되던 날이었다." 이 순간 나는 확신의 철문을 통과했다고 느낀다. 그녀는 간이차고 화장실이 어떤지 설명하고 지금은 그것이 있어서 기쁘다고 인정한다. 가정부와 욕실을 같이 쓴다는 힐리의 불평을 듣느니 차라리 그편이 더 낫다는 것이다. 그녀는 또 이런 말도 했다. 한번은 내가 유색인들은 교회에 너무 자주 간다는 말을 했다고. 그 말이 잊히지 않은 것이다. 나는 움찔하며, 가정부가 듣거나 신경을 쓴다는 의심조차 없이 내가 또 무슨 말을 뱉었을까 생각한다.

어느 날 아이빌린이 말한다. "내가 뭔가……" 그러다 말을 멈춘다.

나는 타자기에서 손을 떼고 기다린다. 그녀에게 시간을 줘야 한다고 깨달은 것은 아이빌린이 이야기를 하다 말고 토악질을 한 그날이었다.

"내가 뭔가 읽어야 한다는 생각이 들어요. 그러면 쓰는 데 도움이 될지 모르니까요."

"주립도서관으로 가세요. 거기 가면 남부 작가들이 쓴 책이 한 방 가득 있어요. 포크너, 유도라 웰티……"

아이빌린이 헛기침을 한다. "유색인들은 그 도서관에 못 들어가요."

나는 내가 바보라고 생각하며 잠시 멀뚱히 있는다. "그 사실을 어떻게 잊었을까요." 모르긴 해도 유색인 도서관은 열악할 것이다. 몇 년 전에 백인 도서관에서 인종차별 철폐 연좌농성이 있었고 그 사건이 기사화되었다. 재판이 열리던 날 유색인 무리가 나타나자 경찰은 군말 없이 물러나며 독일산 셰퍼드들을 풀었다. 나는 아이빌린을 보면서, 그녀가 지금 위험을 무릅쓰고 이 이야기를 한다는 사실을 다시금 떠올린다. "책은 내가 빌려올게요." 내가 흔쾌히 말한다.

아이빌린은 부리나케 자기 방으로 가더니 목록을 가져온다. "더 빨리 읽고 싶은 책에 표시하는 게 좋겠네요. 『앵무새 죽이기』는 카버 도서관에서 대기자 명단에 올려놓은 게 벌써 석 달째거든요. 어디 보자……"

나는 아이빌린이 이런저런 책에 표시하는 것을 지켜본다. W. E. B. 뒤 부아의 『흑인의 영혼』, 에밀리 디킨슨 시집(아무거나), 『허클베리 핀의 모험』.

"학교 다닐 때 이 책들을 좀 봤지만 다는 못 읽었어요." 그녀가 계속 표시하다가 잠깐씩 멈칫거리며 다음 책은 무엇으로 할까 고민한다.

"지그문트 프로이트의…… 책도 읽고 싶어요?"

"오, 미친 사람들 이야기요?" 아이빌린이 고개를 끄덕인다. "머릿속이 어떻게 돌아가는지에 대한 책이 좋아요. 호수에 빠지는 꿈을 꾼 적 있으세요? 자기 자신이 태어나는 것에 대한 꿈이라고 그가 그러더군요. 미스 프랜시스 집에, 1957년에 거기서 일했는데, 그런 책들이 한가득 있었지요."

아이빌린이 열두번째 책을 표시할 때 나는 문득 알고 싶어진다. "아이빌린, 이걸 부탁하려고 얼마나 기다린 거예요? 내가 당신을 위해 책을 빌려올 수 있는지 말예요."

"제법 됐지요." 그녀가 어깨를 으쓱한다. "말을 꺼내기가 두려웠던 모양이네요."

"내가 싫다고…… 할까봐서요?"

"백인의 규칙이니까요. 아가씨가 어떤 규칙을 따르고 어떤 걸 따르지 않는지 나로서는 알 도리가 없지요."

우리는 잠시 서로를 쳐다본다. "난 그런 규칙들이 지긋지긋해요." 내가 말한다.

아이빌린이 싱긋 웃으며 창밖을 본다. 이런 고백이 그녀에게 얼마나 얄팍하게 들릴지 깨닫는다.

나흘 내내 나는 내 방 타자기 앞에 앉아 있다. 타자한 뒤에 선을 긋거나 빨간색 동그라미를 쳐서 수정한 스무 장의 종이를 두꺼운 스트래스모어 종이에 다시 옮기니 서른한 장이 나온다. 나는 세라 로스의 짤막한 배경을 쓰는데, 이 이름은 아이빌린이 자기 이름 대신 몇 년 전에 세상을 뜬 6학년 때 선생님 이름을 따서 붙인 것이다. 나는 그녀의 나이와 그녀의 부모님이 어떤 일을 했는지 적어 넣는다. 이런 정보를 아이빌린이 직접 쓴 글의 문체에 맞춰 담백하고 직설적으로 쓴다.

사흘째 되던 날 나의 어머니는 위층을 올려다보며 도대체 종일 틀어박혀 뭘 하는지 큰 소리로 묻고, 나는 아래층을 내려다보며 고함을 지른다. 성경 공부를 하다가 적은 글들을 타자하고 있어요. 예수님에 대해 제가 좋아하는 점들을 전부 써보려고요. 저녁을 먹은 뒤 어머니가 부엌에서 아버지에게 이야기하는 소리가 들린다. "저애가 뭘 해볼 참인가봐요." 좀더 그럴싸해 보이게 나는 집에서 작은 흰색 표지의 침례교 성경책을 들고 돌아다닌다.

내가 읽고 또 읽어 새로 정리한 원고를 저녁에 아이빌린에게 가져가면, 아이빌린도 나와 똑같이 한다. 모두 화목하게 지내는 훈훈한 부분에서는 미소를 머금은 채 고개를 끄덕이고, 불편한 부분에서는 검은 테 돋보기를 벗고 말한다. "내가 썼다는 건 알지만 꼭 그 부분을 넣어야……"

그러면 내가 말한다. "당연히 넣어야죠." 하지만 나 자신도 이 속에 담긴 내용에 놀란다. 주지사 저택에 유색인 냉장고가 따로 있다는 것에, 백인 여자들이 냅킨을 구겼다고 두 살배기를 혼내는 것에, 백인 아기들이 아이빌린을 "엄마"라고 부르는 것에.

새벽 세시가 되자 이십칠 쪽으로 줄어든 원고에 수정액을 칠한 데가 딱 두 곳뿐이었고, 나는 그것을 노란 봉투에 집어넣는다. 어제 미서스 스타인의 사무실에 장거리 전화를 걸었다. 비서 루스가 그녀는 회의 중이라고 말했다. 그리고 인터뷰한 것을 보낸다는 내 말을 받아 적었다. 오늘 미서스 스타인으로부터 걸려온 전화는 없었다.

나는 봉투를 가슴에 끌어안고, 지치고 초조한 심정에 거의 울먹인다. 날이 밝자 캔턴 우체국으로 가서 원고를 부친다. 집으로 돌아와 나는 오래된 내 철제 침대에 누워 미서스 스타인이 좋다고 하면 앞으로 어떤 일이 일어날지 걱정한다. 우리가 무슨 일을 꾸미는지 엘리자베스와 힐리가 알아내면 어쩌지? 아이빌린이 해고되어 교도소에 가게 되면? 아득한 나선형 터널로 떨어지는 기분이다. 맙소사, 백인 화장실을 썼다고 두들겨 맞은 유색인 청년처럼 아이빌린도 두들겨 맞을까? 어쩌면 좋지? 내가 어쩌자고 그녀를 이런 위험 속에 밀어 넣은 걸까?

나는 잠이 든다. 열다섯 시간을 내리 자면서 악몽에 시달린다.

한시 십오분, 힐리와 엘리자베스와 나는 엘리자베스네 식사실 식탁에 앉아 루 앤을 기다린다. 오늘 나는 어머니가 내 성적 취향을 고쳐준다며 억지로 마시게 한 차 외에는 먹은 것이 없어 속이 메스껍고 불편하다. 나는 식탁 밑에서 계속 다리를 떤다. 일레인 스타인에게 아이빌린의 이야기를 부친 뒤로 열흘 내내 이 모양이다. 한 번 전화해서 물어보았더니 루스가 나흘 전에 원고를 받아서 그녀에게 건네주었다고 했다. 아직 소식은 없다.

"지금까지 경험한 것 가운데 이번이 가장 무례하지 않아?" 힐리가 손목시계를 보며 언짢은 내색을 한다. 루 앤이 지각한 것은 이번이 두번째다. 힐리가 이러는 것을 보니 루 앤은 이 모임에서 오래 버티지 못할 것 같다.

아이빌린이 식사실에 들어오고, 나는 그녀를 지나치게 오래 쳐다보지 않으려고 무진 애를 쓴다. 힐리나 엘리자베스가 내 눈빛에서 뭔가를 읽어낼까 두렵다.

"스키터, 다리 좀 작작 떨어. 식탁이 통째로 흔들리잖아." 힐리가 말한다.

아이빌린은 편안한 흰 제복 차림으로 왔다 갔다 한다. 우리가 작업한 것에 대해서는 전혀 티 내지 않는다. 감정을 숨기는 데 도가 튼 것 같다.

힐리는 카드를 섞고 진러미 패를 돌린다. 나는 애써 게임에 집중하지만 엘리자베스를 볼 때마다 소소한 사실들이 불쑥불쑥 떠오른다. 메이 모블리가 차고에 있는 화장실을 쓴 이야기며 아이빌린이 리폴트네 냉장고에 자신의 점심을 넣어두지 못한다는 이야기 같은 것들이. 이제는 나도 알게 된 그 자잘한 이야기들이.

아이빌린이 은 쟁반에 담은 비스킷을 집어서 내게 건넨다. 그녀는 우리가 서로 모르는 사이인 것처럼 내 잔에 아이스티를 따른다. 나는 뉴욕으로 원고를 부친 뒤로 그녀의 집에 두 번 다녀왔다. 두 번 다 도서관에서 빌린 책 때문이었다. 아이빌린은 내가 갈 때마다 꼬박꼬박 가장자리에 검은 띠를 두른 초록색 드레스를 입는다. 이따금 식탁 밑에서 신발을 벗기도 한다. 지난번에는 나와 같이 있을 때 몬트클레어 담배를 한 대 꺼내 피웠는데, 뭔가 굉장하면서도 아주 일상적인 느낌이 들었다. 나도 한 대를 피웠다. 지금 그녀는 내가 엘리자베스와 롤리에게 결혼 선물로 준 은제 긁개로 빵 부스러기를 치운다.

"기다리는 동안 알려줄 소식이 있어." 엘리자베스가 말하자 나는 그녀의 표정에서, 비밀스러운 고갯짓에서, 한 손을 배 위에 올린 모습에서 대번에 눈치챈다.

"아기를 가졌어." 엘리자베스는 웃고 있지만 입술이 파르르 떨린다.

"잘됐다." 내가 말한다. 나는 카드를 내려놓고 엘리자베스의 팔을 어루만진다. 엘리자베스는 금방이라도 울음을 터뜨릴 것 같다. "예정일은?"

"10월."

"얼마 안 남았구나." 힐리가 엘리자베스를 끌어안는다. "메이모블리도 다 컸는데 뭐."

엘리자베스가 담배에 불을 붙이며 한숨을 내쉰다. 그리고 자기 카드를 쳐다본다. "식구들이 다들 몹시 들떴어."

몇 번 연습 게임을 하는 동안 힐리와 엘리자베스는 아기 이름을 이것저것 댄다. 나도 대화에 끼려고 애쓴다. "남자애라면 당연히 롤리지." 내가 거든다. 힐리는 윌리엄의 선거운동에 대해 말한다. 윌리엄은 정치 경험이 전혀 없지만 내년에 주 상원의원 후보로 나설 예정이다. 엘리자베스가 아이빌린에게 점심을 빨리 준비하라고 해서 다행이다.

아이빌린이 젤라틴샐러드를 들고 오자 힐리는 의자에서 허리를 편다. "아이빌린, 미서스 월터의 집에 있던 코트랑 옷가지를 좀 챙겨왔어." 힐리가 냅킨으로 입술을 톡톡 누른다. "점심 먹고 차에서 가져가, 알았지?"

"네, 아씨."

"잊지 마. 신경 쓰이게 그걸 또 들고 다니고 싶지는 않으니까."

"오, 미스 힐리는 정말 친절하지 않아, 아이빌린?" 엘리자베스가 고개를 까딱한다. "우리가 점심을 다 먹으면 곧바로 그 옷을 가져와."

"네, 아씨."

힐리는 유색인들에게는 평소보다 세 옥타브 높여 말한다. 엘리자베스는 어린아이를 다루듯 웃으며 말하지만, 물론 자기 자식에게는 그러지 않는다. 이제 내 눈에도 그런 것들이 서서히 보이기 시작한다.

우리가 새우를 다 먹고 디저트를 막 먹기 시작할 참에 루 앤 템플턴이 나타난다. 힐리는 뜻밖에도 너그럽다. 루 앤이 늦은 것은 결국 연맹에서 맡은 일 때문이었다.

나중에 나는 엘리자베스에게 다시 축하 인사를 건넨 뒤 내 차로 걸어간다. 아이빌린은 밖에서 미서스 월터가 1942년에 사서 아껴 입은 코트와, 이유는 모르지만 힐리가 자기 가정부 율 메이에게는 주지 않은 헌 옷가지를 챙기고 있다. 힐리가 내 옆으로 지나가면서 봉투를 건넨다.

"다음주 뉴스레터에 넣어. 꼭 실을 거지?"

나는 고개를 끄덕이고, 힐리는 자기 차로 걸어간다. 아이빌린이 집으로 들어가려고 문을 열다가 내 쪽을 흘끗 돌아본다. 나는 고개를 가로저으며 입 모양으로 아직이라고 말한다. 그녀가 고개를 끄덕이며 안으로 들어간다.

그날 밤 나는 뉴스레터를 만들면서 이것 대신에 이야기 작업을 하면 얼마나 좋을까 생각한다. 지난번 연맹 모임에서 가져온 메모들을 살피다가 힐리의 봉투를 집는다. 꺼내본다. 힐리가 둥글둥글한 펜글씨로 쓴 한 쪽짜리 글이다.

힐리 홀브룩이 가정부 위생 발의안을 소개합니다. 질병을 예방하는 조치입니다. 이런 중요한 시설을 갖추지 못한 가정은 차고나 헛간에 저렴한 비용으로 화장실을 만드세요.

여성 회원님들, 다음 사실을 알고 계신가요?

· 유색인 질병의 99퍼센트는 소변으로 옮습니다.

· 우리는 유색인의 검은 염색소에 포함된 면역력이 없기 때문에 이런 질병에 걸리면 영구히 불구가 될 수도 있습니다.

· 백인이 운반하는 병원균 또한 유색인에게 해로울 수 있습니다.

자신을 보호하세요. 자녀를 보호하세요. 가정부를 보호하세요.

홀브룩 가족은 여러분을 언제나 환영합니다!

부엌에서 전화벨이 울리자 나는 전화를 받으러 엎어질 듯 달려간다. 하지만 파스카굴라가 먼저다.

"미스 샬럿 댁입니다."

나는 그녀를 내려다보고, 몸집이 아담한 파스카굴라는 고개를 끄덕하며 말한다. "네, 지금 여기 계세요." 그리고 내게 송수화기를 건넨다.

"유지니아입니다." 나는 송수화기를 들자마자 말한다. 아버지는 농장에 갔고 어머니는 타운에 있는 병원에 갔기 때문에 나는 돌돌 말린 검정색 전화선을 식탁으로 당긴다.

"일레인 스타인이에요."

나는 심호흡을 한다. "네, 제가 보낸 우편물 받으셨어요?"

"받았어요." 그 말 뒤에는 잠시 송수화기에서 그녀가 숨 쉬는 소리밖에 들리지 않는다.

"세라 로스 말이에요. 재미있어요. 많이 불평하지 않는 것 같으면서도 대거리를 잘하더군요."

나는 고개를 끄덕인다. 대거리가 뭔지 모르겠지만 틀림없이 좋은 뜻일 것이다.

"하지만 일반적으로 인터뷰 책은…… 잘 팔리지 않는다는 의견에는 변함없어요. 픽션도 아니지만 그렇다고 논픽션도 아니라서 말이죠. 굳이 분야를 나눈다면, 어쩌면 인류학으로 분류할 수 있겠네요."

"하지만 좋다고…… 하셨잖아요?"

"유지니아," 그녀가 말하며 송수화기에 대고 담배 연기를 뿜는다. "이번주 〈라이프〉 표지 봤어요?"

나는 정신없이 바빠서 내가 구독하는 〈라이프〉의 표지는 한 달 동안 구경도 못했다.

"마틴 루서 킹 말예요. 그가 워싱턴에서 시위를 벌일 거라고 선언하고 미국에 있는 모든 흑인에게 동참할 것을 촉구했어요. 모든 백인에게도 그랬고요. 〈바람과 함께 사라지다〉 뒤로 흑인과 백인이 이렇게 많이 함께한 적은 없었죠."

"네, 그 시위 행사…… 에 대해서는 들었어요." 나는 둘러댄다. 손으로 눈을 가리며 이번주에 신문을 읽을걸, 후회한다. 내 말이 바보스럽게 들린다.

"내가 진짜 하고 싶은 충고는 쓰려거든 빨리 쓰라는 거예요. 시위가 8월에 있어요. 새해 무렵까지는 써야 할 거예요."

나는 침을 꿀꺽 삼킨다. 그녀가 이걸 쓰라고 한다! 그 말을 하고 있다…… "출판을 하겠다는 뜻인가요? 그때까지 다 쓰면요?"

"그런 뜻은 아니에요." 그녀가 두 손가락을 딱 맞부딪친다. "읽어보기는 할게요. 한 달에 백 편의 원고를 보지만 거의 다 퇴짜를 놓죠.”

“죄송해요. 저는…… 아무튼 써볼게요.” 내가 말한다. “1월에 끝낼 수 있을 거예요.”

“인터뷰 네다섯 편으로는 책이 안 될 거예요. 열두 편 어쩌면 그 이상이 필요할지도 몰라요. 인터뷰를 더 많이 할 수 있겠어요?”

나는 입을 앙다문다. “더…… 많이요.”

“좋아요. 그럼 시작해봐요. 시민권 운동이 수그러들기 전에 말 예요.”

그날 저녁 나는 아이빌린의 집으로 간다. 그녀의 목록에 있는 책을 세 권 더 건넨다. 타자하느라 몸을 숙이고 있었더니 허리가 쑤신다. 오늘 오후에는 가정부를 둔 사람들(그러니까 내가 아는 사람들 전부)과 그 가정부들 이름을 모조리 적었다. 하지만 어떤 이름은 도무지 기억나지 않는다.

“고마워요. 오, 세상에, 이 책은……” 아이빌린이 웃으며 『월 든』의 첫 페이지를 넘긴다. 당장 읽고 싶은 표정이다.

“오늘 오후에 미서스 스타인과 통화했어요.” 내가 말한다.

아이빌린이 책에 손을 얹은 채 얼음처럼 굳는다. “어그러졌을 줄 알았어요. 얼굴에 쓰여 있었지요.”

나는 심호흡을 한다. “아이빌린의 이야기가 정말 좋댔어요. 하 지만…… 전부 다 쓸 때까지는 출판 여부를 말해줄 수 없대요.” 나는 애써 낙관하는 표정을 짓는다. "새해 초까지는 끝내야 해요."

"좋은 소식이잖아요, 아닌가요?"

나는 고개를 끄덕이며 애써 웃는다.

"1월이라." 아이빌린이 중얼거리더니 일어나 부엌에서 나간다. 그리고 톰스 사탕가게의 벽걸이 달력을 떼어 온다. 그것을 식탁에 내려놓고 한 달 두 달 들춘다.

"지금부터 헤아리면 한참 남은 것 같은데요. 1월이면…… 2월…… 4월…… 6월…… 지금부터 열 장이네요. 눈 깜짝할 새에 그때가 되긴 하겠어요." 아이빌린이 싱긋 웃는다.

"출판할 생각이면 적어도 가정부 열두 명은 더 인터뷰해야 한댔어요." 내가 말한다. 이제 내 목소리에서는 초조함이 숨김없이 드러난다.

"하지만…… 운을 뗄 만한 다른 가정부는 없잖아요, 미스 스키터."

나는 주먹을 꽉 쥔다. 그리고 눈을 감는다. "난 물어볼 사람이 하나도 없어요, 아이빌린." 목소리가 점점 커진다. 이 뻔한 사실을 고민하느라 네 시간을 허비했다. "그러니까, 누가 있겠어요? 파스카굴라? 그녀에게 말하면 엄마가 알게 될 거예요. 다른 가정부들은 내가 어떻게 알겠어요?"

아이빌린이 나를 멀뚱히 보다가 황망히 시선을 떨어뜨린다. 나는 그저 울고 싶다. 제길, 스키터. 지난 몇 달 동안 조금씩 허문 우리의 장벽을 몇 초 만에 다시 세운 것이다. "미안해요." 내가 얼른 말한다. "목소리를 높여서 미안해요."

"아니요, 아니요, 그건 괜찮아요. 다른 사람들을 끌어들이는 건 내 일이었으니까요."

"루 앤의 가정부는…… 어떨까요?" 내가 만든 명단을 꺼내며 나직이 말한다. "그녀의 이름이…… 루브니아였던가요? 아세요?"

아이빌린이 고개를 끄덕인다. "루브니아에게 물어봤어요." 그녀의 시선은 여전히 자기 무릎에 붙박여 있다. "시력을 잃었다는 청년이 루브니아의 손자예요. 루브니아가 하는 말이, 정말 미안하지만 손자만 신경 쓰고 싶다네요."

"그러면 힐리의 가정부 율 메이는요? 물어봤어요?"

"내년에 자식들을 대학에 보내야 해서 시간이 없다더군요."

"같은 교회에 다니는 다른 가정부들은요? 다 물어봤어요?"

아이빌린이 고개를 끄덕인다. "모두 저마다 핑계가 있어요. 하지만 사실은 몹시 두려운 거예요."

"몇 명한테 물어봤어요? 얼마나 많이요?"

아이빌린이 공책을 꺼내 몇 장 넘긴다. 소리 없이 입술만 달싹거리며 헤아린다.

"서른하나." 아이빌린이 말한다.

나는 숨을 휴우 내쉰다. 숨을 참고 있는지도 미처 몰랐다.

"많이…… 물어봤네요." 내가 말한다.

이윽고 아이빌린이 내 얼굴을 살핀다. "아가씨한테 말하고 싶지 않았어요." 아이빌린이 말하면서 이맛살을 찌푸린다. "그분한테서 연락을 받을 때까지는……" 그리고 돋보기를 벗는다. 얼굴에 수심이 가득하다. 그녀가 파르르 떨리는 웃음으로 속마음을 애써 감춘다.

"다시 물어볼게요." 그리고 몸을 앞으로 숙인다.

"알겠어요." 내가 한숨을 내쉰다.

그녀가 침을 꿀꺽 삼키며 자기도 간절히 바란다는 것을 내게 알리려는 듯 열심히 고개를 주억거린다. "부탁이에요. 나는 포기하지 마세요. 나도 계속 함께하고 싶으니까요."

나는 눈을 감는다. 수심에 찬 그녀의 얼굴에서 잠시 벗어나고 싶다. 내가 어쩌자고 언성을 높였을까? "그럼요, 아이빌린. 우리는 이 일에서…… 한 팀이에요."

며칠이 지나고, 나는 부엌에 앉아 심드렁하게 담배를 피운다. 최근 들어 담배를 참을 수가 없다. 아마 '중독'된 것 같다. 이건 골든 씨가 좋아하는 단어다. 꼴통들은 죄다 중독자야. 이따금 그가 나를 사무실로 부르는데, 내가 가면 그는 그 달에 실을 기사들을 검토하면서 빨간 색연필로 표시하고 줄을 죽죽 그으면서 툴툴거린다.

"이건 괜찮군." 그가 말한다. "자네는 괜찮나?"

"괜찮아요." 내가 말한다.

"됐어, 그럼." 내가 나가기 전에 뚱뚱한 안내원이 10달러짜리 수표를 건넨다. 미스 머나 칼럼에 대한 대가치고는 제법 많은 돈이다.

부엌은 덥지만 내 방에 있지는 못하겠다. 동참하겠다고 나선 가정부들이 아무도 없어서 내 방에 있으면 걱정 말고는 할 일이 없기 때문이다. 게다가 담배는 부엌에서 피워야 한다. 이 집에서 천장에 선풍기가 없어서 담뱃재가 사방팔방 날리지 않는 곳은 여기가 유일하기 때문이다. 내가 열 살이었을 때 아버지가 콘스탄틴의 생각은 묻지도 않고 양철로 된 부엌 천장에 선풍기를 달려고 했다. 콘스탄틴은 아버지가 천장에 포드라도 주차하는 것처럼 필사적으로 말렸다.

"콘스탄틴, 이게 다 당신을 위해서요. 더운 부엌에서 내내 일할 수는 없지 않소."

"천장에 선풍기가 달려 있으면 일을 못해요, 미스터 칼턴."

"할 수 있을 거요. 이제 전기선만 연결하면 끝나요."

아버지가 사다리를 내려왔다. 콘스탄틴이 주전자에 물을 채웠다. "해보세요." 그녀가 한숨을 푹 쉬었다. "켜보세요."

아버지가 스위치를 켰다. 몇 초 있으니 선풍기가 속력을 내기 시작했고 케이크 가루는 반죽 그릇에서 날아올라 온 방 안에 회오리를 일으켰고 조리법을 적은 종이들은 조리대에서 레인지로 날아가 불이 붙었다. 콘스탄틴은 불붙은 황산지를 얼른 집어서 물통에 담갔다 뺐다. 그날 십 분 동안 선풍기를 매단 구멍이 아직 남아 있다.

신문에 주 상원의원 휘트워스가 새로 시립경기장을 세울 공터를 가리키는 사진이 보인다. 그 면을 넘긴다. 스튜어트 휘트워스와의 데이트는 정말이지 떠올리고 싶지 않다.

파스카굴라가 소리 없이 부엌으로 들어온다. 나는 그녀가 반죽을 자를 때 말고는 전혀 쓴 적이 없는 작은 양주잔으로 비스킷의 모양을 내는 것을 지켜본다. 내 뒤의 부엌 창문은 시어스로벅 앤 컴퍼니* 카탈로그들로 받쳐서 열어두었다. 2달러짜리 핸드믹서와 우편 주문 장난감 사진들이 십 년 동안 내린 비로 퉁퉁 붇고 꾸깃꾸깃해진 채 바람에 팔랑인다.

파스카굴라에게 물어볼까? 어쩌면 어머니가 눈치채지 못할지도 몰라. 하지만 이게 무슨 말 같지 않은 소리인가? 어머니는 파스카굴라의 일거수일투족을 감시하고, 파스카굴라는 자기가 무슨 잘못을 하면 내가 일러바칠 것처럼 나를 두려워하는 것 같다. 그 두려움을 깨려면 몇 년이 걸릴지 모른다. 내 직감은 파스카굴라는 이 일에서 빼야 한다는 것이다.

전화벨이 화재경보처럼 울린다. 파스카굴라가 스푼을 그릇에 내려놓는 순간 내가 잽싸게 송수화기를 움켜쥔다.

"미니가 하겠대요." 아이빌린이 소곤거린다.

나는 식품저장실로 살그머니 들어가서 내가 애용하는 밀가루 깡통 위에 앉는다. 오 초 정도 말이 나오지 않는다. "언제요? 언제 시작할 수 있대요?"

"다음 목요일요. 하지만 조건이…… 있대요."

"뭔데요?"

아이빌린이 잠시 말을 멈춘다. "그 캐딜락이 우드로 윌슨 다리 이편에 넘어오는 건 싫다네요."

---

* 19세기 말에 시어스와 로벅이 건립한 백화점 체인. 처음에는 우편 주문 사업에서 출발해 종합 유통업체로 발전했다.

"좋아요." 내가 말한다. "아마 트럭을…… 몰고 갈 수 있을 거예요."

"그리고…… 자기와 같은 쪽에 앉는 건 싫대요. 항상 얼굴이 보이는 쪽에 앉겠대요."

"그녀가 원하는 곳이 어디든…… 거기 앉을게요."

아이빌린의 목소리가 부드러워진다. "미니는 아가씨가 어떤 사람인지 모르는 것뿐이에요. 게다가 미니는 백인 여자들과 좋은 기억이 없거든요."

"뭐든 해야 한다면 할게요."

나는 활짝 웃으며 식품저장실에서 나가 전화기를 벽에 건다. 파스카굴라가 한 손에는 술잔을, 다른 손에는 굽지 않은 비스킷을 들고 나를 쳐다본다. 그녀는 화다닥 고개를 숙이며 하던 일을 계속한다.

이틀 뒤 나는 어머니에게 내가 보는 킹제임스 성경책이 많이 닳아서 새로 사러 갔다 오겠다고 말한다. 또 아프리카에는 가난하고 굶어죽는 아기들이 많은데 캐딜락을 몰려니 마음이 편치 않다며 오늘은 낡은 트럭을 몰겠다고 말한다. 어머니는 포치의 흔들의자에 앉아 나를 보며 눈살을 찌푸린다. "성경책을 새로 사서 도대체 뭘 하겠다는 거니?"

나는 눈을 끔벅한다. "거기서 나를 위해 주문을…… 해줬어요. 캔턴 교회 사람들이요."

어머니가 고개를 끄덕이며 내가 낡은 트럭에 시동을 거는 내내 나를 지켜본다.

나는 뒤에 잔디 깎는 기계를 매달고 못 쓰는 마루청을 실은 채 패리시 가로 향한다. 발밑으로 도로변의 가로등 불빛이 휙휙 지나가는 것이 보인다. 적어도 지금은 트랙터는 끌지 않는다.

아이빌린이 문을 열어주자 나는 안으로 들어간다. 거실 뒤쪽 구석에서 미니가 풍만한 가슴 위로 팔짱을 끼고 서 있다. 힐리가 미서스 월터의 집에서 브리지 모임을 해도 좋다고 허락했을 때 몇 번 봐서 낯이 익다. 미니와 아이빌린은 둘 다 흰 제복을 입었다.

"안녕하세요." 내가 이쪽에서 말한다. "다시 만나서 반가워요."

"미스 스키터." 미니가 고개를 까딱한다. 아이빌린이 부엌에서 가져온 나무 의자에 미니가 걸터앉자 의자가 삐걱거린다. 나는 소파의 한쪽 끝에 앉는다. 아이빌린은 소파의 다른 쪽 끝에, 그러니까 우리 둘 사이에 앉는다.

나는 헛기침을 하며 초조하게 웃는다. 미니는 웃지 않는다. 미니는 키가 작고 뚱뚱하며 강인하다. 피부색은 아이빌린보다 더 검은데 새로 산 에나멜 구두처럼 윤기가 흐르고 탱탱하다.

"우리가 어떤 식으로 해왔는지 미니에게 이미 말해뒀어요." 아이빌린이 말한다. "아가씨 도움을 받아 내 이야기를 쓴다고요. 미니도 자기 이야기를 할 테니까 받아쓰면 돼요."

"그리고 미니, 여기서 말한 건 전부 비밀로 할 거예요." 내가 말한다. "그러니까 전부 다 읽어도……"

"유색인이 왜 당신의 도움을 받아야 한다고 생각해요?" 미니가 의자를 밀며 일어선다. "왜 이런 일에 관심을 가져요? 당신들 백인이?"

나는 아이빌린을 쳐다본다. 유색인이 내게 이런 식으로 말한 건 처음이다.

"미니, 여기서 우리가 작업하는 건 같은 목적을 위해서야." 아이빌린이 말한다. "우리는 그냥 이야기만 하면 되고."

"도대체 그게 뭔데요?" 미니가 내게 말한다. "내 이야기를 송두리째 털어놓게 해서 나를 궁지에 빠뜨리려는 거요?" 미니가 창문을 가리킨다.

"메드거 에버스, 여기서 오 분 거리에 사는 미국유색인지위향상협회의 간부 집 차고가 간밤에 날아갔대요. 그저 말을 했다는 이유로요."

나는 얼굴이 벌겋게 달아오른다. 그리고 천천히 말한다. "우리는 당신의 관점을 알리고 싶어요…… 당신 입장에서는 어떤지 사람들이 이해할 수 있게요. 우리가…… 여기 현실을 바꿀 수 있으면 좋겠어요."

"이걸로 뭔가 바뀔 거라고 생각해요? 어떤 법을 개정해서 당신의 가정부에게 좋게 만들겠다는 건가요?"

"잠깐만요." 내가 말한다. "법을 바꾸려는 게 아니에요. 그저 태도에 대해…… 말하려는 거예요."

"들키면 어떻게 되는지 알아요? 내가 맥레이 여성복가게에서 무심코 탈의실을 잘못 썼다가 당한 꼴을 잊으면…… 그들이 내 집에 총을 겨눴다구요."

방 안에는 여전히 팽팽한 침묵이 흐르고, 선반에 놓인 갈색 타이멕스 시계만 재깍거린다.

"꼭 하지 않아도 돼, 미니." 아이빌린이 말한다. "마음이 바뀌었으면 안 해도 괜찮아."

미니는 천천히 경계하듯 다시 의자에 앉는다. "해요. 다만 지금 우리가 하는 일이 심심풀이로 하는 놀이가 아니라는 걸 확실히 하고 싶어서 그래요."

나는 아이빌린을 흘끗 본다. 그녀가 고개를 끄덕인다. 나는 심호흡을 한다. 손이 떨린다.

먼저 배경 질문부터 시작해서 어찌어찌 미니의 일에 대한 이야기로 옮겨 간다. 그녀는 내가 방 안에 있다는 사실조차 잊고 싶은지 말하면서 자꾸 아이빌린을 쳐다본다. 나는 손을 최대한 빠르게 움직여 그녀가 말하는 것을 모두 기록한다. 연필이 종이에 닿아 사각거린다. 이렇게 하면 타자기를 쓰는 것보다 덜 딱딱하게 느껴질 거라고 생각했다.

"그리고 내가 밤마다 늦게까지 일한 집이 한 곳 있었어요. 그런데 결국 어떻게 됐는지 아세요?"

"어떻게…… 됐어요?" 그녀는 아이빌린만 쭉 쳐다보지만 내가 묻는다.

"오, 미니." 미니가 앙앙거리는 목소리를 낸다. "미니는 우리 집에서 일한 가정부들 중 최고야. 미니는 굉장해. 우리 집에서 죽을 때까지 일해줘야 해. 그러더니 어느 날 일주일 유급 휴가를 주겠다고 하더군요. 내 평생 유급이든 무급이든 휴가라는 걸 받은 적이 없었어요. 일주일 동안 잘 쉬고 다시 일하러 갔더니 뜨고 없더군요. 모빌로 이사 갔다나요. 자기들이 이사 가기 전에 내가 일자리를 구할까봐 두려워서 그랬다고 누군가에게 말했대요. 미스 굼벵이 손가락은 시중을 들어주는 가정부가 없으면 하루도 못 버티니까요."

미니가 불쑥 일어서더니 가방을 팔에 건다. "가야겠어요. 이 이야기를 하니까 가슴이 벌렁거려서 더는 못 하겠어요." 그녀는 나가면서 문을 쾅 닫는다.

나는 고개를 들고 관자놀이에 흐른 땀을 닦는다.

"이 정도면 분위기가 괜찮았어요." 아이빌린이 말한다.

13장

다음 이 주 동안 우리 셋은 아이빌린의 아담하고 아늑한 거실에서 처음 앉은 자리를 고수한다. 미니는 광풍처럼 후다닥 들어왔다가 아이빌린을 쳐다보며 자기 이야기를 할 때는 차분해지지만, 끝나고 나면 들어올 때처럼 거칠게 후다닥 나간다. 나는 할 수 있는 만큼 받아 적는다.

미니는 이따금 곁가지로 미스 셀리아에 대한 소식을 들려준다. "미스 셀리아는 내가 안 보는 줄 알고 살금살금 이층으로 올라가지만 나는 그 미친 여자가 무슨 짓을 하는지 다 알아요." 하지만 아이빌린이 콘스탄틴에 대해 말할 때 그러는 것처럼 미니도 항상 말을 하다 만다. "이건 넣지 마세요. 미스 셀리아는 빼줘요." 그녀는 내가 손을 멈출 때까지 나를 지켜본다.

미니는 백인들에 대한 분노를 표출할 때 외에는 음식 이야기 하는 것을 좋아한다. "어디 보자, 껍질콩을 먼저 넣고 그 뒤에 돼지

고기를 넣는데, 왜냐하면, 음, 나는 포크찹을 팬에서 금방 익혀 내는 걸 좋아하거든요."

어느 날은 그녀가 "……한쪽 팔로는 백인 아기를 안고 냄비에는 껍질콩을……" 하다가 말을 멈춘다. 그리고 내게 턱짓을 하고, 발로 바닥을 툭툭 찬다.

"이 내용의 절반은 유색인의 권리 찾기와는 아무 상관이 없겠네요. 날마다 하는 일과에 지나지 않잖아요." 미니가 나를 위아래로 훑는다. "내가 보기에 당신은 그냥 삶에 대해 쓰는 것 같은데요."

나는 손을 멈춘다. 미니가 옳다. 나는 그것이 내가 하고 싶었던 것임을 깨닫는다. 그래서 말한다. "나도 그럴 수 있으면 좋겠어요." 그러자 그녀가 일어서며 자기는 내가 바라는 것보다 더 중요한 걱정거리가 있다고 말한다.

다음 날 아침 나는 위층 내 방에서 코로나 타자기로 열심히 글을 정리한다. 그런데 뜻밖에도 어머니가 쿵쿵거리며 계단을 뛰다시피 올라오는 소리가 들린다. 내 방까지 오는 데 이 초도 걸리지 않는다. "유지니아!" 어머니가 소곤거린다.

타자하던 내용을 들키지 않으려고 어찌나 잽싸게 일어났는지 의자가 다 흔들린다. "네?"

"놀라지 마라. 밖에 남자가 와 있어. 아래층에 키가 굉장히 큰 청년이 너를 보러 와 있구나."

"누구래요?"

"이름이 스튜어트 휘트워스라고 하던데."

"네?"

"얼마 전에 너희랑 저녁 시간을 같이 보냈다던데. 그런 일이 언제 있었니? 난 아무것도 몰랐구나."

"오, 주여."

"주님의 이름을 헛되이 부르지 마라, 유지니아 펠런. 립스틱 좀 바르렴."

"엄마, 제 말을 믿으세요." 나는 어쨌거나 립스틱을 바르면서 말한다. "예수님도 그 남자는 좋아하지 않았을 거예요."

머리가 엉망진창일 터라 나는 먼저 머리를 빗는다. 손과 팔꿈치에 묻은 타자기 잉크와 수정액도 씻는다. 하지만 옷은 갈아입지 않는다. 그에게 잘 보이겠다고 그럴 수는 없다.

어머니는 무명천 바지와 아빠의 낡은 흰 셔츠를 입은 내 모습을 위아래로 재빨리 훑는다. "저 청년은 그린우드 휘트워스 집안이니, 나체즈 부족 인디언이니?"

"주 상원의원의 아들이에요."

어머니의 입이 쩍 벌어져 턱이 진주 목걸이에 닿기라도 할 것 같다. 나는 계단을 내려가면서 나와 오빠의 어린 시절이 담긴 사진들을 스쳐 지나간다. 칼턴 오빠의 사진들이 한 줄로 벽에 걸려 있는데, 그제 찍은 사진까지 있는 것 같다. 내 사진은 열두 살에서 멈추어 있다. "어머니, 우리끼리 이야기할게요." 나는 어머니가 침실로 굼뜬 걸음을 옮겨 방 안으로 완전히 사라지기 전에 어깨 너머로 우리를 흘끗 쳐다보는 것을 지켜본다.

포치로 나가자 그가 있다. 만난 지 세 달이 지났는데, 스튜어트 휘트워스가 카키색 바지와 푸른색 코트를 입고 빨간색 타이를 맨 채 일요일 저녁을 먹으러 가자고 온 것처럼 우리 집 포치에 서 있다.

제길.

"여긴 웬일이세요?" 내가 묻는다. 하지만 웃지는 않는다. 그에게는 웃지 않는다.

"그냥…… 오고 싶어서요."

"마실 걸 좀 드릴까요?" 내가 묻는다. "아니면 올드켄터키를 병째로 가져올까요?"

그가 얼굴을 찡그린다. 코와 이마가 뙤약볕에서 일하던 사람처럼 벌겋다. "그게…… 한참 지난 일이기는 하지만, 미안하다는 말을 하러 왔어요."

"누가 시켰어요? 힐리가요? 윌리엄이요?" 포치에는 빈 흔들의자 여덟 개가 있다. 하지만 나는 앉으라고 권하지 않는다.

그는 태양이 땅속으로 떨어지고 있는 서쪽 목화밭을 쳐다본다. 그는 열두 살 소년처럼 앞쪽 호주머니에 손을 찔러 넣는다. "그날 밤에…… 내가 무례하게 군 거 알아요. 그 뒤에 많이 생각해봤는데……"

그러자 나는 픽 웃음이 난다. 그가 여기까지 찾아와 그 순간을 되살리니 곤혹스럽다.

"하지만 들어봐요." 그가 말한다. "나는 힐리에게 아직 데이트할 준비가 되어 있지 않다고 열 번은 말했어요. 준비는커녕……"

나는 이를 악문다. 어이없게도 눈시울이 뜨거워지면서 눈물이 나려고 한다. 그 데이트는 몇 달 전의 일이다. 하지만 그날 밤 나라는 존재가 얼마나 뒷전이었는지, 내가 그의 앞에서 얼마나 우스꽝스러운 존재가 되었는지 아직도 생생하다. "그런데 여긴 왜 찾아왔어요?"

"모르겠어요." 그가 고개를 젓는다. "힐리 성격 알잖아요."

나는 그가 무슨 말을 하러 왔든 가만히 기다린다. 그가 갈색 머리를 쓸어 넘긴다. 머리카락이 너무 굵어서 꼭 철사 같다. 그리고 그는 고단해 보인다.

나는 그가 조숙한 소년처럼 귀여워 보이지만 지금 그런 생각은 하고 싶지 않아서 고개를 돌린다. 얼른 가주면 좋겠다. 그 끔찍한 기억을 되새기고 싶지는 않다. 하지만 불쑥 이런 말이 튀어나온다. "준비가 되어 있지 않았다니, 무슨 말이죠?"

"그냥 준비가 되어 있지 않았어요. 그 일이 일어난 뒤로."

나는 그를 물끄러미 쳐다본다. "나더러 알아맞히라고요?"

"퍼트리샤 밴 디벤더와 헤어진 일이요. 작년에 약혼했다가…… 아는 줄 알았는데."

그가 흔들의자에 주저앉는다. 나는 따라 앉지 않는다. 하지만 가라는 말도 하지 않는다.

"그녀가 다른 남자랑 달아나기라도 했어요?"

"젠장." 그가 손으로 머리를 감싸며 중얼거린다. "그 일에 대면 그딴 건 마디 그라스 축제에 지나지 않아요."

나는 그녀가 무슨 짓을 했든 그가 당할 만했으니 당한 거라는 말을 하고 싶지만 꾹 참는다. 하지만 그가 몹시 애처로워 보인다. 지금 그는 착한 청년으로 돌아왔고 그날 마신 버번도 다 증발했지만, 나는 그가 늘 이렇게 애처로워 보이는 건 아닌지 궁금하다.

"열다섯 살 때부터 만났어요. 누군가와 그렇게 오래 사귀는 게 어떤 건지 알 거예요."

나는 그렇다고 말할 이유도 없거니와 애당초 잃을 것도 없다. "솔직히 나는 몰라요. 누구와 사귀어본 적이 없으니까요."

그가 나를 처다보더니 웃는 것 같다. "아마, 그래서 그런가봐요."

"그렇다니요?" 나는 비료와 트랙터에 대해 그가 한 말을 떠올리며 마음을 다잡는다.

"당신은…… 달라요. 자기 생각을 분명히 밝히는 사람은 처음 만나봤어요. 여자들 중에서."

"진심인데, 나는 하고 싶은 말이 **훨씬 더 많았어요.**"

그가 한숨을 내쉰다. "내가 그 트럭 옆에서 당신 얼굴을 봤을 때…… 난 그런 놈이 아니에요. 그런 못난이는 아니라고요."

나는 당황해서 고개를 돌린다. 그의 말에 가슴이 두근거리기 시작한다. 나더러 다르다고 했지만 이상하다거나 비정상적으로 키가 큰 여자라는 뜻은 아닌 것 같다. 아마 좋은 쪽으로 다르다는 말일 것이다.

"오늘은 시내에서 같이 저녁을 먹자고 말하려고 왔어요. 서로 대화할 수 있을 거예요." 그가 말하면서 일어선다. "잘 모르겠지만…… 이번에는 서로 말을 들어줄 수 있을 거예요."

나는 충격을 받아 꼼짝할 수 없다. 그의 눈은 맑고 푸르며 내 대답이 아주 중요하다는 듯 나에게 고정되어 있다. 나는 숨을 깊이 들이마시며 그러자고, 하고 많은 사람들 중에 내가 마다할 이유가 어디 있겠느냐고 말할 참이다. 그는 아랫입술을 지그시 깨문 채 기다린다.

하지만 그 순간 그가 나를 본체만체한 사실이 떠오른다. 나와 붙어 있는 것이 끔찍하다는 듯 술이 떡이 되도록 취한 것이 생각난다. 나더러 비료 냄새가 난다고 한 것이 생각난다. 그 말을 더이상 떠올리지 않기까지 세 달이 걸렸다.

"싫어요." 이 말이 불쑥 튀어나온다. "고맙지만, 그보다 더 싫은 일은 생각할 수 없네요."

그가 고개를 끄덕이며 자기 발치를 내려다본다. 그리고 포치 계단을 내려간다.

"미안해요." 그가 차 문을 열며 말한다. "이 말을 하러 왔는데, 아무튼 하기는 한 것 같네요."

나는 포치에 서서 저녁의 공허한 소리들을, 스튜어트의 걸음마다 들리는 자갈 소리를, 초저녁 어둠살에 개들이 돌아다니는 소리를 듣는다. 그 순간 나는 지금까지 딱 한 번 찰스 그레이와 키스한 것을 떠올린다. 그가 나를 원해서 키스한 것이 아니라고 확신해 내가 그를 밀어낸 사실을 떠올린다.

스튜어트가 차에 오르고 문이 탈칵 닫힌다. 그가 팔꿈치를 차창에 걸친다. 하지만 시선은 아래를 향해 있다.

"잠깐 기다려요." 내가 소리친다. "스웨터 좀 입고 올게요."

데이트를 해보지 않은 우리 같은 여자애들에게 기억이 실제만큼 좋을 수 있다는 말을 해준 사람은 아무도 없었다. 어머니는 삼층까지 올라와서 침대에 누운 나를 내려다보지만 나는 계속 자는 척한다. 이 기분을 좀더 오래 간직하고 싶다.

어제 우리는 저녁을 먹으러 로버트 E. 리에 갔다. 나는 하늘색 스웨터를 입고 몸에 붙는 흰 스커트를 입었다. 어머니가 내 머리를 빗기면서 자질구레한 충고를 쏟아내고 조바심을 내도 그냥 두었다.

"늘 웃는 얼굴로 있어야 한다. 남자들은 하루 종일 얼굴을 찡그리고 있는 여자는 좋아하지 않거든. 못생긴 인디언처럼 앉아 있지 말고. 꼬고 앉으면……"

"잠깐만요, 다리를요, 아니면 발목……"

"발목. 미서스 라이머의 예절 수업에서 들은 건 하나도 기억이 안 나는 거니? 거짓말도 좋으니 일요일마다 교회에 간다 그러고. 뭘 해도 좋지만 테이블에서 얼음을 깨물어 먹지는 말고, 그건 끔찍하구나. 아, 그리고 대화가 재미없다 싶으면 코지어스코에서 시의원을 하는 육촌 이야기를 꺼내려무나……"

어머니는 내 머리카락을 빗기고 잠재우고 빗기고 또 잠재우면서 그를 어떻게 만났고 지난번 데이트에서는 어떤 일이 있었는지 물어보았다. 하지만 나는 어머니의 손아귀에서 가까스로 빠져나와 한달음에 내려가면서 스스로 놀라고 초조해서 몸을 바르르 떨었다. 스튜어트와 내가 호텔로 들어가서 테이블에 앉아 무릎에 냅킨을 펼치려는데 종업원이 와서 곧 문 닫을 시간이라고 말했다. 그들이 내온 음식은 디저트가 전부였다.

이윽고 스튜어트가 잠잠해졌다.

"뭘…… 하고 싶어요, 스키터?" 그가 물었고, 나는 그가 또 술에 취할 작정은 아니기를 바라면서 살짝 긴장했다.

"코카콜라를 마실게요. 얼음을 많이 넣어서."

"아니." 그가 웃었다. "그게 아니라…… 앞으로 살아가면서 뭘 하고 싶냐고요."

나는 숨을 깊게 들이마셨다. 어머니라면 틀림없이 이렇게 충고했을 것이다. 아, 그거요. 아이들을 건강하게 키우고, 남편 내조 잘하고, 반짝이는 새 조리 도구를 마련해서 몸에 좋고 맛있는 음식을 만드는 거랍니다. "글을 쓰고 싶어요." 내가 말했다. "기자. 어쩌면 소설가. 어쩌면 둘 다."

그는 턱을 들고 내 눈을 똑바로 보았다.

"근사한데요." 그는 이렇게 말하고 나를 뚫어져라 바라보았다. "당신에 대해 쭉 생각했어요. 똑똑하고 예쁘고……" 그가 싱긋 웃었다. "키도 크고."

예쁘다고?

우리는 딸기 수플레를 먹고 샤블리 화이트 와인을 한 잔씩 마셨다. 그는 목화 농장 아래 석유가 나오는지 알아내는 방법을 이야기했고, 나는 신문사에서 여자는 나와 안내원 둘뿐이라고 이야기했다.

"당신이 정말 좋은 글을 쓰면 좋겠어요. 당신이 옳다고 생각하는 것에 대해서."

"고마워요. 나도…… 그러고 싶어요." 나는 아이빌린이나 미서스 스타인에 대해서는 말하지 않았다.

나는 남자들의 얼굴을 가까이에서 볼 기회가 별로 없었는데, 그의 피부는 내 것보다 더 두껍고 잔을 들어 올릴 때는 얼굴에 그림자가 어려 황홀했다. 뺨과 턱에 까칫까칫하게 난 금발 수염은 내 눈앞에서 쑥쑥 자라는 것 같았다. 그에게서는 녹말풀 냄새가 났다. 소나무처럼. 다시 보니 코는 그렇게 뾰족하지 않았다.

웨이터가 구석에서 하품했지만 우리는 못 본 척 좀더 이야기를 나누었다. 오늘 아침에 목욕만 하지 말고 머리도 감을걸, 후회하면서 그래도 양치질은 해서 천만다행이라고 생각하는 찰나, 그가 느닷없이 내게 키스했다. 로버트 E. 리 호텔 레스토랑의 한가운데에서 그가 입을 벌리고 내게 천천히 키스하자 내 몸의 구석구석이, 살갗이, 쇄골이, 오금이, 내 안의 모든 것이 환한 빛으로 가득 채워졌다.

스튜어트와 데이트하고 몇 주가 지난 어느 월요일 오후, 나는 연맹 모임에 가기 전에 도서관에 들른다. 지루함, 치약, 토사물에 뿌린 리졸 등 도서관 내부에서는 초등학교 냄새가 난다. 아이빌린이 읽을 책을 몇 권 빌리고, 책이든 뭐든 가정부에 대한 자료가 있는지 알아보려고 왔다.

"이야, 이게 누구니, 스키터!"

맙소사. 수지 퍼넬이다. 고등학교에 다닐 때 수다쟁이를 투표했다면 아마 이 아이가 뽑혔을 것이다. "안녕…… 수지. 여기는 어쩐 일이야?"

"나, 연맹 위원회 소속으로 여기서 일하잖아, 기억 안 나? 너도 한번 해봐, 스키터. 정말 재미있어! 최신 잡지도 모조리 읽고, 자료 정리도 하고, 대출카드 코팅도 한다니까." 수지는 〈가격이 적당해요〉에 출연한 모델처럼 커다란 갈색 기계 옆에서 포즈를 취한다.

"정말 새롭고 흥미로운 일이구나."

"오늘은 뭘 도와드릴까요, 아가씨? 살인 미스터리, 로맨스 소설, 화장법에 대한 책, 머리 손질법에 대한 책이 있고요." 그녀가 말을 멈추고 피식 웃는다. "장미 가꾸기, 집 안 꾸미기……"

"그냥 둘러볼게, 고마워." 나는 서둘러 자리를 뜬 뒤 서가 속에 들어가서 숨는다. 그녀에게 내가 어떤 책을 찾는다고 말할 수는 없다. 연맹 모임에서 그녀가 조잘거리는 소리가 벌써부터 들린다. 스키터 펠런에게 미심쩍은 데가 있는 줄 난 진작 알았다니까. 흑인과 관련된 자료를 찾던데……

나는 일람 카드를 검색하고 선반을 살피지만 가정 고용인에 대한 책은 아무것도 없다. 비소설 서가에서 『프레더릭 더글러스, 어느 미국 노예』라는 책이 눈에 띈다. 아이빌린에게 가져다주려고 흥분해서 꺼내지만 책을 펼치자 가운데 부분이 몽땅 찢기고 없다. 내지에 누군가가 자주색 크레용으로 검둥이 책이라고 써놓았다. 표현 자체가 심란하달 수는 없지만 초등학교 3학년생의 글씨체라는 사실은 심란하다. 나는 주위를 흘끗 둘러보고 그 책을 가방에 찔러 넣는다. 선반에 다시 꽂는 것보다 이편이 더 나을 것 같다.

미시시피 역사서 서가에서 나는 조금이라도 인종 관계에 관련된 책이 있는지 살핀다. 기껏해야 남북전쟁에 관한 책들과 지도, 옛날 전화번호부만 보인다. 까치발을 하고 꼭대기 선반에 뭐가 있는지 본다. 그 순간 『미시시피 강 골짜기 홍수 색인』 위에 놓인 책자 하나를 발견한다. 키가 크지 않은 사람은 보지 못했을 것이다. 나는 그것을 내려서 표지를 대충 훑어본다. 책자는 얇다. 반투명 용지에 인쇄했는데 가장자리가 말렸고 스테이플로 고정했다. 표지에 '남부 짐 크로 법* 모음'이라고 쓰여 있다. 나는 사각거리는 표지를 넘긴다.

책자는 남부의 여러 주에서 유색인이 무엇을 할 수 있고 할 수 없는지를 단순히 열거한 것이다. 나는 첫 페이지를 훑으며 이것이 왜 여기 있는지 의아해한다. 이 책자는 위협적이지도 않고 우호적이지도 않다. 그저 사실을 열거한 것이다.

누구도 흑인 남자가 입원한 병동이나 병실에서 백인 여자에게 간호를 요구할 수 없다.

백인이 백인 이외의 사람과 결혼하는 것은 위법이다. 이 조항을 위반한 결혼은 무효다.

---

* 공공장소에서 흑인과 백인의 분리와 차별을 규정한 법. 1876년부터 1965년까지 시행되었다.

유색인 이발사는 백인 여자나 소녀의 머리를 손질할 수 없다.

책임 관리자는 백인을 묻는 장소에 유색인을 묻을 수 없다.

백인 학교와 흑인 학교 간에는 책을 돌려 볼 수 없고, 처음 읽은 인종이 계속 본다.

우리를 갈라놓는 법이 얼마나 많은지 아연해져서 나는 총 스물다섯 쪽 중 네 쪽을 내리 읽는다. 흑인과 백인은 분수도, 영화관도, 공중 화장실도, 야구장도, 전화박스도, 서커스도 공유할 수 없다. 흑인은 나와 같은 약국에 가지 못하고 같은 창구에서 우표도 사지 못한다. 예전에 우리 가족이 콘스탄틴을 데리고 멤피스로 놀러 가는 길에 고속도로가 거의 빗물에 잠겼는데도 호텔에서 콘스탄틴을 들이지 않을 것을 알았기에 우리는 쉬지 않고 곧장 차를 몰아야 했다. 아무도 그 말을 입 밖에 내지 않았다. 우리 모두 이런 법의 존재를 알면서 이곳에서 살아가지만, 이에 대해 말하는 사람은 없다. 이것을 활자로 본 것은 오늘이 처음이다.

간이식당, 주 박람회, 당구장, 병원. 47조는 모순된 내용이라서 두 번 읽어야 했다.

위원회는 모든 유색 인종 맹인의 교육용으로 분리된 땅에 분리된 건물을 마련해야 한다.

몇 분 더 보다가 책자를 덮는다. 그것을 있던 자리에 다시 놓으면서 내가 남부 법률에 관한 책을 쓰는 건 아니니 이것은 시간 낭비라고 혼자 중얼거린다. 하지만 그 순간 머릿속 껍질이 부서지는 것처럼 다음과 같은 사실이 분명해진다. 정부가 만든 법들과 힐리가 아이빌린의 화장실을 차고에 만들게 한 것은, 주도에서 서명을 받는 데 십 분이 걸렸을 거라는 사실을 빼면 실상 아무 차이가 없다는 것을.

맨 뒤쪽에 '미시시피 주 법률도서관의 자산'이라고 적혀 있는 파이카체 글씨를 본다. 책자가 엉뚱한 곳에 반납된 것이다. 나는 내가 깨달은 사실을 종이에 끼적여 책자 속에 끼워 넣는다. 짐 크로 법과 힐리의 화장실 발의안, 뭐가 다른가? 나는 그것을 가방 안에 넣는다. 수지가 저쪽 안내데스크에서 재채기를 한다.

나는 곧장 문으로 걸어간다. 삼십 분 뒤에 연맹 모임이 있다. 수지를 쳐다보며 지나치다 싶을 정도로 상냥하게 웃어준다. 수지는 전화로 속닥거리고 있다. 훔친 책들이 가방 속에서 체온을 얻어 고동치는 것 같다.

"스키터." 수지가 안내데스크에서 눈을 동그랗게 뜨고 소곤거린다. "너랑 스튜어트 휘트워스랑 사귄다는 게 정말이야?" 그녀가 너라는 단어를 지나치게 강조해서 나는 웃음이 싹 달아난다. 못 들은 척 걸음을 옮겨 눈부신 햇살 속으로 나간다. 뭔가를 훔친 건 내 평생 오늘이 처음이다. 그걸 지켜본 사람이 수지라는 사실이 조금은 뿌듯하다.

우리가, 그러니까 내 친구들과 내가 위안을 얻는 곳은 짐작하다시피 다르다. 엘리자베스는 자기 인생을 가게에서 구입한 이음새 없는 옷처럼 보이게 하려고 재봉틀에 고개를 처박는다. 나는 소리 내어 외칠 용기는 없는 사실들을 간결하고 함축적으로 쓰면서 타자기에 고개를 처박는다. 힐리는 연단에 올라 아프리카의 굶주린 가난한 아동에게 먹을 것을 주려면 한 사람당 세 캔으로는 부족하다며 예순다섯 명의 여자들 앞에서 연설한다. 하지만 메리 졸린 워커는 세 개면 충분하다고 생각한다.

"게다가 이 캔을 바다 건너 에티오피아까지 운반하려면 돈이 많이 들지 않아?" 메리 졸린이 묻는다. "수표를 써서 보내는 게 더 상식적이잖아?"

아직 모임이 공식적으로 시작되지 않았지만 힐리는 벌써 연단에 올라섰다. 눈빛에 광기마저 서렸다. 이번 모임은 의례적인 저녁 모임이 아니라 힐리가 특별히 소집한 오후 모임이다. 6월에는 회원 다수가 여름휴가를 즐기느라 타운을 빠져나간다. 그리고 7월에는 힐리가 해마다 찾는 해변으로 떠나 그곳에서 삼 주를 보낸다. 자기 없이 타운이 잘 돌아갈 거라는 생각 자체가 그녀에게는 힘들 것이다.

힐리는 눈을 부라린다. "그 종족에게 돈을 보낼 수는 없어, 메리 졸린. 오가덴 사막에는 지트니 정글 식품점이 없거든. 게다가 그들이 그 돈으로 자기 자식들의 먹을 것을 사는지 아닌지 어떻게 알겠어? 부두교 텐트에 찾아가서 우리 돈으로 악마의 문신을 새길지도 모르잖아."

"알았어." 메리 졸린이 세뇌된 표정으로 머쓱하게 물러선다.

"네가 제일 잘 알겠지 뭐." 힐리가 연맹 회장으로서 탁월한 점은 사람들에게 눈을 부라려 영향력을 행사한다는 것이다.

나는 떠들썩한 회의실을 가로지르며 빛줄기가 머리 위로 떨어지는 것처럼 따사로운 관심을 느낀다. 실내는 케이크를 야금거리거나 물을 홀짝이거나 담배를 빨아대는 내 또래 여자들로 가득하다. 서로 속닥거리며 내 쪽을 흘끔흘끔 쳐다본다.

"스키터." 커피 추출기 앞을 지나려는데 리자 프레슬리가 말을 건다. "몇 주 전에 네가 로버트 E. 리에 갔다는 말을 들은 것 같은데?"

"그 말이 맞아? 스튜어트 휘트워스와 사귄다는 게 사실이야?" 프랜시스 그린바우가 묻는다.

도서관에서 수지가 물을 때와는 다르게 대부분의 질문에는 아니꼬워하는 분위기가 묻어나지 않는다. 하지만 나는 어깨를 으쓱하며, 다른 여자가 데이트 신청을 받으면 하나의 소식이지만 스키터 펠런이 데이트를 하면 뉴스거리가 된다는 사실을 애써 모른 척한다.

하지만 사실이다. 나는 스튜어트 휘트워스와 만나고 있으며 이제 삼 주째로 접어들었다. 그 끔찍한 데이트도 쳐서 로버트 E. 리에 간 것이 두 번, 그가 빅스버그에 있는 자기 집으로 돌아가기 전에 우리 집에 들러 함께 포치에 앉아 음료수를 마신 것이 세 번이다. 아버지는 그와 대화를 나누느라 여덟시 넘게까지 깨어 있었다. "잘 가게. 상원의원에게 농장 세금을 대폭 줄여줘서 정말 고마워하더라고 전해주게." 어머니는 내가 이 기회를 망칠지 모른다는 두려움과 내가 정말로 남자를 좋아한다는 기쁨 사이에서 전율한다.

내가 힐리에게 걸어가자 놀란 시선들이 흰 조명을 비추는 것처럼 나를 뒤따른다. 여자들이 미소를 지으며 내게 고개를 끄덕인다.

"둘이 언제 다시 만나?" 이번에는 엘리자베스가 냅킨을 만지작거리며 말한다. 자동차 사고라도 목격한 것처럼 눈을 휘둥그레 떴다. "언제 보자고 해?"

"내일밤에. 그가 여기로 오면 곧바로."

"잘됐네." 힐리가 실 릴리 아이스크림가게의 진열창 앞에 붙어선 포동포동한 아이처럼 웃는다. 그녀의 빨간색 정장코트는 미어터져 금방이라도 단추가 떨어질 것 같다. "그러면 그때 더블데이트하자."

나는 대답하지 않는다. 힐리와 윌리엄이 따라붙는 건 싫다. 그저 스튜어트와 함께 앉아, 그가 나를, 오직 나만을 바라봤으면 좋겠다. 우리끼리 있을 때 두 번, 그는 내 머리카락이 눈을 가리자 살며시 넘겨주었다. 그들과 함께 있으면 이렇게 넘겨주지 않을 것이다.

"윌리엄이 저녁에 스튜어트에게 전화할 거야. 같이 영화 보러 가자."

"그래." 나는 한숨짓는다.

"〈이 미치고 미치고 미친 세상〉이 보고 싶어 죽겠어. 재미있을 것 같지 않니?" 힐리가 말한다. "너와 나, 윌리엄과 스튜어트, 이렇게."

그녀가 이름을 나열한 방식이 어딘지 꺼림칙하다. 주인공이 스튜어트와 내가 아니라 윌리엄과 스튜어트 같다. 내가 지나치게 예민한 건 안다. 하지만 나는 지금 만사가 조심스럽다. 이틀 전에 유색인 다리를 건너자 경찰이 곧바로 내 차를 멈춰 세웠다. 그가 트럭 안에 손전등을 비추다가 내 가방에까지 불빛이 닿았다. 그가 내게 면허증과 행선지를 요구했다. "가정부……에게 수표를 주러 가요. 급료를 깜박했거든요." 또다른 경찰이 나를 세우더니 차창 옆으로 다가왔다. "왜 붙잡는 거죠?" 내 목소리가 한 옥타브 더 높아졌다. "무슨 일이 있었나요?" 내가 물었다. 심장이 세차게 고동쳤다. 내 가방을 보겠다고 하면 어쩌지?

"양키 쓰레기들이 소동을 일으켰어요. 그들을 잡아내는 거예요." 그가 곤봉을 탁탁 치며 말했다. "볼일을 봐야 할 테니 다리를 건너가세요."

아이빌린이 사는 거리에 이르러서는 평소보다 더 멀리 차를 세웠다. 앞문 대신 뒷문으로 돌아 들어갔다. 처음 한 시간은 몸이 심하게 떨려서 미니에게 물으려고 준비한 질문도 제대로 읽지 못했다.

힐리는 의사봉을 탕 치며 오 분 뒤에 시작하겠다고 알린다. 나는 의자로 가서 가방을 무릎에 올리고 앉는다. 가방 안에 든 물건을 하나씩 확인하다 문득 도서관에서 훔친 짐 크로 법 책자가 마음에 걸린다. 가방에는 내가 이제껏 작업한 모든 것이 들어 있다. 아이빌린의 인터뷰, 미니의 인터뷰, 책의 구상, 도와줄 가능성이 있는 가정부 명단, 힐리의 화장실 발의안에 대해 신랄하게 반박했으나 보내지 않은 답변 등 어머니가 혹시 내 물건을 뒤질까봐 집에 두지 못하는 그 모든 것들 말이다. 나는 그 전부를 덮개가 달린 옆 주머니에 넣어 지퍼로 잠그고 덮개를 내린다. 그 주머니는 울퉁불퉁하게 불룩 튀어나왔다.

"스키터, 그 포플린 바지, 정말 귀엽다. 왜 이전에는 못 봤지?" 캐럴 링거가 몇 자리 떨어진 곳에서 말을 건네자 나는 고개를 돌려 웃어주며 생각한다. 네가 그렇듯 나도 모임에 옛날 옷을 입고 올 엄두가 나지 않으니까. 여태 옷 문제로 어머니의 잔소리를 듣고 살아서 옷이 어떻다는 말은 듣기만 해도 짜증이 난다.

반대쪽 어깨에 손길이 느껴져서 돌아보자 힐리가 내 가방 안에, 그것도 책자에 손가락을 대고 서 있다. "다음주 뉴스레터에 실을 글은 있어? 이게 그거니?" 나는 힐리가 오는 줄도 몰랐다.

"아니, 기다려!" 나는 이렇게 말하고 다른 종이들 사이에 책자를 슬그머니 끼운다. "한 가지…… 수정할 게 있어. 조금 있다 갖다 줄게."

나는 숨을 깊이 내쉰다.

힐리는 연단에 올라 손목시계를 보며 얼른 치고 싶어 죽겠다는 듯 의사봉을 만지작거린다. 나는 가방을 의자 밑에 밀어 넣는다. 이윽고 회의가 시작된다.

나는 굶주리고 있는 아프리카의 가난한 아동 소식과 누가 문제 회원 명단에 올랐는지, 누가 캔을 가져오지 않았는지 기록한다. 행사 달력은 위원회 회의와 베이비샤워 파티 날짜들로 채워지고, 나는 이 회의가 얼른 끝나기를 바라면서 딱딱한 나무 의자에서 몸을 꼼지락거린다. 어머니에게 세시까지 차를 갖다 주어야 한다.

한 시간 반이 지나고 십오 분의 휴식 시간이 되자 나는 후텁지근한 회의실에서 쏜살같이 빠져나와 캐딜락으로 달려간다. 일찍 갔다고 문제 회원 명단에 오르겠지만, 하느님 맙소사, 어머니의 분노와 힐리의 분노 중에서 뭐가 더 끔찍한가?

나는 오 분 일찍 집으로 들어가면서 오늘 제니 푸시가 입고 온 것 같은 짧은 스커트를 사야겠다고 생각하며 〈Love Me Do〉를 흥얼거린다. 그 옷은 뉴욕의 버그도프 굿맨에서 샀다고 했다. 스튜어트가 토요일에 나를 데리러 올 때 내가 무릎 위로 올라가는 스커트 차림으로 내려오면 어머니는 뒤로 넘어갈 것이다.

"엄마, 다녀왔어요." 나는 복도에 대고 외친다.

냉장고에서 코카콜라를 한 병 꺼낸 뒤 한숨을 돌리고 빙그레 웃는다. 유쾌한 기분에 휩싸여 힘이 불끈 솟는 것 같다. 미니의 이야기들을 매끈하게 다듬어야겠다고 생각하며 가방을 가지러 앞문으로 간다. 미니가 셀리아 푸트에 대해 말하고 싶어 안달이 난 건 알겠는데 항상 일 분 정도 이야기하다 화제를 돌린다. 전화벨이 울려서 걸음을 옮기다 말고 받으니 파스카굴라에게 온 전화다. 나는 메모장에 전할 말을 받아 적는다. 율 메이, 힐리의 가정부다.

"아, 율 메이로군요." 나는 이곳이 얼마나 작은 동네인지 생각한다. "돌아오면 전해줄게요." 그리고 잠시 조리대에 기대어 콘스탄틴이 예전처럼 여기 있으면 얼마나 좋을까 생각한다. 콘스탄틴에게 나의 하루에 대해 시시콜콜 늘어놓는 게 정말 좋았는데.

나는 한숨지으며 콜라를 마저 들이켠 다음 가방을 가지러 앞문으로 간다. 없다. 밖으로 나가서 차 안을 살피지만 거기에도 없다. 어라, 이제는 기분이 핑크색이 아니라 노래지는 걸 느끼며 허둥지둥 계단을 올라간다. 내가 위층에 올라가기는 했던가? 방을 샅샅이 뒤지지만 역시 없다. 이윽고 나는 고요한 내 방에 망연히 서서 공포심이 등골을 타고 스멀스멀 올라오는 것을 느낀다. 모든 것이 가방 안에 들어 있다.

어머니다, 나는 쏜살같이 아래층으로 내려가 휴식실을 살핀다. 하지만 그 순간 어머니가 아니라는 사실을 깨닫는다. 답이 떠오르자 온몸이 마비되는 것 같다. 연맹 회관에 가방을 두고 왔다. 어머니가 차를 쓰는 시간에 맞추느라 서두른 것이 화근이었다. 전화벨이 울리자 대번에 힐리라는 것을 알겠다.

나는 벽에 걸린 전화기를 움켜잡는다. 어머니는 앞문에서 이제 나간다고 말한다.

"여보세요?"

"이 무거운 걸 어떻게 두고 갈 수 있어?" 힐리다. 내가 아는 힐리는 이제껏 남의 물건을 뒤지는 데 주저한 적이 없다. 사실 그것을 즐긴다.

"어머니, 잠깐만요!" 내가 부엌에서 소리친다.

"맙소사, 스키터, 이 안에 뭐가 들었어?" 힐리가 말한다. 어머니를 붙잡아야 한다. 하지만 힐리가 허리를 숙이고 가방을 열어보는지 목소리가 줄어든다.

"별거 없어! 죄다…… 미스 머나 편지들이지 뭐."

"내 집에 끌어다놨으니 시간 날 때 와서 가져가."

바깥에서 어머니가 시동을 건다. "그냥 거기…… 그대로 둬. 되도록 빨리 가지러 갈게."

나는 부리나케 달려 나가지만 어머니는 벌써 차도로 들어섰다. 고개를 돌리니 낡은 트럭도 농장 어딘가에 목화씨를 운반하러 갔는지 보이지 않는다. 뙤약볕에 놓인 벽돌처럼 납작하고 단단하고 뜨거운 공포가 내 배 속에서 똬리를 튼다.

도로 위로 캐딜락이 천천히 굴러가다가 끼익 하고 선다. 그리고 다시 출발한다. 그리고 또다시 선다. 그러더니 천천히 돌아 지그재그로 다시 언덕을 올라온다. 신의 은총이라면 진정 탐낸 적도 없고 믿은 적은 더더욱 없지만 어머니가 지금 돌아오고 있다.

"바보같이 수 앤의 캐서롤 접시를 깜박 잊었지 뭐니……"

나는 펄쩍 뛰어 조수석에 올라탄 뒤 어머니가 다시 운전석에 오를 때까지 기다린다. 어머니가 운전대를 잡는다.

"힐리의 집까지 태워주세요. 가져올 게 있어요." 나는 손으로 이마를 짚는다. "아, 어떡하지, 어머니, 어서요. 시간이 없어요."

어머니는 차를 움직이지 않는다. "스키터, 오늘 할 일이 백만 가지는 되는구나."

가슴속에서 두려움이 치밀고 올라온다. "엄마, 제발요. 그냥 가주세요……"

하지만 캐딜락 드빌은 자갈길에 멈춘 채 시한폭탄처럼 재깍거린다.

“얘,” 어머니가 말한다. “혼자 처리할 일이 좀 있어. 그리고 지금은 네가 생떼를 부리기에 적당한 때가 아니야.”

“오 분이면 돼요. 엄마, 그냥 어서 가요!”

어머니가 입을 앙다문 채 흰 장갑을 낀 손으로 운전대만 꼭 붙잡고 있다.

“오늘 극비리에 처리할 중요한 일이 있다니까.”

나는 한시가 급한데 어머니에게 더 중요한 일이 있다는 것은 상상할 수 없다. “뭔데요? 멕시코 사람이 미국애국여성회에 가입이라도 한대요? 누가 『뉴 아메리칸 사전』을 보다가 잡혀갔대요?”

어머니가 한숨지으며 “알았다” 하고 기어를 조심스레 드라이브로 바꾼다. “그래, 가보자.” 우리는 도색한 차체에 자갈이 튀지 않게 시속 10분의 1마일로 굼벵이처럼 굴러간다. 시골길이 끝나자 어머니는 뇌수술이라도 하듯 조심조심 표시등을 켜고 엉금엉금 카운티 도로로 들어선다. 나는 주먹을 불끈 쥔다. 머릿속으로 액셀러레이터를 힘껏 밟는다. 어머니는 운전할 때마다 늘 초보다.

카운티 도로에서 어머니는 시속 15마일로 속도를 높이더니 105마일로 달리는 것처럼 운전대를 움켜잡는다.

“엄마.” 내가 기어코 말한다. “제가 할게요.”

어머니는 한숨을 내쉰다. 그러더니 뜻밖에도 풀이 무성한 곳에 차를 세운다.

나는 내려서 얼른 운전석으로 뛰어가고 어머니는 슬그머니 조수석으로 옮겨 앉는다. 나는 기어를 D로 바꾸고 70마일의 속도로 달리면서 기도한다. 제발, 힐리, 내 사생활을 뒤지려는 욕망은 참아줘……

"무슨 대단한 비밀이라서요? 오늘 어디 가시는데요?" 내가 묻는다.

"검사를 받으러…… 닐 선생님에게 가야 해. 으레 가는 거지만 네 아빠가 아는 건 싫거든. 누가 병원에 간다고 하면 네 아빠가 어쩔 줄 몰라하는 거 너도 잘 알잖니."

"무슨 검사요?"

"매년 받는 검사지 뭐. 궤양 때문에 하는 요오드팅크 검사. 침례병원 앞에서 나를 내려주고 너는 힐리의 집에 직접 갔다 오렴. 주차할 걱정은 덜었구나."

나는 뭔가 더 있는 것 같아서 어머니를 곁눈질하지만, 어머니는 연푸른색 드레스를 입고 풀 먹인 옷처럼 꼿꼿한 자세로 발목을 꼬고 앉아 있다. 나는 작년에 어머니가 이 검사를 받았는지도 몰랐다. 나는 학교에 다니고 있었지만 콘스탄틴이 알았다면 편지로 알려주었을 것이다. 어머니 혼자 비밀로 간직한 것이 틀림없다.

오 분 뒤에 침례병원에 도착하자 나는 차에서 내려 어머니가 내리는 것을 부축한다.

"유지니아, 제발. 여기가 병원이라고 내가 병자라는 뜻은 아니란다."

내가 유리문을 열자, 어머니는 고개를 꼿꼿이 들고 걸어간다.

"엄마, 제가…… 같이 갈까요?" 그럴 수 없다는 걸 잘 알지만 나는 이렇게 말한다. 힐리에게 가야 한다. 하지만 불현듯 어머니를 여기에 이렇게 혼자 두고 갈 수 없을 것 같은 기분에 휩싸인다.

"의례적으로 하는 거야. 힐리에게 갔다가 한 시간 뒤에 다시
오렴."

나는 서둘러야 한다는 것을 알면서도 핸드백을 꼭 움켜쥐고 긴
복도를 걸어가는 점점 작아지는 어머니의 모습을 지켜본다. 돌아
서려다가 나는 어머니가 그새 얼마나 쇠약하고 왜소해졌는지 생
각한다. 한때는 어머니가 숨만 쉬어도 방 안이 꽉 찼는데 이제는
그런 존재감이…… 서서히 사라져간다. 어머니는 모퉁이를 돌아
연노란색 벽 뒤로 사라진다. 나는 잠시 더 바라보다가 차로 뛰어
간다.

일 분 삼십 초 뒤에 나는 힐리의 집 초인종을 누른다. 평소라면
힐리에게 어머니 이야기부터 꺼냈을 것이다. 하지만 그런 말로 힐
리의 정신을 흩뜨릴 수는 없다. 첫 순간에 다 밝혀질 것이다. 힐리
는 첫 마디만 빼고 타고난 거짓말쟁이다.

힐리가 문을 연다. 입은 굳게 다물었고 입술은 빨갛다. 나는 그
녀의 손을 내려다본다. 매듭을 지은 밧줄 같다. 이미 늦었다.

"흠, 정말 빨리 왔는걸." 힐리가 말하고, 나는 힐리를 뒤따라 들
어간다. 심장이 가슴속에서 멎은 것 같다. 내가 숨을 쉬고 있는지
조차 모르겠다.

"저기 있어. 저 흉측한 물건. 네가 언짢아하지 않았으면 좋겠는
데, 회의 의사록에서 확인할 게 있었거든."

힐리가 내 가방에서 뭘 꺼내 읽었는지 알아내려고 나는 그녀를,

내 가장 친한 친구를 뚫어져라 쳐다본다. 힐리는 생글거리지는 않
지만 태연히 웃고 있다. 폭로의 순간은 이미 지나갔다.

"마실 것 좀 줄까?"

"아냐, 괜찮아." 내가 답한다. "나중에 클럽에서 당구나 칠까?
바깥 날씨가 눈부셔."

"윌리엄의 선거운동 모임이 있어. 그리고 이따가 〈이 미치고 미
치고 미친 세상〉을 보러 갈 거야."

나는 힐리를 찬찬히 바라본다. 두 시간 전만 해도 오늘밤에 넷
이 같이 이 영화를 보자고 하지 않았던가? 빠르게 움직이면 힐리
가 나를 치기라도 할 것처럼 나는 천천히 식탁 끝으로 옮겨간다.
그녀는 식기수납장에서 은 포크를 집어 둘째손가락으로 포크의
갈라진 부분을 쓸어 만진다.

"그렇구나. 음, 스펜서 트레이시가 정말 멋있게 나온대." 내가
말한다. 그리고 아무렇지 않은 듯 가방에 든 종이들을 일일이 확
인한다. 아이빌린과 미니의 글은 옆 주머니에 깊숙이 찔러 넣어져
있고 덮개와 똑딱 단추도 그대로다. 하지만 힐리의 화장실 발의안
이 '짐 크로 법과 힐리의 화장실 발의안, 뭐가 다른가?'라고 적힌 종
이와 함께 가방의 한가운데에 꽂혀 있다. 게다가 이건 힐리가 이
미 검토한 뉴스레터 초안이다. 하지만 그 책자, 그 법이 적힌 책자
는 다시 살펴봐도 감쪽같이 없다.

힐리는 고개를 갸우듬히 하고 눈살을 찌푸리며 나를 본다. "너
도 알겠지만, 유색인 남자가 올 미스로 들어가는 걸 저지하려고
했을 때 스튜어트의 아버지가 로스 바네트 바로 옆에 서 있었던

장면이 떠오르네. 휘트워스 상원의원과 바네트 주지사는 굉장히 가까운 사이거든."

나는 뭔가를, 뭐라도 말하려고 입을 벌리는데 그 순간 두 살배기 윌리엄 주니어가 아장아장 걸어온다.

"우리 아기 왔구나." 힐리가 아기를 보듬어 올리며 아기 목에 코를 문지른다. "완벽해! 완벽한 내 아기!" 그녀가 말한다. 윌리엄은 나를 보더니 빽빽거린다.

"그럼 영화 잘 봐." 나는 앞문으로 걸어간다.

"그래." 힐리가 말한다. 나는 계단을 내려간다. 문 입구에서 힐리가 손을 흔들고, 이어서 윌리엄의 손을 잡고 바이바이 한다. 그리고 내가 차에 닿기도 전에 문을 쾅 닫는다.

14장

나는 꽤 긴장감이 감도는 상황에 놓여 있다. 거실의 이편에는 미니가, 그 맞은편에는 미스 스키터가 앉아서 흑인으로 산다는 것, 백인 여자의 집에서 일하는 것이 어떤 것인지를 주제로 이야기한다. 맙소사, 다친 사람이 없는 것이 기적이다.

몇 번은 아슬아슬했다.

이를테면 지난주에 미스 스키터가 유색인이 욕실을 따로 써야 하는 이유에 대해 미스 힐리가 쓴 것을 보여주었을 때 그랬다.

"KKK단의 성명서를 보는 기분인데요." 내가 미스 스키터에게 말했다. 우리는 내 집의 거실에 모여 있었고, 밤공기는 이미 훈훈해지기 시작했다. 그때 미니는 부엌 냉장고 앞에 서 있었다. 미니는 1월에도 오 분을 넘기지 못하고 땀을 흘린다.

"힐리가 나더러 이걸 연맹 뉴스레터에 실으라는 거예요." 미스 스키터가 욕지기가 난다는 듯 머리를 흔든다. "미안해요. 보여주지 말았어야 했는데. 하지만 달리 말할 사람이 없어서요."

일 분 뒤에 미니가 부엌에서 돌아왔다. 내가 미스 스키터에게 눈짓하자 그녀는 그 종이를 슬그머니 공책 밑으로 밀어 넣었다. 미니의 땀이 그다지 식은 것 같지는 않았다. 솔직히 평소보다 더 더워 보였다.

"미니, 리로이와 시민권에 대해 이야기한 적 있어요?" 미스 스키터가 묻는다. "리로이가 일을 마치고 돌아왔을 때요."

미니 팔에 큼지막한 멍이 들었는데, 그것은 리로이가 집에 돌아와서 행패를 부렸기 때문이다. 리로이는 미니를 이리저리 떠밀었다.

"아니요." 미니는 그저 그렇게만 답했다. 미니는 사람들이 자기 일에 왈가왈부하는 것을 싫어한다.

"그래요? 그가 가두행진이라든가 차별에 대해 어떻게 느끼는지 말하지 않나요? 직장에서 그의 상관이……"

"리로이 이야기는 그만하지요." 미니는 멍이 보이지 않도록 가슴께에 팔짱을 꼈다.

나는 스키터의 발을 쿡 찔렀다. 하지만 미스 스키터는 완전히 몰두한 표정이었다.

"아이빌린, 남편의 관점을 보여주면 더 재미있지 않겠어요? 미니, 어쩌면……"

미니가 얼마나 잽싸게 일어났는지 전등갓이 다 출렁거렸다

"더는 이 짓을 하지 않겠어요. 이건 너무 사적인 이야기로군요. 백인들에게 그 기분에 대해 말하는 것까지는 괜찮았어요."

"미니, 알았어요. 내가 잘못했어요." 미스 스키터가 말했다. "가족 이야기는 안 해도 돼요."

"아니요. 마음이 바뀌었어요. 콩 자루를 헤쳐서 속을 까발릴 사람일랑 새로 찾는 게 좋겠어요." 이런 적은 이전에도 있었다. 하지만 이번에 미니는 자기 손가방을 낚아채듯 들고 의자 밑에 떨어진 장례식장 부채를 집으며 말했다. "미안해요, 아이빌린. 더는 못하겠어요."

그 순간 아뜩한 두려움이 밀려왔다. 정말 가려는 것이다. 미니가 그만두면 안 된다. 하겠다고 나선 가정부는 나를 빼면 미니밖에 없다.

그래서 나는 식탁 위로 몸을 숙여 미스 스키터의 공책 밑에서 힐리가 썼다는 종잇장을 손가락으로 빼냈다. 나는 미니 바로 앞에서 손가락을 멈췄다.

미니가 그것을 내려다보았다. "뭐래요?"

나는 아무 표정도 짓지 않았다. 그리고 어깨를 으쓱했다. 꼭 읽어달라는 표정을 하면 미니는 더 읽지 않을 것이기에 그저 가만히 있었다.

미니가 그 종잇장을 집어 눈으로 훑어 내렸다. 금세 미니의 앞니가 모조리 드러났다. 하지만 웃는 것이 아니었다.

미니가 미스 스키터를 무겁게, 한참 동안 바라보았다. 그리고 말했다. "계속해도 나쁘지는 않겠군요. 하지만 내 사생활은 캐묻지 말아요. 알아들었어요?"

미스 스키터가 고개를 끄덕였다. 그녀도 차츰 알아가는 것이다.

나는 미스 리폴트와 꼬마 아가씨의 점심으로 달걀샐러드를 만들고, 장식으로 피클을 조금 곁들인다. 미스 리폴트는 메이 모블리와 부엌 식탁에 앉아 이야기를 나눈다. 10월에 아기가 태어날 텐데 올 미스 홈커밍데이 전에는 퇴원할 거라고, 그리고 여동생이 좋은지 남동생이 좋은지 묻더니 이름을 어떻게 지을지 고민이라고 한다. 둘이 이렇게 도란거리는 모습이 보기 좋다. 미스 리폴트는 오전의 절반을 미스 힐리와 전화로 속닥거리느라 꼬마 아가씨에게는 눈길 한번 제대로 주지 않았다. 머지않아 아기가 태어나면 메이 모블리는 엄마한테 손바닥으로 얻어맞는 일조차 많지 않을 것이다.

점심을 먹고 나는 꼬마 아가씨를 데리고 뒤뜰로 나가 초록색 플라스틱 아기 수영장에 물을 채운다. 벌써 기온이 35도다. 미시시피의 날씨는 전국에서 가장 변덕스럽다. 2월에 영하 9도까지 떨어져서 얼른 봄이 왔으면 싶다가도 다음 날 일어나면 기온이 32도로 올라가서 아홉 달 내내 이어진다.

햇빛이 환하다. 메이 모블리는 수영복 팬티만 입고 수영장 한가운데에 앉았다. 아이는 제일 먼저 윗도리를 벗는다. 미스 리폴트가 나와서 말한다. "꽤 재미있어 보이네! 힐리에게 전화해서 헤더와 꼬마 윌리엄을 데려오라고 할까봐."

어느새 세 아이가 그 속에 모여 물장구를 치며 즐겁고 행복한 한때를 보낸다.

미스 힐리의 딸인 헤더는 깜찍하다. 메이 모블리보다 여섯 달 먼저 태어났는데, 꼬마 아가씨는 헤더를 보면 좋아 죽는다. 헤더는 짙고 윤기가 도는 고수머리에 주근깨가 가뭇가뭇하고 쉴 새 없이 지절거린다. 미스 힐리의 키 작은 판박이라고 하면 딱이지만 어린아이이니까 괜찮아 보인다. 꼬마 윌리엄 주니어는 두 살이다. 옅은 금발인데 말은 한마디도 하지 않는다.

오리처럼 뒤뚱뒤뚱 여자애들을 졸졸 쫓아다니면서 뜰 가장자리에 심은 키 큰 원숭이풀까지 갔다가, 또다시 쪼르르 한쪽 모서리에 매어놓은 그네까지 갔다가 — 누구든 타고 높이 오르면 나는 지켜보면서 무서워 죽는다 — 다시 돌아와 아기 수영장으로 들어간다.

미스 힐리에 대해 내가 분명히 말할 수 있는 한 가지는 그녀가 자식들을 사랑한다는 것이다. 오 분마다 어린 윌리엄의 이마에 키스한다. 혹은 헤더에게 재미있는지 묻는다. 혹은 이리 와서 엄마를 안아줘야지, 한다. 자기 딸에게 세상에서 제일 예쁘다고 말해준다. 그래서 헤더도 자기 엄마를 사랑한다. 헤더는 자유의 여신상을 보듯 미스 힐리를 올려다본다. 그런 사랑을 보면 나는 늘 가슴이 뭉클하다. 그 대상이 미스 힐리라 해도. 그런 장면을 보면 트리로어가, 그애가 나를 얼마나 사랑했는지가 떠오른다. 제 엄마를 흠모하는 아이를 보면 늘 고맙다.

아이들은 놀고 어른들은 목련나무 그늘에 앉아 있다. 나는 그들과 제법 떨어진 곳에 앉아서 적당한 거리를 유지한다. 그들은 뜨끈하게 달아오른 검은 철제 의자에 수건을 깔고 앉았다. 나는 녹색 플라스틱 접이의자가 좋다.

나는 메이 모블리가 바비인형을 수영장 가장자리에 올려놓았다가 물속으로 뛰어들게 해서 알몸으로 헤엄치게 하는 것을 지켜본다. 하지만 저 여자들 쪽도 계속 흘끔거린다. 미스 힐리는 헤더와 윌리엄에게 말할 때는 상냥하고 행복한 표정이지만 미스 리폴트를 돌아볼 때는 항상 얼굴에 조소가 어린다.

"아이빌린, 아이스티 좀 더 줄래?" 힐리가 말한다. 나는 몸을 일으켜 냉장고에서 주전자를 꺼내 온다.

"들어봐, 이해할 수 없는 건 이거야." 내가 그들에게 다가가는데 미스 힐리의 말소리가 들린다. "저치들과 같은 변기에 앉고 싶어하는 사람은 아무도 없잖아."

"그건 그렇지." 미스 리폴트가 맞장구를 치다가 내가 잔을 채우러 다가가자 얼른 입을 다문다.

"아, 고마워." 미스 힐리가 말한다. 그리고 정말 이해할 수 없다는 표정으로 나를 쳐다본다. "아이빌린, 변기를 따로 쓰니 좋지 않아?"

"네, 아씨." 화장실을 따로 만든 것이 여섯 달 전인데 아직도 그 소리다.

"분리는 하지만 평등하다." 미스 힐리가 미스 리폴트의 말을 받는다. "주지사 로스 바네트가 말한 게 옳아. 정부와 논쟁할 수는 없지."

미스 리폴트는 화제를 바꾸려고 정말 재미있는 일이 있다는 듯 자기 허벅지를 찰싹 때린다. 나도 그녀 편이다. 뭔가 다른 이야기를 하자. "요전 날 롤리가 뭐라고 했는지 말했던가?"

하지만 미스 힐리는 고개를 젓는다. "아이빌린, 백인들만 다니는 학교에는 가고 싶지 않지, 안 그래?"

"네, 아씨." 나는 중얼거린다. 나는 일어서서 꼬마 아가씨의 머리를 묶은 고무줄을 뺀다. 머리가 젖으면 초록 방울들이 엉망으로 뒤엉킨다. 하지만 내가 정말 하고 싶은 것은 아이가 이 대화를 듣지 못하게 귀를 막는 것이다. 더욱 싫은 것은 내가 동의하는 것을 아이가 듣는 것이다.

그런데 퍼뜩 이런 생각이 든다. 왜? 왜 이 자리에 서서 이 여자의 말에 맞장구를 쳐야 하지? 내가 지금 이 말을 하면 메이 모블리도 분별 있는 말을 듣게 돼. 나는 심호흡을 한다. 심장이 세차게 고동친다. 그리고 최대한 공손하게 말한다. "백인들만 있는 학교라면 그렇겠지요. 하지만 백인과 유색인이 함께 다니는 학교라면 괜찮겠지요."

힐리와 미스 리폴트가 동시에 나를 본다. 나는 고개를 돌려 아이들을 본다.

"하지만 아이빌린," 미스 힐리가 싸늘하게 웃는다. "유색인과 백인은…… 그냥 다른 거야." 그녀가 콧잔등을 찡그린다.

내 입술이 말린다. 물론 우리는 다르다! 유색인과 백인이 같지 않다는 건 누구나 안다. 하지만 우리는 같은 사람이다! 제길, 사막에서 산 예수님도 피부가 검었다고 들었다. 나는 입을 앙다문다.

하지만 미스 힐리는 아랑곳없이 이미 다른 이야기로 넘어갔다. 그녀에게 이런 이야기는 하찮은가보다. 그녀는 다시 미스 리폴트와 소곤거린다. 별안간 큰 먹구름이 해를 가린다. 소나기가 올 것 같다.

"……정부가 가장 잘 알아. 만약 스키터가 교묘히 빠져나갈 수 있다고 생각한다면 유색인……"

"엄마! 엄마! 저 좀 보세요!" 헤더가 수영장에서 외친다. "머리를 땋았어요!"

"봤어! 엄마가 봤어! 윌리엄이 출마하면……"

"엄마, 빗 좀 주세요! 미용실 놀이 할래요!"

"……내 옆에 유색인을 지지하는 친구를 둘 수는 없어……"

"엄마아아아아아아! 빗 주세요. 빗 좀 주세요!"

"내가 읽어봤다니까. 가방 안에 있었어. 조치를 취할 생각이야."

그리고 미스 힐리는 묵묵히 손가방에서 빗을 찾는다. 잭슨 남부에 천둥이 치고 저 멀리 토네이도를 알리는 종소리가 길게 퍼진다. 나는 미스 힐리가 방금 한 말의 뜻이 무엇인지 알아내려고 애쓴다. 미스 스키터. 가방. 내가 읽어봤다니까.

나는 아이들을 수영장에서 꺼낸 뒤 큰 수건으로 감싸준다. 천둥이 하늘을 박살내려나보다.

어둠이 깔리고 나는 우리 집 식탁에 앉아 연필을 빙글빙글 돌린다. 백인 도서관에서 빌린 『허클베리 핀의 모험』이 내 앞에 놓여 있지만 글자가 눈에 들어오지 않는다. 마지막 한 모금에 딸려온 커피 가루처럼 뒷맛이 쓰고 고약하다. 미스 스키터에게 말해야 한다.

선택의 여지가 없었던 두 번을 제외하면 나는 미스 스키터의 집에 전화한 적이 없다. 이 일을 하겠다고 말하려고 한 번, 미니도 한다는 말을 전하려고 한 번. 위험하다는 건 안다. 하지만 몸을 일으켜 벽에 걸려 있는 전화기를 잡는다. 하지만 그녀의 어머니가, 혹은 아버지가 받으면 뭐라고 하지? 가정부는 벌써 몇 시간 전에 돌아갔을 것이다. 유색인 여자가 전화한 사실에 대해 미스 스키터는 어떻게 둘러댈까?

나는 다시 털썩 앉는다. 미스 스키터는 미니의 이야기를 들으러 사흘 전에 여기 왔다. 문제는 전혀 없어 보였다. 몇 주 전에 경찰이 그녀를 불러 세웠을 때와는 달랐다. 미스 힐리에 대해서도 아무 말 없었다.

나는 전화벨이 울리기를 바라면서 한동안 의자에 앉아 숨을 돌린다. 마루에 바퀴벌레가 지나가자 벌떡 일어나서 작업화를 집어든다. 바퀴벌레가 이긴다. 그놈은 미스 힐리가 준 옷가지가 담긴 식료품 봉투 밑으로 기어들어 가는데, 거기서 몇 달이고 버틸 것이다.

나는 그 봉투를 보면서 다시 연필을 빙글빙글 돌린다. 저 봉투를 치우든 어쩌든 해야겠다. 여자들은 내게 옷을 잘 준다. 백인 여자들의 옷은 물리도록 받았다. 삼십 년 동안 나는 옷을 살 필요가 없었다. 그 옷가지가 내 것처럼 느껴지려면 얼마간 시간이 필요했다. 트리로어가 어린 아기였을 때 내가 일하던 집의 여주인이 물려준 낡은 코트를 입었더니 트리로어가 이상한 듯 한참 보다가 주춤 물러서며 말했다. 백인 냄새가 난다고.

하지만 저 봉투는 다르다. 저 종이봉투에 내게 맞는 옷이 있어도 나는 입지 않을 것이다. 친구들에게 줄 수도 없다. 저 봉투에 든 옷에는 면바지며 피터팬 칼라의 셔츠며 고깃국물이 묻은 분홍색 재킷이며 심지어 양말까지 죄다 빨간 실로 H.W.H 표시를 해놓았다. 오종종하고 예쁜 흘림체 글씨다. 율 메이가 수놓았을 것이다. 그 옷을 입으면 내가 힐리 W. 홀브룩의 개인 자산처럼 느껴질 것 같다.

나는 일어서서 봉투를 발로 차지만 바퀴벌레는 나오지 않는다. 기도문을 써볼까 하고 수첩을 꺼내지만 미스 힐리 때문에 걱정이 이만저만이 아니다. 읽어봤다니까. 이 말이 무슨 뜻이었을까.

어느새 생각은 절대 일어나서는 안 된다고 생각하는 상황까지 흘러간다. 저 백인 여자들이 우리가 저들에 대한 글을 쓴다는 사실을 알아내면, 저들이 어떤 사람인지 그 진실을 말한다는 사실을 알아내면, 결국 무슨 일이 생길지 나는 아주 잘 안다. 여자들은 남자들 같지 않다. 여자들은 방망이로 후려치지 않는다. 미스 힐리는 내게 권총을 들이대지 않을 것이다. 미스 리폴트가 내 집에 불을 지르지도 않을 것이다.

아니, 백인 여자들은 자기들의 손은 더럽히지 않는다. 저들은 마녀의 손가락처럼 뾰족하고 병원 쟁반에 가지런하고 깔끔하게 정리된 예리한 치과용 기구들처럼 번쩍이는 도구를 쓴다. 그것으로 당신을 서서히 괴롭힌다.

백인 여자는 맨 먼저 당신을 해고한다. 당신은 당황하지만 상황이 잠잠해지면, 그러니까 백인 여자가 그 일을 잊을 때쯤이면 다시 일자리를 찾을 수 있을 거라고 생각한다. 남은 돈은 한 달 치 월세뿐이다. 이웃들이 당신에게 호박 캐서롤 요리를 가져온다.

하지만 일자리를 잃고 일주일 뒤에 당신의 집 방충문에 자그마한 노란 봉투가 꽂힌다. 봉투 속에는 집을 비우라는 통지서가 들어 있다. 잭슨에 있는 모든 땅의 주인은 백인이고, 모두 백인을 아내로 맞았으며, 그 아내들은 모두 누군가의 친구다. 그 무렵이 되면 당신은 막막하고 두려워서 어쩔 줄을 모른다. 일자리를 구할 가능성은 없어 보인다. 어디를 찾아가도 당신의 바로 눈앞에서 문을 쾅 닫는다. 게다가 이제는 살 곳도 없다.

이제 조금씩 빠르게 진행된다.

당신의 차에 대한 통지서를 보내고 그 차를 되가져간다.

주차 위반 범칙금을 내지 않았으면 감옥에 간다.

딸이 있으면 딸네 집에 가서 산다. 하지만 딸도 백인 가정에서 일한다. 며칠 뒤에 딸이 돌아와서 말한다. "엄마, 방금 해고됐어요." 상처 입고 겁먹은 얼굴이다. 딸은 이유를 모른다. 당신이 딸에게, 당신 때문이라고 말한다.

적어도 딸의 남편은 일한다. 적어도 그들의 아기는 먹여 살릴 수 있다.

그러던 어느 날 딸의 남편도 해고된다. 또하나의 조그맣고 날카로운 도구, 번쩍이는 예리한 도구다.

딸의 부부가 당신을 가리키며 왜 그랬는지 울면서 묻는다. 당신은 이유조차 기억하지 못한다. 몇 주가 지난다. 직장도, 돈도, 집도, 아무것도 없다. 당신은 이것이 끝이기를 바란다. 할 만큼 했으니 그 여자도 잊을 때가 됐다.

밤이 이슥해서 문 두드리는 소리가 들린다. 물론 문 앞에 그 백인 여자가 서 있을 리는 없다. 그녀는 몸소 나서지 않는다. 불을 지르든 집을 부수든 당신을 죽도록 패든, 악몽이 벌어지는 동안 당신은 평생 느껴온 사실을 불현듯 깨닫는다. 백인 여자는 절대 용서하지 않는다는 것을.

백인 여자는 당신이 죽을 때까지 멈추지 않는다.

다음 날 아침 미스 스키터가 미스 리폴트의 집 진입로에 캐딜락을 세운다. 양손에 생닭을 들었고, 레인지에는 불꽃이 이글거리고, 메이 모블리는 허기져 죽겠다는 듯 칭얼거리지만, 나는 한순간도 더 참을 수 없다. 지저분한 손을 쳐들고 식사실로 향한다.

미스 스키터가 미스 리폴트에게 위원회에서 음식을 준비하는 여자들의 명단을 묻자 미스 리폴트가 대답한다. "컵케이크 위원회의 책임자는 아일린이야." 그러자 미스 스키터가 말한다. "컵케이크 위원회의 의장은 록산이잖아." 미스 리폴트가 말한다. "아니, 록산은 컵케이크 위원회의 공동의장이고, 책임자는 아일린이야." 컵케이크 이야기를 참고 들으려니 몹시 애가 타서 나는 생닭을 든 손가락으로 미스 스키터를 쿡 찌르고 싶지만 섣불리 방해했다가는 화를 부를 게 뻔해서 참는다. 가방에 대한 이야기는 일언반구도 없다.

눈 깜짝할 사이에 미스 스키터가 문밖으로 나간다.

이를 어쩐다.

그날 저녁을 먹은 뒤에 나는 부엌 바닥에 엎드려 그 바퀴벌레와 서로 노려본다. 큰 놈이라 길이가 3센티미터, 아니 4센티미터는 너끈히 되겠다. 검다. 나보다 더 검다. 놈은 날개를 비비며 바스락거린다. 내가 신발 한 짝을 든다.

그때 전화벨이 울리고 우리는 둘 다 깜짝 놀란다.

"잘 지냈어요, 아이빌린?" 미스 스키터가 문 닫는 소리가 들린다. "늦게 전화해서 미안해요."

나는 한숨을 푹 쉰다. "전화해줘서 고마워요."

"다른 소식이…… 없을까 해서 전화했어요. 혹시 다른 가정부들이 한다고 했거나."

미스 스키터의 목소리가 이상하다. 턱이 굳은 것 같다. 요즘 그녀는 사랑에 빠져서 반딧불이처럼 반짝거렸다.

"쿨리 씨 집에서 일하는 코린에게 물어봤어요. 안 하겠대요. 그리고 밀러 씨 집에서 일하는 로드나와 로드나의 여동생에게도…… 둘 다 안 한대요."

"율 메이는요? 최근에…… 얘기해본 적 있어요?"

미스 스키터가 이상하게 구는 것이 그 때문인가 싶다. 실은 미스 스키터에게 작은 거짓말을 했다. 한 달 전에 율 메이에게 물어봤다고 했지만 실은 그러지 않았다. 내가 율 메이를 잘 몰라서 그런 것이 아니다. 그녀는 미스 힐리 홀브룩의 가정부이고, 그 이름과 연관된 것은 뭐든 불안감을 일으킨다.

"아주 최근에는 없었어요. 다시…… 말을 꺼내보지요." 거짓말은 싫지만 어쩔 수 없다.

그리고 나는 다시 연필을 돌리기 시작한다. 이제 미스 힐리가 무슨 말을 했는지 말할 수 있을 것 같다.

"아이빌린." 미스 스키터의 목소리가 심하게 떨린다. "할 말이 있어요."

미스 스키터가 잠잠해지는데 깔때기 구름에서 비가 쏟아지기 직전의 음산함이 감돈다.

"무슨 일인데요, 미스 스키터?"

"가방을…… 두고 왔었어요. 연맹 회의에 갔다가. 힐리가 그걸 들고 갔었어요."

나는 눈살을 찌푸리며 확실히 알아듣지 못한 것처럼 말한다. "빨간 가방이요?"

그녀는 대답이 없다.

"이런…… 맙소사." 갑자기 속이 메슥거린다.

"우리 이야기들은 다른 주머니에 있었어요. 옆 주머니에요. 내 생각에는 힐리가 도서관에서 가져온…… 짐 크로 법 책자만 읽은 것 같지만…… 확실하지는 않아요."

"오, 미스 스키터." 나는 눈을 감는다. 하느님, 도와주세요. 하느님, 미니를 도와주세요.

"나도 알아요. 정말 알아요." 미스 스키터는 전화기에 대고 울먹인다.

"됐어요. 됐어요." 나는 치미는 화를 애써 누른다. 이건 사고였어, 혼자 되뇐다. 그녀를 걷어차도 소용없다.

322

그렇기는 해도.

"아이빌린, 정말 미안해요."

몇 초간 심장 박동 소리 말고는 아무 소리도 들리지 않는다. 아주 천천히, 오싹한 기분에 휩싸여, 나는 머릿속으로 그녀가 일러준 몇 가지와 내가 알고 있는 사실을 차근차근 정리한다.

"그게 언제 일어난 일이지요?" 내가 묻는다.

"사흘 전에요. 이 말을 하기 전에 힐리가 어디까지 아는지 확인하고 싶었어요."

"미스 힐리와 말은 해봤어요?"

"잠시요. 가방을 가지러 갔을 때요. 엘리자베스와 루 앤 그리고 힐리를 아는 다른 여자들 네 명과도 얘기해봤어요. 그 일에 대해서는 아무도 말이 없었어요. 그래서…… 그래서 율 메이에 대해 물어본 거예요." 그녀가 말한다. "일하다가 혹시 무슨 이야기라도 들었는지 해서."

나는 숨을 깊게 들이쉰다. 이 말을 하기가 정말 싫다. "나도 들었어요. 어제. 미스 힐리가 미스 리폴트에게 그 이야기를 하더군요."

미스 스키터는 잠잠하다. 나는 벽돌이 날아와 내 창문에 부딪히기를 기다리는 심정이다.

"미스터 홀브룩이 출마한다는 이야기와, 아가씨가 유색인을 지지한다는 말과…… 그리고 뭔가 읽었다고 했어요." 그 말을 내뱉자 온몸이 후들거린다. 손가락으로는 여전히 연필을 빙글빙글 돌린다.

"가정부에 대해 말하던가요?" 미스 스키터가 묻는다. "그러니까, 내게만 화난 건지 아니면 아이빌린이나 미니에 대해서도 뭐라고 했는지?"

"아니요, 오직…… 아가씨에 대해서만."

"알았어요." 미스 스키터가 전화기에 대고 땅이 꺼지게 한숨을 쉰다. 그녀는 당황한 것 같지만, 나와 미니에게 무슨 일이 생길지 그녀는 모른다. 백인 여자가 쓰는 그 날카롭고 번득이는 도구를 그녀는 모른다. 밤늦게 문 두드리는 소리를, 유색인이 백인의 심기를 건드렸다는 소문에 굶주린 백인들이 곤봉과 성냥을 들고 언제든 찾아올 수 있다는 사실을 그녀는 모른다. 그들은 아주 사소한 일이라도 그냥 넘어가지 않는다.

"100퍼센트 확신할 수는 없지만……" 미스 스키터가 말한다. "힐리가 그 책에 대해, 그리고 아이빌린과 특히 미니에 대해 알았다면 틀림없이 동네방네 소문을 퍼뜨렸을 거예요."

나는 이 말을 곰곰이 따져보면서 정녕 그 말을 믿고 싶다. "그 말은 맞네요. 미스 힐리는 미니 잭슨을 좋아하지 않으니까요."

"아이빌린." 미스 스키터는 나를 불러놓고 또다시 침묵에 빠진다. 차분한 목소리가 오히려 귀에 거슬린다. "여기서 멈춰도 돼요. 그만두고 싶다고 해도 전적으로 이해해요."

내가 더는 원하지 않는다고 하면 지금까지 썼고 앞으로 써야 할 모든 이야기가 바깥세상으로 나오지 못하고 그대로 묻힌다. 그건 안 된다, 나는 생각한다. 그만두고 싶지 않다. 내 생각이 얼마나 확고한지 나 스스로도 놀란다.

"미스 힐리가 알면 알라지요." 내가 말한다. "지금 그만둬도 용서는 못 받아요."

　나는 이틀 동안 미스 힐리를 보지도, 듣지도, 냄새 맡지도 않는다. 연필을 쥐고 있지 않을 때도 손가락은 주머니 속에서, 부엌 조리대에서 빙글빙글 돌리고 드럼 스틱처럼 탕탕 두드린다. 미스 힐리의 머릿속에 뭐가 들어 있는지 알아내야 한다.
　미스 리폴트는 율 메이를 통해 미스 힐리에게 메시지 세 개를 남기지만 미스 힐리는 언제나 미스터 홀브룩의 사무실에 있다. 미스 힐리는 그곳을 '선거운동 본부'라고 부른다. 미스 리폴트는 한숨지으며 미스 힐리가 여기 와서 '생각' 버튼을 눌러주지 않으면 자기 뇌가 어떻게 작동하는지 모르겠다는 듯 송수화기를 내려놓는다. 꼬마 아가씨는 헤더가 플라스틱 수영장에 언제 다시 와서 놀 건지 열 번은 더 물었다. 나는 미스 힐리가 두 아이에게 세상을 가르칠 테고 그 둘은 자라면서 좋은 친구가 될 거라고 생각한다. 그날 오후 우리는 모두 집 안을 왔다 갔다 하면서 손가락을 불안스레 까딱거리고 미스 힐리가 언제 올지 궁금해한다.
　잠시 뒤 미스 리폴트는 포목점에 간다. 뭔가 덮개 같은 것을 만들 거란다. 뭐가 될지는 그녀도 모른다. 메이 모블리가 나를 쳐다보는데, 아마 우리는 같은 생각을 하고 있을 것이다. 할 수만 있다면 이 여자는 우리 둘을 덮어버릴 거야.

그날 저녁 나는 아주 늦은 시각까지 일한다. 리폴트 부부가 영화를 본다며 라마 영화관에 갔다. 나는 꼬마 아가씨에게 저녁을 먹이고 재운다. 마지막 회밖에 남지 않았지만 미스터 리폴트가 약속했으니 미스 리폴트는 그 약속을 지키게 한다. 집에 돌아온 그들은 하품을 하고, 귀뚜라미들은 울기 시작한다. 다른 집은 가정부 방이 따로 있어서 더러 자기도 하지만 이 집에는 없다. 미스터 리폴트가 나를 집까지 데려다주지 않을까 해서 잠시 뭉그적거리지만 그는 곧장 침실로 간다.

나는 십 분 거리에 있는 리버사이드 공원까지 어두컴컴한 밤길을 걸어간다. 거기로 가면 수력발전소의 야간 근무자들이 타는 심야 버스가 있다. 바람이 선선해서 모기가 달라붙지 않는다. 나는 공원 가장자리로 가서 가로등 밑 풀밭에 앉는다. 잠시 기다리니 버스가 온다. 네 사람이 탔는데, 두 명은 유색인, 두 명은 백인이다. 모두 남자다. 아는 사람은 없다. 나는 깡마른 유색인 뒤로 가서 창가에 앉는다. 그는 갈색 양복을 입고 갈색 모자를 썼으며 나이는 내 또래다.

버스는 다리를 건너 유색인 병원 쪽으로 향하고 거기서 커브를 돈다. 나는 뭔가 끼적이려고 기도책을 꺼낸다. 메이 모블리에게 마음을 집중하고 미스 힐리는 떨쳐내려고 애쓴다. 저와 함께 지내는 동안 꼬마 아가씨에게 친절한 마음과 자신을 사랑하고 타인을 사랑하는 법을 가르칠 수 있도록 그 방법을 제게 가르쳐주소서……

나는 고개를 번쩍 든다. 버스가 길 한복판에 멈춰 섰다. 통로 쪽으로 몸을 기울여서 보니 몇 블록 앞에 푸른색 불빛이 번득이고 사람들이 그 주변에 몰려 있다.

백인 운전사는 앞만 뚫어져라 바라본다. 그가 시동을 끄자 차의 진동이 사라져서 기분이 묘하다. 그는 운전모를 고쳐 쓴 뒤 펄쩍 뛰어 운전석에서 나온다. "전부 그대로 앉아 있어요. 무슨 일인지 알아보고 올 테니."

고요한 가운데 모두 하릴없이 기다린다. 개 짖는 소리가 들리지만, 집에서 키우는 개는 아니고 당신을 향해 사납게 짖는 그런 개 소리다. 오 분을 꼬박 채운 뒤 운전사는 버스로 돌아와 다시 시동을 건다. 이어서 경적을 울리고, 차창 밖으로 손을 흔들며 천천히 후진한다.

"무슨 일이랍니까?" 내 앞에 앉은 유색인 남자가 운전사에게 묻는다.

운전사는 묵묵부답이다. 계속 후진만 한다. 번득이는 불빛이 멀어지고 개 짖는 소리도 희미해진다. 운전사는 패리시 가에서 버스를 돌린다. 그리고 다음 모퉁이에서 선다. "유색인들은 내려요. 마지막 정류장이오." 그가 백미러를 쳐다보며 외친다. "백인들은 어디까지 가는지 말해주시오. 최대한 가까이 내려드릴 테니."

앞에 앉은 유색인 남자가 나를 돌아본다. 우리 둘 다 기분이 꺼림칙하다. 그가 일어서고 나도 일어선다. 그가 앞문을 향해 걸어가고 나는 그의 뒤를 따른다. 소름끼치는 고요 속에 우리 발소리만 들린다.

한 백인 남자가 운전사 쪽으로 몸을 기울여 묻는다. "무슨 일이오?"

나는 그 유색인 남자를 뒤따라 버스 계단을 내려간다. 등 뒤로 운전사의 말소리가 들린다. "모르겠소. 검둥이가 총에 맞았다나. 어디까지 가시오?"

문이 스르륵 닫힌다. 이런 맙소사, 부디 내가 아는 사람이 아니기를, 나는 생각한다.

패리시 가는 적막하고, 우리 둘 말고는 그림자도 보이지 않는다. 그 남자가 나를 쳐다본다. "괜찮아요? 집이 가까워요?"

"괜찮아요. 금방이에요." 내 집은 여기서 일곱 블록이다.

"바래다줄까요?"

마음 한편에서는 그래주기를 바라지만 나는 고개를 흔든다. "고 맙지만 괜찮아요. 별일 없을 거예요."

보도 차량이 쌩하니 달려 버스를 돌렸던 교차로 지점으로 간다. 옆에 WLBT-TV 라는 글씨가 보인다.

"맙소사, 나쁜 소식은 아니면 좋겠는데……" 하지만 남자는 가고 없다. 이제 나 혼자다. 강도를 당하기 직전에 든다는 오싹한 느낌이 밀려온다. 정신이 번쩍 들어 걸음을 재촉하니 스타킹이 스치며 지퍼 여닫는 소리처럼 지지직거린다. 저만치 앞쪽에 걸어가는 세 사람도 나처럼 총총걸음이다. 그들 모두 큰길에서 벗어나 각자의 집으로 들어가서 문을 닫는다.

나는 한순간도 더 혼자 있고 싶지 않다는 생각뿐이다. 뮬 카토의 집과 자동차 수리소 사이로 질러서, 오니 블랙의 뜰을 통과하다가 어둠 속에서 호스에 발이 걸린다. 강도가 된 기분이다. 이 시간에는 집에 불이 꺼져 있어야 하는데 켜져 있어서 나는 머리를 숙인다. 무슨 일인지 모르겠지만 모두 그 이야기를 하는가보다.

드디어 저만치 앞쪽에 미니네 부엌 불빛이 보인다. 뒷문은 열렸지만 방충문은 닫혀 있다. 문을 밀자 삐걱하며 열린다. 미니는 리로이 주니어, 슈거, 펠리샤, 카인드라, 베니 이렇게 다섯 아이들과 식탁에 앉아 있다. 리로이는 일하러 나갔나보다. 모두 식탁 가운데 놓인 커다란 라디오를 쳐다보고 있다. 내 몸에서 정전기가 일어난다.

"무슨 일이야?" 내가 묻자, 미니는 얼굴을 찡그리며 다이얼을 만지작거린다. 이내 부엌의 정경이 눈에 들어온다. 납작한 팬에는 얇은 햄이 발갛게 익어 있고, 조리대에는 뚜껑을 딴 양철 캔이 놓여 있다. 싱크대에는 설거지를 해야 할 접시들이 쌓여 있다. 미니의 부엌은 절대 이렇지 않다.

"무슨 일이냐니까?" 내가 다시 묻는다.

신호가 잡히자 라디오에서 기자가 소리를 질러댄다. "……미국 유색인지위향상협회의 미시시피 지부장으로 지난 십 년간 일해온…… 아직 병원에서는 소식이 없지만 상처가……"

"누가?" 내가 묻는다.

미니는 나를 머리통이 없는 사람처럼 쳐다본다. "메드거 에버스요. 뭐 하다 왔어요?"

"메드거 에버스? 무슨 일이 있어?" 작년 가을에 그의 아내 멀리 에버스가 메리 본의 가족과 함께 우리 교회를 찾아왔을 때 그녀를 본 적이 있다. 멀리 에버스는 빨간색과 검정색이 섞인 세련된 스카프를 목에 두르고 있었다. 그녀는 내 눈을 바라보며 나를 만나서 정말 반가운 것처럼 웃었다. 메드거 에버스는 이 근방에서 유명 인사나 마찬가지고, 미국유색인지위향상협회에서도 직책이 높은 인물이다.

"앉아요." 미니가 말한다. 나는 나무 의자에 앉는다. 모두 유령처럼 파리한 얼굴로 라디오만 뚫어져라 바라본다. 라디오는 자동차 엔진의 절반 크기에 몸체는 나무로 되었고 둥근 다이얼이 네 개 달렸다. 카인드라마저 슈거의 무릎에 조용히 앉아 있다.

"KKK단에서 쐈대요. 그의 집 앞에서. 한 시간 전에."

등골에 소름이 쫙 끼친다. "그 사람이 어디에 살지?"

"가이네스요." 미니가 말한다. "지금 유색인 병원에 있대요."

"내가…… 봤어." 그 버스를 떠올리며 내가 말한다. 가이네스는 차로 가면 여기서 오 분도 걸리지 않는다.

"……목격자에 의하면 백인 남자 한 명이 덤불에서 튀어나왔다고 합니다. KKK단이 개입했다는 소문이……"

이제 라디오에서는 여러 말소리가 뒤섞여 나온다. 어떤 사람들은 소리를 지르고 어떤 사람들은 더듬거린다. 누가 바깥에서 우리를 지켜보는 것처럼 마음이 조마조마하다. KKK단이 여기에, 오 분 전에 유색인을 사냥하러 왔다. 얼른 저 뒷문을 닫고 싶다.

"방금 들어온 소식입니다." 기자가 숨을 헐떡인다. "메드거 에버스가 사망했습니다."

"메드거 에버스가 숨졌습니다." 여기저기서 떠미는지 그의 목소리는 흩어져 들리고, 그의 주변은 웅성웅성한다. "방금 들어온 소식입니다."

세상에, 맙소사.

미니는 리로이 주니어를 돌아본다. 그녀의 목소리는 차분하게 가라앉았다.

"동생들을 데리고 방으로 들어가서 자거라. 거기서 나오지 말고." 평소에 바락바락 악을 쓰던 사람이 나직이 말하면 으레 더 무서운 법이다.

리로이 주니어는 더 있고 싶은 눈치이지만 동생들을 쳐다보더니 모두 데리고 조용히 빠르게 들어간다. 라디오 기자도 잠잠하다. 아주 잠시 라디오는 갈색 나무와 전선으로 된 상자나 다름없다. "메드거 에버스는……" 기자가 말한다. 뒤로 떠밀리는지 그의 목소리가 멀어진다. "미국유색인지위향상협회의 미시시피 지부장이 사망했습니다." 그가 한숨을 내쉰다. "메드거 에버스가 숨졌습니다."

나는 입안 가득 고인 침을 삼키고, 베이컨 기름과 아기의 손자국과 리로이가 피운 펠멜 담배 연기로 페인트 색깔이 싯누레진 미니네 집 벽을 바라본다. 벽에는 사진 한 장, 달력 하나 걸려 있지 않다. 나는 애써 생각을 누른다. 유색인의 죽음은 생각하기 싫다. 어쩔 수 없이 트리로어가 떠오른다.

미니가 주먹을 불끈 쥔다. 이를 악문다. "자식들이 보는 앞에서 총을 쐈대요, 아이빌린."

"에버스 가족을 위해 기도하고, 또 멀리를 위해 기도하고……" 하지만 내 말이 몹시 공허하게 들려서 나는 말을 멈춘다.

"라디오에서 그러는데, 식구들이 총성을 듣고 집 밖으로 뛰어나갔대요. 그가 피를 쏟으며 바닥에 나동그라졌는데, 아이들도 피로

칠갑이 되고……" 미니가 식탁을 내려치자 라디오가 흔들거린다.

나는 숨을 참지만 정신이 아뜩하다. 나는 강한 사람이 되어야 한다. 여기 내 친구가 분노를 폭발시키게 두어서는 안 된다.

"이 타운은 절대 바뀌지 않을 거예요, 아이빌린. 우리가 사는 곳은 지옥이에요. 우리는 덫에 갇힌 거예요. 우리 자식들도 그렇고요."

기자의 목소리가 다시 커진다. "……곳곳에 배치된 경찰이 도로를 차단하고 있습니다. 톰슨 시장이 곧 기자회견을 열 예정입니다."

나는 목이 멘다. 눈물이 쏟아진다. 유색인 구역에서 어슬렁거리며 나를 파괴하려는 저들은 백인이다. 백인이 총을 들고 유색인을 겨눈다. 그러면 우리 종족은 누가 보호하는가? 단언하건대 유색인 경찰은 아니다.

미니는 아이들이 사라진 문을 바라본다. 그녀의 얼굴 옆으로 구슬땀이 흐른다.

"저들이 우리한테 어떤 짓을 할까요, 아이빌린? 우리가 붙잡힐 경우……"

나는 심호흡을 한다. 미니는 우리 이야기에 대해 말하고 있다. "우리 둘 다 잘 알잖아. 나쁜 일이 생기겠지."

"하지만 구체적으로 어떤 짓을 할까요? 우리를 트럭에 매달아 질질 끌고 다닐까요? 내 집 마당에서, 아이들이 지켜보는 앞에서 총을 쏠까요? 아니면 굶겨 죽일까요?"

톰슨 시장이 라디오에 나와서 에버스 가족에게 유감을 표한다. 집 안에서는 백인 남자의 목소리가 울려 퍼지고, 나는 열린 뒷문을 흘끔거리며 또다시 누가 우리를 지켜본다는 느낌에 사로잡힌다.

"우리가 하는 건 그런 게…… 우리는 시민권 운동을 하자는 게 아니야. 그저 일어난 대로 사실을 말하는 것뿐이야."

나는 라디오를 끄고 미니의 손을 감싸 쥔다. 우리는 그저 그렇게 앉아 있는다. 미니는 벽에 짓뭉개진 갈색 나방을 쳐다보고, 나는 팬 속의 말라비틀어진 빨간 햄 조각을 쳐다보면서.

미니의 눈동자에 깊은 외로움이 서린다. "리로이가 집에 있으면 좋겠어요." 그녀가 중얼거린다.

이 집에서 이전에도 그런 말을 들어본 적이 있는지, 나는 잘 모르겠다.

몇 날 며칠 동안 미시시피 주 잭슨은 펄펄 끓는 물주전자 같다. 미스 리폴트의 텔레비전에서는 에버스 씨의 장례식이 열린 다음 날 유색인들이 무리 지어 하이 가를 행진하는 장면이 나온다. 유색인 신문은 수천 명의 사람들이 장례식에 왔지만 백인은 손에 꼽을 만큼이었다고 전한다. 경찰은 누가 범인인지 알지만 이름은 밝히지 않는다.

에버스 가족은 메드거를 미시시피에 묻지 않을 거라고 한다. 그의 시신은 워싱턴의 알링턴 묘지로 옮길 것이고, 멀리는 그 사실을 매우 자랑스러워할 것이다. 당연하다. 하지만 나는 그가 여기, 우리 가까이에 묻히면 좋겠다. 신문에서 나는 미국의 대통령조차 톰슨 시장이 더 잘해야 한다고 말했다는 기사를 읽는다. 흑인과 백인으로 위원회를 구성하고 여기서 문제를 잘 풀어나가라고. 하지만 톰슨 시장은 케네디 대통령에게 답한다. "나는 인종을 혼합한 위원회는 만들지 않습니다. 농담으로 하는 말이 아닙니다. 나는 인종 분리를 지지하며, 그것이 세상의 이치입니다."

며칠 뒤 시장이 라디오에 다시 나와 말한다. "미시시피 주 잭슨은 천국에 가장 근접한 장소입니다. 앞으로도 우리가 살아 있는 한 이는 변함없을 겁니다."

미시시피 주 잭슨은 두 달 뒤 두번째로 〈라이프〉에 등장한다. 하지만 이번에 표지를 장식하는 건 우리다.

15장

미스 리폴트의 집에서는 메드거 에버스에 대한 이야기가 한마디도 들리지 않는다. 그녀가 점심 모임에서 돌아오자 나는 얼른 채널을 돌린다. 우리의 삶은 화창한 여름 오후처럼 흘러간다. 미스 힐리로부터는 콩이든 팥이든 아직 들은 이야기가 없고, 나는 머릿속에서 떠나지 않는 그 걱정이 지긋지긋하다.

에버스의 장례식 다음 날 미스 리폴트의 어머니가 잠시 들른다. 그녀는 미시시피 주 그린우드에서 사는데 혼자 운전해서 뉴올리언스까지 간단다. 미스 프레더릭스는 문도 두드리지 않고 내가 다림질을 하고 있는 거실로 사부작사부작 들어온다. 나를 보자 레몬처럼 상큼하게 웃는다. 나는 미스 리폴트에게 가서 누가 왔는지 말한다.

"엄마! 일찍 오셨네요! 날이 밝기도 전에 일어나셨겠어요. 고단하지는 않으세요?" 미스 리폴트는 한달음에 거실로 달려가서 손에 집히는 대로 허겁지겁 장난감들을 치운다. 미스 리폴트가 나를 당장, 하는 표정으로 쏘아본다. 나는 미스터 리폴트의 구겨진 셔츠를 바구니에 넣고, 수건을 가져와 꼬마 아가씨의 얼굴에 묻은 젤리를 닦는다.

"오늘 아침은 정말 생기 있고 세련돼 보이세요, 엄마." 미스 리폴트는 눈알이 튀어나올 것처럼 열심히 웃는다. "쇼핑 여행을 떠나니까 흥분되시죠?"

멋진 뷰익을 타고 근사한 버클 구두를 신은 걸 보면 미스 프레더릭스는 리폴트 부부보다 돈이 더 많은 것 같다.

"운전하다가 좀 쉬어 가려고 들렀어. 점심 먹으러 너랑 로버트 E. 리에 갔으면 싶기도 하고." 미스 프레더릭스가 말한다. 나는 이 여자가 자기 자신을 어떻게 참는지 잘 모르겠다. 그녀는 타운에 올 때마다 미스 리폴트에게 비싼 식당에 가자고 하지만 막상 가면 뒷짐 지고 앉아 돈은 한 푼도 내지 않는다. 그 일로 리폴트 부부가 옥신각신하는 것을 들은 적이 있다.

미스 리폴트가 말한다. "여기서 먹게 아이빌린더러 점심을 만들라고 할까요? 정말 고급 햄이 있는데……"

"외식을 하려고 들른 거야. 집에서 먹으려는 게 아니고."

"알았어요, 알았어요, 엄마. 가서 핸드백을 가져올게요."

미스 프레더릭스는 메이 모블리가 바닥에서 아기 인형 클라우디아를 가지고 노는 것을 내려다본다. 그녀가 허리를 숙여 아이를 껴안는다. "메이 모블리, 지난주에 보낸 드레스는 마음에 들었니?"

"응." 꼬마 아가씨가 제 할머니에게 대답한다. 그 드레스는 허리가 얼마나 끼이는지 미스 리폴트에게 정말 보여주기 싫었다. 꼬마 아가씨는 날이 갈수록 통통해진다.

미스 프레더릭스는 메이 모블리를 못마땅한 얼굴로 쳐다본다. "네, 할머니, 해야지, 꼬마 숙녀. 알아들었니?"

메이 모블리의 표정에 따분함이 비친다. "네, 할머니." 하지만 나는 이 아이가 속으로 무슨 생각을 하는지 알겠다. 이런 생각이다. 큰일 났군. 내 이럴 줄 알았지. 이 집에서 나를 싫어하는 여자가 또 생겼어.

미스 프레더릭스가 미스 리폴트의 팔등 쪽을 꼬집듯 붙잡고 밖으로 나간다. "제대로 된 가정부를 아직 고용할 줄 모르는구나, 엘리자베스. 메이 모블리에게 예의범절을 가르치는 건 가정부가 할 일이야."

"알았어요, 엄마. 어떻게 해볼게요."

"아무나 고용해서는 행운을 바랄 수 없어."

잠시 뒤 나는 꼬마 아가씨에게 미스 프레더릭스를 주기에는 아까운 햄 샌드위치를 만들어준다. 하지만 메이 모블리는 한 입 먹고 밀어버린다.

"아파요. 몽이 아파, 아이비."

몽이 뭔지, 목을 어떻게 낫게 할지 나는 안다. 꼬마 아가씨가 여름 감기에 걸리려는 모양이다. 나는 꿀물을 데우고 작은 레몬을 넣어 맛있게 차를 만들어준다. 하지만 꼬마 아가씨가 정말로 바라는 것은 이야기를 들으며 잠드는 것이다. 나는 아이를 번쩍 들어 안는다. 맙소사, 점점 무거워진다. 세 살이 되려면 몇 달 남았는데 호박처럼 통통하다.

매일 오후 낮잠을 재우기 전에 나는 꼬마 아가씨와 함께 흔들의자에 앉는다. 매일 오후 나는 말한다. 꼬마 아가씨는 착하고 똑똑하고 소중해요. 하지만 아이가 더 자라면 머지않아 그런 몇 마디로는 부족한 때가 올 것이다.

"아이비, 이야기책 읽어줘요."

나는 뭘 읽어줄까 고민하면서 이야기책들을 훑는다. 『호기심 많은 조지』는 좋아하지 않으니 한 번 더 읽어줄 수 없다. 『치킨 리틀』이나 『매들린』도 안 된다.

그래서 우리는 한동안 앉아서 의자만 흔든다. 메이 모블리가 내 제복에 머리를 기댄다. 우리는 녹색 플라스틱 수영장에 고인 물 위로 빗방울이 듣는 것을 지켜본다. 나는 멀리 에버스를 위해 기도한다. 일을 하루 쉬고 장례식에 갔더라면 좋았을걸, 하고 생각한다. 누가 그러는데, 장례식이 거행되는 내내 그녀의 열 살짜리 아들이 숨죽여 울더란다. 의자를 흔들며 기도하지만 왠지 모를 슬픔이 밀려오며 가슴이 울컥한다. 이야기가 절로 나온다.

"옛날 옛적에 꼬마 여자아이 둘이 살았대요. 한 꼬마는 피부가 까맣고, 한 꼬마는 하얬지요."

메이 모블리가 나를 올려다본다. 귀를 쫑긋 세웠다.

"흑인 꼬마가 백인 꼬마에게 말했어요. '넌 왜 피부가 하얘?' 백인 꼬마가 대답했어요. '몰라. 네 피부는 왜 까매? 왜 그런 걸까?' 하지만 둘 다 답을 몰랐대요. 어린 백인 꼬마가 말했어요. '하지만 봐. 너도 머리카락이 있고 나도 머리카락이 있어.'" 나는 메이 모블리의 머리를 살짝 헝클어뜨린다.

"흑인 꼬마가 말했어요. '나도 코가 있고 너도 코가 있어.'" 나는 메이 모블리의 앙증맞은 코를 살짝 잡아당긴다. 아이도 팔을 뻗어 나처럼 한다.

"백인 꼬마가 말했어요. '나도 발가락이 있고 너도 발가락이 있어.'" 나는 아이의 꼬물거리는 발가락을 살짝 간질이지만, 아이는 흰 작업화 때문에 내 발을 간질이지 못한다.

"'그러면 우리는 같은 거야. 색깔만 다르지.' 흑인 꼬마가 말했어요. 백인 꼬마는 맞장구를 치고 그들은 친구가 됐어요. 끝."

꼬마 아가씨는 나를 골똘히 쳐다본다. 맙소사, 내가 듣는 사람이었대도 이 이야기는 엉성하기 짝이 없다. 구성도 엉망이다. 하지만 메이 모블리는 해죽 웃으며 말한다. "또 해줘."

그래서 또 해준다. 네 번 들려주자 아이는 비로소 잠든다. 나는 속삭인다. "다음에는 더 재미있는 이야기를 해줄게요."

"수건이 이거밖에 없어, 아이빌린? 이건 괜찮지만, 이 너덜거리는 걸 가져갈 수는 없어. 창피해 죽겠네. 그러면 이것만 가져가야겠다."

미스 리폴트는 들떠서 어쩔 줄을 모른다. 그녀와 미스터 리폴트는 수영 클럽 회원도, 심지어 시시껄렁한 브로드무어 당구 클럽 회원도 아니다. 오늘 아침에 미스 힐리가 전화해서 메이 모블리를 데리고 잭슨 컨트리클럽으로 수영하러 가지 않겠느냐고 물었다.

미스 리폴트는 이런 초대를 한두 번밖에 받지 못했다. 그곳에는 내가 그녀보다 더 많이 갔을 것이다.

그곳에서는 현금은 쓸 수 없고 회원이 되면 계좌에서 비용이 빠져나가는데, 미스 힐리에 대해 확실한 것 한 가지는 그녀가 다른 사람의 비용은 부담하지 않는다는 것이다. 미스 힐리는 아마 컨트리클럽에 같이 다닐 여자들이 따로 있을 것이다. 회원인 여자들이.

그 뒤로 가방에 대한 말은 아직 없었다. 닷새 동안 미스 힐리를 보지도 못했다. 미스 힐리를 보지 못한 건 미스 스키터도 마찬가지였는데, 그건 안타깝다. 그들은 어쨌거나 절친한 친구들이다. 지난밤에 미스 스키터가 미니 이야기의 첫 장을 써왔다. 미스 월터는 신경 쓰지 않아도 되지만, 미스 힐리가 뭔가 관련된 것을 보았다면 우리에게 무슨 일이 닥칠지 모른다. 뭔가 새로운 소식이 있는데 미스 스키터가 겁에 질려서 차마 입을 떼지 못한 게 아니기를 바랄 뿐이다.

나는 꼬마 아가씨에게 노란 비키니를 입힌다. "지금은 윗도리도 입어야 해요. 발가벗은 아기들은 컨트리클럽에서 수영할 수 없어요." 흑인도 못 하고 유대인도 못 한다. 골드먼 씨 집에서 일한 적이 있었다. 잭슨에 사는 유대인은 콜로니얼 컨트리클럽에서 수영하고 흑인은 메이즈 호수에서 한다.

꼬마 아가씨에게 피넛버터 샌드위치를 먹이는데 전화벨이 울린다.

"미스 리폴트 댁입니다."

"아이빌린, 나예요, 스키터. 엘리자베스 있어요?"

"안녕하세요, 미스 스키터……" 내가 미스 리폴트에게 전화기를 건네려는데 미스 리폴트가 손을 휘휘 젓는다. 그녀는 고개를 가로젓고 입을 뱅긋거리며 없다고 해, 한다.

"나가셨는…… 데요, 미스 스키터." 나는 둘러대면서 미스 리폴트의 눈을 똑바로 쳐다본다. 이해할 수 없다. 미스 스키터는 클럽 회원이니 초대해도 문제될 것이 없다.

정오 무렵에 우리 셋은 미스 리폴트의 푸른색 포드 페어레인에 탄다. 꼬마 아가씨와 나는 뒷좌석에 앉고 보온병에 담은 사과주스, 치즈과자, 땅콩, 미지근해지면 커피 같은 코콜라 두 병을 바구니에 담아 우리 옆에 놓는다. 미스 리폴트도 미스 힐리가 우리를 스낵바로 데려가지 않으리라는 것을 아나보다. 오늘 미스 힐리가 그녀를 초대한 이유는 하느님만 안다.

꼬마 아가씨는 뒷좌석 내 무릎에 앉는다. 나는 손잡이를 돌려 창문을 열고 얼굴에 따스한 바람을 느낀다. 미스 리폴트는 머리를 풍성하게 하려고 끊임없이 매만진다. 게다가 가다 서기를 반복해서 나는 멀미가 날 지경이다. 제발 양손을 운전대에 가만히 올려두면 좋겠다.

우리는 벤 프랭클린 싸구려 잡화점과 실 릴리 아이스크림 드라이브스루*를 지나간다. 거기는 뒤쪽에 미닫이 창문이 있어서 유색인도 아이스크림을 사먹을 수 있다. 꼬마 아가씨를 앉혀서 가느라

---

* 자동차 전용 판매 창구.

다리에서 땀이 난다. 얼마 뒤 우리는 울퉁불퉁한 길로 들어선다. 양옆으로는 목초지가 펼쳐지고 소들이 꼬리로 파리를 쫓고 있다. 합해서 스물여섯 마리이지만 메이 모블리는 아홉 마리를 세고는 계속 "열"이다. 그것이 아이가 아는 가장 큰 숫자다.

십오 분 남짓 달리자 포장도로로 접어든다.

클럽은 가시덤불로 에둘린 나직하고 하얀 건물인데, 사람들이 말하는 것처럼 호화롭지는 않다. 건물 앞에 차를 댈 자리가 남아도는데도 미스 리폴트는 잠시 고민하더니 굳이 뒤로 가서 댄다.

아스팔트가 깔린 길로 내려서니 열기가 후끈하다. 나는 한 손에는 종이봉투를 들고, 다른 손으로는 메이 모블리의 손을 잡고 뜨거운 검은색 공터를 터덜터덜 걷는다. 칸칸이 그려진 주차선 때문에 우리가 꼭 숯 그릴 위에서 구워지는 옥수숫대 같다. 햇볕에 달아올라 얼굴이 자꾸만 땅긴다. 꼬마 아가씨는 방금 볼기짝을 얻어맞은 듯 어리벙벙한 표정으로 내 손을 붙잡고 따라온다. 출입문까지는 20미터 정도 남았고, 미스 리폴트는 숨을 헐떡이며 상을 찌푸린다. 왜 이렇게 멀리 세웠을까 후회하는 것 같다. 나는 가르마가 화끈거리면서 가렵지만 손이 없어서 긁을 수 없다. 이윽고 후우! 누가 불을 끈 것 같다. 로비는 어두컴컴하고 서늘하고 천국 같다. 우리는 잠시 눈을 끔벅거린다.

미스 리폴트는 막막하고 어줍은 표정으로 두리번거리고 나는 옆문을 가리킨다. "수영장은 저쪽이에요, 아씨."

그녀는 가난뱅이처럼 길을 묻지 않아도 된다는 사실에 내가 길을 아는 것을 다행으로 여기는 것 같다.

문을 밀고 들어가자 다시 햇빛이 쏟아지지만 이곳은 기분 좋게 서늘하다. 수영장은 푸른빛으로 반짝인다. 흑백 줄무늬 차양이 깔끔해 보인다. 세탁실 비누 냄새가 난다. 꼬마들은 깔깔거리며 물장구를 치고, 여자들은 수영복과 선글라스 차림으로 누워 잡지를 읽고 있다.

미스 리폴트는 손차양을 하고 이쪽저쪽 미스 힐리를 찾는다. 미스 리폴트는 나풀거리는 흰 모자를 쓰고 흑백 물방울무늬 드레스를 입고 또각거리는 흰 샌들을 신었는데, 샌들은 버클이 달렸고 자기 발보다 한참 크다. 어색하다고 느껴서인지 상을 찌푸리지만 내색하지 않으려고 계속 미소를 짓는다.

"저기 있네." 우리는 미스 리폴트를 따라 수영장을 빙 둘러 빨간 수영복을 입은 미스 힐리에게 간다. 그녀는 비치의자에 누워 아이들이 수영하는 모습을 바라본다. 내가 모르는 얼굴의 가정부 둘이 다른 가족과 함께 왔지만 율 메이는 보이지 않는다.

"왔네." 미스 힐리가 말한다. "이야, 메이 모블리, 그 비키니를 입으니 작은 버터볼 같구나. 아이빌린, 아이들은 저기 아기 수영장에 있어. 저기 그늘로 가서 아이들을 지켜보면 될 거야. 윌리엄이 여자애들한테 물을 튀기지 않게 하고."

미스 리폴트는 미스 힐리 옆에 눕고, 나는 그 자리에서 조금 뒤쪽에 놓여 있는 차양우산이 달린 테이블에 앉는다. 그리고 땀을 식히려고 스타킹을 벗는다. 그들이 하는 말을 듣기에 썩 좋은 위치다.

"율 메이는 또 하루 쉬겠대." 미스 힐리가 고개를 가로저으며 미스 리폴트를 본다. "정말이지 내 속을 뒤집는다니까." 오호라, 한 가지 수수께끼는 풀렸다. 미스 힐리가 미스 리폴트를 초대한 것은 내가 따라오기 때문이다.

미스 힐리는 햇볕에 그을린 통통한 다리에 코코아버터 오일을 좀더 붓고 문지른다. 이미 잔뜩 발라서 번질거린다. "얼른 바닷가로 떠나고 싶어 죽겠어. 삼 주 동안 해변에 가 있을 거야."

"롤리의 가족도 거기에 집이 있으면 좋을 텐데." 미스 리폴트가 한숨짓는다. 그녀는 드레스를 약간 끌어 올려 하얀 무릎에 햇볕을 쪼인다. 임신해서 수영복은 입을 수 없다.

"물론 주말에는 버스비를 주면서 율 메이에게 오라고 해야겠지. 여기 집도 마냥 내버려둘 수는 없으니까. 8달러, 그만큼은 급료에서 제해야겠어."

아이들이 더 큰 수영장에 들어가고 싶다고 소리친다. 나는 가방에서 메이 모블리의 스티로폼 버블을 꺼내 허리에 단단히 둘러준다. 미스 힐리가 두 개를 주어서 윌리엄과 헤더에게도 둘러준다. 아이들은 큰 수영장에 들어가자 낚시용 코르크처럼 둥둥 떠다닌다. 미스 힐리가 나를 보며 말한다. "정말 귀엽지 않아?" 나는 고개를 끄덕인다. 그것은 틀림없는 사실이다. 심지어 미스 리폴트도 고개를 끄덕인다.

그들은 대화하고 나는 듣지만, 미스 스키터나 가방에 대한 말은 전혀 없다. 조금 있으니 미스 힐리가 나더러 모두가 마실 체리 코콜라를, 심지어 내가 마실 것까지 사 오라고 한다. 잠시 뒤 나무에서는 매미 소리가 들리고 그늘은 더욱 시원해진다. 수영장에서 노는 아이들만 바라보려니 슬슬 눈꺼풀이 내려온다.

"아이비, 봐요! 나 좀 봐요!" 나는 다시 눈에 힘을 주고 메이 모블리가 신나게 떠다니는 것을 쳐다보며 흐뭇하게 웃는다.

그 순간 수영장 뒤편 울타리 밖에 미스 스키터가 보인다. 그녀는 테니스 스커트를 입고 라켓을 들었다. 맞는지 확인하려는 듯 고개를 갸우듬히 하고 미스 힐리와 미스 리폴트를 쳐다본다. 둘은 미스 스키터를 보지 못하고 계속 빌럭시*에 대해 지껄인다. 나는 미스 스키터가 문을 통과해서 수영장을 빙 둘러 걸어오는 것을 지켜본다. 이윽고 그녀가 그들 바로 앞에 선다. 하지만 그들은 여전히 그녀를 보지 않는다.

"안녕, 애들아." 미스 스키터가 말한다. 그녀의 팔에 땀방울이 흐른다. 얼굴은 햇볕 때문에 발갛게 익고 부었다.

미스 힐리는 고개를 들지만 여전히 잡지를 든 채 비치의자에 기대 누웠다. 미스 리폴트가 얼떨결에 일어나 앉더니 벌떡 일어선다.

"안녕, 스키터! 어머나, 뜻밖인데…… 전화…… 하려고 했는데……" 그녀는 입이 다물리지 않으면 어떡하나 싶을 만큼 입을 크게 벌려 웃는다.

"안녕, 엘리자베스."

"테니스 치러 왔어?" 미스 리폴트가 묻는다. 그녀의 고개는 자동차에 놓은 인형처럼 까딱거린다. "누구랑 치러 온 거야?"

"혼자 벽에 공 치는 연습을 했어." 미스 스키터가 말한다. 그리

---

* 미시시피 주 남동부에 있는 휴양지.

고 이마에 달라붙은 머리카락을 떼려고 입으로 후 불지만 떨어지지 않는다. 하지만 햇볕을 피하지는 않는다.

"힐리," 미스 스키터가 말한다. "내가 전화했더라고 율 메이가 전하지 않았어?"

미스 힐리가 딱딱하게 웃는다. "오늘 쉬는 날이야."

"어제도 전화했었어."

"스키터, 시간이 없었어. 봉투에 주소를 쓰느라 수요일부터 선거운동 본부에 있었거든. 잭슨에 사는 백인들 전부한테 보내는 거나 마찬가지야."

"그랬구나." 미스 스키터가 고개를 끄덕인다. 그리고 눈을 가늘게 뜨며 말한다. "힐리, 우리가…… 혹시 나 때문에 화났니?" 나는 보이지 않는 그 바보 같은 연필을 돌리느라 손가락이 또다시 곰지락대는 느낌을 받는다.

미스 힐리는 잡지를 덮더니 오일이 묻지 않게 콘크리트에 올려둔다. "스키터, 그 이야기는 나중에 하자."

미스 리폴트가 얼른 다시 기대 눕는다. 그녀는 힐리가 보던 〈굿 하우스키핑〉을 집더니 이렇게 중요한 책은 이제껏 본 적이 없다는 듯 읽기 시작한다.

"알았어." 미스 스키터가 어깨를 으쓱한다. "네가 휴가 가기 전에 무슨 이야기든 할 수 있을 거라 생각했는데."

미스 힐리는 무슨 말을 하려다가 길게 한숨을 내쉰다. "그냥 내게 진실을 털어놓지그래, 스키터?"

"무슨 진실……"

"이봐, 난 네가 들고 다니는, 자료들을 봤어." 나는 침을 꼴깍 삼킨다. 미스 힐리는 목소리를 죽이려고 하지만 그런 것에는 워낙에 소질이 없는 사람이다.

미스 스키터가 미스 힐리를 찬찬히 바라본다. 아무 말 없이, 내게는 눈길 한번 주지 않고. "어떤 자료를 말하는 건데?"

"네 가방에서 의사록을 찾다가, 그런데 말이야, 스키터." 미스 힐리가 눈빛을 번득이며 하늘을 바라보다 다시 시선을 거둔다. "모르겠어. 이제는 전혀 모르겠어."

"힐리, 무슨 말이야? 내 가방에서 뭘 봤는데?"

나는 아이들을 쳐다본다. 맙소사, 까맣게 잊고 있었다. 이 이야기를 듣다가 나는 정신이 아뜩해서 까무러칠 것 같다.

"네가 들고 다니던 그 법에 대한 책자 말이야. 우리와 다른 그 인간들이……" 미스 힐리는 나를 돌아본다. 내 시선은 수영장에 붙박여 있다. "무엇은 할 수 있고 무엇은 할 수 없는지에 대해 쓴 것, 그리고 솔직히……" 그녀가 목소리를 낮춘다. "너는 너 혼자 잘난 줄 알지. 네가 우리 정부보다 더 잘 안다고 생각하니? 로스 바네트보다?"

"내가 로스 바네트에 대해 뭐라고 한 적 있어?" 미스 스키터가 말한다.

미스 힐리는 미스 스키터를 가리키며 손가락을 흔든다. 미스 리폴트의 시선은 같은 쪽, 같은 행, 같은 단어에 머물러 있다. 나는 곁눈으로 그 장면을 고스란히 보고 있다.

"넌 정치가가 아니야, 스키터 펠런."

"그건 너도 마찬가지야, 힐리."

미스 힐리가 벌떡 일어선다. 그녀는 손가락으로 바닥을 가리킨다. "난 머지않아 정치가의 아내가 될 거야. 네가 그런 짓을 하고 다니지 않는다면 말이지. 언젠가 우리가 통합주의자 친구들을 감싸줘야 한다면 윌리엄이 어떻게 워싱턴 D. C.에 입성할 수 있겠어?"

"워싱턴?" 미스 스키터가 눈을 휘둥그레 뜬다. "윌리엄은 여기에서 상원의원에 출마하잖아, 힐리? 게다가 당선되지 않을 수도 있어."

이런, 맙소사. 나는 결국 고개를 돌려 미스 스키터를 본다. 왜 이러세요? 왜 가장 민감한 부분을 건드리세요?

이를 어쩌나, 미스 힐리는 이제 화가 머리끝까지 났다. 그녀가 고개를 홱 돌려 앞을 본다. "너도 나만큼 잘 알겠지. 타운에는 이 문제로 너와 끝까지 맞서 싸울 선량하고 세금 잘 내는 백인 주민들이 있다는 걸. 넌 저치들도 우리 수영장에 집어넣고 싶어? 저치들을 우리 식품점에 들여보내서 온갖 것에 손대게 하자고?"

미스 스키터는 미스 힐리를 뚫어져라 쳐다본다. 그리고 아주 잠시 나를 흘끗 쳐다보고는 내 눈빛에서 간절함을 읽는다. 그녀의 어깨가 약간 내려간다. "오, 힐리, 그건 그냥 책자야. 도서관에서 찾았어. 법을 바꾸려는 게 아니야. 집에서 읽으려고 가져온 거야."

미스 힐리가 잠시 이 말을 따져본다. "하지만 네가 그 법을 들여다보고 있는 한……" 미스 힐리가 엉덩이에서 말려 올라간 수영복을 홱 잡아 내린다. "네가 또 무슨 짓을 꾸미려는지 궁금할 수밖에 없잖아."

미스 스키터는 시선을 돌리며 입술을 깨문다. "힐리, 세상에서 나를 가장 잘 아는 건 너잖아. 내가 무슨 일을 꾸미면 일 초도 안 돼서 네가 알아낼걸."

미스 힐리는 그저 미스 스키터를 보고 있다. 미스 스키터가 미스 힐리의 손을 꽉 쥔다. "난 네가 걱정이야. 한 주 내내 보이지도 않고. 이번 선거 때문에 네가 고생이 많구나. 이것 봐." 미스 스키터가 미스 힐리의 손을 뒤집는다. "봉투에 일일이 주소를 쓰느라 물집이 다 생겼네."

아주 느리게 미스 힐리가 몸을 숙인다. 내가 보기에는 미스 리폴트가 듣지 않게 하려는 것 같다.

"겁이 무지 많이 났어." 미스 힐리가 입을 거의 떼지 않고 말한다. 내 귀에는 잘 들리지 않는다. "……이번 선거에 돈을 쏟아부었는데, 윌리엄이 당선되지 않으면…… 밤낮으로 일하고……"

미스 스키터는 미스 힐리의 어깨에 손을 얹고 중얼거린다. 미스 힐리가 고개를 끄덕이며 고달픈 미소를 짓는다.

잠시 뒤 미스 스키터가 가야겠다고 한다. 그리고 의자와 수건을 요리조리 피하며 일광욕을 하는 사람들 사이로 걸어간다. 미스 리폴트는 눈이 동그래져서 차마 못 물어보겠다는 듯 겁먹은 표정으로 미스 힐리를 쳐다본다.

나는 의자에 기대며 메이 모블리에게 물속에서 빙글빙글 돌아보라고 손짓한다. 지끈거리는 두통을 없애려고 관자놀이를 문지른다. 저만치에서 미스 스키터가 나를 돌아본다. 우리 주위의 모두가 햇빛을 즐기며 깔깔거리고 눈부셔하지만, 흑인 여자와 테니스 라켓을 든 백인 여자가 같은 의혹을 품었다는 사실은 누구도 짐작하지 못할 것이다. 우리가 바보처럼 너무 쉽게 마음을 놓은 것은 아닐까?

16장

트리로어가 죽고 약 일 년 뒤부터 나는 교회의 지역 문제 모임에 참석했다. 시간을 때우는 심정으로 다니기 시작했을 것이다. 혼자 저녁을 보내지 않으려고. 자기는 모르는 것이 없다는 듯 구는 셜리 분의 미소가 짜증스럽기는 하다. 미니도 셜리를 좋아하지 않지만 집에서 벗어나려고 거르지 않고 오는 편이다. 하지만 오늘 미니는 베니의 천식이 심해서 오지 못한다.

최근에 모임에 가면 거리를 깨끗이 하는 문제나 의류 교환 행사 때 누가 무슨 일을 맡을 것인지에 대한 문제보다 시민권에 대한 논의가 더 활발하다. 공격적인 말은 나오지 않고 대체로 토론하거나 기도한다. 하지만 일주일 전에 에버스 씨가 저격당해 숨진 뒤로 이 동네에 사는 많은 유색인들이 실의에 빠졌다. 이런 일에 단련되지 않은 젊은이들은 더욱 그랬다. 젊은이들은 그 일로 일주일 내내 모였다. 다들 분노하고 부르짖고 울었다고 했다. 나는 그 총격 사건이 있은 뒤로 오늘 처음으로 모임에 가는 것이다.

나는 지하로 통하는 계단을 내려간다. 평소에는 교회 내부보다 더 시원한데 오늘밤은 여기도 덥다. 사람들이 커피에 얼음을 넣는다. 나는 누가 왔는지 둘러보면서 미스 힐리의 의심을 아슬아슬하게 따돌린 것 같으니 더 많은 가정부에게 물어보는 것이 좋겠다고 생각한다. 이미 서른다섯 명이 거절했다. 아무도 살 사람이 없는 물건을 파는 기분이다. 키키 브라운의 레몬 향 나는 광택제처럼 부담스럽고 냄새나는 무언가를. 하지만 키키와 내가 같은 점은 나도 내가 파는 물건을 자랑스럽게 여긴다는 것이다. 어쩔 수 없다. 우리가 하는 이 이야기는 누군가는 꼭 해야 하는 것이다.

미니도 같이 물어봐주면 좋겠다. 미니는 파는 요령을 안다. 하지만 미니가 참여하는 것은 아무도 모르게 하기로 처음부터 입을 맞추었다. 그녀의 가족이 매우 위험해진다. 하지만 미스 스키터의 존재는 밝혀야 한다고 뜻을 모았다. 그녀가 어떤 백인인지 모르면 자기가 아는 사람은 아닌지, 그 집에서 일한 적은 없는지 궁금해할 뿐 나서지는 않을 것이기 때문이다. 그렇다고 스키터가 직접 판매 전선에 나설 수는 없다. 그녀가 입을 벌리기도 전에 다들 겁을 집어먹고 달아날 테니까. 그러니 이 문제는 나한테 달렸다. 대여섯 명에게 물었더니 벌써 소문이 쫙 퍼져서 몇 마디 꺼내기도 전에 내가 무슨 말을 할지 다 안다. 다들 해봤자 소용없단다. 소용도 없는데 그런 위험한 일은 왜 하느냐고 되묻기까지 한다. 나이 든 아이빌린의 바구니에는 이제 쓸 만한 포포 열매가 몇 개 남지 않았다고 생각하나보다.

오늘밤 나무로 만든 접이의자에는 빈자리가 보이지 않는다. 쉰 명 넘게 앉았는데 대부분 여자다.

"내 옆에 앉아, 아이빌린." 버트리나 베서머가 말한다. "골델라, 의자는 연장자에게 양보하지."

골델라가 벌떡 일어서며 자리를 내준다. 버트리나는 아직 나를 미친 사람 취급하지 않는다. 나는 의자에 앉는다. 오늘밤엔 셜리 분은 앉아 있고 집사가 나섰다. 그가 오늘밤에는 조용히 기도할 거라고 말한다. 우리에게 치유가 필요하단다. 다행이다. 우리는 눈을 감고, 집사의 인도하에 에버스의 가족인 멀리와 그의 자식들을 위해 기도한다. 어떤 사람들은 하느님에게 속삭이듯 중얼중얼 기도한다. 조용한 힘이 벌집에서 벌들이 붕붕거리는 것처럼 이 공간을 가득 채운다. 나는 속으로 기도한다. 기도가 끝나자 숨을 깊게 들이쉬고 다른 사람들의 기도가 끝나기를 기다린다. 오늘밤 집으로 돌아가면 내 기도문을 쓸 것이다. 글로 쓰면 두 배의 시간이 걸린다.

미스 힐리의 가정부 율 메이가 내 앞에 앉았다. 율 메이는 머릿결이 아주 매끄럽고 부드러워서 뒤통수만 봐도 안다. 그녀는 대학 공부를 거의 마친 교육받은 사람이라고 들었다. 우리 교회에는 대학 학위를 받은 똑똑한 사람들이 많다. 의사와 변호사도 있고, 유색인 주간신문 〈서던 타임스〉의 발행인 크로스 씨도 있다. 하지만 율 메이는 아마 우리 교구에서 교육을 가장 많이 받은 가정부일 것이다. 그녀를 보면 내가 바로잡고 싶은 사회의 잘못이 다시금 떠오른다.

집사가 눈을 뜨고 쥐 죽은 듯 조용히 앉아 있는 우리를 둘러본다. "우리가 올리는 이 기도가……"

"서러굿 집사님." 고요함을 뚫고 굵직한 목소리가 울려 퍼진다. 나는 뒤를 돌아본다. 모두 돌아본다. 플랜턴 피델리아의 손자 제섭이 출입구에 서 있다. 나이는 스물둘 아니면 스물셋이다. 그는 주먹을 불끈 쥐었다.

"제가 알고 싶은 건," 그가 북받친 목소리로 또박또박 말한다. "그와 관련해 우리가 어떤 행동을 할 것이냐 하는 겁니다."

집사는 이 문제로 제섭과 이미 이야기를 나눈 것처럼 표정이 굳는다. "오늘밤 우리는 하느님께 기도를 올립니다. 다음주 화요일에는 잭슨 거리로 나가서 비폭력 행진을 합니다. 8월에는 닥터 킹이 이끄는 워싱턴 가두행진에 당신과 같이 참여하겠지요."

"그것으로는 부족합니다!" 제섭이 자기 손바닥에 주먹을 내려친다. "저자들은 그를 개처럼, 뒤에서 쐈단 말입니다!"

"제섭," 집사가 손을 올린다. "오늘은 기도의 밤입니다. 그의 가족을 위해서, 이 사건을 맡은 변호사들을 위해서요. 분노하는 마음은 알아요, 하지만……"

"기도요? 가만히 앉아서 기도만 한다고요?"

제섭이 의자에 앉은 우리를 둘러본다.

"다들 기도만 하면 백인들이 우리를 죽이지 않을 거라고 생각하는 겁니까?"

그 누구도, 심지어 집사도 대답하지 않는다. 제섭은 돌아서서 쌩하니 나가버린다. 우리는 그가 쿵쿵거리며 계단을 올라가 우리 머리 위를 지나 교회 밖으로 나가는 소리를 듣는다.

실내는 더없이 고요하다. 서러굿 집사의 시선은 우리의 머리보다 약간 위를 향해 있다. 평소와는 다르다. 그는 사람의 눈을 똑바로 쳐다보지 못하는 사람이 아니다. 모두 그를 뚫어져라 쳐다보고, 그가 무슨 생각에 빠져서 우리를 똑바로 쳐다보지 않는지 궁금해한다. 나는 율 메이가 보일락 말락, 그러나 진심으로 고개를 가로젓는 것을 보고 율 메이와 집사가 같은 생각을 하는 것이 아닐까 짐작한다. 그들은 제섭의 질문에 대해 생각하는 것이다. 그리고 율 메이, 그녀는 방금 그 답을 찾았다.

모임은 여덟시 즈음에 끝난다. 자식이 있는 사람들은 먼저 가고, 나머지는 뒤쪽 탁자에서 커피를 가져와 마신다. 서로 딱히 담소를 나누지는 않는다. 다들 말이 없다. 나는 숨을 들이마시고 커다란 커피 추출기 옆에 선 율 메이에게 다가간다. 도꼬마리처럼 들러붙은 이 거짓말을 끄집어낼 참이다. 그녀 말고는 다른 누구에게도 묻지 않을 것이다. 오늘밤 내가 파는 이 구리터분한 상품은 아무도 사지 않을 테니까.

율 메이가 고개를 까딱하며 예의 바른 미소를 짓는다. 나이는 마흔 즈음인데, 키가 크고 늘씬하다. 훌륭한 몸매다. 아직 흰 제복 차림인데 허리가 잘록하다. 항상 고리 모양의 자그마한 금 귀걸이를 한다.

"쌍둥이가 내년에 투갈루 대학에 들어간다고 들었어요. 축하

해요."

"그렇게 되면 좋지요. 돈을 좀더 모아야 해요. 한꺼번에 둘이라서 돈이 많이 들어요."

"대학 교육을 제법 받았다면서요?"

그녀가 고개를 끄덕인다. "잭슨 대학에 다녔어요."

"나도 공부를 좋아했지요. 특히 읽기와 쓰기요. 수학은 빼고. 그건 별로였어요."

율 메이가 웃는다. "영어는 저도 좋아했어요. 쓰기요."

"나는 혼자 계속…… 써왔어요."

율 메이가 내 눈을 쳐다보는데 내가 무슨 말을 하려는지 알겠다는 눈치다. 그 순간 나는 그녀가 그 집에서 일하면서 날마다 삼키는 수치심을 읽는다. 그 공포를. 나는 차마 말을 꺼내지 못한다.

하지만 내가 입을 떼기 전에 율 메이가 먼저 말한다. "어떤 글을 쓰시는지 들었어요. 미스 힐리의 친구분과 같이 하신다고요."

"괜찮아요, 율 메이. 하기 힘들다는 거 알아요."

"당장은…… 위험 부담이 커서요. 돈을 거의 다 모았거든요."

"이해해요." 나는 말하면서 그녀에게 부담을 주지 않겠다는 표시로 살짝 웃는다. 하지만 율 메이는 가지 않는다.

"이름을…… 바꾼다던데, 그런가요?"

모두 그것이 궁금한지 같은 질문을 한다.

"그렇지요. 타운 이름도 바꾸고요."

율 메이가 바닥을 내려다본다. "내가 가정부의 삶에 대해 말하면 그녀가 받아 적는 건가요? 수정하거나…… 뭐 그렇게요?"

나는 고개를 끄덕인다. "우리는 무슨 이야기든 다루고 싶어요. 훈훈한 이야기든 속상한 이야기든. 지금은 다른 가정부와…… 작업하고 있고요."

율 메이는 입술을 깨문다. 미스 힐리의 집에서 일하는 것이 어떤지 말하는 장면을 상상하는 것 같다.

"이 문제에 대해…… 좀더 이야기할 수 있을까요? 제게 시간이 좀더 있을 때요."

"그럼요." 내가 말한다. 율 메이의 눈빛을 보니 그냥 예의상 뱉은 말은 아닌 것 같다.

"죄송해요. 헨리와 아이들이 기다리고 있어서요." 그녀가 말한다. "전화를 드려도 될까요? 우리끼리만 이야기할 수 있게요."

"아무 때라도 괜찮아요. 내키면 언제든 전화해요."

율 메이가 내 팔을 살짝 잡더니 내 눈을 똑바로 쳐다본다. 나는 보면서도 믿기지 않는다. 그녀는 내가 물어봐주기를 줄곧 기다린 것 같다.

이윽고 율 메이가 문밖으로 나간다. 나는 잠시 구석에 서서 이 더운 날씨에 뜨거운 커피를 홀짝인다. 사람들은 이제 나더러 더더욱 미쳤다고 하겠지만, 나는 해죽거리며 혼자 중얼거린다.

17장

"청소를 해야 하니 좀 비켜주세요."

미스 셀리아는 내가 자기를 침대에서 끌어낼까봐 침대 커버를 가슴께까지 끌어당긴다. 여기서 아홉 달 일했는데 나는 아직 그녀가 몸이 아픈 건지, 머리를 염색하다가 머릿속까지 볶아버린 건지 잘 모르겠다. 어쨌거나 내가 처음 일을 시작했을 때보다는 나아 보인다. 배에 살도 좀 붙었고, 뺨이 쑥 들어가서 이 외진 곳에서 미스터 조니와 같이 굶어죽지 않을까 싶던 때보다는 훨씬 통통하니 보기 좋다.

한동안 뒤뜰에 꾸준히 나가서 일한다 싶더니 지금은 이 미친 여자가 다시 침대에 버티고 앉았다. 예전에는 그녀가 자기 방에 틀어박혀 지내는 것이 좋았다. 하지만 미스터 조니를 만나고 나니 이제야 제대로 일할 기분이 난다. 그리고 젠장, 이제 미스 셀리아의 생활도 제대로 돌려놓을 준비가 되었다.

“집에서 하루 스물네 시간 돌아다니니 제 머리가 돌겠어요. 일어나세요. 어서 나가서 그렇게 미워하는 저 꼴사나운 미모사나무를 당장 베어버리세요.” 미스터 조니는 아직 그 나무를 베지 않았다.

하지만 미스 셀리아가 침대에서 꼼짝달싹하지 않으면 더 큰 총을 들이대야 한다. “미스터 조니에게 제 이야기는 언제 하실 건가요?” 그 말을 하면 늘 반응을 보인다. 그래서 나는 이따금 재미 삼아 묻기도 한다.

미스터 조니는 이미 나라는 존재를 알고 있는데 미스 셀리아는 아직 탄로 나지 않았다고 믿으면서 백치처럼 돌아다닌다. 이 뻔한 수작이 이렇게 오래 가다니 믿기지 않는다. 약속한 크리스마스가 다가오자 아니나 다를까 그녀는 시간을 더 달라고 애원했다. 물론 나는 길길이 날뛰었지만 그 바보가 하도 울고불고하는 바람에 크리스마스 선물이라면서 은근슬쩍 넘어가주었다. 미스 셀리아가 둘러댄 온갖 거짓말을 생각하면 그녀는 석탄이 한가득 든 양말을 받아야 마땅하다.

미스터 조니가 이 주 전에 애써 자리를 마련했지만 오늘 미스 힐리가 브리지를 하러 나타나지 않은 것은 하느님께 감사할 일이다. 미스 힐리와 미스 리폴트가 그 일로 깔깔거렸다는 말을 아이빌린이 해줘서 나는 진작에 알고 있었다. 미스 셀리아는 그들이 오면 어떤 음식을 준비해야 하느냐고 퍽 진지하게 물었다. 브리지를 배우려고 우편으로 책을 주문하기까지 했다. 『초심자를 위한 브리지 교본』. 하지만 『꼴통을 위한 브리지 교본』이라고 이름 붙였어야 한다. 오늘 아침에 그 책이 우편함에 도착했는데 그녀는 이 초도 들여다보지 않고 내게 물었다. "미니, 브리지 하는 방법 좀 가르쳐줄래요? 이 브리지 책은 도통 못 알아먹겠어요."

"저도 브리지는 전혀 할 줄 몰라요." 내가 대답했다.

"아니야, 당신은 알아요."

"제가 뭘 하고 뭘 못하는지 무슨 수로 아세요?" 나는 그 미련한 책의 빨간색 표지만 봐도 짜증이 나서 냄비를 여기저기 탕탕 부딪쳤다. 미스터 조니에 대한 걱정을 겨우 덜었더니, 이제 미스 힐리가 찾아와 나를 쥐 잡듯 몰지 않을까 걱정해야 할 판이다. 그녀는 미스 셀리아에게 내가 저지른 일을 틀림없이 일러바칠 것이다. 젠장, 내 잘못으로 내가 나를 해고하는 꼴이다.

"미서스 월터가 토요일 아침마다 미니랑 연습했다고 그랬는데."

나는 큰 냄비를 박박 문질렀다. 손가락 관절이 냄비에 부딪히며 텅텅거렸다.

"카드는 악마의 놀이예요. 게다가 저는 그것 말고도 할 일이 차고 넘치네요." 내가 말했다.

"하지만 그들이 와서 나를 가르치려 들면 나는 쩔쩔맬 텐데. 그러지 말고 조금만 가르쳐줘요."

"싫어요."

미스 셀리아는 앙앙거리듯 한숨을 쉰다. "내가 요리를 잘 못해서 그러는 거죠, 맞죠? 미니는 내가 아무것도 못 배운다고 생각하는 거야."

"아씨가 가정부를 쓴다는 이야기를 미스 힐리와 그 친구분들이 바깥어른에게 하면 어쩌시려고요? 비밀이 탄로 나지 않겠어요?"

"그건 이미 생각해뒀어요. 조니에게는 격식을 차리려고 그날만 가정부를 썼다고 말할 거예요."

"흠흠."

"그런 다음 가정부가 마음에 꼭 들어서 고용하고 싶다고 할 거예요. 그 말은…… 몇 달 지나서 하겠지만."

나는 진땀이 난다. "그 여자분들이 브리지는 언제 하러 올 것 같은가요?"

"힐리가 전화하기를 기다리고 있어요. 조니가 힐리의 남편에게 내가 전화할 거라고 말했대요. 메시지를 두 번 남겼으니까 이번에는 그녀도 꼭 전화하겠죠."

나는 가만히 서서 이 일을 막을 방법을 궁리한다. 전화기를 보며 울리지 않기를 간절히 기도한다.

다음 날 아침 내가 일하러 가자 미스 셀리아가 침실에서 나온다. 최근에 그 버릇이 도져서 또 슬금슬금 이층으로 올라가는가 싶었는데, 부엌 전화로 미스 힐리를 찾는 소리가 들린다. 속이 몹시 울렁거린다.

"함께 브리지를 하기로 해서 전화했어요!" 미스 셀리아는 한껏 명랑한 목소리로 말하고, 나는 그녀가 말하는 상대가 미스 힐리가 아니라 힐리의 가정부 율 메이라는 것을 확인할 때까지 움직이지 않는다. 미스 셀리아는 자기 전화번호를 대걸레 광고 노래처럼 불러준다. "에머슨 260609!"

삼십 초 뒤에 그녀는 그 바보 같은 종이 뒷면에 적힌 또다른 이름에게 전화한다. 이틀에 한 번꼴로 전화를 돌리는 버릇이 든 것처럼. 나는 그 종이가 뭔지 안다. 여성연맹 뉴스레터의 낱장인데, 보아하니 그 여자들이 다니는 클럽의 주차장에서 주운 모양이다. 누군가의 손가방에서 휙 날아간 뒤 비바람을 맞았는지 꼬질꼬질한 데다 사포처럼 까끌까끌하다.

지금까지 그 여자들 중에서 전화를 걸어온 사람은 한 명도 없었지만 미스 셀리아는 전화벨이 울릴 때마다 너구리를 본 사냥개처럼 벌떡 일어나서 전화를 받는다. 하지만 언제나 미스터 조니다.

"알았어요. 그냥…… 전화했더라고 전해줘요." 미스 셀리아가 전화기에 대고 말한다.

그녀가 송수화기를 살며시 내려놓는다. 내게 미스 셀리아를 염려하는 마음이 있다면, 물론 그럴 일은 없겠지만, 그 여자들은 그럴 만한 가치가 없다고 말해줄 테다. "그 여자들은 그럴 만한 가치가 없어요, 미스 셀리아." 나는 속으로 부르짖는다. 하지만 그녀는 내 말을 못 들은 것처럼 행동한다. 그녀가 자기 방으로 돌아가 문을 닫는다.

나는 필요한 것이 없는지 물어보려고 문을 두드릴까 생각한다. 하지만 내게는 미스 셀리아가 그 빌어먹을 인기 경쟁에서 이길지 말지 걱정할 여유가 없다. 메드거 에버스는 자기 집 계단에서 총에 맞았고, 펠리샤는 운전면허를 따겠다고 조른다. 이 아이는 이제 열다섯 살이다. 착한 딸이지만 내가 그 나이에 리로이 주니어를 임신한 사실을 생각하면, 뷰익이라니 낌새가 심상치 않다. 게다가 이제 나는 무엇보다 미스 스키터가 쓰는 글이 어떻게 될지 걱정해야 한다.

6월 막바지에 기온이 37도나 되는 더위가 시작되더니 기세가 수그러들지 않는다. 뜨거운 물이 담긴 병의 뚜껑이 유색인 구역 하늘에서 펑 열린 것처럼 여기가 잭슨의 다른 지역보다 5도는 더 높은 것 같다. 얼마나 더운지 던 씨가 키우는 빨간 수탉이 내 집으로 들어와 부엌 선풍기 앞에 죽치고 앉아 있다. 내가 들어가니 이 놈이 나를 멀뚱히 쳐다보며 아줌마, 난 꼼짝도 안 할 거예요, 하는 것 같다. 이 지랄 같은 날씨에 바깥에 나가느니 빗자루로 얻어맞는 게 더 낫겠다는 표정이다.

매디슨 카운티에서는 무더위 때문에 미스 셀리아가 미합중국에서 공식적으로 가장 게으른 사람이 된다. 심지어 우편함에 가서 우편물을 가져오지도 않는다. 그 일까지 내 몫이다. 미스 셀리아가 수영장에 나가서 앉아 있지 못할 만큼 뜨거운 날씨다. 나는 성가셔서 미치겠다.

그러니까 내 말은, 조물주가 백인과 유색인을 이렇게 많은 시간 붙어 있게 할 작정이었다면 우리를 색맹으로 만들었어야 한다는 거다. 미스 셀리아가 방긋 웃으며 "안녕" "와줘서 기뻐요" 하는 것을 보면 어떻게 이 여자는 선이 어디에 그어졌는지도 모르는 채로 이만큼 살아왔는지 궁금할 따름이다. 사교 모임 여자들은 쓰레기 같은 몹쓸 여자들이다. 하지만 그녀는 내가 여기서 일을 시작한 뒤로 하루도 빠짐없이 점심을 같이 먹는다. 같은 공간이 아니라 같은 식탁에서. 창문에 바투 붙은 저 작은 식탁에서. 지금까지 일한 곳에서는 백인 여자들이 죄다 식사실에서, 유색인 가정부와는 최대한 멀찍이 떨어져서 식사했다. 나도 개의치 않았다.

"왜요? 여기서 미니랑 같이 먹을 수 있는데 나 혼자 저만치서 따로 먹기 싫어요." 미스 셀리아가 말했다. 나는 그 문제에 대해 아예 가타부타 말을 하지 않았다. 미스 셀리아는 몰라도 너무 **모른다**.

백인 여자들은 대부분 한 달에 한 번씩 미니에게 말을 걸지 않는 시간이 있다는 것도 안다. 미스 월터조차 미니의 체온이 올라가는 시기를 알았다. 그녀는 캐러멜을 요리하는 냄새가 나면 지팡이를 짚고 밖으로 나갔다. 미스 힐리는 아예 오지 말라고 했다.

6월에 생뚱맞기는 하지만, 지난주에 설탕과 버터 때문에 미스 셀리아의 집 전체가 크리스마스 향기로 가득했다. 나는 설탕으로 캐러멜을 만들면서 여느 때처럼 바짝 긴장했다. 나는 세 번이나 아주 **공손하게** 혼자 하면 안 되겠느냐고 물었지만 미스 셀리아는 같이 있겠다고 부득부득 우겼다. 혼자 종일 방에 있으면 외롭다면서.

나는 미스 셀리아가 없는 것처럼 생각하려고 애썼다. 문제는 캐러멜 케이크를 만들 때 나는 혼잣말을 하는데, 그러지 않으면 신경이 곤두서기 때문이다.

내가 말했다. "내가 겪은 6월 중에 최고로 덥네. 바깥은 40도라던데."

그러면 그녀가 대꾸했다. "집에 에어컨이 있어요? 고맙게도 여기는 있어요. 나도 에어컨 없이 살아봐서 더워 죽는 게 어떤 건지 알거든요."

그러면 내가 말했다. "에어컨은 감당 못 해요. 그 물건은 다래바구미가 목화를 갉아먹는 것처럼 전기를 잡아먹거든요." 그 순간 맨 위에 갈색 층이 생기기 시작해서 힘껏 젓는데 그때가 정말 신경 써서 지켜봐야 하는 순간이라 나는 무심결에 "지금 전기세도 밀렸는데요" 해버렸다. 그런데 그녀가 뭐라고 했는지 짐작하는가? "어떡해요, 미니, 내가 돈을 좀 빌려주고 싶지만 조니가 요즘 이상한 질문을 많이 해서요." 그래서 나는 흑인이 생활비 불평을 한다고 돈을 빌려달라는 뜻은 아니라고 말해줄 요량으로 그녀를 돌아보는데, 아뿔싸 캐러멜을 태우고 말았다.

주일 예배에서 셜리 분이 신도 앞에 나선다. 입술을 깃발처럼 팔락거리며 '지역 문제' 모임이 수요일 저녁에 있을 예정인데 에이미트 가의 울워스 식당에서 벌일 연좌시위에 대해 논의할 거라고 다시 한번 상기시킨다. 목청 큰 셜리 분이 손가락을 들어 우리를 가리키며 말한다. "회의는 일곱시 정각에 있어요. 핑계는 사양합니다!" 그녀를 보면 덩치 크고 못생긴 백인 교사가 떠오른다. 아무도 결혼하고 싶어하지 않는 그런 여자.

"수요일에 와?" 아이빌린이 묻는다. 우리는 오후 세시의 열기 속에서 집으로 걸어간다. 나는 장례식장 부채를 들었다. 내 손에 모터라도 달린 것처럼 손을 빠르게 움직인다.

"시간이 없어요." 내가 말한다.

"또 나 혼자 가라고? 같이 가. 내가 생강쿠키랑 좀 챙겨갈게."

"갈 수 없다니까요."

아이빌린이 고개를 끄덕이며 말한다. "그렇다면 어쩔 수 없지." 그리고 계속 걸음을 옮긴다.

"베니가…… 또 천식이 도진 것 같아요. 혼자 못 두겠어요."

"흠," 아이빌린이 말한다. "마음이 내키면 진짜 이유를 말해줘."

우리는 게섬에서 방향을 틀고, 내리꽂는 열기로 길바닥에 철퍼덕 주저앉은 차를 빙 둘러 걷는다.

"아참, 잊기 전에, 미스 스키터가 화요일 저녁에 일찍 오고 싶어 하던데." 아이빌린이 말한다. "일곱시쯤. 올 수 있어?"

"맙소사." 나는 새삼 속이 뒤집힌다. "내가 대체 뭘 하는 거래요? 백인 여자한테 유색인종의 비밀이나 까발리고, 내가 미친년이지."

"그냥 미스 스키터야. 다른 여자들과 달라."

"내가 나를 두고 뒤에서 쑥덕거리는 기분이에요." 지금까지 미스 스키터를 다섯 번은 만났다. 그렇지만 전혀 편해지지 않는다.

"그만 오고 싶어?" 아이빌린이 묻는다. "마지못해 한다는 기분으로 오는 건 나도 싫어." 나는 대답하지 않는다.

"내 말을 듣기는 했어?" 아이빌린이 말한다.

"내가 바라는 건 그저…… 아이들이 사는 세상은 달라졌으면 좋겠다는 거예요." 내가 말한다. "하지만 이 일을 백인 여자가 한다는 건 유감스럽네요."

"수요일 모임에 같이 가. 그 문제를 좀더 깊이 논의할 수 있을 거야." 아이빌린이 살짝 웃는다.

아이빌린이 물러서지 않으리라는 것은 나도 알았다. 한숨이 나온다. "문제가 좀 생겼어요. 알겠어요?"

"누구랑?"

"셜리 분." 내가 말한다. "지난번 모임에서 모두 손을 잡고 흑인도 백인 화장실을 쓰게 해달라고, 우리가 울워스 식당에 가서 의자에 앉아도 싸움이 일어나지 않게 해달라고 빌면서 다들 이 세상이 머지않아 반짝반짝한 새 장소로 변할 것처럼 웃고 있을 때…… 내가 불쑥 말했거든요. 셜리 분한테. 어찌 됐건 그녀의 궁둥이에 맞는 의자는 울워스에 없다고요."

"셜리가 뭐래?"

나는 학교 선생님 같은 목소리를 낸다. "좋은 말을 해주지 못하겠으면 차라리 말을 꺼내지 말아요."

아이빌린의 집에 이르자 나는 그녀를 슬쩍 쳐다본다. 어찌나 웃음을 참았는지 그녀의 얼굴이 보라색으로 변했다.

"뭐가 재미있다고." 내가 말한다.

"자네가 내 친구라서 기뻐, 미니 잭슨." 아이빌린은 나를 꼭 끌어안고 내가 눈을 동그랗게 뜨며 이제 가야 한다고 말할 때까지 풀어주지 않는다.

나는 걸음을 옮겨 모퉁이를 돈다. 아이빌린이 몰랐으면 좋겠다. 스키터에게 이야기하는 것이 내게 얼마나 필요한 일인지 아무도 몰랐으면 좋겠다. 셜리 분이 이끄는 모임에 더는 나갈 수 없으니 지금은 그것이 내가 가진 전부나 다름없다. 물론 미스 스키터와 만나는 것이 재미있다는 말은 아니다. 만날 때마다 나는 불평한다. 구시렁댄다. 울화가 치밀어 뜨거운 감자를 베어 문 것처럼 펄쩍 뛴다. 하지만 속마음은 이렇다. 내 이야기를 하는 것이 좋다. 나도 뭔가 하는 것 같다. 끝나고 돌아오면 가슴속 콘크리트가 흐물흐물해져서 며칠은 숨통이 트인다.

내 이야기를 하거나 셜리 분이 이끄는 모임에 참석하는 것 말고도 '유색인' 활동에 참여할 기회가 많다는 건 나도 안다. 타운에서는 군중대회가, 버밍햄에서는 가두행진이, 미시시피 주 북부에서는 투표권을 요구하는 집회가 열린다. 하지만 솔직히 나는 투표권에는 큰 관심이 없다. 식당에서 백인과 함께 식사하는 문제도 관심 밖이다. 십 년을 되돌아보면, 내 관심사는 백인 여자가 내 동족에게 더럽다고 하고 은식기를 훔쳤다고 몰아붙이는 것이다.

그날 저녁 집에서 나는 리마콩을 익히고 팬에 햄을 굽는다.

"카인드라, 모두 오라고 해라." 나는 여섯 살배기 딸아이에게 말한다. "저녁 먹게."

"저녁이요오오오오." 카인드라는 목청껏 소리만 지르지 선 자리에서 꼼짝도 하지 않는다.

"아빠에게 직접 가서 예의 바르게 말해야지." 내가 호통친다. "집에서 소리 지르면 엄마가 어떻게 한다고 했지?"

카인드라는 세상에서 가장 바보 같은 질문을 받은 듯 눈을 동그랗게 뜨고 나를 쳐다본다. "저녁이요오오!"

"카인드라!"

부엌은 식구들이 모두 앉을 수 있는 유일한 공간이다. 나머지는 죄다 침실로 쓴다. 나와 리로이의 방은 안쪽에 있고, 그 옆에 리로이 주니어와 베니가 쓰는 작은 방이 있다. 앞쪽 거실은 펠리샤, 슈거, 카인드라가 함께 쓰는 침실로 바꾸었다. 그러니 남은 공간은 부엌뿐이다. 날씨가 미친 듯이 춥지 않으면 뒷문은 늘 열어두고 파리가 들어오지 못하게 방충문만 닫는다. 꼬마들, 자동차들, 이웃들, 개들 소리로 항상 소란하다.

리로이가 들어와서 베니 옆에 앉는다. 베니는 일곱 살이다. 펠리샤가 식구들의 잔에 우유나 물을 따른다. 카인드라는 콩과 햄이 담긴 접시를 아빠에게 먼저 가져가고, 더 가져가려고 레인지로 돌아온다. 나는 접시를 또 건넨다.

"이건 베니한테." 내가 말한다.

"베니, 일어나서 엄마를 도와드려라." 리로이가 말한다.

"베니는 천식이 도졌어요. 아무것도 시키지 말아요." 하지만 사랑스러운 내 아들은 일어나서 카인드라가 내미는 접시를 받는다. 내 아이들은 일을 어떻게 해야 하는지 안다.

나를 빼고 모두 자리에 앉았다. 세 아이가 오늘 저녁에는 일찍 돌아왔다. 리로이 주니어는 레니어 고등학교 졸업반이고 지트니 정글에서 봉투에 식료품 넣는 일을 한다. 미스 힐리가 사는 동네에 있는 백인 식품점이다. 맏딸인 슈거는 10학년이고, 밤늦게까지 일하는 이웃 탈룰라를 대신해서 아기를 돌본다. 슈거는 일이 끝나면 걸어서 집으로 돌아와 야간 당번인 아빠를 차로 파이프공장에 데려다주고 식품점에서 리로이 주니어를 데려온다. 내 남편 리로이는 탈룰라의 남편과 함께 새벽 네시에 공장 차를 타고 돌아온다. 이러면 만사 문제없다.

리로이는 저녁을 먹으면서도 눈은 접시 옆에 놓인 〈잭슨 저널〉에서 떼지 않는다. 깨어 있을 때는 정녕 다정다감한 성격이 아니다. 조리용 레인지에서 흘끗 보니 브라운 드럭스토어에서 벌인 연좌시위가 1면 기사로 실렸다. 셜리 쪽 사람들은 아니고, 그린우드 쪽이다. 둥근 의자에 시위자 다섯이 앉았고, 그 뒤로 백인 십대 한 무리가 서서 야유하고 찌르고 그들의 머리 위에 케첩과 머스터드와 소금을 붓거나 뿌린다.

"어떻게 그럴 수 있어요?" 펠리샤가 사진을 가리킨다. "맞서 싸우지 않고 어떻게 가만히 앉아만 있어요?"

"애초에 그렇게 하기로 한 거니까." 리로이가 말한다.

"저 사진을 보니 침이라도 뱉어주고 싶네요." 내가 말한다.

"그 문제는 나중에 이야기하지." 리로이가 신문을 사등분으로 접어 자기 허벅지 밑에 쑤셔 넣는다.

펠리샤가 베니에게 작지 않은 목소리로 말한다. "엄마가 저 의자에 앉지 않은 게 다행이지. 엄마가 있었다면 저 백인 놈들은 죄다 이빨이 뽑혔을걸."

"그러면 엄마는 지금 파치맨 감옥에 있을걸." 베니가 다 들리게 큰 소리로 말한다.

카인드라가 손으로 허리를 짚는다. "아니, 아니. 아무도 엄마를 감옥에 넣지 못해. 내가 저 백인 놈들을 피가 날 때까지 몽둥이로 두들겨 팰 테니까."

리로이가 손가락으로 한 명씩 가리키며 말한다. "밖에 나가면 그런 말은 입 밖에도 내지 마라. 아주 위험하거든. 알아들었니, 베니? 펠리샤?" 다음에는 카인드라를 가리킨다. "알아들었어?"

베니와 펠리샤는 고개를 끄덕이며 각자의 접시를 바라본다. 내가 발단이 된 것 같아 괜스레 미안하다. 나는 카인드라에게 입 다물라는 표정을 짓는다. 하지만 당돌한 꼬마 아가씨는 식탁에 포크를 탕 내려치더니 의자에서 빠져나온다. "나는 백인 싫어! 말하고 싶으면 아무 데서나 그렇게 말할 거야!"

나는 복도 끝까지 아이를 쫓아가 붙잡는다. 그리고 감자 자루처럼 안아서 다시 식탁에 앉힌다.

"죄송해요, 아빠." 펠리샤가 말한다. 이 아이는 무슨 일이 생기면 다른 사람의 잘못까지 책임지는 성격이다. "제가 카인드라를 맡을게요. 아직 자기가 무슨 말을 하는지 몰라서 그래요."

하지만 리로이는 손으로 식탁을 탁 내려친다. "저런 골치 아픈 문제에는 아무도 휘말려서는 안 돼! 모두 알아들었어!" 그러더니 아이들을 빤히 쳐다본다. 나는 내 표정을 들키지 않으려고 레인지를 돌아본다. 만약 내가 미스 스키터와 벌이는 일을 그이가 알아내기라도 한다면. 하느님 도와주세요.

그다음 주 내내 미스 셀리아는 자기 방에서 미스 힐리의 집에,

엘리자베스 리폴트의 집에, 미스 파커의 집에, 콜드웰 자매의 집에, 그 밖에도 사교 모임 여자 열 명의 집에 전화해서 메시지를 남긴다. 심지어 미스 스키터의 집에도 전화하지만 그것은 정녕 바라지 않는 일이다. 미스 스키터에게는 미리 말해두었다. 전화할 생각은 하지도 말아요. 지금도 거미줄이 얽히고설켰는데 더 복잡하게 만들 생각일랑 아예 마세요.

미스 셀리아가 이 바보 같은 전화질을 할 때 가장 짜증 나는 건 전화를 끊었다가 다시 송수화기를 집어들 때다. 불통은 아닌지 신호음을 꼭 확인한다.

"애꿎은 전화기는 왜 자꾸 못살게 구세요." 내가 말하면 그녀는 돈다발이라도 굴러 들어온 것처럼 나를 보고 배시시 웃는데, 한 달 내내 이런다.

"뭐가 그렇게 좋으세요?" 마침내 내가 묻는다. "미스터 조니가 잘해주기라도 하세요?" 그리고 이어서 "언제 말씀하실 거예요?" 하고 물으려는 찰나 그녀가 선수를 친다.

"아, 그이는 잘해줘요. 조금 있으면 미니에 대해서도 말할 거예요."

"잘됐네요." 이 말은 진심이다. 이 거짓말 놀이가 신물 난다. 내가 만든 포크찹을 그녀가 미스터 조니에게 내밀면서 어떤 표정으로 웃을지, 그 서그러운 남자가 내가 만든 음식인 줄 알면서도 그녀를 얼마나 자랑스러워할지 상상한다. 그녀는 자기 자신과 자신의 다정한 남편을 바보로 만들고 나를 거짓말쟁이로 만든다.

"미니, 우편물 좀 갖다 줄래요?" 자기는 완벽하게 차려입고 가만히 앉아 있으면서 손이 버터로 범벅된 나더러 가져다달란다. 세탁기도 돌렸고 블렌더도 켜놓았다. 하루에 몇 발짝 걷지 않는 게 꼭 무슨 일요일의 블레셋 사람 같다. 여기서는 매일이 일요일이라는 것만 다를 뿐이지.

나는 손을 씻고 우편함에 갔다 오면서 땀을 한 대야는 흘린다. 바깥 온도가 37도나 된다. 우편함 옆쪽으로 풀밭에 소포가 놓였는데 높이가 60센티미터는 된다. 이전에도 갈색의 이 커다란 상자들을 봤는데 우편으로 화장품 크림을 주문했나보다. 들어보니 제법 무겁다. 코카콜라 병을 들고 갈 때처럼 잘랑거린다.

"뭐가 왔네요, 미스 셀리아." 나는 부엌 마루에 그 상자를 탕 내려놓는다.

미스 셀리아가 그렇게 잽싸게 일어나는 건 처음 봤다. 사실 그녀가 유일하게 동작이 빠를 때는 옷을 입을 때다. "이건 그냥……" 그녀가 중얼거린다. 그녀는 헉헉거리며 상자를 침실로 옮기고 문을 쾅 닫는다.

한 시간 뒤에 나는 러그의 먼지를 빨아들이려고 그녀의 침실로 간다. 미스 셀리아는 침대에도, 욕실에도 없다. 부엌에도, 거실에도, 수영장에도 없을 것은 뻔하다. 나는 호화로운 응접실 두 곳의 먼지를 털고 곰의 먼지를 청소기로 빨아들인다. 그녀는 틀림없이 이층에 있을 것이다. 그 오싹한 방들에.

백인 지배인이 가발을 쓰는 것 같다는 말을 내뱉어서 해고되기까지 나는 로버트 E. 리 호텔에서 무도회장을 청소했다. 사람은 없고 립스틱이 묻은 냅킨과 향수 냄새만 가득한 휑뎅그렁한 방들에 들어가면 소름이 돋았다. 미스 셀리아 집의 위층도 그렇다. 낡은 요람에는 미스터 조니가 썼을 아기 보닛이 있고, 장담하건대 가끔 저 혼자 잘랑거리는 은색 딸랑이도 있다. 미스 셀리아가 하루걸러 한 번씩 살금살금 올라가는 것과 그 상자 사이에 무슨 연관이 있는 건 아닐까 궁금한 것도 그 잘랑거리는 소리 때문이다.

드디어 위층으로 올라가서 내 눈으로 직접 살필 때가 되었다.

다음 날 나는 미스 셀리아를 주시한다. 살금살금 올라가는 순간을 기다렸다가 그녀가 무엇을 하는지 지켜볼 참이다. 두시 즈음 그녀가 부엌에 나타나더니 안을 꺄룩 들여다보고 나와 눈이 마주치자 야릇하게 웃는다. 일 분 뒤 천장에서 삐걱대는 소리가 들린다. 나는 서두르지 않고 계단으로 걸어간다. 발끝으로 걷는데도 찬장 속 접시가 흔들리고 마루가 삐거덕거린다. 나는 천천히 계단을 올라간다. 내 숨소리까지 들리는 것 같다. 꼭대기 계단에 이르자 긴 복도로 방향을 튼다. 문이 활짝 열린 방을 하나, 둘, 셋 지나간다. 끝에 있는 네번째 방은 문이 2센티미터 남짓 빠끔 열려 있다. 나는 더 다가간다. 열린 틈새로 미스 셀리아가 보인다.

그녀는 창가의 노란 트윈베드에 웃음기 없이 앉아 있다. 내가 우편함에서 날라온 소포가 뜯어져 있고, 침대에는 갈색 액체가 가득 담긴 병이 열두 개 놓여 있다. 가슴에서 턱으로, 다시 입으로 홧홧한 기운이 서서히 치밀어 오른다. 그 납작한 병들은 모양만 봐도 뭔지 안다.

나는 십이 년 동안 술주정뱅이 아버지를 돌봤고, 무능하기 짝이 없던 아버지가 평생 빈둥거리다가 마침내 숨졌을 때 나는 눈물을 글썽이며 그런 사람과는 절대 결혼하지 않겠다고 하느님 앞에 맹세했다. 하지만 그런 사람과 결혼하고 말았다.

그런데 그 망할 놈의 술꾼을 여기서 또 보살피게 된 것이다. 게다가 이 병은 가게에서 파는 것도 아니고 토드 삼촌이 홀짝이던 밀주 병에서 본 빨간 왁스 마개로 막은 것이다. 어머니는 늘 아버지 같은 진짜 중독자들은 집에서 만든 술이 더 독해서 그걸 마신다고 말했다. 아버지가 그랬던 것처럼, 리로이가 올드크로를 마시면 그렇게 변하는 것처럼, 나는 이제 그녀도 그들과 다를 바 없는 바보 멍청이라는 것을 안다. 다만 다른 점이 있다면 미스 셀리아는 프라이팬을 들고 나를 쫓아다니지 않는다는 것이다.

미스 셀리아는 병을 하나 집어 그 안에 예수님이라도 있다는 듯이, 구원의 순간을 더 기다릴 수 없다는 듯이 그것을 바라본다. 이어서 코르크 마개를 따고 한 모금 맛보고 한숨을 푹 내쉰다. 그러고는 연거푸 세 번을 쭉 들이켠 뒤에 화려한 베개를 베고 눕는다.

내 몸은 후들거리고 그녀의 얼굴에는 편안함이 깃든다. 그 액체를 얼마나 마시고 싶었으면 문을 꼭 닫을 새도 없었던 것이다. 나는 그녀에게 소리 지르지 않으려고 이를 악문다. 이윽고 나는 힘겹게 계단을 내려온다.

십 분 정도 지나니 미스 셀리아가 계단을 내려와 식탁에 앉으며 지금 점심을 먹을 건지 묻는다.

"냉장고에 포크찹이 있지만 저는 오늘 생각이 없네요." 이렇게 내뱉고 나는 쿵쿵거리며 부엌에서 나간다.

그날 오후 미스 셸리아는 욕실에 들어가 변기 뚜껑에 앉는다. 뒤쪽 물탱크에 헤어드라이어를 놓고 탈색한 머리 위로 후드를 둘러쓴다. 그런 기괴한 장치를 쓰고 있으면 원자폭탄이 터져도 안 들릴 것이다.

나는 기름걸레를 들고 위층으로 올라가 찬장을 연다. 납작한 위스키 스물네 병이 미스 셸리아가 튜니카 카운티에서 가져왔을 것이 틀림없는 나달나달한 담요 뒤에 감춰져 있다. 병에 붙은 상표 딱지는 없고, 유리에 '올드켄터키'라는 도장만 찍혀 있다. 내일부터 비울 열두 병은 아직 가득 차 있다. 지난주에 마신 열두 병은 비어 있다. 꼭 저 빌어먹을 방들같이. 이 바보 멍청이가 아이를 낳지 못하는 것도 놀랄 일은 아니다.

7월의 첫번째 목요일 낮 열두시, 미스 셸리아는 요리 수업을 받으려고 침대에서 일어난다. 몸에 딱 붙는 흰색 스웨터를 입었는데, 매춘부의 차림새치고는 거룩하다. 아닌 게 아니라 한 주가 다르게 옷이 더 끼인다.

우리는 각자의 자리에 앉는다. 나는 레인지 위에, 미스 셸리아는 둥근 의자에. 지난주에 그 병들을 발견한 뒤로 나는 그녀에게 한마디도 제대로 하지 않았다. 단순히 화가 난 것이 아니다. 이루 말할 수 없이 화가 났다. 하지만 오늘까지 엿새 동안 엄마의 규칙 제1호를 어기면 안 된다고 날마다 다짐한다. 무슨 말이라도 꺼내면 내가 그녀를 염려한다는 뜻이 되는데, 그건 아니다. 그녀가 게을러터진 바보 멍청이 술꾼이라고 해도 내가 알 바 아니다. 내가 걱정할 일도 아니다.

우리는 생닭을 두들겨 받침대에 올린다. 그리고 나는 우리 둘 다 죽는 꼴을 보고 싶지 않으면 손부터 씻으라고 십억번째로 일깨워준다.

나는 닭이 지글지글 익는 것을 지켜보며 그녀가 여기 있다는 사실을 잊으려고 애쓴다. 닭을 튀기는 순간에는 내 팔자도 조금은 나아 보인다. 내가 술꾼의 집에서 일한다는 사실을 거의 잊는다. 다 익으면 그날 저녁에 먹을 수 있게 대부분을 냉장고에 넣는다. 나머지는 쟁반에 담아 점심으로 먹는다. 그녀는 평소처럼 내 맞은편에 앉는다.

"가슴살을 먹어요." 미스 셀리아가 푸른 눈동자를 반짝이며 말한다. "어서요."

"저는 넓적다리가 좋아요." 내가 접시에서 그 부위를 덜어 온다. 나는 〈잭슨 저널〉을 한 장씩 넘겨 메트로 지면을 편다. 접는 선이 내 얼굴 바로 앞에 오도록 신문을 탁 펴서 그녀의 얼굴이 보이지 않게 한다.

"하지만 그 부위는 먹을 게 별로 없잖아요."

"맛있어요. 기름지고." 나는 신문에서 눈을 떼지 않으면서 그녀의 존재를 애써 무시한다.

"그렇다면," 미스 셀리아가 가슴살을 덜어 가며 말한다. "우리는 완벽한 치킨 파트너네요." 잠시 뒤 그녀가 말을 잇는다. "알고 있겠지만, 나는 자기가 내 친구라서 정말 다행이라고 생각해요, 미니."

가슴속에서 뜨겁고 묵직한 것이 메슥메슥 올라온다. 나는 신문을 내리고 그녀를 쳐다본다. "아니지요, 아씨. 우리는 친구가 아니에요."

"아니…… 맞아요." 미스 셀리아는 나한테 선심이라도 쓰듯 방긋 웃는다.

"아니요, 미스 셀리아. 그렇지 않아요."

그녀가 속눈썹을 붙인 눈을 깜박인다. 그만해, 미니, 내 안의 내가 나를 뜯어말린다. 하지만 그럴 수 없다는 걸 이미 안다. 한순간도 더 참을 수 없다는 것을 불끈 쥔 내 주먹으로 안다.

"그 이유가……" 미스 셀리아가 자기 접시에 놓인 치킨을 내려다본다. "미니가 유색인이어선가요? 아니면 나랑…… 친구가 되기 싫어서예요?"

"이유야 아주 많지요. 아씨는 백인이고 나는 흑인인 것도 어디쯤에 있겠네요."

이제 그녀의 얼굴에서 웃음이 싹 가셨다. "그럼…… 왜요?"

"제가 전기 요금을 못 낸다고 말할 때는 돈을 빌려달라고 부탁하는 것이 아니기 때문이에요." 내가 말한다.

"오, 미니……"

"바깥어른에게 제가 여기서 일하는 걸 알릴 만큼도 예의를 지키지 않으니까요. 이 집에서 하루 스물네 시간 있으면서 저를 돌아버리게 만드니까요."

"나갈 수 없는 거예요. 이해하기 어렵겠지만 나는 나갈 수가 없어요."

"하지만 제가 지금 알게 된 것에 비하면 그런 건 아무것도 아니지요."

미스 셀리아의 화장한 얼굴이 더욱 하얗게 질린다.

"지금까지 일하면서 저는 아씨가 암에 걸려 죽어가거나 머리가 아픈 거라고 생각했어요. 가여운 미스 셀리아, 종일 그렇게요."

"여기 일이 힘든 건 나도……"

"오, 이제는 아프지 않다는 걸 알아요. 위층에서 아씨와 그 병들을 봤거든요. 이제는 한순간도 저를 못 속여요."

"병들? 어머나, 어떡하지, 미니, 나는……"

"그 병들을 몽땅 비워야겠어요. 미스터 조니에게 당장 말해야겠……"

미스 셀리아가 벌떡 일어서자 의자가 뒤로 쾅 넘어간다. "그 말을 했다가는……"

"말로는 아기를 원한다면서 코끼리를 독살할 만큼 많은 술을 퍼마시다니요."

"그 말을 하면 해고할 거예요, 미니!" 그녀의 눈에 눈물이 그렁그렁하다. "그 병에 손대면 당장 해고할 거예요!"

하지만 피가 머리끝까지 솟구쳐 멈출 수가 없다. "해고요? 종일 취해서 집 밖에는 한 발짝도 나가지 않는데 여기까지 와서 몰래 일하겠다고 나설 사람이 어디 있겠어요?"

"내가 해고하지 못할 거 같아요? 오늘 당장 그만둬요, 미니!" 그녀가 흐느끼며 손가락으로 나를 가리킨다. "치킨이나 마저 먹고 당장 가버려요!"

미스 셀리아는 흰 살코기를 담은 접시를 들고 문을 홱 밀며 나가버린다. 식사실의 길고 화려한 식탁을 따라 또각거리는 소리가, 의자 다리가 바닥에 긁히는 소리가 들린다. 나는 무릎이 후들거려서 내 자리에 풀썩 주저앉아 내 몫의 치킨만 내려다본다.

빌어먹을, 방금 또 일자리를 잃었어.

토요일 아침 일곱시에 눈을 뜨니 머리가 띵하고 혓바늘이 돋았다. 밤새 혀를 잘근잘근 깨물었나보다.

리로이는 뭔가 낌새를 챘는지 한 눈으로 나를 뜯어본다. 그는 어제 저녁을 먹으면서 눈치를 챘고 오늘 아침 다섯시에 집에 들어오면서 냄새를 맡았다.

"뭐가 걱정이야? 거기서 또 말썽을 피웠어?" 벌써 세번째로 묻는다.

"자식 다섯에 남편 하나 있는 것 빼고는 아무 걱정 없어요. 당신이랑 자식들 때문에 내가 미치지."

내가 이번에도 백인 여자에게 대들다가 일자리를 잃었다는 사실은 정말이지 그가 몰랐으면 싶다. 나는 집에서 입는 자주색 옷을 입고 부엌으로 쿵쿵거리며 걸어간다. 그리고 이 정도로 치운 적이 있었나 싶게 깨끗이 청소한다.

"엄마, 어디 가?" 카인드라가 소리 지른다. "배고파."

"아이빌린 아줌마 집에. 엄마도 오 분 정도는 엄마를 들볶지 않는 사람이 필요하거든." 나는 나가면서 앞쪽 계단에 앉은 슈거를 지나친다. "슈거, 카인드라에게 아침 좀 차려줘라."

"방금 먹었는데요. 삼십 분 전에요."

"그래? 또 배가 고프다는데."

나는 틱 가를 건너 패리시 가를 따라 두 블록 떨어진 아이빌린의 집까지 걷는다. 지옥처럼 뜨겁고 아스팔트에서 열기가 올라오는데도 아이들은 공놀이와 깡통차기와 줄넘기를 한다. "안녕하세요, 미니." 15미터 갈 때마다 누군가가 인사한다. 나도 고개를 까딱하며 인사를 받지만 진심에서 우러나는 인사는 아니다. 오늘은 아니다.

나는 아이다 피크의 정원을 질러간다. 아이빌린의 부엌문이 열려 있다. 아이빌린은 식탁에 앉아 미스 스키터가 백인 도서관에서 빌려다준 책을 읽는다. 방충문이 삐거덕하자 아이빌린이 고개를 든다. 그녀는 내가 화난 걸 눈치챌 것이다.

"하느님 자비를, 누가 자네 성질을 건드렸어?"

"그 누가는 셀리아 레이 푸트예요." 내가 그녀의 맞은편에 앉자 아이빌린이 일어나서 커피를 따라준다.

"뭐가 잘못됐어?"

나는 내가 발견한 그 병들에 대해 말한다. 처음 발견한 건 일주일 하고 사흘 전인데 그때 왜 그 말을 하지 않았는지 모르겠다. 어쩌면 그녀가 미스 셀리아에 대해 그런 끔찍한 진실을 아는 것이 싫어서 그랬을 것이다. 그 일자리를 구해준 사람이 아이빌린이라 말하기가 꺼려진 건지도 모른다. 하지만 지금은 부아가 치밀어서 모조리 털어놓는다.

"그러더니 나를 내쫓았어요."

"오, 이를 어째, 미니."

"다른 가정부를 구할 거래요. 하지만 누가 그런 여자 밑에서 일하려고 하겠어요? 그 지역에 사는 촌티 나는 가정부는 왼쪽에서 음식을 내고 오른쪽에서 치우는 것도 모를 텐데요."

"사과할 생각은 있어? 월요일 아침에 가서 다시 말해보면……"

"술꾼한테 사과 같은 건 안 해요. 아버지한테도 사과하지 않았는데 그 여자한테 사과라니 당치 않지요."

우리는 둘 다 잠잠하다. 나는 커피를 마저 마시며, 말파리 한 마리가 방충문에 붙어 앵앵거리다가 못생기고 단단한 대가리를 **쾅쾅** 부딪고 계단으로 떨어지는 것을 지켜본다. 말파리는 미치광이 바보처럼 뱅글뱅글 돈다.

"잠도 안 와요. 음식도 안 넘어가고." 내가 말한다.

"자네가 지금까지 만난 백인 여자들 중에서 셀리아가 최악인 건 확실하네."

"모두 나빴어요. 그중 최악인 거죠."

"다른 사람들은 안 그랬나? 자네가 깬 크리스털 잔을 미스 월터가 물어내게 한 것 기억나? 급료에서 10달러를 감했지. 그런데 알고 보니 카터 가게에서 그 잔을 3달러에 팔았잖아."

"흠흠."

"아, 그 미치광이 미스터 찰리는 기억나? 자네를 대놓고 검둥이라고 부르면서 낄낄거린 거? 그치 마누라는 또 어땠고. 1월 중순에도 밖에 나가서 점심을 먹게 했잖아? 그 시절에는 눈까지 왔다면서?"

"생각만 해도 몸이 오들오들 떨리네요."

"그리고 또……" 아이빌린이 무슨 말인가를 하려다가 키득거린다. "미스 로베르타는 또 어떻고? 자네를 부엌 식탁에 앉혀놓고 자기가 개발한 머리 염색을 시도했잖아?" 아이빌린이 자기 눈을 쓱 비빈다. "세상에, 내 생전에 파란 머리를 한 흑인 여자를 본 건 그때가 유일해. 리로이는 자네더러 외계에서 가져온 크래커 같다고 했잖아."

"하나도 재미없어요. 다시 머리를 검게 하는 데 삼 주하고 25달러나 들었어요."

아이빌린은 고개를 흔들며 "흥흥" 콧소리를 낸 뒤 커피를 한 모금 홀짝인다.

"하지만 미스 셀리아는 말이야," 아이빌린이 말한다. "자네를 어떻게 대하지? 미스터 조니한테 말하지 않는다는 조건과 요리 수업까지 포함해서 얼마를 주지? 이전 주인들과 비교하면 틀림없이 적을 거야."

"두 배로 주는 건 알잖아요."

"맞아, 그랬지. 또 그녀의 친구들이 놀러 와서 자네더러 그 뒤치다꺼리를 전부 시키지?"

나는 아이빌린을 물끄러미 본다.

"그리고 돌봐야 할 아이도 열이나 되지." 아이빌린이 냅킨을 입술에 꾹 누르며 웃음을 감춘다. "온종일 호통치고 그 큰 집을 어지럽히니 자네는 정말 돌아버릴 거야."

"무슨 말인지 알아들었어요, 아이빌린."

아이빌린은 가만히 웃으며 내 팔을 토닥인다. "미안해. 하지만 자네는 내가 가장 아끼는 친구야. 그리고 내 생각에 자넨 거기서 상당히 융숭한 대접을 받았어. 그러니 그 여자가 하루에 한두 모금쯤 마시는 게 무슨 대수겠어? 월요일에 가서 말해."

나는 얼굴이 오그라드는 것 같다. "나를 다시 받아줄까요? 그런 말까지 했는데요?"

"그 여자 집에서 일하겠다는 사람은 아무도 없을 거야. 그 여자도 그걸 알고."

"그래요. 그 여자는 백치예요." 내가 한숨짓는다. "하지만 멍청하지는 않아요."

나는 집으로 돌아간다. 리로이에게 고민을 털어놓지는 않지만 온종일, 주말 내내 나는 그 생각만 한다. 지금까지 해고된 횟수는 손가락으로 꼽을 수 있는 것보다 더 많다. 월요일에 일자리를 되찾기를 기도한다.

18장

월요일 아침에 거기로 가는 내내 나는 말을 어떻게 꺼낼지 연습한다. 제 말이 지나쳤어요…… 나는 부엌으로 걸어간다. 해서는 안 될 말을 했어요…… 나는 가방을 의자에 내려놓는다. 그리고…… 그리고…… 이 말이 가장 힘들다. 그리고 죄송해요.

집 안에서 미스 셀리아가 사부작거리는 소리가 들리자 나는 마음을 다잡는다. 그녀가 어떻게 반응할지 모르겠다. 화를 낼까, 냉랭하게 굴까, 아니면 해고라고 딱 잘라 말할까. 지금 내가 아는 사실은 내가 먼저 말을 꺼내야 한다는 것이다.

"안녕." 미스 셀리아가 말한다. 아직 잠옷 차림이다. 화장은커녕 머리도 빗지 않았다.

"미스 셀리아, 드릴 말씀이…… 있어요."

미스 셀리아는 끙끙거리며 자기 배를 손으로 누른다.

"어디…… 아프세요?"

"으응." 그녀는 비스킷과 햄을 접시에 올렸다가 햄을 다시 덜어낸다.

"미스 셀리아, 제가 말씀드리고 싶은 건……"

하지만 그녀는 내가 말하는 도중에 나가버린다. 이건 곤란한 상황이다.

나는 서둘러 일을 시작한다. 아직 여기서 일하는 것처럼 행동하니 내가 미친 것 같다. 어쩌면 오늘 품삯은 받지 못할 것이다. 점심을 먹은 뒤에 나는 연속극 〈세상은 돌아가고〉를 틀어놓고 미스 크리스틴을 열심히 보면서 다림질을 한다. 대체로 미스 셀리아가 들어와서 같이 보지만 오늘은 아니다. 연속극이 끝나고, 잠시 부엌에서 기다리지만 미스 셀리아는 요리를 배우러 나오지 않는다. 문은 닫혀 있다. 두시가 되자 그 방을 청소해야 한다는 것 말고는 아무 생각도 떠오르지 않는다. 배 속에 프라이팬이 든 것처럼 더럭 겁이 난다. 오늘 아침에 기회가 있었을 때 죄다 말할걸, 후회한다.

이윽고 나는 안쪽으로 가서 닫힌 문을 쳐다본다. 문을 두드리지만 대답이 없다. 마침내 운에 맡기고 문을 연다. 하지만 침대는 비었다. 이제 닫힌 욕실문과 씨름해야 한다.

"여기서 저는 일을 할 거예요." 내가 소리 지른다. 안에서는 아무 대답이 없지만 미스 셀리아가 거기 있다는 걸 안다. 그 문 뒤에서 그녀의 존재를 느낀다. 진땀이 난다. 이 지긋지긋한 대화를 어서 끝내고 싶다.

나는 세탁물 자루를 들고 방 안을 돌아다니며 주말 동안 쌓인 빨랫감을 쑤셔 넣는다. 욕실문은 닫혀 있고 아무 소리도 들리지 않는다. 그 안이 엉망진창일 건 뻔하다. 침대 시트를 팽팽하게 당기면서 살아 있는 존재의 소리가 들리는지 귀를 기울인다. 기다란 연노랑 베개는 지금까지 본 베개들 중에서 가장 흉측한데 양쪽 끝은 샛노랗고 커다란 핫도그처럼 생겼다. 그것을 매트리스에 대고 탁탁 친 뒤 침대 깔개를 반듯하게 편다.

나는 그녀가 눕는 쪽의 협탁을 걸레로 닦고 〈룩〉 잡지들과 주문해서 받은 브리지 책을 올려놓는다. 미스터 조니의 협탁에 놓인 책들도 가지런히 정리한다. 그는 책을 많이 읽는다. 나는 『앵무새 죽이기』를 집어서 책장을 넘겨본다.

"흠, 이런 책이구나." 흑인들이 등장하는 책이다. 언젠가 미스 스키터의 책을 협탁에서 볼 날이 있을지 궁금하다. 물론 내 실명은 나오지 않겠지만.

이윽고 무슨 소리가 들리고 욕실문에 뭔가가 스친다. "미스 셀리아." 내가 또 크게 부른다. "저 여기 있어요. 알아두시라고요."

하지만 묵묵부답이다.

"저 안에서 무슨 짓을 하든 무슨 상관이람." 나는 혼잣말을 한다. 하지만 금세 또 소리를 지른다. "일을 후딱 끝내야지 미스터 조니가 권총을 들고 나타나기 전에 여기서 나가지요." 이렇게 말하면 그녀가 나올 거라고 기대한다. 하지만 소용없다.

"미스 셀리아, 세면대 밑에 리디아핀캄 물약이 좀 남았어요. 그걸 마시고 나오세요. 그래야 제가 일을 하지요."

마침내 나는 일손을 멈추고 욕실문을 한참 쳐다본다. 쫓겨난 건가, 아닌가? 쫓겨난 게 아니라면, 그녀가 곤드레만드레 취해서 내 말을 못 듣는 거라면 어쩌지? 미스터 조니는 그녀를 잘 보살펴달라고 부탁했다. 그녀가 취해서 욕조에 자빠져 있다면 잘 돌봐주는 거라고 할 수 없다.

"미스 셀리아, 무슨 말이라도 해야 아직 목숨이 붙어 있는지 알 거 아니에요."

"난 괜찮아요."

하지만 목소리는 다 죽어간다.

"세시가 다 됐어요." 나는 방 한가운데 서서 기다린다. "미스터 조니가 머지않아 돌아오실 거예요."

저 안에서 무슨 일이 일어나는지 나도 알아야겠다. 그녀가 만취해서 드러누운 건 아닌지 알아야겠다. 해고된 것이 아니면 욕실 청소를 마쳐야지 미스터 조니가 비밀 가정부의 기강이 풀렸다며 또다시 해고하는 일이 없을 것이다.

"어서요, 미스 셀리아. 머리 염색을 또 망치셨어요? 저번에도 제가 도와드렸잖아요, 기억나세요? 정말 예쁘게 되돌려놨잖아요."

손잡이가 돌아간다. 천천히 문이 열린다. 미스 셀리아는 문의 오른쪽에 철퍼덕 주저앉아 있다. 무릎은 잠옷 속으로 끌어당겼다.

나는 좀더 가까이 다가간다. 옆에서 보니 그녀의 낯빛은 섬유유연제 색깔, 우윳빛이 감도는 푸른색이다.

변기 속에 피도 보인다. 많다.

"탈이 나셨어요, 미스 셀리아?" 내가 소곤거리듯 말한다. 그리고 콧구멍을 벌름거린다.

미스 셀리아는 돌아보지 않는다. 변기에 적신 것처럼 흰 잠옷의

밑단에 핏줄기가 묻어 있다.

"제가 미스터 조니에게 전화드릴까요?" 내가 말한다. 애써 시선을 돌리지만 자꾸만 벌건 변기에 눈길이 간다. 저 벌건 액체 속에 뭔가 다른 것이 보인다. 뭔가…… 덩어리다.

"아니요." 미스 셀리아는 단호하게 말하며 벽을 바라본다. "내 전화번호수첩 좀…… 갖다 줘요."

나는 부랴부랴 부엌 식탁으로 가서 수첩을 찾아 허겁지겁 돌아온다. 미스 셀리아에게 건네자 그녀가 손사래를 친다.

"대신 걸어줘요, 부탁이에요. 거기서 테이트 선생님을 찾아요. 나는 또 전화하기가 그래요."

나는 얇은 낱장을 넘기면서 그 이름을 찾는다. 테이트 선생이 누군지는 안다. 내가 일한 집의 백인 여자들은 대부분 이 의사에게 치료를 받았다. 그는 자기 아내가 미용실에 가는 화요일에는 일레인 페어리에게 '특별 치료'도 선사한다. 태프트……태거트…… 탠. 휴우, 하느님 감사합니다.

다이얼을 돌리는 손이 후들거린다. 백인 여자가 받는다. "매디슨 카운티 22번 고속도로, 셀리아 푸트예요." 나는 바닥에 앉아 최대한 목소리를 죽여 말한다. "예. 피가 엄청 쏟아져요…… 의사 선생님이 여기에 오실 줄은 아세요?" 그녀는 물론 안다며 전화를 툭 끊는다.

"온대요?" 셀리아가 묻는다.

"오신대요." 내가 말한다. 또 한 차례 욕지기가 올라온다. 토하지 않고 저 변기를 닦으려면 한참의 세월이 지나야 할 것이다.

"코콜라 좀 드려요? 코콜라를 가져올게요."

나는 부엌에 가서 코카콜라 한 병을 냉장고에서 꺼낸다. 다시 돌아와 그것을 타일 바닥에 내려놓고 주춤 물러선다. 벌건 물이 고인 변기에서 가급적 멀리, 하지만 미스 셀리아를 혼자 두지는 않을 정도로.

"침대로 가셔야 할 것 같아요, 미스 셀리아. 일어서시겠어요?"

미스 셀리아가 허리를 굽히며 일어나려고 힘을 준다. 그녀를 부축하려고 다가서다가 잠옷 엉덩이 부분에 피가 흠뻑 젖은 것을 본다. 푸른색 타일에도 뭔가 끈끈하고 벌건 것이 묻었고 타일 틈새에까지 스며들었다. 이 얼룩은 닦어내기 쉽지 않겠다.

미스 셀리아를 부축해 일으키는데, 그녀가 핏물에 발이 미끄러져서 변기를 잡으며 몸을 가눈다. "여기 있을래요…… 여기 있고 싶어요."

"그러세요." 나는 다시 방 쪽으로 물러선다. "테이트 선생님이 금방 오실 거예요. 집으로 전화해서 여기로 보낸댔어요."

"여기 같이 앉아 있어줄래요, 미니? 부탁이에요."

하지만 욕실 안은 후끈하고 변기는 처량한 비린내를 풍긴다. 나는 잔머리를 굴려서 엉덩이의 반은 욕실에 걸치고 반은 방에 걸친다. 눈높이로 앉으니 냄새가 코를 찌른다. 뭔가 고기 냄새, 조리대에서 햄버거가 녹는 냄새다. 생각을 짜 맞추니 정신이 아뜩해진다.

"이리 나오세요, 미스 셀리아. 신선한 공기를 마셔야 해요."

"러그에 피가 묻으면 안 되는데…… 조니가 볼 거예요." 미스 셀리아의 팔에 검푸른 혈관이 비친다. 낯빛은 점점 파리해진다.

"모습이 점점 이상하게 변하네요. 이 코콜라 좀 드세요."

미스 셀리아가 한 모금 들이켜고 말한다. "오, 미니."

"피는 언제부터 흘렸어요?"

"오늘 아침부터." 그녀가 팔로 얼굴을 가리고 운다.

"괜찮아요, 다 괜찮을 거예요." 내 목소리는 더없이 차분하고 확신에 찬 것 같지만 속에서는 심장이 벌렁거린다. 테이트 선생이 미스 셀리아를 보러 오긴 하겠지만 변기에 있는 저건 어쩌는가? 어떻게 해야 하지, 그냥 물을 내린다? 배수관이 막히면 어쩌지? 아니면 건져내야 한다. 오, 맙소사, 그 일을 내가 어떻게 직접 한다?

"피를 굉장히 많이 쏟았어요." 그녀가 내게 몸을 기대며 신음한다. "이번에는 왜 이렇게 많은 거죠?"

나는 턱을 들고 변기 속을 살짝 본다. 하지만 이내 고개를 돌린다.

"조니가 이걸 보지 않게 해줘요. 어떡하지, 지금…… 몇 시죠?"

"세시 오 분 전이요. 시간은 있어요."

"우리 이제 어떡하죠?" 미스 셀리아가 묻는다.

우리라니. 하느님 이러는 저를 용서하시길, 하지만 여기서 '우리'라는 말은 안 했으면 싶다.

나는 눈을 꼭 감고 말한다. "우리 중 하나가 저걸 건져내야 할 것 같아요."

미스 셀리아는 눈이 빨개서 나를 돌아본다. "어디다 치워요?"

그녀를 똑바로 볼 수 없다. "쓰레기…… 통에요."

"제발, 당장 해줘요." 미스 셀리아는 곤혹스러운 듯 무릎 사이에 머리를 묻는다.

심지어 이제 우리도 없다. 당신이 해줘요, 다. 당신이 죽은 내 아기를 저 변기에서 건져줄래요?

내가 무엇을 선택할 수 있겠는가?

신음이 절로 나온다. 바닥의 타일에 내 살집이 짓눌린다. 나는 옮겨 앉아 구시렁거리면서 어떻게 할지 궁리한다. 솔직히 이보다 더 끔찍한 일도 했다. 그렇지 않은가? 머릿속이 하얗지만 뭐든 해야 한다.

"제발," 미스 셀리아가 말한다. "더는…… 못 보겠어요."

"알았어요." 나는 어떻게 하면 되는지 이제 알겠다는 듯 고개를 끄덕인다. "제가 이걸 처리하지요."

나는 일어서서 냉정하게 생각하려 애쓴다. 어디다 버리면 되는지는 안다. 변기 옆의 흰 쓰레기통에 넣으면 된다. 그리고 통째로 내다버리는 것이다. 하지만 뭘로 건져야 하지? 손으로?

나는 입술을 지그시 깨물며 애써 마음을 진정시킨다. 어쩌면 그냥 기다릴 수도 있다. 혹시…… 혹시 의사가 와서 가져갈지도 모르니까! 그걸 검사하겠다면서. 미스 셀리아가 잠깐 동안만 그 생각을 잊으면 내가 이 문제를 직접 처리하지 않을 수도 있다.

"이건 금방 처리할 거예요." 나는 그녀를 안심시킨다. "몇 개월이나 된 것 같아요?" 나는 변기에 조금 더 다가가지만 입놀림은 멈추지 않는다.

"오 개월? 잘 모르겠어요." 미스 셀리아가 수건으로 얼굴을 가린다. "샤워를 하려는데 뭐가 미끈하며 빠지는 것 같더니 아팠어요. 그래서 변기에 앉았는데 저게 쑥 빠져나왔어요. 꼭 나한테서 벗어나고 싶은 것처럼.” 그녀가 어깨를 들썩이며 다시 흐느낀다.

조심조심 나는 변기 뚜껑을 내리고 다시 바닥에 앉는다.

“내 몸속에서 한순간이라도 더 버티느니 차라리 죽어버리고 말 겠다는 듯이.”

“제 말 잘 들으세요. 하느님의 방식이 그런 거예요. 뭔가가 아씨 의 내장과 안 맞아서 자연이 나선 거예요. 두번째는 성공할 거예 요.” 하지만 그 순간 그 술병들이 떠오르면서 분노가 치민다.

“이번이…… 두번째예요.”

“오, 주님.”

“결혼도 내가 임신해서 한 거예요.” 미스 셀리아가 말한다. “하 지만 그때도…… 유산했어요.”

나는 한순간도 참지 못하겠다. “그런데 도대체 왜 술을 퍼마셨 어요? 술을 그렇게 들이붓는데 어떤 아기가 버텨나겠어요?”

“위스키 병 말인가요?”

오, 제발. 나는 “무슨 위스키요?” 하는 그 표정은 쳐다보기도 싫 다. 뚜껑을 닫았더니 냄새는 많이 가셨다. 그 멍텅구리 의사는 도 대체 언제 온다지?

“그럼 미니는 내가……” 미스 셀리아가 고개를 흔든다. “그건 아기를 보호하려고 먹은 강장제였어요.” 그녀가 눈을 감는다. “펠 리시아나 교구에 사는 촉토족에게 구해서.”

“촉토족?” 나는 눈을 끔벅인다. 그녀는 내가 생각한 것보다 훨 씬 어리석다. “인디언들은 믿으면 안 돼요. 우리가 그들의 옥수수 에 독을 푼 걸 모르세요? 그 사람들이 아씨를 독살할 마음이라도 먹었으면 어쩌려고 그랬어요?"

"테이트 선생님이 그냥 당밀과 물이랬어요." 그녀는 수건에 얼굴을 묻고 또 훌쩍인다. "하지만 그렇게라도 해야 했어요. 어쩔 수 없었어요."

흠. 그 말에 어찌나 긴장이 풀리고 마음이 놓이는지 나 자신도 놀란다. "여유 있게 생각해도 충분해요, 미스 셀리아. 저를 믿으세요. 저는 자식이 다섯이나 돼요."

"하지만 조니는 지금 아이를 원해요. 어떡해요, 미니." 그녀가 고개를 젓는다. "이제 그이가 나를 어떻게 할까요?"

"이겨낼 거예요. 아무렴요. 남자들은 이런 일에는 아주 담담해서 이 아기들은 금방 잊을 거예요. 다음 아기를 기대하면 되지요."

"그이는 이 아기에 대해 몰라요. 이 직전의 아기도 그렇고."

"아기가 생겨서 결혼했다고 하지 않았던가요?"

"첫번째는 그이도 알았어요." 미스 셀리아는 한숨을 푹 쉰다. "사실은 이번이…… 네번째예요."

미스 셀리아는 울음을 그친다. 나도 그녀를 더 다독일 말이 없다. 잠시 우리는 상황은 왜 이런 식으로 흐르는지 생각하며 망연히 앉아 있는다.

"줄곧 생각했어요." 미스 셀리아가 나직이 말한다. "내가 정말 꼼짝도 하지 않으면, 다른 사람을 시켜서 집도 치우고 음식도 만들게 하면, 어쩌면 이번 아기는 살릴 수 있을 거라고." 그녀가 수건에 얼굴을 묻고 서럽게 운다. "이 아기는 조니를 꼭 닮았으면 했는데."

"미스터 조니는 잘생기셨지요. 머릿결도 좋고……"

미스 셀리아가 수건을 내린다.

나는 허공에 손을 휘휘 저으며 방금 내가 무슨 실수를 했는지 깨닫는다. "바람을 좀 쐐야겠어요. 안이 후끈후끈하네요."

"그이를 어떻게 알아요?"

나는 고개를 요리저리 돌리며 어떻게든 둘러대려고 하지만 결국 한숨을 내쉰다. "다 알고 계세요. 미스터 조니가 집에 왔다가 저를 보셨거든요."

"네?"

"그래요, 아씨. 저더러 말하지 말라고 당부하셨어요. 미스터 조니가 아씨를 자랑스럽게 여긴다는 사실을 아씨가 믿을 수 있게요. 아씨를 무척 사랑하세요, 미스 셀리아. 얼마나 사랑하는지 얼굴에 다 보였어요."

"그게…… 언제예요?"

"몇 달…… 됐어요."

"몇 달? 내가 거짓말했다고…… 언짢아했어요?"

"전혀요. 몇 주 뒤에는 저한테 전화해서 그만두지 않는다는 다짐까지 받으셨는걸요. 제가 그만두면 배를 곯을까 걱정이라고요."

"어떡해요, 미니." 미스 셀리아가 울먹인다. "미안해요. 전부 다 정말 미안해요."

"전에는 더 안 좋은 일도 겪은걸요." 나는 머리를 푸르게 염색한 날을 떠올린다. 꽁꽁 어는 추위에 밖에서 점심을 먹은 일도. 그리고 지금 이 순간도. 변기 속에 아직 아기가 있고 누군가는 그것을 처리해야 한다.

"어떻게 해야 할지 모르겠어요, 미니."

"테이트 선생님이 계속 노력하라고 할 거예요. 아씨는 계속 노력하면 되고요."

"그 사람은 나를 막 나무라요. 침대에서 시간만 낭비한다고." 그녀가 고개를 젓는다. "그는 모질고 잔인한 사람이에요."

미스 셀리아가 눈에 수건을 대고 꾹 누른다. "더는 못 하겠어요." 그녀는 이제 더 서럽게 울고, 낯빛은 더 하얗게 질린다.

나는 코카콜라를 몇 모금 더 먹이려고 하지만 그녀는 마시려고 하지 않는다. 그것을 뿌리치려고 손을 들어 올릴 힘조차 없어 보인다.

"토할 것 같아요. 지금……"

내가 쓰레기통을 잡고 미스 셀리아는 그 속에 토한다. 문득 축축해서 아래를 보니 그녀가 피를 쏟아서 내가 앉은 자리까지 흥건하다. 그녀가 숨을 크게 쉴 때마다 피가 뭉텅뭉텅 나온다. 저렇게 피를 쏟으면 누구라도 버티지 못한다.

"똑바로 앉아요, 미스 셀리아! 숨을 고르세요." 하지만 그녀는 다시 내 쪽으로 픽 쓰러진다.

"아니, 누우면 안 돼요. 어서 일어나요." 나는 그녀를 다시 일으켜 앉히고, 그녀는 다시 쓰러진다. 눈물이 와락 솟구친다. 그 빌어먹을 의사가 지금쯤은 와야 한다.

구급차라도 보냈어야 한다. 나는 이십오 년 동안 백인의 집을 청소했지만 나를 고용한 백인 여자가 죽은 듯이 나에게 엎어져 있을 때 어떻게 하라는 말은 누구에게도 듣지 못했다.

"어서요, 미스 셀리아!" 나는 고함을 지르지만 그녀는 말랑말랑한 흰 덩어리처럼 내 옆에 놓여 있고, 나는 가만히 앉아서 부들부들 떨며 기다리는 것 말고는 할 것이 없다.

시간이 제법 흐르고 그제야 뒤쪽 초인종이 울린다. 나는 수건으로 미스 셀리아의 머리를 받친 다음, 온 집 안에 핏자국을 묻히며 다니는 일이 없도록 신발을 벗고 문을 열러 달려간다.

"기절하셨어요!" 내가 의사에게 말하자 간호사가 나를 밀치며 어딘지 안다는 듯 곧장 달려간다. 그녀가 냄새 나는 소금을 꺼내 미스 셀리아의 코 밑에 대자 미스 셀리아는 고개를 살짝 비틀며 가녀린 신음 소리와 함께 눈을 뜬다.

간호사는 미스 셀리아가 피 묻은 잠옷을 벗게 도와준다. 미스 셀리아는 눈은 완전히 떴지만 쉽게 일어서지는 못한다. 나는 헌 수건 여러 장을 침대에 깔고 우리는 그 위에 미스 셀리아를 눕힌다. 내가 부엌으로 가자 테이트 선생이 손을 씻고 있다.

"침실에 계세요." 내가 말한다. 부엌이 아니라, 이 뱀 같은 인간아. 테이트 선생은 오십 줄에 들어섰고, 나보다 40센티미터는 좋이 큰 것 같다. 피부는 새하얗고 얼굴은 길쭉한데 감정이 전혀 드러나 보이지 않는다. 이윽고 그가 방으로 들어간다.

테이트 선생이 문을 열기 직전에 내가 그의 팔을 붙잡는다. "바깥어른이 아는 걸 싫어하세요. 눈치채지 못하겠죠?"

그는 나를 한낱 검둥이처럼 쳐다보며 말한다. "이 일이 남편에게는 상관없다고 생각해요?" 그가 방으로 들어가더니 내 코앞에서 문을 쾅 닫는다.

나는 부엌으로 가서 서성인다. 반 시간이 지나고, 한 시간이 지나고, 나는 미스터 조니가 이제라도 집에 돌아와서 알아버리면 어떡하나, 테이트 선생이 그에게 전화를 걸면 어떡하나, 저 사람들이 나더러 치우라고 아기를 변기에 두고 가면 어떡하나 조바심친다. 머리가 빠개질 것 같다. 마침내 테이트 선생이 문을 연다.

"괜찮으세요?"

"몹시 흥분해 있어요. 진정제를 먹였소."

간호사가 흰색 양철통을 들고 우리 옆을 지나 뒷문으로 나간다. 나는 몇 시간 만에 처음으로 제대로 숨을 쉬는 것 같다.

"내일도 잘 보살펴주시오." 그가 말하면서 흰색 종이봉투를 건넨다. "많이 불안해하면 한 알 더 먹이고. 피가 좀더 나올 거요. 하지만 심하지 않으면 전화하지 말아요."

"미스터 조니에게는 말하지 않으실 거지요, 그렇지요, 테이트 선생님?"

그는 넌더리가 난다는 듯 한숨을 토한다. "금요일에는 병원에 꼭 보내시오. 게을러서 못 왔다고 내가 여기까지 차를 몰고 오지는 않을 테니까."

그는 당당하게 걸어서 밖으로 나가더니 문을 쾅 닫는다.

부엌 시계가 다섯시를 가리킨다. 반 시간 뒤면 미스터 조니가 돌아올 것이다. 나는 클로록스 세제와 걸레 그리고 물통을 집어 든다.

(2권으로 이어집니다)

옮긴이 **정연희**
서울대학교 영어교육과를 졸업하고 미국 펜실베이니아대학교에서 석사학위를 받았다. 전문 번역가로 활동하고 있으며, 옮긴 책으로 『바닷가의 루시』 『오, 윌리엄!』 『다시, 올리브』 『내 이름은 루시 바턴』 『무엇이든 가능하다』 『버지스 형제』 『디어 라이프』 『착한 여자의 사랑』 『작가와 연인들』 『매트릭스』 『운명과 분노』 『플로리다』 『사라진 반쪽』 『더치 하우스』 『엘리너 올리펀트는 완전 괜찮아』 『그 겨울의 일주일』 『정육점 주인들의 노래클럽』 등이 있다.

문학동네 세계문학

헬프 1

1판 1쇄 2011년 5월 27일 | 1판 20쇄 2025년 6월 27일

지은이 캐스린 스토킷 | 옮긴이 정연희
기획·책임편집 이현자 | 편집 오영나 | 독자모니터 양은희
디자인 송윤형 이원경 | 저작권 박지영 형소진 오서영 조경은
마케팅 정민호 서지화 한민아 이민경 왕지경 정유진 정경주 김수인 김혜원 김예진
　　　　나현후 이서진
브랜딩 함유지 박민재 이송이 김희숙 박다솔 조다현 김하연 이준희
제작 강신은 김동욱 이순호 | 제작처 영신사

펴낸곳 (주)문학동네 | 펴낸이 김소영
출판등록 1993년 10월 22일 제2003-000045호
주소 10881 경기도 파주시 회동길 210
전자우편 editor@munhak.com | 대표전화 031) 955-8888 | 팩스 031) 955-8855
문학동네카페 http://cafe.naver.com/mhdn
인스타그램 @munhakdongne | 트위터 @munhakdongne
북클럽문학동네 http://bookclubmunhak.com

ISBN 978-89-546-1475-7 04840
　　　 978-89-546-1477-1 (세트)

잘못된 책은 구입하신 서점에서 교환해드립니다.
기타 교환 문의 031) 955-2661, 3580

www.munhak.com